Die Akte Rosenthal

TEIL 1

SEELENFISCHER-TETRALOGIE
BAND 3

Hanni Münzer

THRILLER

DIE SEELENFISCHER-TETRALOGIE

Band 1: Die Seelenfischer
Band 2: Das Hexenkreuz
Band 3: Die Akte Rosenthal – Teil 1
Band 4: Finale! Die Akte Rosenthal – Teil 2

Weitere Bücher der Autorin:
Im Januar 2014 „HONIGTOT“

Deutsche Erstausgabe 2013
4. Auflage 2014

Bildnachweis /Gestaltung A.B.
© i-stock Photo
Korrektorat: M.W.T.

Ausführliche Informationen finden Sie auf:

www.hannimünzer.de

Hanni Münzer hatte schon immer eine lebhafte Fantasie und verschlang bereits als Sechsjährige jedes Buch. Daraus entwickelte sich die Leidenschaft zu schreiben. Band 2 der Tetralogie, das Prequel „Das Hexenkreuz“, ist ein historischer Romantikthriller und erzählt die Vorgeschichte zu „Die Seelenfischer“. Band 3 und Band 4, „Die Akte Rosenthal - Teil 1 und Teil 2“, schließen nahtlos an „Die Seelenfischer“ an.
Anfang 2014 erschien der Roman „Honigtot“. Eine dramatische Geschichte um Liebe und Obsession, Schuld und Sühne, Verrat und Rache, der ab 1923 spielt und mitten hinein führt in die dunkelste Zeit der deutschen Geschichte.
Nach Stationen in Seattle, Stuttgart und Rom lebt Hanni Münzer heute mit Mann und Hund in Oberbayern.

ISBN: 1492354953
ISBN 13: 9781492354956

Toleranz ist der Schlüssel zum Frieden.

Frieden ist die höchste Evolutionsstufe des Menschen!

Rabea Rosenthal

Ein schockierendes Verbrechen wurde auf das Betreiben einiger Individuen hin begangen, mit dem Segen anderer und der passiven Zustimmung von allen.

Tacitus
Römischer Historiker
(um 58 n. Chr.; † um 120)*

PROLOG

Zwischen Euphrat und Tigris

Der Mann saß im Stuhl einer Fernsehgarderobe, als sein Smartphone klingelte. Ein Umhang schützte seinen Anzug, während eine Maskenbildnerin sein Gesicht mit einem Pinsel bearbeitete. Als sie sich über ihn beugte, streifte ihr Busen kurz seinen Oberarm. Er roch den Duft ihrer Jugend und ahnte die strammen Konturen ihrer Brüste unter dem Kittel.

Er seufzte. Diese junge Frau war für ihn tabu. Sie arbeitete für den Sender CBS und er war heute hier, um als Kandidat für den Posten als Gouverneur von Virginia ein Interview zu geben.

Er lächelte ihr entschuldigend zu, während er sein Smartphone hervorholte. Das Display zeigte den Anrufer. Er war sechs Zeitzonen entfernt.

„Ja?", meldete er sich.

„Wir haben ein Problem. Hier stellt jemand Fragen und schnüffelt herum."

Der Kandidat unterdrückte einen Fluch. *Ausgerechnet jetzt, wo sich alles so gut entwickelte!* Doch er hatte sich absolut unter Kontrolle. Er blieb ruhig und geschäftsmäßig, als er dem Anrufer antwortete: „Gut. Bleiben Sie an der Sache dran. Ich melde mich in einer Stunde zurück."

Am nächsten Morgen rollten mehrere dunkle Limousinen in kurzen Abständen die Auffahrt seines Anwesens im Außenbezirk von Fredericksburg/Virginia hoch. Dort verschwanden sie sofort in der Tiefgarage. Zwei der Teilnehmer der geheimen Zusammenkunft nutzten den Hubschrauberlandeplatz im Park des Anwesens. Mit seiner von weißen Säulen gestützten Veranda wirkte das Haus wie eine verträumte Südstaatenvilla vor dem Bürgerkrieg. Dabei war es erst vor zwei Jahren fertiggestellt worden.

Die Ankömmlinge wurden umgehend in den abhörsicheren Konferenzraum geleitet. Dort erwartete sie der Hausherr. Schweigend formierten sie sich um den Tisch aus polierter Eiche. Gespannte Erwartung lag in der Luft. Jeder der Teilnehmer lebte in einer Welt, in der man alles kaufen konnte – alles außer Zeit. Jede Minute, die in diesem Raum verstrich, hinterließ ein Machtvakuum, waren ihre Dow Jones, DAX, RTS und Nikkei-Imperien ohne Herrscher.

Bei den sieben Personen handelte es sich um eine elitäre Truppe, das Who-is-who der Wirtschaft und der Rüstungsindustrie. Diese Sieben betrachteten sich selbst als die inoffiziellen Herrscher der Welt, sie kontrollierten den globalen Börsenhandel, die Warenströme und die modernen Medien. Sie entschieden über Erfolg oder Misserfolg einer Regierung, berieten über Krieg und Frieden, waren Herren über Leben und Tod.

Als sich alle gegenseitig begrüßt hatten und jeder an seinem angestammten Platz saß, richtete der Medienmogul das Wort an den Hausherrn, der sie zu dem Treffen gebeten hatte: „ Und, Donald, wo brennt es? Warum mussten wir unbedingt persönlich hierherkommen?“

Der Angesprochene kam sofort auf den Punkt. „Lotta“, er nickte dem einzigen weiblichen Teilnehmer zu, „und Freunde, ich habe gestern einen Anruf erhalten. Es ist ein Problem aufgetreten“, erklärte der Mann namens Donald, der einer der mächtigsten Dynastien Amerikas entsprang, die bereits einen Präsidenten und einen Vizepräsidenten gestellt hatte.

„Was denn? Die Arabische Liga hat sich verbündet und rationiert das Öl?“, sagte eine hart klingende Stimme. Sie gehörte einem Asiaten.

„Nein“, erwiderte der Hausherr. In der dunklen Holztäfelung hatte sich geräuschlos die schwere Tür geöffnet. „Hier kommt der Mann, der mehr darüber weiß. Senator Whitewolf“, begrüßte er ihn, „berichten Sie.“

Whitewolf nickte allen Anwesenden zu. Dann sprach er das aus, was jeder Einzelne der Anwesenden seit dem Eintreffen der dringenden Nachricht bereits unbewusst befürchtet hatte: „Ich bin hier, um Ihnen mitzuteilen, dass die Operation *Zwei Flüsse* unser Einschreiten erfordert.“

KAPITEL 1

TANGER, MAROKKO

Ein ungewohntes Geräusch schreckte sie aus dem Schlaf. Es klang wie ein hohes Zischen, gleich neben ihrem Ohr. Zunächst konnte sie es nicht einordnen. Dann fiel es ihr ein. Die kleine Katze! Sie hatte sie gestern aus einem Mülleimer im Hinterhof gerettet und nun hatte das kleine Knäuel bereits ihr Kopfkissen erobert. Sie tastete nach ihm, um es zu beruhigen. Es kauerte zitternd neben ihr.

„Was hast du denn? Hörst du Mäuse?“ Mäuse waren eine ewigwährende Plage in der Mietskaserne am Randbezirk Tangers. Sie zog die Katze zu sich heran und versuchte, es durch Streicheln zu beruhigen, als sie plötzlich begriff, was das Tier so erschreckt hatte: Auch sie konnte jetzt die fremde Präsenz im Raum spüren. Angestrengt lauschte sie in die pechschwarze Finsternis. Die einzige Lichtquelle war die Digitalanzeige ihres Radioweckers. Es war 03:38 Uhr. *Einbrecher?* fragte sie sich. Erst kürzlich waren die Nachbarn unter ihr ausgeraubt worden.

Sie reagierte. Bemüht, sich nicht durch das leiseste Geräusch zu verraten, tastete sie nach ihrer Pistole auf dem Nachttisch, die dort ihren festen Platz hatte. Ihre Hand schloss sich um den Griff. Sie rollte sich vom Bett. In die Ecke zwischen Bett und Wand gekauert, wartete sie. Die Katze fauchte und zischte weiter.

Sie spürte eine Bewegung wie einen leichten Windhauch. Wo? Plötzlich flammte Licht auf. Direkt vor ihr stand ein schwarz gekleideter Mann mit einer futuristischen Apparatur auf dem Kopf. Bevor sie einen Schuss abgeben konnte, hatte er ihr die Waffe bereits entrissen. Im nächsten Moment spürte sie den Einstich einer Nadel an ihrem Hals.

Ihr letzter klarer Gedanke, bevor sie das Bewusstsein verlor, war, dass der Mann ein Nachtsichtgerät getragen hatte.

KAPITEL 2

Nürnberg, Deutschland

Es war der erste richtig schöne Tag im Mai. Endlich hatte der Frühling sein Versprechen erfüllt und komponierte eine Symphonie der Farben und Klänge: Der Himmel leuchtete in einem Blau, wie nur der Frühling es hervorbrachte, das Gras war von einer Frische, die die Sinne berauschte, und in das fröhliche Konzert der Vögel mischte sich das Summen der Bienen.

In Scharen zog es die Sonnenhungrigen an diesem Sonntag in den Nürnberger Stadtpark vor dem Laufer Tor.

Auch Lukas von Stetten und seine Familie hatten sich daruntergemischt. Er hatte sich fest vorgenommen, wenigstens heute nicht daran zu denken, dass erst vor drei Tagen Frau Gabler, die jahrzehntelang die Haushälterin seiner Familie gewesen war, tot in der Villa seiner Eltern aufgefunden worden war. Laut Polizei hatte sie Einbrecher überrascht und es sogar noch geschafft, den Alarm auszulösen. Die Einbrecher mussten daraufhin überstürzt geflüchtet sein - denn weder war die Villa durchwühlt worden, noch schien etwas zu fehlen.

Frau Gabler selbst hatte keine äußerlichen Verletzungen gehabt - bis auf das, dass sie tot war. Herzinfarkt hatte der Arzt gesagt, Sekundentod. Sie habe nicht gelitten.

Bewaffnet mit Decke und Picknickkorb hatte Lukas mit Frau und Sohn einen geschützten Platz am Rande einer kleinen Baumgruppe bezogen. Während die junge Ehefrau Hähnchen, Kartoffelsalat und fränkischen Apfelkuchen hervorzauberte, tobte sich Lukas mit seinem Sohn beim Fußballspielen aus. Nach dem Essen lag er neben Magali im Gras, genoss die warmen Sonnenstrahlen auf seinem Gesicht und gab sich friedlichen Tagträumen hin. In der Ferne war das leise Klingeln einer Glocke zu hören. Der Eiswagen machte seine Runde.

„Papa, spielen wir weiter Fußball?“

*So viel zum Frieden…*Lukas seufzte hörbar. Die zehn Minuten Pause nach dem Essen wurden seinem knapp achtjährigen Energiebündel von Sohn bereits zu lang.

„Lass deinen Vater noch ein wenig ausruhen, Matti“, sprang seine Frau Magali für ihn in die Bresche.

„Dann kriege ich ein Eis“, folgte es prompt.

„Erstens heißt das `bitte´ und zweitens hast du gerade erst ein großes Stück Apfelkuchen verdrückt“, entgegnete seine Mutter streng.

„Och bitte, Papa“, quengelte Matti weiter, ohne im Geringsten etwas auf den Einwand seiner Mutter zu geben. Wenn es um Eis ging, war sein Vater allemal leichter zu bezwingen.

Tatsächlich hatte Lukas an der Idee nichts auszusetzen - nicht weniger als sein Sohn war er Eiskrem verfallen. Er öffnete die Augen und sah bittend zu seiner Frau auf.

Von zwei Paar himmelblauer Augen fixiert, gab Magali ihren Widerstand auf: „Na gut, ihr Schleckermäuler. Aber nur eine Kugel.“

„Dann nehme ich Schokolade“, rief Matti eifrig und sprang auf.

„Wir sind gleich wieder da“, meinte Lukas und zwinkerte dabei seinem Sohn zu, der sich bereits an seine Hand gehängt hatte.

„Von wegen, ihr Schlaumeier“, hielt Magali sie zurück. Sie kannte ihre beiden Männer zur Genüge. „Matti bleibt schön brav hier. Sonst kaufst du ihm wieder drei Kugeln, nur damit du dir selbst auch drei genehmigen kannst.“

Lukas‘ beredtes Gesicht zeigte ihr, dass sie ihren Mann *vor* der frischen Tat ertappt hatte.

„Och, Mami“, nörgelte Matti, setzte sich aber wieder hin und schnappte sich mit beleidigter Miene eines seiner Comic-Hefte. Immerhin wusste er, wann er gegen die höchste Familieninstanz verloren hatte.

Lukas zuckte bedauernd mit den Schultern und sah sich nach dem Eiswagen mit seiner rotweißen Markise um. Er parkte in gut einhundert Metern Entfernung. Bis er dort angelangt war, hatte sich bereits eine beachtliche Schlange davor gebildet.

„Grüß Sie Gott, Herr von Stetten. Was für ein wunderbarer Tag. Sind Sie auch mit Ihrer Familie da?“, wurde er von dem Vater einer seiner Schüler begrüßt. Seit seinem Austritt aus dem Jesuitenorden arbeitete Lukas als Lehrer für Geschichte und Ethik am Melanchthon-Gymnasium in Nürnberg.

„Ja, mit Frau und Sohn. Haben Sie Lust, später mit uns Fußball zu spielen? Wir sind dort hinten." Er wandte sich halb um, um ihm die Richtung anzuzeigen. Aber ein Reinigungswagen der Städtischen Abfallwirtschaft hatte genau vor ihrem Platz haltgemacht und versperrte ihm die Sicht auf seine Familie.

„Gerne, wir sehen uns dann nachher. Ich bringe meine beiden Söhne und deren Freund mit."

„Prima, dann können wir drei gegen drei spielen", freute sich Lukas und war an der Reihe, sein Eis zu bestellen.

Mit zwei Eistüten in der Hand kehrte er zurück. Der Reinigungswagen kam ihm auf halbem Weg entgegen und Lukas trat zur Seite, um ihn passieren zu lassen. Dann erst bemerkte er, dass weder Magali noch Matti zu sehen waren. Der Picknickkorb, Magalis Strickjacke, die Tupperschüssel mit dem Kuchen, alles war da, sogar Mattis Spiderman-Heft lag noch aufgeschlagen auf der Decke.

Der junge Vater vermutete, dass die beiden zu der öffentlichen Toilette gegangen waren. Es musste wohl sehr dringend gewesen sein, wenn Matti nicht auf sein Eis hatte warten können. Da das Schokoladeneis bereits zu schmelzen begann, beschloss Lukas, den beiden entgegenzugehen.

Er erreichte die Anlage, ohne dass ihm Frau und Sohn auf seinem Weg begegnet wären. Dafür traf er unterwegs drei seiner Schülerinnen. Die Teenager trugen die übliche Uniform ihrer Generation: Tief auf der Hüfte sitzende Jeans, bei deren Anblick man sich unwillkürlich fragte, wie sie der Schwerkraft trotzten, dazu bauchfreie Tops, die den Blick auf fantasievoll gepiercte Bauchnabel lenken sollten. Lukas war dafür nicht anfällig.

Die Mädchen kicherten, als sie ihren gut aussehenden Lehrer erblickten. Die geheimnisvolle Aura, die Lukas als ehemaligen Priester umgab, spielte sicherlich keine unwesentliche Rolle in ihren Tagträumen. Lukas indessen, der sich selbst nie Gedanken über sein Aussehen oder die verheerende Wirkung machte, die seine blauen Augen unter den Mädchen seiner Schule hervorriefen, hastete an ihnen vorbei, ohne sie wahrzunehmen.

Enttäuscht blickten ihm die Mädchen nach. *Noch nicht einmal ihren Gruß hatte er erwidert!* Dabei war er doch sonst immer so höflich…Wenigstens sorgte diese Begegnung für die nächsten zwei Stunden für ausreichend Gesprächsstoff unter den dreien.

Lukas hatte die öffentliche Toilettenanlage erreicht. Suchend sah er sich um. Inzwischen schleckte er an beiden Tüten gleichzeitig und seine Ungeduld wuchs im gleichen Maße, wie das Eis weniger wurde.

„Entschuldigen Sie bitte", wandte er sich an eine ältere Dame, die gerade heraustrat. „Haben Sie da drin vielleicht eine blonde Frau mit einem kleinen blonden Jungen in einem Spiderman T-Shirt gesehen?"

„Tut mir leid." Die Frau schüttelte bedauernd den Kopf. „Soll ich noch mal reingehen und nachsehen?", bot sie mit einem verstehenden Blick auf seine tropfenden Eistüten an.

„Ach bitte, das wäre sehr nett von Ihnen." Dankbar lächelte er sie an und die Dame schmolz wie das Eis dahin.

Kurz darauf kehrte sie zurück und meinte: „Tut mir leid, niemand, auf den Ihre Beschreibung passen würde."

„Trotzdem, haben Sie vielen Dank." Lukas umrundete einmal langsam das Häuschen und sah sich dabei nach allen Seiten um. Nichts. Keine Magali, kein Matti.

Er warf die beiden matschigen Eistüten in den nächsten Mülleimer und lief zum Picknickplatz zurück. Sicherlich hatten sie sich nur verpasst und die beiden warteten bereits ungeduldig auf ihn. Doch schon von weitem konnte er erkennen, dass der Platz auf der Decke nach wie vor leer war. *Ob Magali Freunde getroffen hatte und kurz mit ihnen gegangen war*? überlegte er.

Dann kam ihm eine Idee und er suchte die Decke und auch rundherum alles ab – womöglich hatte Magali ihm eine Nachricht hinterlassen, die er vorhin übersehen hatte. Er fand nichts. Ein Blick auf seine Uhr zeigte ihm, dass inzwischen fast eine Viertelstunde vergangen war. Wo konnten die beiden nur stecken? Langsam breitete sich ein flaues Gefühl in seinem Magen aus. Magali konnte sich doch denken, dass er sich wegen der unglückseligen Geschehnisse vor zwei Jahren in Rom schnell Sorgen machen würde.

„Herr von Stetten", rief eine männliche Stimme hinter ihm. Lukas fuhr herum. Eine Nachricht von Magali? Doch es war nur Herr Martin, den er vorhin in der Warteschlange getroffen hatte. In seiner Begleitung hatte er die drei angekündigten Jungen.

„Hier sind wir. Bereit für ein Spiel?" Herr Martin rieb sich erwartungsfroh die Hände. Der Jüngste, Max, war Mattis Schulkamerad und bester Freund. Ehrfürchtig trug er mit beiden Händen einen goldfarbenen Fußball vor sich her, als handelte es sich um den Heiligen Gral.

„Gut, dass Sie da sind, Herr Martin. Haben Sie zufällig meine Frau und meinen Sohn gesehen?"

„Nein. Sind sie Ihnen abhanden gekommen?", schmunzelte dieser.

„Sozusagen. Ich suche schon seit einer Viertelstunde nach ihnen."

„Toilette?", schlug der erfahrene Vater von drei Kindern das Naheliegende vor.

„Da komme ich gerade her", erwiderte Lukas und blickte sich dabei weiter suchend um.

„Vielleicht hat Ihr Kleiner Durst bekommen und die beiden sind zum Kiosk gegangen?"

„Ich weiß nicht. Wir haben selbst noch genug Getränke übrig." Trotzdem klammerte sich Lukas sofort an den neuen Strohhalm. „Könnten Sie kurz hier warten, Herr Martin, falls meine Frau und Matti inzwischen auftauchen? Ich laufe schnell rüber zum Kiosk und sehe nach."

„Gerne", und an die Adresse der Jungen: „Macht euch nützlich und seht euch ein bisschen um. Keine Sorge, Herr von Stetten, die tauchen bestimmt gleich wieder auf", rief er dem jungen Vater hinterher, der bereits davongeeilt war.

Atemlos kehrte Lukas zurück. Die Suche der Martins war ebenfalls ergebnislos verlaufen. Herr Martin erkundigte sich jetzt: „Hat Ihre Frau kein Mobiltelefon?"

„Doch, aber wir haben unsere Telefone heute extra zuhause gelassen."

„Vielleicht hat sich Ihr Sohn verletzt und Ihre Frau ist mit ihm zum Wagen, um den Verbandskasten zu holen?", mühte sich Herr Martin, weitere Parallelen zu eigenen Familienerlebnissen auszugraben.

Lukas' Hoffnung erstickte in derselben Sekunde, wie seine Rechte in die Hosentasche fuhr und den Autoschlüssel hervorzog. Mit aller Kraft wehrte er sich gegen die aufkeimende Furcht, deren Saat bereits in seinen Gedanken aufging. Sicher gab es eine einfache Erklärung für Magalis Abwesenheit. Sie wollte ihm nur nicht einfallen.

Denk nach, Lukas, denk nach! Vergebens, die Bestie Angst schlich sich bereits an und brachte die Erinnerung an Rom zurück. Aufgrund der damaligen Vorkommnisse und auf Drängen seines Vaters, dem Industriellen Heinrich von Stetten, hatte Lukas schließlich eingewilligt, dass sein Sohn von einem Sicherheitsbeamten täglich in die Schule gefahren und wieder abgeholt wurde. Eigentlich hatte er gehofft, dass Matti ganz normal aufwachsen könnte.

Da seine Frau Magali nur an drei Vormittagen als Kindergärtnerin arbeitete und er als Lehrer am Nachmittag meist zuhause war, fanden sie ausreichend Zeit für ihren Sohn, der ihren absoluten Lebensmittelpunkt darstellte.

Es war nicht so, dass Lukas von Stetten sich nicht mit seinem Vater verstand, obwohl es eine Zeit gegeben hatte, in der sich Vater und Sohn wenig zu sagen gehabt hatten. Das hatte vor allem an Lukas' Weigerung gelegen, nach dem Unfalltod seines älteren Bruders Alexander in dessen Fußstapfen zu treten und das Nürnberger Familienunternehmen zu übernehmen. Seit seiner Jugend konnte Lukas nicht akzeptieren, womit seine Familie ihr Vermögen aufgebaut hatte: Waffen. Der Hauptgeschäftszweig des Von-Stetten-Firmenimperiums, kurz vST genannt, fußte seit der Produktion der ersten Kanone für die napoleonischen Kriege in der Rüstungsindustrie und bediente seit jeher lukrative in- und ausländische Regierungsaufträge.

Lukas von Stetten war Pazifist aus tiefer Überzeugung und lehnte Waffen jeglicher Form ab. Auch beeinflusst durch seinen Onkel, Bischof Franz von Stetten, hatte er Theologie studiert und eine Kirchenlaufbahn als Jesuitenpriester eingeschlagen. Er hatte seine Entscheidung lange Zeit nicht bereut - bis zu jener schicksalhaften Unterredung mit dem Pater General des Jesuitenordens.

Dieser Tag, sowie der überraschende Fund des mehr als zweihundert Jahre alten Tagebuchs ihres Urahnen, Alexander von Stetten alias Piero di Stefano, hatten sein Leben für immer verändert. Aber nicht nur seines, sondern auch das seines Vaters, Heinrich von Stetten.

Vater und Sohn hatte der Inhalt des Tagebuchs erschüttert. Beide hatten sich fragen müssen, ob darin die Erklärung für die rätselhaften Unglücksfälle begründet lag, die die Familie in jeder Generation traf. Die Boulevardpresse hatte sogar begonnen, von einem „Von-Stetten-Fluch" zu sprechen und Parallelen zu den amerikanischen Kennedys gezogen.

Lukas' Vater Heinrich, der sein Leben lang stets rational begründete Entscheidungen getroffen hatte, hatte zum ersten Mal erkennen müssen, dass Schicksal eine spirituelle Gleichung war, die sich aus Schuld und Sühne zusammensetzte. Diese Erkenntnis hatte einen Wandel in seinem Denken ausgelöst. Er hatte bald darauf begonnen, einzelne Unternehmenszweige zu verkaufen und weitere Teile in eine Stiftung zu überführen.

Eine kleine Hand zupfte an Lukas' Ärmel und schreckte ihn auf. Sein Herz machte einen hoffnungsfrohen Satz. Doch es war nicht Matti, sondern ein Junge aus Mattis Grundschule, ein Erstklässler, den er nur flüchtig vom Sehen kannte.

Die Anspannung hatte Lukas' Wahrnehmung auf merkwürdige Weise geschärft und er nahm alles an dem Jungen überdeutlich wahr: Den Schmutzfleck auf der Wange, die Rotzspuren an der Nase und die schmuddelige kleine Hand, die ihm jetzt einen zerknüllten Zettel entgegenstreckte.

Wie in Trance griff Lukas danach. Er schaffte es kaum, ihn mit seinen zitternden Fingern zu glätten. Er las die kurze Nachricht. Danach kniete er sich vor dem Jungen nieder, der ihn nicht aus den Augen gelassen hatte:

„Wie heißt du, mein Junge?"

„Philipp."

„Philipp. Ich bin Lukas. Kennst du meinen Sohn Matti?"

„Ja, aber die von der dritten Klasse reden nicht mit uns."

„Philipp, es ist sehr wichtig, dass du mir sagst, wo du den Zettel gefunden hast."

„Ich hab ihn gar nicht gefunden. Ein Mädchen hat ihn mir gegeben."

„Ein Mädchen? Welches Mädchen? Mattis Mutter?"

„Nö. Die ist doch eine Frau."

„Natürlich, entschuldige. Wie sah das Mädchen aus?"

„Weiß nicht genau, wie Mädchen halt aussehen."

Lukas begriff, dass er so nicht weiterkommen würde. Er musste seine Angst und seine Ungeduld im Zaum halten und durfte den Jungen mit seinen Fragen nicht überfordern.

„Okay, Philipp. Hör mir zu. Das Mädchen. Kennst du es aus der Schule?"

„Kann sein." Wunderbar, eine weitere kryptische Antwort. Lukas' Verzweiflung erklomm neue Höhen.

Unbeeindruckt von Erwachsenengefühlswelten zog Philipp geräuschvoll seinen Rotz hoch. Lukas fingerte in seinen Hosentaschen nach einem Taschentuch, das er stets für Matti bereithielt. Der kleine Junge streckte automatisch die Hand danach aus. Dann starrte er auf das Taschentuch und schien sich sichtlich zu fragen, welchem Zweck es diente.

Lukas atmete tief durch und startete einen neuen Versuch: „Bitte, Philipp, das ist sehr wichtig. Kannst du dich erinnern, wie das Mädchen ausgesehen hat?"

„Wie alle Mädchen halt. Unten Jeans, oben fast nackig", erwiderte Philipp mit der intakten Unschuld eines Sechsjährigen - nicht ahnend, dass er in wenigen Jahren selbst Gefallen an knappen Mädchentextilien finden würde. Er stopfte das Taschentuch in seine Hose und wischte sich die Nase an seinem Ärmel ab.

Lukas sah ein, dass es keinen Zweck hatte, den Jungen weiter zu bedrängen.

Dann aber platzte der Kleine mit etwas heraus, das Lukas einen zusätzlichen Adrenalinschub bescherte: „Puh, aber so richtig hässliche Haare hatte die. Ganz rot. Aua, Sie tun mir weh“, rief Philipp laut und versuchte, sich von Lukas frei zu strampeln. Lukas hatte nicht bemerkt, wie fest er den Jungen an den Schultern gepackt hatte.

Ein Spaziergänger mit Hund drehte sich jetzt nach ihnen um und musterte sie misstrauisch. Lukas lockerte sofort seinen Griff. „Entschuldige, mein Junge. Das hast du prima gemacht. Du hast eine sehr gute Beobachtungsgabe.“

„Und, gibt es was Neues?“ Herr Martin hatte sich ihm von hinten angenähert. Lukas konnte ein Zusammenzucken nur knapp vermeiden. Er dachte an die Warnung in der Nachricht. Es war wichtig, dass er jetzt einen kühlen Kopf bewahrte.

Er wandte sich um und seine Verlegenheit war tatsächlich nicht gespielt, als er Herrn Martin die Lüge auftischte: „Ja, die ganze Aufregung war umsonst. Der Junge hier hat mir gerade einen Zettel gebracht. Magali hat bei der Toilette ihre Freundin Karin getroffen und ist kurz mit ihr zu deren Picknickplatz gegangen, um ihr Baby zu bewundern. Ich soll alles zusammenpacken und nachkommen. Allerdings befindet sich der Platz am entgegengesetzten Ende des Parks. Ich fürchte, wir müssen unser Fußballspiel verschieben.“

„Ach was, das holen wir irgendwann schon nach. Hauptsache, es ist alles in Ordnung.“

Bei sich dachte Herr Martin, dass dem jungen Vater der Schrecken gehörig in die Glieder gefahren sein musste; er war bleich wie der Tod.

Lukas packte alles in großer Hast zusammen und marschierte dann auf steifen Beinen zum Parkplatz. Die ganze Zeit über brannte der Text der Nachricht wie Säure in seinem Kopf. In Gedanken wiederholte er ihn den langen Weg bis nach Hause wie sein eigenes, schreckliches Mantra:

„Wenn Sie Frau und Sohn lebend wiedersehen wollen, unternehmen Sie nichts und informieren Sie niemanden. Keine Polizei. Kein vST-Werkschutz. Wir beobachten Sie.

Dieser Albtraum war für Lukas ein furchtbares Déjà-vu.

Schon einmal hatte er vor dem Abgrund seines Lebens gestanden. Damals hatte er nicht nur beinahe seinen Glauben an Gott verloren, sondern mehrere ihm nahestehende Personen hatten einen gewaltsamen Tod gefunden.

Seit jenen verhängnisvollen Tagen in Rom hatte er sein Herz verschlossen. Er ahnte, dass seine Frau Magali ihn durchschaut hatte und unter seinem oft distanzierten Verhalten gelitten haben musste. Und doch hatte sie ihn niemals bedrängt, hatte niemals mehr von ihm verlangt, als er bereit gewesen war zu geben.

Dabei war er sich der Liebe, die mit Magali und Matti in sein Leben getreten war, durchaus bewusst. Aber er hatte es mehr als etwas gesehen, das er im Augenblick erfahren durfte - ein Schatz, der ihm nur auf Zeit geliehen worden war.

Doch seine Bemühungen, sich selbst vor Verlust und Schmerz zu schützen, waren vergeblich gewesen. Dies war ihm im selben Augenblick klar geworden, als er die Nachricht der Entführer gelesen hatte.

Doch jetzt war nicht die Zeit, um vergangene Fehler zu bedauern. Er musste sich auf die Erfordernisse des Augenblicks konzentrieren, um Matti und Magali wohlbehalten zurückzubekommen. Was konnten die Entführer anderes von ihm verlangen als Geld? Er, Lukas, besaß kein eigenes Vermögen. Das mussten die Entführer doch wissen. Er würde sich wegen des Lösegelds an seinen Vater wenden müssen.

Doch wie vertrug sich das mit der strikten Anweisung der Entführer, *niemanden* zu informieren? Die Nachricht hatte auch explizit auf den gut organisierten Werkschutz der vST-Werke hingewiesen. Das zeigte, dass die Entführer im Bilde waren, dass der Werkschutz seines Vaters sich vornehmlich aus ehemaligen GSG-9-Soldaten zusammensetzte. Der langjährige Leiter, James Fonton, war gar ein früheres Mitglied der britischen Elitetruppe SAS.

Als Lukas vor der Garage seines kleinen Reiheneckhäuschens im Dürerweg zum Stehen kam, schreckte er benommen auf. Er konnte sich nicht erinnern, wie er hierher gelangt war. Er schien die zwanzig Minuten wie in Trance gefahren zu sein. Es grenzte an ein Wunder, dass er es überhaupt heil bis nach Hause geschafft hatte.

Der Hausschlüssel steckte noch nicht richtig im Schloss, als innen das Telefon zu läuten begann. Hastig riss er die Tür auf und stürzte sich auf den Hörer.

„Hallo“, rief er atemlos, während er gleichzeitig versuchte, das zur Familie gehörende Shih-Tzu-Hundepärchen abzuwehren, das ihn freudig umsprang. Die Hündin war läufig, darum hatten sie sie heute zuhause lassen müssen.

„Hi, Bruderherz“, tönte ihm die muntere Stimme seiner Zwillingsschwester entgegen. „Mann, du bist ja ganz schön außer Puste. Wobei habe ich dich denn gerade erwischt? Kleine Frühlingsnummer mit Magali geschoben?“, zog Lucie ihn auf, jederzeit bereit, ihren ernsthaften Bruder in Verlegenheit zu bringen.

„Was du immer denkst, Lucie. Ich bin nur eben erst zur Tür herein.“ Aus alter Gewohnheit fragte er sie dann: „Wo steckst du?“

Lucie war frischgebackene Archäologin und hatte mit ihrer üblichen Energie und Überzeugungskunst geschafft, worauf andere Jahre ihres Lebens warten mussten: Eine begehrte Assistenzstelle der Universität Tübingen zu ergattern, die offiziell den weiterführenden Forschungsauftrag in den Höhen von Hisarlik, besser bekannt unter dem Namen Troja, innehatte.

Lukas vermutete sie dort, inmitten der antiken Ausgrabungsstätten. Doch Lucies Antwort ließen bei ihm alle Alarmglocken schrillen.

„Ich bin hier, in Nürnberg. Gerade angekommen. Lass mich nur schnell auspacken, dann komme ich auf ein Pläuschchen zu euch rüber. Ich habe aufregende Neuigkeiten mitgebracht.“

Verflixt, das war das Letzte, was er jetzt gebrauchen konnte: Seine neugierige Zwillingsschwester, die jeden Braten roch, bevor er überhaupt im Ofen war, und ihm in ihrer unnachahmlichen Art sofort alle Würmer aus der Nase ziehen würde. Er musste an die Warnung der Entführer denken. Nicht auszudenken, wenn sie den geringsten Verdacht hegten, dass er sich nicht an ihre Anweisungen hielt.

Lukas bemühte sich, seine Stimme unter Kontrolle zu behalten: „Wozu die Eile, Lucie? Ruh dich doch erst mal aus, und wir sehen uns dann morgen. Ich muss heute noch einen ganzen Berg Schulaufgaben korrigieren. Magali ist deshalb mit Matti extra weggefahren, um eine Freundin zu besuchen“, improvisierte er aus dem Stehgreif.

„Na gut, wenn du nicht willst.“ Lucie klang enttäuscht. „Aber morgen dann ganz sicher! Ich lade euch alle auf eine Pizza ein. Ehrlich, ich kann kein Kebab mehr sehen.“

„Gut, wir sehen uns dann morgen. Ich freue mich auf dich. Mach's gut bis dahin, Lucie, und grüß Mama." Lukas legte schnell auf und starrte dann auf den Apparat, als wäre er sein persönlicher Feind. Ihm war ein Gedanke gekommen. Vorhin, in der ersten Aufregung, hatte er nicht richtig darauf geachtet. Was hatte das `Wir beobachten Sie´ in der Nachricht der Entführer genau zu bedeuten? Hörten sie etwa sein Telefon ab? Hatte sich jemand vor seinem Haus postiert, um zu beobachten, ob er Polizeibesuch bekam?

Mit Mühe unterdrückte er den Impuls, sofort das Telefon auseinanderzunehmen. Was würde es nutzen? Nichts. Selbst wenn er eine Art Wanze finden würde, könnte er sie nicht entfernen. *Sie* würden es registrieren. Eine solche Aktion würde nur unnötig seine Familie gefährden. Er war zum Warten verurteilt, bis sich die Entführer bei ihm melden würden.

Voller Unrast stromerte Lukas durch sein Haus. Irgendwann fand er sich im ehelichen Schlafzimmer wieder. Alles darin trug Magalis Handschrift, die warmen Creme- und Erdtöne, die hellen Möbel, der weiche Teppich.

Lukas' Blick verfing sich in Magalis seidenem Morgenrock. Mit seinen verführerischen Spitzen und den geschlitzten Ärmeln erinnerte er an die Modelle, die Hollywood-Diven in den Vierzigerjahren trugen. Er hatte ihn ihr erst Weihnachten geschenkt.

Magali hatte lachend gemeint, dass ihr ganz mondän zumute wäre und sich der Briefträger sicher freuen würde, wenn sie ihm so gekleidet die Haustür öffnen würde. Dann hatte sie sich zu Lucie gedreht, die mit ihnen feierte, und sie mit einem Zwinkern gebeten, das nächste Mal ein Modell „Marke Hausfrau" auszuwählen, wenn sie ihren Bruder bei seinen Einkäufen beriet.

Alle hatten gelacht, einschließlich Mattis Patenonkel Jules, der aus München angereist war, und dem alten Rabbi Rosenthal, dem Großvater seiner verstorbenen Jugendfreundin, der sich ihnen auch heuer zugesellt hatte. Lukas zwang sich, jetzt nicht an das nächste Fest zu denken. *Magali und Matti würde nichts geschehen!* Niemand war so unschuldig wie Magali und Matti. Gott würde nicht die Unschuldigen strafen.

Gleich gegenüber lag Mattis Kinderzimmer. Sein Sohn, absoluter Spiderman-Fan, befand sich zusätzlich in einer Jurassic-Park-Phase. In seinem Zimmer wimmelte es von Sauriern in allen Formen, Farben und Größen - Geschenke der von ihrem einzigen Enkelsohn berauschten Großeltern.

Matti sollte sein Zimmer heute Morgen auf Geheiß seiner Mutter aufräumen. Aber fünf Minuten Spielen hatten wie immer ausgereicht, um das vorangegangene Chaos wieder herzustellen. Es war ein ewiger und ungleicher Kampf, den Mutter und Sohn täglich miteinander ausfochten.

Lukas setzte sich auf Mattis Kinderbett. Die beiden Hunde waren ihm überall hin gefolgt, gingen, wenn er ging, setzten sich, wenn er sich setzte, und beobachteten die kleinste seiner Bewegungen. Die zwei, sonst zu allerlei Schabernack aufgelegt und immer dabei, wenn es darum ging, ein Mitglied des Haushaltes zum Spielen zu animieren, verhielten sich heute auffällig still. Sie spürten, dass etwas nicht stimmte.

Lukas griff nach der Sanduhr, die seine Schwester Lucie Matti geschenkt hatte. Der Sand stammte aus dem Tal der Könige. Lucie hatte ihn auf ihrer letzten Ägypten-Expedition aufgesammelt und Matti dann mit fantastischen Erzählungen unterhalten, wer alles schon über diesen Sand marschiert war: Von mächtigen Pharaonen und schönen ägyptischen Königinnen über Alexander den Großen bis hin zu römischen Cäsaren. Lucies Fantasie kannte wie immer keine Grenzen.

Lukas drehte die Uhr um und sah zu, wie der Sand quälend langsam in das untere Glas rieselte. Ihm kam in den Sinn, dass die Zeit die unbarmherzigste Gefährtin des Menschen war: Konnte man sie im Glück nicht festhalten, so stand sie im Unglück fast unbeweglich still.

Unvermittelt schlug die Haustürglocke an. Lukas sprang zu hastig auf, stolperte über einen Tyrannosaurus rex, fiel der Länge nach hin und stieß sich den Kopf schmerzhaft an Mattis Kommode. Er rappelte sich wieder auf und stürmte hinter den beiden aufgeregt bellenden Hunden die Treppe hinab.

Er wollte die Tür schon aufreißen, als er rechtzeitig zur Besinnung kam. Die Entführer würden kaum an der Haustür läuten. Er strich sich die zerwühlten Haare glatt und atmete einmal tief durch, bevor er die Tür in der festen Absicht öffnete, den unwillkommenen Besucher so schnell wie möglich wieder loszuwerden.

„Überraschung! Hallo, Bruderherz." *Verflixt, Lucie!* Seine Schwester war tatsächlich die hartnäckigste Person, die er kannte, und die letzte, mit der er sich jetzt auseinandersetzen wollte.

Leider gehörte Lucie deshalb auch nicht zu jener Sorte Mensch, die man schnell wieder loswerden konnte. Glück für ihn, dass sie die nächsten Sekunden erst einmal mit den beiden tobenden Hunden beschäftigt war, deren erklärter Liebling sie war. Dadurch gewann Lukas die Zeit, die er brauchte, um den Schreck über ihren Besuch zu verdauen. *Dass sich Lucie auch an so gar keine Abmachung halten konnte!*

Schon fiel sie ihm in ihrer überschwänglichen Art um den Hals und erdrückte ihn beinahe, um ihn gleich darauf mit gestreckten Armen von sich zu halten und einer kritischen, schwesterlichen Musterung zu unterziehen. Wie immer nahm sie kein Blatt vor den Mund: „Mannomann, du alter Bücherwurm. Du bist vielleicht blass um die Nasenspitze." Was man von Lucie nicht behaupten konnte. Braun gebrannt und vor Energie strotzend, blitzte sie ihn aus himmelblauen Augen an.

„Los, komm schon. Lass uns eine Runde mit den Hunden drehen. Das Wetter ist viel zu schön, um hier drinnen zu versauern. Dann erzähl ich dir auch meine Neuigkeiten", sprudelte sie hervor und zog ihn halb aus der Tür.

„Das ist nett gemeint, Lucie, aber ich habe jetzt wirklich keine Zeit. Ich habe dir doch schon am Telefon gesagt, dass ich noch arbeiten muss." Sein gehetzter Blick zurück streifte die halb offenstehende Haustür und die Flurkommode mit dem Telefon; jeden Augenblick konnten die Entführer sich bei ihm melden.

Doch gegen seine Schwester war keine irdische Macht gewachsen und er am allerwenigsten. Sie hatte bereits die neben der Haustür hängenden Hundeleinen gegriffen und klinkte sie flink am jeweiligen Halsband von Stellina und Caruso ein. Dann hakte sie den widerstrebenden Lukas energisch unter, so dass sich dieser unwillkürlich fragte, ob sie ihn auch angeleint hätte, wenn es eine dritte Leine gegeben hätte.

Ehe er sichs versah, fand sich Lukas in seinem Vorgarten wieder. Lucie drückte ihm dort wortlos Carusos Leine in die Finger und wühlte dann in ihrer riesigen Umhängetasche aus Bast. Als sie das Gesuchte gefunden hatte, hielt sie es ihm in stummer Aufforderung hin. Es war ein Taschentuch.

„Wisch dir erst einmal das Blut aus dem Gesicht, Bruderherz, und dann erzählst du mir, was passiert ist. Du bist ja völlig durch den Wind." Lucie klang gleichermaßen streng wie besorgt.

„Bitte?" Lukas blinzelte sie verwirrt an, griff aber nach dem Tuch und fuhr sich damit automatisch über die Stirn. Es färbte sich sofort rot. Ungläubig starrte er darauf. Er brauchte eine Weile, bis er sich erinnerte, dass er sich in Mattis Zimmer den Kopf gestoßen hatte. Er spürte nichts.

„Nichts, *bitte*“, äffte Lucie ihn nach. „Hallo, ich bin es, Lucie, dein Zwilling. Schon vergessen? Wenn du glücklich bist, bin ich es auch. Hast du Schmerzen, spüre ich sie genauso. Was glaubst du denn, wie mein armer Puls rast, seit ich dich vorhin angerufen habe? Außerdem hätte es hier sowieso keinerlei emphatischer Fähigkeiten bedurft, ehrlich. Du hättest dich eben in der Haustür sehen sollen, Lukas: Panik im Blick, Blut im Gesicht und deine ganze Körperhaltung drückte hektische Abwehr aus - nach dem Motto, *Verschwinde Lucie*! Ein solches Verhalten habe ich nicht verdient, Bruder. Ich bin doch kein lästiger Staubsaugervertreter, sondern deine Schwester“, empörte sie sich weiter. „Du siehst also, ich hatte keine andere Wahl, als dich aus dem Haus zu schleifen, da allzu offensichtlich war, dass du mich keinesfalls hereinbitten wolltest. Himmel, als wäre ich ein Vampir. Erzählst du mir jetzt, was mit dir los ist, Bruderherz?“

Lukas ertappte sich bei dem Gedanken, dass der Vergleich mit einem Vampir gar nicht so unpassend war. Wenn er nicht aufpasste, würde seine Schwester jedes Wort einzeln aus ihm heraussaugen.

Lucie hatte sich Auge in Auge vor ihrem Bruder aufgepflanzt, die Hände in die Hüften gestemmt.

„Bitte, Lucie. Lass es gut sein. Es hat seinen Grund, warum ich jetzt nicht mit dir sprechen kann. Ich muss sofort wieder ins Haus zurück. Es ist wichtig. Vertrau mir, okay?“

Lucie konnte die Angst und die Verzweiflung ihres Bruders deutlich spüren. Sie prallte wie eine Schockwelle auf sie. Lukas‘ Zustand ließ in Lucie die schmerzvolle Erinnerung an Rom wieder aufleben. Verlust und Schmerz verschmolzen ineinander. Heute war damals. Irgendetwas war geschehen. Umso mehr war Lucie entschlossen, sich nicht von ihrem Bruder ausschließen zu lassen.

Damals hatte sie nicht nur ihre beste Freundin, sondern beinahe auch ihren Bruder verloren. Da Lukas weiter schwieg, sah Lucie keine andere Möglichkeit, als ihn selbst mit ihrer Vermutung zu konfrontieren. Seit man ihren Eltern anonym mit Entführung gedroht hatte - sie und ihre Brüder waren noch Kinder gewesen -, waren die Geschwister früh für diese Möglichkeit sensibilisiert worden.

„Weißt du, was ich denke, Lukas? Etwas ist mit Magali oder mit Matti passiert. Du hast mich angelogen. Sie sind nicht zu einer Freundin gefahren. Ich bin nicht blind. Euer Auto parkt vor der Garage. Wo sind sie, Lukas?“

Sie erhielt keine Antwort, aber damit hatte sie auch nicht gerechnet. „Also gut, dann sage ich es dir. Ich kann nämlich eins und eins zusammenzählen, mein Lieber. Hattest du etwa gedacht, mir wäre dein panischer Blick vorhin in Richtung Telefon entgangen, als hinge dein Leben von ihm ab? Wenn ich dein trostloses Verhalten hinzuaddiere, kommt für mich heraus, dass einer der beiden entführt worden ist. Die Entführer drohen dir sicher mit dem Allerschlimmsten, wenn du die Polizei einschalten solltest. Du wartest jetzt auf weitere Anweisungen. Das ist der Grund, warum du dich partout nicht vom Haus entfernen kannst, nicht wahr? Sag es mir, habe ich Recht?"

Die Art, wie Lukas den Kopf hob und sie mit seltsam trüben Augen ansah, aus denen alles Blau gewichen schien, bestätigte Lucies Verdacht.

Die Angst explodierte mit voller Wucht in ihrem Magen: „Heilige Scheiße, alle beide? Was sind das nur für verdammte, geldgeile Schweine. Mistkerle…" Lukas ließ seine Schwester austoben. So wie er sich in der Verzweiflung in die Stille flüchtete, ließ Lucie ihre Angst ungehemmt von der Leine. Sie beruhigte sich jedoch schnell wieder und blies sich eine blonde Haarsträhne aus der Stirn: „Du verrückter dummer Dubbel, du. Los, hinein ins Haus. Wir warten zusammen."

Noch einmal unternahm Lukas einen Versuch, seine energische Schwester zu überzeugen, dass er die Angelegenheit ohne sie regeln musste. Doch er kämpfte auf verlorenem Posten. Lucie ließ sich weder abwimmeln, noch hatte sie ein Einsehen. „Ich lasse dich jetzt ganz bestimmt nicht alleine. Ich bin Familie, keine Polizei. Basta!", lautete ihre Antwort.

Lukas fühlte sich zu ausgelaugt, um seiner Schwester weiter Paroli bieten zu können. „Da ist noch was, was du wissen solltest", flüsterte er und zog den zerknüllten Zettel der Entführer aus seiner Hosentasche. Nachdem Lucie ihn rasch überflogen hatte, meinte sie ebenfalls flüsternd: „Ich verstehe. Du glaubst, die hören da drinnen eventuell mit, was wir sagen? Na, nichts leichter als das! Auf, lass uns ihnen eine gute Show bieten."

Insgeheim war Lucie längst dabei, Plan B zu entwickeln. Sie hatte sofort an ihren alten Freund Jules Lafitte gedacht, einen Ex-Agenten des libanesischen Geheimdienstes, den sie während ihrer verrückten Abiturreise in den Nahen Osten kennengelernt hatte.

Inzwischen war Jules aus persönlichen Gründen von Beirut nach München übergesiedelt. Jules hatte ihnen bereits in Rom zur Seite gestanden. Er würde sofort kommen, wenn sie ihn rief.

„Da fällt mir ein, Lukas, ich muss noch meine Verabredung absagen. Ich bin gleich zurück. Versprochen“, sagte Lucie jetzt.

„Mach bloß keine Dummheiten, Lucie, hörst du?“, ermahnte er sie.

„Was du wieder denkst.“ Lucie drückte ihren Bruder fest an sich und flüsterte ihm dabei ins Ohr: „Alles wird gut, Lukas. Wir stehen das gemeinsam durch. Bald sind Matti und Magali gesund und munter wieder bei dir zuhause. Du wirst sehen!“

KAPITEL 3

Lukas betrat das leere Haus. Zuerst eilte er zum Telefon, um sich zu vergewissern, keinen Anruf der Entführer verpasst zu haben. Aber er hätte das Klingeln sowieso auch vor der Haustür gehört.

Einer der Hunde kratzte an seinem Hosenbein. Caruso. Er sah ihn mit diesem gewissen Blick an, der nichts anderes bedeutete, als dass er Hunger hatte. Caruso hatte eigentlich immer Hunger.

Lukas ging in die Küche und füllte die beiden Näpfe reichlich auf. Nur um sich irgendwie zu betätigen, kochte er dann für sich und Lucie Kaffee.

Das Warten begann.

Lucie führte in der Zwischenzeit zwei Telefonate. Das erste war kurz und diente dazu, ihre Verabredung für den Abend abzusagen. Der zweite Anruf galt Jules. Der Agent hatte seiner Agententätigkeit inzwischen abgeschworen. Da er in Beirut zur Tarnung seiner eigentlichen Tätigkeit den Beruf eines Barbiers erlernt und tatsächlich Freude und Talent darin gefunden hatte, betrieb er infolgedessen in seiner neuen Heimatstadt München ein eigenes Friseurstudio.

„Hallo Jules. Ich bin es, Lucie."

„Lucie. Schön, dass du dich meldest. Bist du in München?"

„Nein, in Nürnberg. Bist du allein und kannst sprechen?"

„Ja. Was ist passiert?" Etwas in Lucies Stimme hatte Jules sofort alarmiert.

„Lukas' Frau und Sohn wurden entführt. Kannst du nach Nürnberg kommen? Ich bin hier, bei ihm zuhause."

„Natürlich, ich mache mich sofort auf den Weg. Habt ihr die Polizei schon eingeschaltet?"

„Nein. Lukas hat eine Nachricht der Entführer erhalten, dass die Polizei nicht informiert werden darf, wenn er Magali und Matti lebend wiedersehen will. Außerdem warnen sie ihn, dass er beobachtet wird“, erklärte Lucie.

„Das ist vielleicht nur ein Bluff. Eine Observierung ist aufwendig und erfordert mehrere Personen, weil sie sich abwechseln müssen. Ob Lukas‘ Haus observiert wird, lässt sich ziemlich schnell feststellen. Ich werde mir das ansehen, sobald ich da bin. Gibt es eine Forderung?“

„Bisher nicht. Apropos, Lukas meint, dass die Entführer nicht nur sein Telefon, sondern eventuell auch das Haus innen abhören könnten.“

„Das ist gut möglich. Das kriegt heute inzwischen jeder Laie hin. Die Plage des Internets“, seufzte Jules. „Das sehe ich mir auch gleich an. Bis dahin solltet ihr euch nichts anmerken lassen. Sobald ich festgestellt habe, dass die Luft rein ist, klingle ich bei Lukas unter einem Vorwand. Ich beeile mich und bin gegen halb vier da.“

„Danke Jules.“

„Bis später.“ Er legte auf.

Lucie kramte in ihrer Tasche, holte Stift und Schreibblock hervor und schrieb etwas. Danach besorgte sie noch zwei Pizzen bei einem Schnellimbiss und kehrte zu Lukas zurück.

Als er ihr die Haustür öffnete, sah sie ihm sofort an, dass es keine neuen Entwicklungen gab.

„Hier bin ich wieder, Bruderherz. Wie versprochen, mit etwas zum Essen, wenn du heute schon Strohwitwer bist“, spielte Lucie ihre Rolle für mögliche Beobachter. „Sieh mal.“ Sie hielt ihm die offene Schachtel hin und zwang ihn, einen Blick darauf zu werfen. Obenauf lag das von ihr beschriebene Blatt: *„Flipp jetzt bloß nicht aus. Jules ist hierher unterwegs. Basta!“* Das Basta hatte sie dick und fett unterstrichen.

Laut sagte sie: „Mit extra viel Käse. Heute pfeife ich mal auf meine Figur. Komm, Lukas. Wir setzen uns in die Küche, essen und plauschen. Ich habe aufregende Neuigkeiten mitgebracht.“

Falls die beiden tatsächlich abgehört wurden, dann konnte sich derjenige ab sofort davon überzeugen, wie jemand zwei Stunden ununterbrochen belangloses Zeug reden konnte, ohne dass sein Gegenüber einmal den Mund aufmachen musste. Für Lucie eine leichte Übung.

Sie berichtete von ihren Grabungsarbeiten und darüber, dass sie eine fast unversehrte, dreitausend Jahre alte Tonvase gefunden hatte - „nicht mehr als zehn Scherben, Lukas“, das war die aufregende Neuigkeit -, wusste einige Anekdoten über ihre männlichen Kollegen in der Türkei zu berichten, die natürlich alle in sie verliebt waren, und bezog mehrmals auch die Hunde, die sich zu ihren Füßen niedergelassen hatten, in ihren Monolog ein: „Na, Stellina und Caruso? Wann gibt es Nachwuchs? Ach, ich vergaß, Caruso, das geht bei dir ja gar nicht mehr, du bist ja kastriert. Armes Tier.“

Zwischendurch wanderte Lucies Schreibblock zwischen ihnen hin und her und die beiden Geschwister schrieben sich kurze Botschaften. Lukas machte den Anfang:

„Wieso tust du nie das, worum man dich bittet?“

„Weil Jules der Beste dafür ist. Wie du weißt!!!“

„Das ist nicht der Punkt. Was ist, wenn die was merken und nicht anrufen?“

„Jules ist besser. Wenn draußen jemand herumspioniert, findet er das heraus. Relax.“

„Bitte kein Englisch.“ Ihr Bruder rollte genervt mit den Augen und kaute eine Weile auf dem Bleistift herum. Dann schrieb er:

„Warum rufen die nicht endlich an?“

Lucie kramte einen neuen Stift hervor, weil Lukas von ihrem nicht viel übrig gelassen hatte, und antwortete ihm: *„Die lassen dich mit Absicht schmoren“*, und laut: „Möchtest du noch eine Tasse Kaffee, Lukas? Ganz frisch aufgebrüht!“

Sie wartete seine Antwort gar nicht erst ab, sondern stand auf, klapperte laut mit dem Geschirr und füllte die beiden rustikalen Henkelbecher nach. Die Pizza stand nach wie vor unberührt zwischen ihnen. Käse und Zettel waren inzwischen eine enge Verbindung eingegangen.

Lukas hielt es nicht mehr auf seinem Stuhl. Er begann in der Küche umherzuwandern, während Lucie eines ihrer Zwiegespräche mit den beiden Hunden hielt, die aufmerksam jedem ihrer Worte lauschten.

Der junge Vater verharrte vor dem von ihm hastig zusammengepackten Picknickkorb. Er hatte ihn bei seiner Rückkehr auf dem Küchentresen abgestellt. Jetzt starrte er ihn an wie einen unerwünschten Fremdkörper. Der Korb erinnerte ihn schmerzhaft daran, wie ihn der Duft von frischgebackenem Kuchen in die Küche gelockt hatte. Magali hatte ihm mit dem Kochlöffel auf die Finger geschlagen, als sie ihn dabei erwischt hatte, wie er sich ein Stück Kuchen stibitzen wollte.

„Ganz der Sohnemann", hatte sie gelacht und mit dem Kochlöffel auf Matti gezeigt, der mit baumelnden Beinen am Küchentisch gesessen und hingebungsvoll die Teigschüssel ausgeschleckt hatte.

Wie rasend schnell sich Dinge ändern konnten und wie schnell aus Glück Unglück werden konnte…

Lucie, die ihren Bruder nicht aus den Augen gelassen hatte, trat zu ihm, drückte ihn fest an sich und flüsterte in sein Ohr: „Mut, Lukas."

Kurz darauf griff sie in ihre Hosentasche und zog ihr Handy hervor, das sie auf Vibration gestellt hatte. Eine SMS von Jules! Lucie las die wenigen Worte und hielt das Display mit der Nachricht dann Lukas hin. Sie lautete:

„Bin vor eurem Haus. Keine Observierung! Komme jetzt rein. J."

Lucie schenkte ihrem Bruder ein breites Grinsen, das nichts anderes bedeuten sollte als: „Na, wie habe ich das gemacht?"

Trotz aller Verzweiflung spürte auch Lukas einen winzig kleinen Funken Hoffnung in sich aufglimmen. Es war, wie seine Schwester vorhin gesagt hatte: Sie waren nicht nur durch die Geschwisterliebe miteinander verbunden, sondern da war mehr, eine besondere Empathie, die sie die Gefühle des anderen nachempfinden ließen. Er sah ihr tief in die Augen, und Lucie erwiderte seinen Blick mit der gleichen Intensität. Die Bande waren stark.

Die Haustürklingel schlug an und durchbrach den Bann. Lukas eilte zur Tür, riss sie auf und da stand Jules, in Jeans, Trainingsjacke und mit einer Sporttasche. „Entschuldigen Sie, Herr von Stetten, dass ich einfach so an einem Sonntag bei Ihnen hereinplatze. Ich war gerade auf dem Weg ins Fitnessstudio und da fiel mir ein, dass Sie ganz in der Nähe wohnen. Sie erinnern sich sicher noch an mich vom letzten Elternabend? Gerhard Mair. Es geht um meine Tochter Monika. Sie sagten mir, dass Gefahr bestünde, dass sie nicht versetzt werden könnte. Dürfte ich Sie deswegen kurz stören?"

Lukas ging darauf ein. „Natürlich, Herr Mair. Kommen Sie herein." Noch während der Begrüßung hatte Jules bereits ein kleines Gerät, einem Funkgerät nicht unähnlich, aus seiner Tasche hervorgezogen und es geschickt in seiner Handfläche verborgen ans Telefon gehalten. Jules ging nicht wirklich davon aus, dass die Entführer eine oder mehrere Minikameras im Haus installiert hatten, aber er wollte kein Risiko eingehen. Der Bug Detector vibrierte schwach in seiner Hand. Jules hatte die erste Wanze gefunden. Um sie würde er sich später kümmern.

„Sagen Sie", meinte er zu Lukas, „Am Ende vom Dürerweg ist ein Eckreihenhaus frei. Meine Frau und ich wären sehr daran interessiert, können es aber erst nächste Woche besichtigen. Wissen Sie, ob es genauso aufgeteilt ist wie Ihres?" Jules sah ihn auffordernd an und Lukas verstand. Falls Kameras installiert waren, benötigte Jules einen Vorwand, um das Haus unauffällig inspizieren zu können.

„Wenn Sie möchten, führe ich Sie kurz herum", sagte er prompt.

Jules war gründlich, jeder Quadratmeter wurde gescannt. Erst dann ließ er das Gerät sinken und meinte: „Okay, die Luft ist rein. Keine Kameras, keine Wanzen. Nur diese eine Wanze im Telefon." Er entfernte sie und begutachtete sie auf seiner Handfläche. Seinem geringschätzigen Gesichtsausdruck nach handelte es sich um kein hochwertiges Modell. Er setzte sie wieder ein, da es keinen Sinn machte, sie zu entsorgen. Die Entführer würden es spätestens bei einem Anruf merken, dass sie nicht mehr aufzeichnete.

„Das Ding kann nicht mehr als Telefonate mitschneiden", erklärte er. „Die Nachricht auf dem Zettel war also nichts weiter als ein Bluff, um dich zu verunsichern, Lukas. Der Wanze nach sieht mir das nicht nach einer professionellen Bande aus. Auch dein Haus wird nicht observiert. Ich habe mich draußen gründlich umgesehen."

„Na toll", meinte Lucie. „Dann habe ich mir die letzten zwei Stunden völlig umsonst den Mund fusselig geredet." Doch sie wirkte erleichtert. Dann kniff sie ein Auge zu und meinte an Jules gerichtet: „Ehrlich? Gerhard Mair? Scherzkeks!"

„Was?" Lukas wirkte irritiert.

„Jules' Tarnname ist einer der bekanntesten Friseure Deutschlands", erklärte Lucie.

„Aha." Lukas sagte der Name gar nichts.

„Und, haben sich die Entführer schon gemeldet?", fragte Jules.

Lukas' Antwort bestand aus einem resignierten Kopfschütteln. Jules packte seine Sporttasche auf dem Küchentisch aus und förderte einen Laptop und eine Menge zusätzliches elektronisches Equipment zu Tage. Während er das Telefon über einen Funktransceiver mit seinem Laptop verband und eine Fangschaltung installierte, instruierte er Lukas, wie er sich bei einem Anruf der Entführer zu verhalten hatte:

„Wenn sie sich melden, Lukas, bleib ruhig und hör dir an, was sie zu sagen haben. Erkläre dich mit allem einverstanden und bitte darum, mit deiner

Frau sprechen zu dürfen. Bleib hartnäckig, Lukas, und bestehe auf einem Lebenszeichen von Magali. Je länger du sie hinhalten kannst, umso höher ist die Wahrscheinlichkeit, dass ich den Anrufer lokalisieren kann." Jules schloss seine Vorbereitungen ab.

Lucie hatte ihm fasziniert dabei zugesehen. „Sag mal, Jules, gibt es eigentlich etwas, was du nicht kannst?", fragte sie jetzt.

„Sicher, aber Computertechnologie war auch Teil meiner Ausbildung, Lucie. Die digitale Welt beherrscht den Menschen immer mehr, es ist eine gefährliche Entwicklung. Ich bin lieber vorbereitet", sagte er, während er sich Lukas gegenüber an den Tisch setzte. „So, Lukas, und jetzt erzähle mir der Reihenfolge nach, was heute passiert ist."

Jules unterbrach den Bericht seines Freundes nicht einmal und bat zum Schluss um den handgeschriebenen Zettel. Lukas reichte ihm das zerknüllte Stück Papier: „Es ist mir erst später aufgefallen, aber man könnte glatt meinen, Magali hätte ihn selbst geschrieben. Das heißt, wenn die Buchstaben nicht so komisch nach links wegkippen würden", ergänzte er unsicher.

Jules riss ihm das Blatt beinahe aus der Hand.

„Bei Allah", Jules war gläubiger Muslim, „Natürlich, Magali hat das selbst geschrieben und sie hat sich genau an meine Instruktionen gehalten. Gutes Mädchen."

„Was?", rief Lukas. Sein Ausdruck spiegelte Verwirrung wider.

„Komm schon, Lukas. Das kannst du doch nicht vergessen haben?", rief Jules.

Lucie legte ihrem Freund die Hand auf den Arm: „Lukas hatte keine Ahnung von unserem speziellen Training, Jules. Ich musste Magali versprechen, ihm nichts davon zu verraten."

Lukas reagierte in der Tat ungehalten. Natürlich hatten ihm Lucie und Magali nichts davon erzählt: Weil sie wussten, wie er zu Jules' *speziellem* Training stand. Es enthielt einige ziemlich brutale Elemente.

Er selbst war in Rom Zeuge geworden, wie seine Freundin Rabea einen von Jules' speziellen Tricks angewendet hatte. Ihm war beinahe das Herz stehengeblieben. Der ehemalige Jesuit trug seine Gefühle seit jeher im Gesicht spazieren, doch er versagte sich einen Kommentar. Stattdessen fuhr er sich durch den blonden Haarschopf. „Also gut. Dann klärt mich auf. Warum soll Magali die Zeilen selbst geschrieben haben?"

„Das ist einfach: Die Entführer haben sie - mit Matti als Druckmittel -, dazu gezwungen. Es soll dir, dem Vater, verdeutlichen, dass sie alles tun muss, was sie ihr sagen. So wie du auch“, erläuterte Jules.

„Und welche angebliche Botschaft hat Magali nun genau darin versteckt?“

„Die nach links kippende Schrift bedeutet, dass Magali glaubt, dass wir es mit absoluten Profis zu tun haben. Das ist schlecht. Aber das hier, das ist sehr gut.“ Jules tippte mit dem Zeigefinger auf das Blatt. „Sie hat auf die I keine Punkte gesetzt, sondern längliche Striche. Das bedeutet, dass sie und Matti bisher gut behandelt werden. Mehr kann ich nicht erkennen. Sie war natürlich in Eile. Allerdings, es gibt etwas, das ich nicht verstehe, etwas Widersprüchliches…“ Jules hielt sich dicht über den Zettel gebeugt, als wollte er jeden Buchstaben einzeln sezieren.

„Was denn?“, wollten Lucie und Lukas gleichzeitig wissen.

„Laut Magali sind die Entführer sehr professionell. Dafür spricht, dass sie Lukas‘ Familie ohne Aufsehen mitten aus einem öffentlichen Park entführen konnten. Das erfordert eine ausgeklügelte Logistik und mehrere beteiligte Personen. Dem gegenüber steht die leere Drohung, dass Lukas beobachtet wird. Bis auf dieses billige Modell in deinem Telefon weist jedoch nichts darauf hin. Einerseits haben wir hier Profi-Arbeit, was auch die Einschätzung von Magali ist, andererseits diese laienhafte Wanzen-Aktion. Das ist wie ein Puzzle, dessen Teile nicht zusammenpassen. Irgendetwas übersehen wir hier noch“, meinte Jules nachdenklich und trug damit nicht zu Lukas‘ und Lucies Beruhigung bei.

„Und wie soll es jetzt weitergehen? Was können wir tun, Jules?“, fragte Lucie und kam ihrem Bruder den Bruchteil einer Sekunde mit ihrer Frage zuvor.

„Zunächst muss ich herausfinden, wie die Entführer vorgegangen sind. Scheinbar hat niemand etwas gesehen oder gehört. In einem gut besuchten Park am helllichten Tag? Lass uns nochmal den genauen Ablauf der Entführung durchgehen, Lukas. Du warst also Eis holen. Wie viel Uhr war es da?!

„Es muss kurz nach 12:30 Uhr gewesen sein.“

„Wie weit warst du da maximal von deiner Familie entfernt?“

„Gut hundert Meter, vielleicht hundertzwanzig.“

„Also in Sichtweite.“

„Ja.“

„Wie lange hast du dich weggedreht?“

„Nur wenige Minuten. Ich habe mich mit Herrn Martin, dem Vater einer meiner Schüler, unterhalten."

„Und vorher oder nachher ist dir nichts Besonderes aufgefallen? Hast du irgendjemand in der Nähe gesehen, der euch vielleicht beobachtet hat? Eine Bewegung im Augenwinkel?"

„Nein, nichts. Wir waren früh im Park und hatten einen geschützten Platz am Rande einer kleinen Baumgruppe bezogen. Die nächsten Nachbarn waren ungefähr fünfundzwanzig Meter entfernt und die haben nichts bemerkt. Herr Martin hat sie gefragt. Es muss alles sehr schnell gegangen sein. Das habe ich doch eben schon erzählt." Lukas ließ seine Anspannung vom Zügel.

Jules ließ sich nicht aus der Ruhe bringen. „Nochmal. Du hast also von diesem Eiswagen aus erkannt, dass sie nicht mehr an ihrem Platz saßen. Dieser Herr Martin, könnte er etwas gesehen haben?"

„Nein, denn als ich ihm zeigen wollte, wo wir sitzen, hat uns gerade ein Fahrzeug der städtischen Abfallwirtschaft den Blick versperrt. Ich glaube, es fuhr schon den ganzen Vormittag durch den Park. Aber genau kann ich das nicht sagen."

Jules schlug auf den Tisch, dass Lukas zusammenzuckte: „Dann ist alles klar. So haben sie es gemacht. Sie haben ein öffentliches Fahrzeug benutzt, das im Park nicht als Fremdkörper auffallen würde. Wie sah der Wagen genau aus? Größe? Aufschrift? Hast du auf das Kennzeichen geachtet? Ein oder zwei Insassen?" Jules tippte bereits wie wild auf die Tasten seines Laptops ein und rief eine Reihe von Dateien auf.

„Tut mir leid, Jules. Ich bin kein Agent wie du. Wie ein städtischer Servicewagen halt aussieht, groß und orange."

„Konntest du den Fahrer erkennen?"

„Nein, ich sagte doch, ich habe nicht weiter auf ihn geachtet. Glaubst du wirklich, dass sie da drin gewesen sein könnten? Mein Gott, sie sind direkt an mir vorbeigefahren und ich Idiot habe nichts gemerkt."

„Lass gut sein, Lukas. Niemand hätte auf den Wagen geachtet. Wenn ich sämtliche Leute im Park befragen würde, würden sich die wenigsten überhaupt an das Fahrzeug erinnern. Allerdings wird kein städtischer Arbeiter etwas mit der Entführung zu tun haben. Das wäre zu einfach. Mit Sicherheit haben die Entführer das Fahrzeug gestohlen."

Das Telefon in ihrer Mitte klingelte. Jules hatte es auf dem Esstisch platziert. Eine Sekunde lang absorbierte der Apparat ihre gesamte aufgestaute Spannung.

Jules gab Lukas ein Zeichen, noch kurz zu warten. Ein letztes Mal überprüfte er die Einstellungen seiner Geräte und des Computers. Dann erst nickte er seinem Freund zu, der vor Aufregung zitterte. Sein Adamsapfel zuckte, als er nach dem vierten Klingeln abnahm.

„Lukas von Stetten." Lukas bemühte sich, gefasst und ruhig zu klingen.

Die Person am anderen Ende der Leitung war nicht der Entführer, sondern... seine Mutter. Ihr Timing war schon immer perfekt gewesen. Erst gestern war er mit seiner Familie zum Essen in der Villa gewesen. Lukas überlegte fieberhaft, wie er seine empfindliche Mutter auf sanfte Art loswerden konnte, als Evelyn von Stetten bereits nach seiner Frau fragte: „Gibst du mir bitte Magali, Lukas? Ich habe die Telefonnummer von dem Clown gefunden, du weißt schon, für Mattis Geburtstagsfest. Übrigens, du klingst etwas heiser, mein Junge. Du wirst dir doch nicht einen von diesen lästigen Frühlingsschnupfen eingefangen haben? Ich werde Magali sagen, sie soll dir einen Tee kochen." Noch während sie sprach, ertönte das Anklopfen eines weiteren Anrufs in der Leitung.

„Entschuldige Mutter, keine Zeit. Da kommt gerade ein wichtiger Anruf. Magali meldet sich später bei dir", rief er und warf seine Mutter damit zum ersten Mal in seinem Leben aus der Leitung. Er nahm das zweite Gespräch an. Das Herz klopfte ihm bis zum Hals und er brachte diesmal kaum seinen Namen vollständig heraus. Es war der Anruf der Entführer.

„Sie haben meinen Anruf bereits erwartet?", sagte eine elektronisch verzerrte Stimme.

„Ich will wissen, wie es meiner Frau und meinem Sohn geht." Absichtlich übersah Lukas Jules' warnendes Zeichen, Ruhe zu bewahren.

„Den beiden geht es bestens. Sie genießen meine Gastfreundschaft. Lassen Sie mich zum Grund meines Anrufes kommen. Vor knapp zwei Jahren sind Ihnen in Rom einige unangenehme Dinge zugestoßen. Der bedauerliche Tod Ihrer Freundin und Ihres..."

„Was wollen Sie?", fiel ihm Lukas ins Wort. Seine Gesichtsfarbe war bei der Erwähnung der Morde nochmals um einen Tick blasser geworden. Er hatte die Anspielung als das verstanden, was sie war: eine Warnung.

„Unterbrechen Sie mich noch einmal und ich werde auflegen", erwiderte die Stimme kalt und fuhr fort: „Es ist an der Zeit, die Sache zu Ende zu bringen. Sie besitzen etwas, das wir gerne haben möchten, von Stetten. Sie werden uns daher die Dokumente übergeben, die Ihnen der verblichene Pater General Ignazio

Bentivoglio anvertraut hat. Im Gegenzug erhalten Sie Ihre Frau und Ihren Sohn unversehrt zurück. Ihre Entscheidung."

Die Forderung des Entführers löste bei Lukas hilflose Fassungslosigkeit aus. Wollte dieser Albtraum, der mit der Ermordung seines Onkels seinen Anfang genommen hatte, denn niemals enden? Woher wusste der Anrufer, dass er im Besitz dieser verhängnisvollen Dokumente gewesen war? Nur sehr wenige Personen hatten überhaupt von deren Existenz gewusst und fast alle hatten dieses Wissen mit ihrem Leben bezahlt.

Lukas war überzeugt, dass die Dokumente im Laufe der Ereignisse von der Drahtzieherin der Morde, der holländischen Sammlerin Carlotta van Kampen, gestohlen worden waren. Sie selbst hatte damals fliehen und sich bis heute erfolgreich den Behörden entziehen können.

Das Letzte, was er vor Monaten über sie gehört hatte, war, dass Interpol sie irgendwo in Südafrika vermutete, wo das Unternehmen, welches sie von ihrem Mann Jaap Leysieffer geerbt hatte, mehrere ergiebige Diamantenminen besaß.

„Wir sind nicht an Geld interessiert", sagte die Stimme. „Wir wollen nur die Dokumente. Sie haben vierundzwanzig Stunden. Dann melden wir uns wieder."

„Halt, warten Sie", rief Lukas in panischer Angst, dass der Anrufer auflegen könnte, bevor er nochmals ein Lebenszeichen von seiner Frau hatte verlangen können. Doch genau das hatte der Mann getan. Aus dem Hörer tönte das Freizeichen.

„Aber ich wollte doch mit Magali sprechen", stammelte Lukas und starrte auf das Telefon. Er hielt es so fest umklammert, dass seine Knöchel weiß hervortraten.

Lucie beugte sich langsam zu ihm hinüber, löste seine Finger und entwand ihm den Apparat mit sanftem Nachdruck.

„Und? War das lange genug, Jules? Konntest du den Anruf orten?", erkundigte sie sich.

Jules bearbeitete seinen Laptop. Jetzt schüttelte er den Kopf. „Nichts, die Verbindung kam über so viele Relaisstationen herein, dass es nicht einmal zu schaffen gewesen wäre, wenn der Mann den gesamten Koran heruntergebetet hätte. Merde, das bestätigt Magalis Einschätzung, dass wir es mit Profis zu tun haben. Die Wanze im Hörer war nur ein Scherz, den sie sich mit dir erlaubt haben, Lukas. Nach dem Motto: Wir waren in ihrem Haus. Du sollst dich hier nicht sicher fühlen. Ich gebe zu, dass mir das ganz und gar nicht gefällt."

„Was gefällt dir nicht? Dass sie in meinem Haus waren oder die Gewissheit, dass hier Profis am Werk sind?“, hakte Lukas verzweifelt nach.

„Weder noch. Mir gefällt nicht, dass sie sich so sicher fühlen. Der Mann hat sogar davon abgesehen, dich nochmals zu warnen, die Polizei einzuschalten. Und diese Anspielung auf Rom. Ich würde fast sagen, er genießt sein Spiel, Lukas. Das Ganze hat für mich etwas Persönliches.“

„Und wenn schon. Ist das wichtig, Jules? Wir sollten uns lieber Gedanken über diese unsinnige Forderung machen. Wie du weißt, habe ich diese Dokumente nicht“, stieß Lukas aufgebracht hervor.

Eine hohe Geldsumme hätte er mit Hilfe seines Vaters aufbringen können, aber die Dokumente zu beschaffen stellte für ihn ein Ding der Unmöglichkeit dar. Was seine Hilflosigkeit jedoch ins Unermessliche steigerte, war die Tatsache, dass der Entführer ihm nicht die Spur einer Möglichkeit gegeben hatte, ihm die Sachlage zu erklären. Es war aus. Seine Frau und sein Sohn waren schon so gut wie tot. Lukas glaubte, an seinem Schmerz ersticken zu müssen. Doch Jules‘ nächste Worte schreckten ihn noch mehr auf.

„Ich muss zugeben“, meinte dieser jetzt, „dass diese Forderung der Entführer auch mich überrascht hat. Meine Vermutung ging in eine völlig andere Richtung. An die Dokumente hatte ich gar nicht gedacht und eine Lösegeldforderung kam auf meiner Liste auch erst an zweiter Stelle.“ Der ehemalige Agent klang fast erleichtert.

Lucie, der der feine Unterton nicht entgangen war, hob unmerklich eine Augenbraue. Sie war daran gewöhnt, dass Jules das eine oder andere Detail gern noch zurückhielt. Ihr Blick pendelte von Jules zu Lukas, der – für feine Untertöne derzeit wenig empfänglich – sofort heftig reagierte: „Wie bitte? Was soll das heißen? Welche Liste? Hast du den Verstand verloren, Jules?“, rief er.

„Steig wieder vom Kamel, Lukas. Es geht um die Stiftung deines Vaters und den Verkauf der Anteile an eurem Rüstungsgeschäft. Ein Milliardengeschäft.“

„Bitte? Wovon sprichst du?“ Jules hatte es geschafft, zu guter Letzt auch Lucie zu verwirren. Diese tauschte ein Achselzucken mit ihrem kaum minder verblüfften Bruder.

„Ich spreche von der jüngsten Entwicklung der Von-Stetten-Ingenieure: Raketenleitsysteme, die Hawk-Eye-Serie. Wir befinden uns mitten im Zeitalter der High-Tech-Kriege, Lukas. In einschlägigen Kreisen geht das Gerücht, dass eure Firma ein Raketenleitsystem entwickelt hat, das alles Dagewesene toppt. Ich hatte befürchtet, dass die Entführer hinter den Softwarecodes her sein könnten."

„Was soll das jetzt, Jules? Das ist nicht *meine* Firma. Das ist die Firma meines Vaters! Er verdient sein Geld mit Waffen, nicht ich!" Die Rüstungsaktivitäten des lukrativsten vST-Zweigs waren Lukas' wunder Punkt. Es waren auch die präzisen Lenkwaffen aus dem Nürnberger Konzern, die die Kriege rund um den Globus am Laufen hielten. Die Amerikaner waren die besten Kunden seines Vaters. Lukas hatte versucht, seinen Vater dazu zu bewegen, diesen Geschäftszweig aus dem Unternehmen zu entfernen, nun da sein Bruder tot und er und Lucie die einzigen Erben waren. Weder er noch Lucie hatten die Absicht, ihr Leben einer Firma zu widmen, die ihren Gewinn mit der Produktion von High-Tech-Waffen erzielte.

„Das war kein Vorwurf, Lukas. Ich weiß, dass du darüber denkst wie ich. Osama bin Laden hat 1998 gegen die gesamte westliche Welt den Heiligen Dschihad ausgerufen. Seither breitet sich im Mittleren Osten, wie auch in Indien und Pakistan, der verhängnisvollste Religionskrieg aller Zeiten wie ein Flächenbrand aus. Ich sage bewusst Krieg. Ost gegen West. Der arabische Frühling ist verblüht, der politische Islam auf dem Vormarsch. Jeden Tag wächst der Hass auf den Westen. Jeder Getötete hinterlässt eine Familie potentieller Märtyrer. Darum zählt jeder Tag und jede Stunde, den dieser Krieg früher endet.

Wenn also vST eine Waffe entwickelt hätte, die nicht nur zielgenau tötet, sondern auch eine Gesichtserkennungssoftware integriert hat, die die Zielpersonen erkennt, und es somit gelingen könnte, unbequeme Kollateral-Schäden zu vermeiden, dann wäre das unbezahlbar. Und eben das soll die neueste Entwicklung eurer Hawk-Eye-Serie können. Wir beide wissen, Lukas, dass die Politiker aller Länder weniger die unschuldigen Toten fürchten als die schlechte Presse und den Hass, den sie ihnen einbringen. Es geht um technische Überlegenheit, um zielgenaue Liquidierung, gleich, ob es sich um einen gesuchten Terroristenführer oder um einen amerikanischen Präsidenten handelt." Jules hielt inne und trank einen Schluck Wasser.

„Ich höre dir noch immer zu", sagte Lukas mit zusammengekniffenen Augen. Er wusste, dass sein Freund noch nicht am Ende seiner Ausführungen angelangt war.

„Die Entwicklung der neuen Wunderwaffe, um es mit der Durchhalteparole der Nazizeit zu sagen, wurde durch staatliche Zuschüsse gefördert. Das heißt, dein Vater hat Geld von eurer Regierung genommen. Aber so oder so hätte die

Regierung bei der Herausgabe der Betriebssysteme ein Wörtchen mitzureden gehabt. Und wie heißt es so schön: Der Staat lässt sich nicht erpressen."

„Willst du damit behaupten, unsere Regierung hätte meine Frau und meinen Sohn für irgendwelche Waffenpläne geopfert?"

„Ich würde es anders ausdrücken: Die Regierung hätte sicher alles daran gesetzt, dass deine Familie freikommt, aber sie hätten niemals zugelassen, dass dafür Betriebsgeheimnisse eingetauscht worden wären. Sie hätte sich hier auch dem Druck der Amerikaner beugen müssen. Allah sei Dank, dass wir uns nicht mit diesem Problem herumschlagen müssen", ergänzte Jules nachdrücklich.

Während Lukas noch auf dem Gesagten herumkaute, brachte es Lucie auf den Punkt: „Heilige Scheiße! Das ist ja total verrückt, Jules, wirklich. Die Entführer wollen nicht das, was wir haben, nämlich Geld. Und sie wollen auch nicht, was wir vielleicht gehabt hätten, aber ihnen niemals hätten geben können. Dafür wollen sie etwas, dass wir überhaupt nicht haben. Das nenne ich ein Patt", schloss sie ihre trockene Analyse ab. Sie griff nach dem türkischen Honig, den sie eigentlich als Mitbringsel für Matti gedacht hatte und steckte sich ein großes Stück davon in den Mund. Zeit für Nervennahrung.

„Was sollen wir jetzt tun? Die töten meine Frau und meinen Sohn, wenn sie die Dokumente nicht von mir bekommen. Und das wiederum ist unmöglich, denn die van Kampen hat sie uns gestohlen." Lukas war wütend aufgesprungen.

„Ruhig Blut, Lukas", mahnte Jules. „Das bedeutet, dass wir 24 Stunden Zeit haben, um entweder Magali und Matti zu finden oder aber die geforderten Schriftrollen, um sie gegebenenfalls zurückzustehlen. Es ist jetzt 16:36 Uhr, der Countdown läuft. Wir sollten uns besser auf den Weg machen." Er stand auf.

„Was soll das, Jules? Wie stellst du dir das vor?", fuhr Lukas ihn an. „Wir haben weder den geringsten Anhaltspunkt zum Aufenthaltsort meiner Familie, noch wissen wir, wo sich dieser Teufel von Frau mit den Schriftrollen versteckt hält. Sieh es ein, es ist aussichtslos."

Jules fixierte seinen Freund. „Das ist das Problem mit euch Christen, Lukas", meinte er laut. „Ihr gebt zu früh auf. Ihr predigt von Gottes Wille und versteckt euch hinter dem schönen Wort Schicksal. Ich hätte nicht gedacht, dass du so ein Schlappschwanz bist", ergänzte Jules grob. Lucie blinzelte fasziniert.

Lukas suchte den Sinn hinter Jules' harschen Worten zu begreifen. Er fand seine Vermutung in dessen Augen bestätigt. Sein Freund setzte ihm absichtlich zu. Lukas straffte sich: „Also gut, Jules. Wie sieht dein Plan aus? Was schlägst du vor?"

Jules hatte im Stehen erneut seinen Laptop bearbeitet und drehte ihnen das Display zu.

Lukas blickte abwechselnd zwischen Jules und dem Bildschirm hin und her, doch die Buchstaben auf dem aufscheinenden Dokument schienen einen verschwommenen Tanz aufzuführen. Nichts davon konnte er entziffern.

„Das ist ein Protokoll der Polizei Nürnberg. Wurde eben erst online gestellt. Wie ich vermutet habe, war der Reinigungswagen gestohlen. Er wurde vor mehr als einer Stunde in einer Tiefgarage in der Nürnberger City aufgefunden. Und das Beste daran ist, dass es dort Überwachungskameras gibt." Jules setzte sich wieder, zog den Laptop erneut zu sich heran und öffnete eine weitere Maske.

„Ich habe deren System eben geknackt. Wir haben Glück, die Filme wurden digital abgespeichert. Sie haben eine wirklich tolle Technik, aber merkwürdigerweise eine sehr leicht zu überwindende Firewall. Wenn die Entführer gefilmt wurden, wie sie das Fahrzeug wechseln, können wir vielleicht das Kennzeichen erkennen."

„Und was dann? Wenn das Fahrzeug gestohlen wurde, stehen wir wieder am Anfang", zweifelte Lukas.

„Ein Schritt nach dem anderen, Lukas." Jules war die Ruhe selbst, seine Finger glitten über die Tastatur. „Und da ist er schon."

Lukas und Lucie sprangen auf und stellten sich hinter Jules. Gebannt blickten sie auf den Bildschirm. Jules nahm einige weitere Einstellungen vor und auf dem Display erschien nun das Standbild einer Kamera, die auf einen leeren Parkplatz gerichtet war; in der Ecke lief eine Uhr mit. Sie zeigte auf 13:15 Uhr, die ungefähre Zeit, die Jules errechnet hatte, wann der Wechsel vom ursprünglichen Fahrzeug der Stadtreinigung auf ein anderes stattgefunden haben dürfte. Jules spulte langsam vor und da war er! Langsam fuhr der Reinigungswagen ins Bild und parkte vorwärts ein.

Bis zum Äußersten angespannt beugte sich Lukas dem schwarzweißen Bild entgegen. Es war soweit! Gleich würde er seine Frau und seinen Sohn in der Gewalt der Entführer sehen! Zunächst sah man nur den Fahrer aussteigen. Er trug keine Maske, dafür eine tief in die Stirn gezogene Schiebermütze, die den oberen Teil seines Gesichts in Schatten hüllte. Gekleidet war er in den typischen

Overall der städtischen Arbeiter. Aufmerksam sah sich der Mann um, dann hob er den rechten Arm. Eine dunkle Limousine tauchte unmittelbar darauf am Bildschirmrand auf und hielt quer zur Rückseite des Entführer-Fahrzeuges. Jules fluchte. Das machte es für ihn unmöglich, das Kennzeichen der Limousine zu erkennen.

Der Fahrer des Transporters öffnete die hintere Tür der Limousine. Dann klopfte er einmal gegen die rückwärtige Tür des Servicewagens. Ein Mann kletterte heraus, der Magali am Oberarm umfasst hielt und sie sofort in die Limousine bugsierte. Ein weiterer, merkwürdig gekleideter Mann erschien im Ausstieg. Er trug eine Art Taucheranzug inklusive Gesichtsmaske, die nur Augen und Mund freiließ, hielt Matti im Arm und verschwand ebenfalls im Fahrzeug. Der vormalige Fahrer des Servicefahrzeugs schloss alle Türen, dann riss er die Beifahrertür auf und stieg ein. Das Fahrzeug fuhr an und entschwand aus dem Blickfeld der Kamera. Fieberhaft huschten Jules‘ Finger über die Tastatur, um eine andere Kameraeinstellung zu aktivieren, die ihm das Kennzeichen der Limousine zeigen würde.

Jules zoomte dichter heran und da war sie, eine Münchner Nummer. Nur wenig später hatte Jules ermittelt, dass es ein Wagen einer bekannten deutschen Autovermietung war. Jules erklärte, warum er dies für eine gute Nachricht hielt: Alle dortigen Fahrzeuge waren via Schlüsselanhänger mit einem RFID-Chip ausgestattet, der ähnlich einem Handy Funksignale aussandte. So konnten die Fahrzeuge bequem und ohne persönliches Erscheinen am Counter via Schlüsselsafe abgeholt und zurückgegeben werden. Der Chip wurde vom System registriert und die Einspeisung des Schlüssels in das Computersystem erfolgte mit Standort, Datum und Uhrzeit.

„Sicherlich wurde das Fahrzeug mit einem gefälschten Führerschein angemietet, aber wir können durch das Kennzeichen zumindest zurückverfolgen, wo und wann es angemietet wurde, so dass sich unser Suchradius eingrenzen lässt“, erklärte Jules.

„Und was ist, wenn das Auto ebenfalls gestohlen wurde?“, hakte Lukas zweifelnd nach.

„Davon gehe ich nicht aus, sonst wären die Kennzeichen vertauscht und längst eine Fahndung ausgelöst worden. Ich weiß, dass die Autovermieter da sehr fix sind und eng mit den Polizeibehörden zusammenarbeiten. Ich habe jemanden an der Hand, der mir noch einen Gefallen schuldet. Er wird herausfinden, wann und an welchem Standort der Wagen angemietet wurde. Das geht schneller, als wenn ich mich einhacken muss."

„Sag, Jules", meldete sich Lucie. „Kannst du das nochmals zurückspulen? Ich würde mir nochmals gerne den Mann ansehen, der Matti getragen hat."

„Natürlich." Jules tat wie geheißen. Lucie beugte sich interessiert vor. Als der Mann mit dem Taucheranzug auf der Bildfläche erschien, starrte sie gebannt darauf. „Komisch", meinte sie dann. „Wenn ich es nicht besser wüsste, würde ich fast behaupten, der Mann trägt ein Spiderman-Kostüm. Blöd, dass die Aufnahmen in schwarz-weiß sind."

Jules hielt den Film an. Lukas hatte inzwischen den Picknickkorb nach Mattis Comic-Heften durchwühlt und ein Spiderman-Heft herausgezogen. „Du hast Recht, Lucie! Das ist ein Spiderman-Kostüm", rief er dann. „Bloß, was soll das?"

„Es beweist eine professionelle Vorbereitung, die nichts dem Zufall überlassen wollte", erklärte Jules. „Als die Entführer ihre kleine Wanze angebracht haben, müssen sie sich auch in Mattis Zimmer umgesehen haben. Und haben dabei entdeckt, dass er Spiderman-Fan ist. Damit haben sie sichergestellt, dass er bei ihrer Aktion nicht schreien würde. Das sind echte Profis. Merde…" Er griff nach seinem Handy.

„Also ich hätte ja gerne gesehen, wie sie sich als Saurier verkleidet hätten."

„Lucie, also ehrlich!" Lukas betrachtete seine Schwester kopfschüttelnd, sein Gesichtsausdruck ein einziger Tadel.

„Tschuldigung, das war daneben." Lucie war zerknirscht. „Je angespannter ich bin, umso mehr Kapriolen schlägt mein Verstand. Weißt du doch." Sie zog die Packung mit dem türkischen Honig heran und schob sich ein weiteres Stück davon in den Mund.

Jules hatte inzwischen eine Nummer aus seinem Adressbuch gewählt. „Hi, hier ist Jules. Ja, lange nichts gehört. Hör zu, du musst mir helfen. Es ist dringend. Ich gebe dir das Kennzeichen eines Mietfahrzeuges durch. Du musst für mich herausfinden, wer es wann und wo angemietet hat. Vor allem, ob der Führerschein gefälscht ist. Melde dich so schnell wie möglich unter dieser Nummer zurück. Danke."

Ihre Geduld wurde auf eine harte Probe gestellt, dabei dauerte es wenige Minuten, bis sich Jules' Kontakt zurückmeldete: „Sorry, es ist Sonntag. Ich habe die Daten. Der Wagen wurde heute Morgen um 07:12 Uhr am Flughafen München abgeholt. Aber es kommt noch besser. Er wurde bereits wieder eingecheckt und zwar um 13:37 Uhr am Flughafen Nürnberg. Der Führerschein lautet auf einen italienischen Namen, ist aber gefälscht und bringt dich nicht weiter. Verrätst du mir, worum es geht?“

„Nein, aber danke für deine Hilfe“, erwiderte Jules knapp und legte auf.

Der Mann am anderen Ende überlegte nur kurz und wählte dann eine weitere Nummer. Die Information, dass ein schlafender Agent zu plötzlicher Aktivität erwacht war, würde jemandem eine hübsche Summe wert sein.

Das war das Problem mit Informanten: Sie waren fast immer korrupt und boten ihre Informationen dem Meistbietenden an.

KAPITEL 4

„Auf, Lukas, wir fahren zum Flughafen und sehen uns das Fahrzeug genauer an. Hoffentlich wurde es nicht schon weitervermietet.“ Jules war dabei, einige seiner Gerätschaften in seiner Tasche zu verstauen.

„Was ist, wenn der Entführer erneut anruft?“, wandte Lukas ein.

„Ich glaube kaum, dass sie sich vor Ablauf der 24-Stunden-Frist nochmals bei dir melden werden. Das wäre morgen, gegen 16:30 Uhr. Bis dahin sind wir zurück. Für den unwahrscheinlichen Fall, dass sie es doch tun sollten, hält Lucie hier für dich die Stellung. Sie kann behaupten, dass du unterwegs bist, um die Dokumente zu beschaffen. Komm jetzt, jede Minute zählt.“

„Sollte ich nicht besser meine Festnetznummer auf mein Handy umleiten?“

„Besser nicht. Die Entführer könnten es orten. Ich will nicht, dass die wissen, dass wir ihnen auf der Spur sind. Lass dein Handy hier. Lucie kann uns jederzeit über mein Handy erreichen.“

Jules fuhr hart am Limit. In weniger als zwanzig Minuten hatten sie den Nürnberger Flughafen erreicht. Sie fuhren in das Parkhaus, in dem die diversen Autovermieter ihre Fahrzeuge abstellten.

Fieberhaft suchten sie die Reihe der Fahrzeuge ab und verglichen die Kennzeichen. Das gesuchte befand sich nicht darunter.

Jules sprach daraufhin einen der Servicemitarbeiter an, der ein Mietfahrzeug eingeparkt hatte. Der Mann sträubte sich zunächst Auskunft zu geben, aber nachdem ein Geldschein den Besitzer gewechselt hatte, schaute er auf seinem Tablet nach. Es war, wie Jules befürchtet hatte: Das Fahrzeug hatte die Aufbereitung bereits hinter sich und war innen und außen gereinigt worden. Eben erst war es freigegeben und erneut in den Fuhrpark eingecheckt worden.

Jules eilte mit Lukas zum Servicecounter, um das Fahrzeug umgehend anzumieten. Vielleicht fanden sich ja doch noch irgendwelche verwertbaren Spuren darin.

Leider war der 7er BMW bereits anderweitig für einen Kunden reserviert worden. Der Vermiet-Repräsentant am Counter blieb unerbittlich.

Jules brach die fruchtlose Diskussion ab und eilte mit Lukas zurück in die Parkgarage. Diesmal hatten sie Glück, das Fahrzeug wurde gerade vorgefahren. Lukas wurde von Jules zum Schmierestehen verdonnert, während sein Freund das Fahrzeug auf seine ganz spezielle Art öffnete. Lukas schwitzte Blut und Wasser, als sich ein Servicemitarbeiter gefährlich näherte, doch er brachte genug Geistesgegenwart auf, um ihn in ein Gespräch zu verwickeln. Er behauptete, er hätte sich in der Garage verlaufen und fände sein eigenes Fahrzeug nicht mehr.

Plötzlich winkte ihm Jules aus einiger Entfernung und gab ihm das Zeichen, zu verschwinden.

„Was ist? Hast du was gefunden?", fragte Lukas, als er ihn erreicht hatte.

„Ich bin mir nicht sicher. Das Einzige, was ich gefunden habe, ist ein spanischer Euro. Er klemmte zwischen den Sitzen. Mag sein, dass er da schon länger steckte, aber er hat mich auf etwas gebracht, das mich beschäftigt, seit ich die Filmaufnahmen in der Parkgarage gesehen habe. Ich vermute, dass man deine Familie außer Landes gebracht hat, Lukas. Da der Anrufer nicht an Lösegeld interessiert ist, sondern an Bentivoglios Dokumenten, und die Entführer scheinbar echte Profis sind, bin ich mir inzwischen fast sicher, dass es sich um eine Auftragsentführung handelt."

„Eine Auftragsentführung? Bist du verrückt? Wir sind in Deutschland und nicht in Bagdad oder Kolumbien. Das würde ein Vermögen kosten."

„Das ist der Punkt, Lukas. Geld spielt hier keine Rolle, sondern Interessen. Ich denke, hier kann oder will sich jemand die Finger nicht selbst schmutzig machen. Die professionelle Vorgehensweise spricht dafür. Da ist ein eingespieltes Team am Werk. Ich tippe auf ehemalige Elite-Soldaten, die sich jetzt als Söldner verdingen."

Lukas war stehengeblieben. „Also gut, Jules. Klartext. Falls du damit Recht hast, was würde das für meine Familie bedeuten?"

„Es wäre sowohl gut als auch schlecht“, erwiderte Jules ehrlich. „Gut daran wäre, dass die Männer Magali und Matti nichts tun werden, solange ihr Auftraggeber bekommt, was er will, und sie ihr vereinbartes Honorar kassieren. Als Profis werden sie niemals ihre Masken abnehmen, oder sich mit Namen anreden. Das macht eine Identifizierung seitens deiner Frau unmöglich und dient der beidseitigen Sicherheit.“ Jules war weitergelaufen und Lukas musste ihm wohl oder übel folgen. „Und weiter?“, forderte er die schlechte Nachricht ein. Inzwischen hatten sie das Abflugterminal erreicht.

„Wenn es Profis sind, dann wird es kein Leichtes werden, sie unschädlich zu machen und Magali und Matti da herauszuholen. Wir werden Hilfe brauchen.“

„Vorausgesetzt, dass wir die zwei überhaupt rechtzeitig finden. Und falls deine Vermutung zutrifft, Jules, dass man sie sogar außer Landes geschafft haben könnte…“ Lukas ließ den Satz unvollendet.

Jules reagierte nicht darauf, er sah sich aufmerksam im Terminal um und murmelte: „Ich sollte besser…“

„Was?“

Doch Jules war auf und davon und Lukas blieb nichts anderes übrig, als ihm erneut hinterherzurennen.

Erstaunlicherweise steuerte Jules einen Nebentrakt an. Vor einer Tür mit dem Schild *Service* blieb er stehen. Sie war zwar verschlossen, doch in Sekundenschnelle hatte Jules das Hindernis überwunden, riss die Tür auf und schubste Lukas hinein. Er schloss die Tür hinter sich.

„Was soll das?“, fragte Lukas völlig außer Atem. Sie befanden sich in einer kaum einen Quadratmeter großen Kammer, umgeben von Regalen voller Putzmittel und Reinigungsgerätschaften, geisterhaft beleuchtet von einem Notlicht.

„Ich brauchte dringend einen ungestörten Platz zum Telefonieren. Bei den vielen Menschen in einem Flughafenterminal unmöglich, außerdem gibt es dort für meinen Geschmack zu viele Kameras.“ Während Jules sprach, hatte er bereits sein Mobiltelefon gezückt und eine Nummer eingetippt.

„Ich bin es noch einmal, Jules. Hast du einen vertrauenswürdigen Kontakt in der deutschen Flugsicherung?“

„Mal sehen. Was brauchst du?“

„Alle Flüge von Privatmaschinen vom Flughafen Nürnberg aus, sagen wir zwischen 13:45h und 15:00h. Frag nach, ob eine Maschine in der Luft plötzlich ihren offiziellen Flugplan geändert hat. Erkundige dich auch nach dem Namen des Piloten. Ruf mich sofort zurück."

Die Flieger-Community war klein und in der Regel kannte man die Namen der Handvoll Piloten, die Geschäftsleute und VIPs zu ihren Terminen flogen.

Wenige Minuten später hatte Jules das Gewünschte: Von den fünf im genannten Zeitraum gestarteten Maschinen kam nur eine in Frage: Eine Gulfstream G650, die als Diplomatenflug nach Barcelona deklariert worden war. Der Name des Piloten, Jan Giep, wäre in der deutschen Fliegerszene unbekannt, meinte Jules anschließend. Trotzdem sagte der Name Lukas etwas. Dann fiel es ihm ein: Der Holländer Jan Giep hatte damals Anne Frank versteckt, bis ein holländischer Polizist sie an die Nazis verraten hatte. Er teilte dies seinem Freund mit. Jules meinte darauf, dass er sowieso davon ausgegangen war, dass der Name gefälscht sei.

Außer der vom Piloten genannten Passagieranzahl von sechs Personen lagen keine weiteren Informationen vor. Anders als zum Beispiel in Großbritannien, wo die Vorlage von Passdaten obligatorisch war, mussten die Namen und Passdaten in Spanien nicht vorab schriftlich an die Flugsicherung übermittelt werden.

„Das müssen sie sein", sprach Jules in sein Handy. „Und du bist dir sicher, mit Barcelona? Keine Änderung des Flugplans? Gut." Und ergänzte: „Hör zu, du musst mir noch einen weiteren Gefallen tun."

„Schieß los."

„Hast du einen Mann an der Hand, der eine Basis in Barcelona unterhält?"

„Mal sehen. Ich rufe gleich zurück." Drei Minuten später erfolgte der Rückruf: „Ich habe jemanden. Saul Kaschinski."

„Nationalität?" Auch wenn der Name nicht so klang, wollte sich der Libanese vergewissern, dass er kein Amerikaner war. Er hegte von Natur aus Misstrauen gegen alles Amerikanische.

„Australier. Er arbeitet auf eigene Rechnung. Könnte teuer werden."

„Kein Problem. Wie sieht es mit Felderfahrung aus?"

„Ja", lautete die knappe Antwort.

„Wo hält er sich momentan auf?"

„Frankreich, Marseille. Der Erkennungscode lautet \`Haldeman´."

„Gut. Gib mir seine Nummer." Jules bedankte sich und wählte sofort die Nummer an. Der Mann meldete sich beim zweiten Klingeln.

„Ein gemeinsamer Freund gab mir Ihre Nummer. Code ´Haldeman\`. Ich habe einen Auftrag."

„Lassen Sie hören."

„Eine Auftragsentführung. Die Spur der Kidnapper führt nach Barcelona. Wir haben weniger als 24 Stunden. Ich schätze, dass wir gegen 19:30 Uhr in Barcelona sind. Treffpunkt wäre das GAT. Sind Sie dabei?"

„Tausend pro Tag, plus Spesen. Keine Euro, Pfund."

„In Ordnung."

„Gut. Ich werde vor Ihnen dort sein. Wie sieht es mit Waffen aus?"

„Könnten Sie uns welche beschaffen?"

„Wird erledigt. Für wie viele Personen?"

„Drei."

„Gut, ich warte in Barcelona am General Aviation Terminal auf Sie." Er legte auf.

Jules ließ das Handy sinken. „Das wäre erledigt. Als Nächstes müssen wir ein Flugzeug auftreiben", sprach er mehr zu sich selbst. Lukas, der sich die ganze Zeit über wie ein überflüssiger Statist vorgekommen war, konnte endlich selbst mit etwas aufwarten: „Nicht nötig. Wir nehmen das Flugzeug meines Vaters. Ich weiß, dass es da sein muss, weil Lucie heute damit angekommen ist. Mein Vater fliegt nie am Sonntag. Es steht hier in der Halle des GAT. Wir brauchen aber einen Piloten."

„Nicht nötig", grinste Jules. „Hast du vergessen, dass ich den Pilotenschein habe? Ist es immer noch die gleiche Maschine wie vor zwei Jahren?"

„Weiß ich nicht genau. Ich glaube, es ist eine Beech Premier."

„Ah, Raytheon, die ehemalige Firma von Howard Hughes. Schnittig. Ist sie aufgetankt?"

„Hoffentlich, aber das Aushallen dauert auch immer einige Minuten. Wir rufen stets vorher an."

Jules hielt ihm daraufhin sofort sein Mobiltelefon unter die Nase.

„Ich habe die Nummer des Hallenmeisters nicht im Kopf, aber Lucie. Ich ruf sie an." Lukas wählte Lucies Handy-Nummer.

„Hallo Lukas", meldete sich Lucie aufgeregt.

„Pass auf, Lucie. Wir fliegen gleich nach Spanien. Kannst du dem Hallenmeister Bescheid geben, Vaters Maschine sofort auszuhallen und nachzusehen, ob sie aufgetankt ist?"

„Natürlich, ich kümmere mich darum. Aufgetankt ist sie schon, das machen die immer gleich, wenn sie reinkommt. Hast du schon einen Flugplan?"

„Nein, aber ich bestelle ihn sofort."

„Frag auch gleich nach einem Slot. Wenn einer frei ist, dann könnt ihr sofort los. Viel Glück, Bruderherz. Ich bete dafür, dass du Magali und Matti gesund nach Hause bringen wirst." „Danke, Lucie." Lukas ließ das Telefon sinken. „Lucie sagt, wir sollen einen Slot beantragen."

„Sie hat Recht, dann können wir ohne langes Tower-Geplänkel starten. Die Nummer von FSI ist eingespeichert. Ruf du an. Es ist die Maschine deines Vaters, dann dürfte der Slot kein Problem sein. Und gib als Ziel Valencia an, um unsere Spuren zu verwischen. Ich überleg mir dann was wegen Barcelona."

Lukas verzichtete darauf Jules zu fragen, wie er sich das vorstellte und wählte die eingespeicherte Nummer von Flight Service International. Der Mitarbeiter bestätigte ihm, dass freie Kapazitäten bestünden und die Freigabe in den nächsten Minuten erfolgen konnte. Lukas bedankte sich, legte auf und meinte zu Jules: „Alles klar, wir können los."

Jules hatte bereits den Türgriff in der Hand, als Lukas ein Missgeschick passierte: Jemand rief auf Jules' Handy an, das auf Vibrationsalarm eingestellt war. Lukas entglitt das Telefon und es schlug auf dem gefliesten Boden auf. Deckel, Akku und Chip spritzten in alle Richtungen davon. Jules sparte sich jeglichen Kommentar und sammelte die Einzelteile ein. Während die beiden noch auf dem Boden hockten, riss plötzlich jemand die Tür der kleinen Kammer auf. Grelles Neonlicht flutete herein.

Die ältliche Frau, deren Kittel sie als Mitglied des Reinigungspersonals auswies, sah die beiden Männer, und was immer sie denken mochte - es genügte, um genau das herbeizuführen, was Jules und Lukas jetzt am wenigsten gebrauchen konnten: Aufmerksamkeit. Die Frau fing sofort an zu schreien. Jules schnappte sich seine Tasche und drückte sich an der Frau im Türrahmen vorbei. Lukas wollte sich ebenfalls an ihr vorbeidrücken, doch die Frau klammerte sich an seinen Arm und hielt ihn fest, ermutigt dadurch, dass ihre Schreie gleich mehrere Personen auf sie aufmerksam gemacht hatten. Jules blieb stehen und hob beschwichtigend beide Hände.

Ein junges Pärchen fand die keifende Frau komisch. Das Mädchen zückte ihr Fotohandy, während sich ein männlicher Servicemitarbeiter ihnen misstrauisch näherte, einen Schrubber im Anschlag. Jules entdeckte jetzt zwei Polizisten am Ende des langen Ganges. Schon bahnten sie sich einen Weg. Jules packte Lukas am Arm und riss ihn von der Frau los. Sie stürmten davon.

Als sie das GAT erreichten, stand die Raytheon bereits ausgehallt auf dem Vorfeld für Privatflüge bereit. Der Hallenmeister erwartete sie mit Schlüssel und Flugplan am Einstieg: „Grüß Sie, Herr von Stetten. Ihre Schwester hat mir gesagt, dass Sie es eilig haben und ich direkt hier auf Sie warten sollte. Der Flugslot wurde auch gerade per Fax bestätigt und die Daten auf den Bordcomputer überspielt. Hier“, er drückte Lukas das Blatt in die Hand, „Sie können sofort los. Einen guten Flug wünsche ich.“ Der Mann machte nicht den Eindruck, als würde er sich wundern, er war Lucies Eskapaden gewohnt - auch wenn sie nun auf ihren Zwillingsbruder übergegriffen zu haben schienen.

Eilig kletterten die beiden Männer in das Flugzeug und Lukas schloss eben die Luke, als ein Polizeiwagen mit eingeschaltetem Blaulicht und Sirene heranschoss.

Jules verlor keine Sekunde, hechtete auf den Pilotensitz und startete ohne Pre-check die Rolls-Royce-Motoren. Lukas beobachtete, wie die Polizisten aus dem Wagen sprangen und den Hallenmeister anriefen, der neugierig aus dem Hangar lugte. Ein kurzer Wortwechsel und die beiden Polizisten drehten sich zu dem Flugzeug um. Die Maschine rollte eben an, gewann aber nur langsam an Fahrt. Sie befanden sich noch nicht auf der Startbahn, sondern immer noch auf dem privaten Vorfeld. Einer der Polizisten lief auf sie zu und gestikulierte wild, dass sie sofort anhalten sollten; der andere war zurück zum Wagen geeilt und sprach in sein Funkgerät. Dann startete der Mann sein Fahrzeug. Es war klar, was er vorhatte: Er wollte ihnen mit dem Einsatzwagen den Weg abschneiden. Zwischenzeitlich hatte das Flugzeug Fahrt aufgenommen und war auf die Startbahn eingeschwenkt. Jules gab sofort Vollgas. Der Wagen raste auf sie zu.

„Ist der verrückt? Der hat wohl zu viele amerikanische Actionfilme gesehen“, schimpfte Jules. Er schaffte es, die Maschine im letzten Augenblick hochzureißen und der Polizeiwagen schoss unterhalb des Fahrwerks an ihnen vorbei.

„Das war knapp. Außerdem weiß ich nicht, was das überhaupt soll. Wir haben schließlich nichts verbrochen, oder?“

„Ich weiß es“, erwiderte Lukas zu Jules‘ Verblüffung. Ein weiteres Einsatzfahrzeug war auf dem Vorfeld erschienen, ihm folgte unverkennbar der dunkelblaue Bentley seines Vaters.

„Die wissen von der Entführung“, sagte Lukas kreidebleich.

„Aber wie? Lucie hat mit Sicherheit dichtgehalten."

„Ich rufe sie sofort an. Vater muss der Polizei klarmachen, dass sie sich heraushalten muss." Lukas griff nach dem Satellitentelefon.

Lucie war sofort am Apparat. „Lukas, Gott sei Dank. Ich versuche schon seit zwanzig Minuten Jules' Handy zu erreichen. Die Polizei und Vater waren hier, die wissen Bescheid."

„Jules' Handy funktioniert nicht. Wie haben die davon erfahren?"

„Ihr wart kaum weg, da hat Vater hier angerufen. Ich sagte ihm, dass du mit den Hunden draußen wärst. Als Nächstes fragte er nach Magali und Matti. Ich sagte, Magali wäre unterwegs, um Matti bei einem Freund abzuholen. Wir haben ein hübsches Frage- und Antwortspiel gespielt, Papa und ich. Eigentlich dachte ich, dass ich gewonnen hätte. Paps wünschte einen schönen Nachmittag und legte auf, wo er doch sonst immer so penetrant ist. Ich war so was von erleichtert, ich kann dir sagen…", sprudelte Lucie ohne Punkt und Komma hervor, so dass Lukas ihr nur aufgrund langer brüderlicher Übung folgen konnte. Trotzdem kam er sich ein wenig atemlos vor. „Ja, und dann?"

Kaum fünfzehn Minuten später hatte es an der Tür geklingelt, Lucie hatte misstrauisch durch den Spion gelugt und wen hatte sie entdeckt? Ihren Vater!

Genau wie Lukas, als sie selbst einige Stunden früher geläutet hatte, hoffte sie, ihn schnell wieder loszuwerden. Leider hatte er die Kavallerie bereits im Schlepptau. Hinter ihm hatten zwei ihr unbekannte Männer gestanden, in ihrer Mitte ein rothaariger weiblicher Teenager, der zwischen den Männern wie ein Fremdkörper wirkte. Dem Bentley ihres Vaters war zusätzlich James Fonton entstiegen, der langjährige Leiter der Werkssicherheit von vST.

Die beiden Beamten hatten sich als die Kommissare Kreitmeier und Rath vorgestellt und Lucie hatte sie wohl oder übel ins Wohnzimmer geführt. Nachdem sich alle sechs in dem knapp zwanzig Quadratmeter großen Raum verteilt hatten, hatte Lucie gesagt:

„Und? Was machen wir jetzt? Ich weiß von nichts, mein Name ist Hase. Party vorbei."

„Lucinda…", hatte ihr Vater gesagt, die Augen ein einziges Gewitter.

„Papa…", hatte Lucie unbeeindruckt zurückgeblitzt.

„Aber, aber", mischte sich Hauptkommissar Kreitmeier ein. „Wir wissen Bescheid. Magali und Matti von Stetten wurden heute Mittag entführt. Wir haben das Band mit der Forderung des Entführers."

„Bitte?", war es Lucie verblüfft entfahren. Ihr Blick war unwillkürlich zu dem zwischen der Staatsgewalt eingekeilten Teenager gewandert.

Das Mädchen hatte die ganze Zeit auf seine Füße gestarrt, das Gesicht hinter einem Vorhang roter Haare verborgen. „Was soll eigentlich das Mädchen hier?", hatte Lucie prompt gefragt.

„Das ist Jeanette. Wir haben sie mitgebracht, weil sie sich weigert mit uns zu sprechen. Sie will nur mit Ihrem Bruder Lukas von Stetten reden."

Die Kleine hatte da zum ersten Mal den Kopf gehoben und Lucie kurz direkt angesehen. Lucie hatte in ihren Augen Angst und Unsicherheit entdeckt. Die beiden Beamten, dazu ihr Vater, kein Wunder, dass sie eingeschüchtert war. *Männer!*

„Möchtest du mir vielleicht erzählen, was du angestellt hast, dass die Herren hier alle so wichtig tun?" Das Mädchen hatte jedoch den Kopf geschüttelt und weiter geschwiegen.

Kommissar Kreitmeier hatte dann erneut das Wort ergriffen. Wie sich herausstellte, hatte Jeanette die Polizei über die Entführung informiert. Sie hatte anonym angerufen, die Namen von Magali und Matti von Stetten genannt und das Band der Entführer abspielen lassen. Da der Name von Stetten involviert war, hatte die Notrufzentrale den aufgezeichneten Anruf sofort ganz nach oben weitergeleitet.

Der leitende Beamte hatte zunächst Heinrich von Stetten kontaktiert und dieser hatte auf dem Band sofort die Stimme seines Sohnes erkannt. Der Anruf war rasch lokalisiert worden. Die Polizei hatte dann unter der Adresse das Mädchen Jeanette allein angetroffen. Es hatte jede Aussage verweigert. Da weder Mutter noch Vater erreichbar waren und Gefahr im Verzug war, waren die Beamten mit ihr zu Lukas von Stetten nach Hause gefahren. Gleichzeitig war Heinrich von Stetten dort eingetroffen.

„Das verstehe ich nicht, Lucie", meinte ihr Bruder. „Wie konnte diese Jeanette der Polizei das Band mit dem Entführer-Anruf vorspielen?"

„Ganz einfach, das Mädchen ist eine Stalkerin und in dich verliebt, Lukas. Laut Kommissar hat sie eine Wanze bei e-Bay ersteigert und soll sie bei dir angebracht haben. Sag, war sie mal bei dir zu Besuch?"

„Ja, erst letzte Woche. Sie hat mich um Nachhilfestunden gebeten. Unfassbar, wenn das stimmt." Lukas klang erschüttert.

„Es stimmt ganz sicher. Sie hat dir schon länger nachspioniert, Lukas. Auf ihrem Smartphone sind hunderte von Fotos von dir und deiner Familie sichergestellt worden. Auch von heute."

„Augenblick", rief Lukas, der sofort geschaltet hatte. „Sie hat dabei zugesehen, wie Magali und Matti entführt worden sind?" Er war entsetzt. *Wenn das Mädchen gleich Alarm geschlagen hätte!* Dann muss sie auch das Mädchen mit den roten Haaren gewesen sein, von dem der kleine Philipp den Zettel erhalten hatte! Sie musste ihn an sich genommen haben.

„Papa und die Polizei wollten dringend von mir wissen, wo du bist und was es mit dieser Forderung nach den Dokumenten auf sich hat. Ich habe Papa gesagt, dass du keine Einmischung wünschst. Aber dann hat dieser Kommissar Kreitmeier einen Anruf auf seinem Mobiltelefon entgegengenommen. Er hat gesagt, dass du am Flughafen gesehen worden bist, zusammen mit einem Unbekannten ausländischer Herkunft. Und dass es ein Handyfoto von dir und dem Unbekannten gäbe. Er hat vermutet, dass die Übergabe bereits stattgefunden hat, weil man euch in einer Abstellkammer gestört hat. Abstellkammer?"

„Nicht wichtig."

Jules, der auf dem Lautsprecher alles mithören konnte, merkte am Ende an: „Lukas hat also eine Stalkerin! Immerhin erklärt das, weshalb die Wanze nicht zum professionellen Verhalten der Entführer gepasst hat. Ein Rätsel weniger. Wir melden uns später wieder, Lucie", verabschiedete er sich von ihr.

„Das war es dann ja wohl", sagte Lukas verärgert. „Die Polizei wird uns in Barcelona gebührend in Empfang nehmen."

„Du vergisst, dass wir einen Flugplan nach Valencia beantragt haben. Ich werde ein Hydraulikproblem vortäuschen und kündige dann kurz vorher eine Notlandung in Barcelona an. Keine Sorge, die Premier ist bekannt dafür. Erst kürzlich ist in Stockholm deshalb eine zu Bruch gegangen. Die werden natürlich unsere Flugbahn auf dem Radar verfolgen, aber die Minuten, die sie benötigen, bis sie es richtig gecheckt haben, sind wir längst in Barcelona gelandet."

Jules konzentrierte sich dann ganz auf das Flugzeug, bis sie die endgültige Flughöhe erreicht hatten. Der Tower versuchte mehrmals, mit ihnen in Kontakt zu treten, aber Jules hatte den Funkverkehr abgeschaltet.

„Irgendetwas stört mich bei der ganzen Sache“, setzte Jules an.

„Was meinst du?“

„Es passt nicht wirklich zusammen. Es war zu einfach. Die Entführer haben nicht einmal versucht, ihre Spuren zu verwischen. Entweder, die fühlen sich so sicher, dass sie überheblich geworden sind, oder…“

„Oder was?“

„Oder die Auftraggeber haben einen Informanten bei der Polizei, der sie über alle Entwicklungen auf dem Laufenden hält.“

„Na, und? Mich interessiert einzig, wer meine Familie entführt hat!“

„Denkst du, mich nicht? Eine Auftragsentführung durch teure Profis, aber keine Lösegeldforderung, obwohl deine Familie vor Geld stinkt? Die Forderung ist der Schlüssel. Frage: Wer weiß von der Existenz der Dokumente? Antwort: Nur wenige, und die meisten davon sind tot. Das lässt wenige Optionen offen. Eigentlich kommen nur zwei Parteien in Frage, für die Bentivoglios Dokumente einen unschätzbaren Wert besitzen. In Rom haben wir alle geglaubt, dass die van Kampen sie gestohlen hat. Was aber wäre, wenn sie *nicht* die Diebin gewesen ist? Wenn sie glaubt, du hättest sie noch immer?“

„Was? Du denkst, dieses Weib steckt hinter der Entführung, um mich zu erpressen? Zwei Jahre später? Das ist doch völlig absurd“, ereiferte sich Lukas. „Du irrst komplett, Jules.“

„Möglich“, parierte Jules ungerührt. „Aber sie hätte das Geld und die Möglichkeiten dazu.“

„Und du vergisst, dass sie noch immer international gesucht wird. Rom ist fast zwei Jahre her. Warum sollte die van Kampen jetzt aus der Deckung kommen? Ehrlich, Jules, diese Überlegungen führen zu nichts.“

Jules schwieg daraufhin. Er sah aber Lukas an, als ob er noch weitere Einwände erwartete: „Gut“, sagte Lukas, „ich habe verstanden. Du willst auf etwas Bestimmtes hinaus. Du sprachst vorhin von zwei Parteien, die in Frage kommen. Obwohl ich es mir fast denken kann…aber bitte schön, ich hör dir zu.“ Lukas machte eine ergebene Geste. Im Grunde begrüßte er Jules‘

Gedankenspiele. Sie hinderten ihn daran, zu sehr in seiner Angst um Matti und Magali zu versinken, die für ihn allgegenwärtig war.

„Das ist mein Freund. Also, wer hätte noch ein absolutes Interesse an den Dokumenten? Mehr: Wer hat sie früher besessen und später alles unternommen, um sie wiederzuerlangen? Was steht darüber in einem gewissen Familientagebuch deines Vorfahren Piero di Stefano, alias Alexander von Stetten? Hatte Rabea nicht schon in Rom vermutet, dass eine weitere Partei mit im Spiel gewesen ist? Spätestens jetzt sollten bei dir alle Kirchenglocken Roms läuten, Lukas!“

KAPITEL 5

Jules' Worte katapultierten Lukas zurück an den Tag, als der todkranke Generalobere der Jesuiten, Ignazio Bentivoglio, seinen jungen Ordensbruder zu einer geheimen Unterredung geladen und bei ihm seine Lebensbeichte abgelegt hatte. Anschließend hatte er Lukas gebeten, ihn bei seinem letzten Willen zu unterstützen: Der Veröffentlichung einer zweitausend Jahre alten Schrift, die nach seinen eigenen Worten das größte Geheimnis der Christenheit barg - ein Geheimnis, mächtig genug, um die Institution Kirche in ihren Grundfesten zu erschüttern.

Seitdem vermied es Lukas, sich bewusst mit den damaligen Geschehnissen auseinanderzusetzen. Doch die Nacht gehörte den Toten und sie suchten ihn in seinen Albträumen heim. Rabea war damals gemeinsam mit seinem besten Freund, Pater Simone, in den Strudel der Ereignisse geraten.

Niemals würde Lukas das Streitgespräch zwischen der überzeugten Atheistin Rabea und dem erzkonservativen Pater Simone vergessen; der unbekannte Gegner hatte eben erst sein Haupt erhoben.

Die Journalistin hatte gegenüber Simone die Vermutung geäußert, dass der Vatikan ein unbedingtes Interesse daran hatte, die Schriftrollen an sich zu bringen, um eine Veröffentlichung zu verhindern. Was seinen Freund Simone derart in Rage versetzt hatte, dass dieser Lukas beinahe seine Unterstützung versagt hätte. *War das der Schlüssel?* Hatte Rabea damals Recht gehabt und der Vatikan war heute mit im Spiel? Ein weiterer Gedanke bemächtigte sich seiner: Und wenn es gar sein ehemaliger Orden war, die Jesuiten? Hatte Jules das andeuten wollen?

Jules sah, wie es hinter der Stirn seines Freundes arbeitete. Jetzt kam der schwierigste Teil; auf seinen Freund wartete eine weitere, unbequeme Wahrheit. Aus diesem Grund hatte er zuvor schon die van Kampen erwähnt.

Lukas war inzwischen zu einem eigenen Ergebnis gekommen: „Gut, du behauptest, dass entweder die Kirche oder die van Kampen hinter der Entführung stecken. Ich behaupte jedoch, dass es weder die Jesuiten noch der Vatikan sein können und zwar aus einem einfachen Grund: Wenn sie wirklich glauben, dass ich die Schriftrolle habe, warum sollten sie fast zwei Jahre warten, bis sie handeln? Das ergibt keinen Sinn, Jules."

„Sehr gut, Lukas. Nur dass nicht der Kalif zur Haremsdame kommt, sondern die süße Blume zu ihm geleitet wird. Was ich meine, ist Folgendes: Ich denke auch, dass die van Kampen die Dokumente gestohlen hat. Mit Sicherheit setzt die katholische Kirche seit zwei Jahren alles daran, sie ihr abzujagen. Sie ist bis dato gescheitert. Nun scheint sie eine neue Taktik ersonnen zu haben. *Du* sollst für *sie* die Schriftrollen beschaffen, Lukas. Du *kennst* den Inhalt dieser Schriftrolle und weißt, wie überlebensnotwendig es für den geschwächten Kirchenstaat ist, sie in seinen Besitz zu bringen. Aus diesem Grund hat die Kirche deine Frau und deinen Sohn entführt. Sie benutzen dich als ihren Handlanger."

„Heilige Scheiße!", entfuhr Lukas der Lieblingsfluch seiner Schwester. Er starrte Jules an, als wäre ihm ein zweiter Kopf gewachsen. „Hörst du dir eigentlich selbst zu? Ehrlich, du klingst schon genauso paranoid wie Rabea damals. Weder der Vatikan noch mein ehemaliger Orden würden sich je auf eine so verrückte Sache wie eine Entführung einlassen! Das wäre kriminell", wehrte sich Lukas vehement gegen Jules' Theorie.

„Du denkst zu idealistisch, Lukas. Das ist dein Problem. Darum ist es auch so leicht, dich an der Nase herumzuführen. Dir fehlt die Vorstellungskraft des Bösen. Was eigentlich verwundert, da du lange Priester warst. Ich dachte eigentlich, dass der Teufel an der Kirchenbörse hoch gehandelt wird."

„Auf deine Spitzfindigkeiten kann ich durchaus verzichten", schnaubte Lukas und sah demonstrativ zum Fenster hinaus. Der Himmel leuchtete in einem so intensiven Blau, dass es ihn beinahe blendete.

„Also gut", setzte Jules neu an. „Von vorne, für Ex-Jesuiten. Ich räume ein, ein solcher Rechtsverstoß würde kaum von der obersten Kirchenriege angeordnet werden. Dafür sind diese Männer zu schlau. Aber in der Institution Kirche tummeln sich genügend Ehrgeizlinge, die um ihrer Karriere willen vor keinem Mittel zurückschrecken würden. Dafür gibt es in der Vergangenheit zig Beispiele. *Der Zweck heiligt die Mittel.* Hat der Philosoph Blaise Pascal damit nicht die Sittenlehre der Jesuiten angeprangert?

Die Wiederbeschaffung der Dokumente wäre für einen ehrgeizigen Kirchenmann ein toller Coup. Du musst in alle Richtungen denken, Lukas", sagte Jules eindringlich. Und da Lukas sich weiter von ihm abgewandt hielt und stur in den Himmel starrte, fügte er hinzu: „Die Kirche und ihre Hintermänner können nicht mit offenem Visier kämpfen, Lukas, aber sie wissen, dass du noch eine Rechnung mit der van Kampen offen hast. Du hast der Holländerin schon einmal eine empfindliche Niederlage beigebracht. Sie musste fliehen und sich jahrelang verstecken. Aber sie war nie ganz weg, Lukas."

„Was soll das heißen?" Lukas beäugte seinen Freund jetzt misstrauisch. Etwas in Jules' Stimme hatte ihn alarmiert.

„Das heißt, dass die van Kampen es mit ihrem Vermögen und dem politischen Einfluss, den sie als Witwe Jaap Leysieffers genießt, endgültig geschafft hat, sich freizukaufen. Es wird von ihrer baldigen Rückkehr auf das gesellschaftliche Parkett gemunkelt. Ich vermute, dass dieses Gerücht die Hintermänner im Vatikan auf den Plan gerufen und sie zum sofortigen Handeln gezwungen hat."

Lukas holte zischend Luft. Jules fuhr unbeirrt fort: „Die van Kampen hasst die Kirche und will ihr mit aller Macht schaden. Dazu scheint sich nichts mehr zu eignen als Bentivoglios Vermächtnis. Sobald sie in der Öffentlichkeit rehabilitiert wird, ist es nur eine Frage der Zeit, bis sie das wichtigste Dokument der Christenheit veröffentlicht. Wer sollte sie noch daran hindern? Damit würde sie der durch fortlaufende Skandale geschwächten Staatskirche einen irreparablen Schaden zufügen. Sämtliche Kirchenkritiker würden bestätigt werden. Vor allem aber wären viele Gläubige von der Kirche enttäuscht, Kirchenaustritte wären die Folge. Überall kann man lesen, wie sehr die Kirche und ihre Gemeinden klamm sind. Sie verkaufen ja schon ihre Gotteshäuser! Für den Kirchenstaat ist es daher eine Frage des Überlebens, die Veröffentlichung der Schriftrolle zu verhindern. Darum behaupte ich, sie haben in die Entführung investiert. Es wäre für sie eine Investition in die Zukunft. Wie schon gesagt: Der Zweck heiligt die Mittel. Wenn es ums Überleben geht, stirbt die Moral."

Lukas war zunehmend blasser geworden. Es war für ihn unfassbar, dass diese furchtbare Frau, die gemordet und gefoltert hatte und so schuldig wie Kain war, dass es dieser Frau ermöglicht werden sollte, ihr früheres Leben wieder aufzunehmen. Das Mörderweib sollte sich erneut in der Öffentlichkeit produzieren und als Philanthropin und Mäzenin präsentieren dürfen? Dass die Information über ihre Rehabilitation der Wahrheit entsprach, glaubte er Jules sofort. Lukas wurde schlecht. Obwohl Vergebung eines der Fundamente war, auf der der christliche Glauben ruhte, wusste er, dass er dieser Frau niemals würde vergeben können.

„Ja, die Wahrheit ist hart", sagte Jules, „aber jetzt ist keine Zeit für Weltschmerz, Lukas. Wir haben eine Aufgabe zu erledigen und ich benötige dabei deine volle Unterstützung."

Lukas nickte: „Schon gut, Jules. Es war einfach ein Schock zu viel für diesen Tag. Wie sieht dein Plan aus? Was machen wir, wenn wir in Barcelona gelandet sind?"

„Eines nach dem anderen. Ihr habt doch bestimmt irgendwelche Vorräte an Bord, oder? Ich könnte jetzt etwas Essbares vertragen."

Vom Co-Piloten zum Steward degradiert, stöberte Lukas in dem kleinen Kühlschrank, der von einem Air-Catering Unternehmen regelmäßig aufgefüllt wurde. Bepackt mit zwei Flaschen Wasser, Sandwiches und Schokoladenriegeln kehrte er ins Cockpit zurück.

Jules musste wirklich hungrig gewesen sein, denn er verdrückte alles im Alleingang. Danach prüfte er erneut die Instrumente und anschließend seine Uhr: „Noch ungefähr eine Stunde bis zur Landung. Ich versuche mal, Kaschinski zu erreichen."

„Ja?" Der angeheuerte Söldner war sofort am Apparat.

„Lafitte. Wo sind Sie?"

„Ich lande in zwanzig Minuten."

„Nicht schlecht. Wie haben Sie das so schnell geschafft?", wunderte sich Jules.

„Ich reite mein eigenes kleines Mädchen."

„Gut. Konnten Sie etwas arrangieren?"

„Ja, mein Kontaktmann erwartet mich und bringt das gewünschte Spielzeug mit. Mir wurde geflüstert, Sie hatten Schwierigkeiten beim Abflug?" Der Mann war wirklich gut informiert.

„Ja."

„Wie ist der Plan?"

„Ich habe bei der Flugsicherung als Zielflughafen Valencia angegeben, täusche aber eine Notlandung in Barcelona vor."

„Gut, das verschafft uns ein paar Minuten, bevor die Blaskapelle losmarschiert. Ich hole Sie ab."

„Danke." Er legte auf.

„Vertraust du ihm?", fragte Lukas aus einem Impuls heraus.

„Selbstverständlich nicht. Ich traue grundsätzlich niemandem aus der Branche. Aber er ist professionell und solange wir ihn bezahlen, macht er für Geld alles. Seine Loyalität ist käuflich. Mehr verlange ich nicht. Apropos Geld. Er kostet dich eintausend pro Tag, plus Spesen. Pfund, keine Euro", informierte ihn Jules.

Lukas hatte wegen der Bezahlung nicht mit der Wimper gezuckt. Geld war im Augenblick seine geringste Sorge. Dann fiel ihm etwas ein, dass er Jules schon vorher hatte fragen wollen: „Warum hast du deinen Freund am Telefon gefragt, ob dieser Kaschinski Felderfahrung hat? Was soll das bedeuten?"

„Nahkampfausbildung, und die Bereitschaft zu töten", erwiderte Jules einfach. „Eines sollte dir bewusst sein, Lukas. Das wird kein Spaziergang werden und ich nehme dich nur mit, weil ich weiß, dass du genügend Mumm in den Knochen hast, wenn es darauf ankommt. Aber du darfst keinen Augenblick zögerlich sein, sondern musst dir immer vor Augen halten, dass es hier um das Leben deiner Familie geht. Christliche Grundgedanken können wir bei der Sache nicht gebrauchen."

Lukas ging nicht darauf ein, ihn beschäftigte noch mehr: „Was ich nicht recht verstehe, ist, warum du so überzeugt davon bist, dass die Spur der Entführer nach Barcelona führt. Bist du dir ganz sicher, dass das Flugzeug dorthin geflogen ist? Was wäre, wenn das auch nur ein gefakter Flugplan war, wie bei uns? Wenn du Recht hast und die Kirche tatsächlich hinter der Entführung steckt, würde es da nicht mehr Sinn machen, meine Familie nach Italien zu schaffen?"

Lukas entging nicht, dass sein Freund eine Winzigkeit zögerte, bevor er ihm antwortete. Aus irgendeinem Grund stellten sich ihm dabei die Haare auf.

„Gut", antwortete Jules jetzt. „Sprechen wir über den Plan. Erinnerst du dich, wie ich mich gewundert habe, dass es zu einfach war, der Spur der Entführer zu folgen? Dieser Hinweis war Absicht. Wie auch der *holländische* Pilotenname, Jan Giep. *Sie* wollten, dass wir nach Barcelona fliegen."

„Aha, und wie kommst du darauf?"

„Ich habe nie behauptet, dass wir unterwegs sind, um deine Frau und Matti zu befreien, Lukas. Wir folgen stattdessen der Taktik der Entführer und machen uns tatsächlich zu deren Handlanger. Wir fliegen nach Barcelona, weil dort die van Kampen ist. Wir holen uns die Dokumente von ihr zurück und lösen damit deine Familie aus. Dann ist ein für alle Mal Schluss mit dem Spuk." Er hatte dies mit einer Selbstverständlichkeit hervorgebracht, als handele es sich doch um einen Spaziergang.

Lukas benötigte eine Weile, um das Gehörte zu verarbeiten. Schließlich stammelte er: „Die van Kampen…? Das ist jetzt nicht dein Ernst. Woher weißt du überhaupt, wo sie ist?"

„Es ist kein Geheimnis, dass die Holländerin sich zur Zeit in der Stadt aufhält. Ihr Mann besaß in der Nähe von Barcelona ein Anwesen, dass ihm von König Juan Carlos günstig überlassen wurde. Ein großzügiges Dankeschön seiner Majestät für die Stiftung mehrerer Picassos und Mirós. Der halbe Prado in Madrid wurde quasi von Leysieffer bestückt. Die van Kampen genießt deshalb in Spanien hohes Ansehen und bereitet von dort aus ihre Rückkehr an die Gesellschaftsfront vor."

Lukas rang sichtlich um Fassung. Wie oft hatte er sich in der Vergangenheit vorgestellt, dass der erlösende Anruf der Polizei eingehen würde, die Holländerin sei gefasst worden und würde der weltlichen Gerichtsbarkeit zugeführt. Nun blieben ihre Taten auf Erden ungesühnt, Macht und Einfluss hatten einmal mehr gegen das Unrecht gesiegt.

Doch Lukas fühlte sich zu erschöpft, um weiter wütend zu sein, es reichte nur noch für etwas Zynismus für seinen besten Freund: „Du verdammter Geheimagent. Als Freund bist du eine echte Zumutung. Gibt es noch etwas, was ich wissen sollte? Oder hast du vor, mir deine Informationen weiter häppchenweise zu servieren?"

„Jetzt krieg dich wieder ein, Lukas. Und ja, das war jetzt alles. Ich habe es dir nicht früher gesagt, weil wir keine Zeit für unnötige Diskussionen hatten und ich nicht sicher war, ob du dann in diese Maschine gestiegen wärst. Mit dir steht und fällt mein ganzer Plan." Jetzt kam das Schwierigste, denn es war genau dieser Plan, der Lukas völlig in Rage bringen würde.

„Was für ein Plan?", schoss dieser zurück.

„Vereinfacht ausgedrückt: Wir fahren zu der van Kampen und du bittest sie um die Dokumente."

„Das ist jetzt ein Scherz, oder?"

„Keinesfalls. Hör zu und lass das Klappmesser in der Hose. Wir machen uns zwei Dinge zunutze: Erstens lag es vor allem am Einfluss deines Vaters und der Hartnäckigkeit seiner Anwälte, die lange verhindert haben, dass die van Kampen rehabilitiert wird. Ohne diese Intervention wäre das schon früher passiert. Wenn sich jetzt ein Mitglied der Familie von Stetten persönlich bei ihr meldet, wird ihre Neugier überwiegen. Sie wird dich empfangen, Lukas."

„So, meinst du? Vermutlich nur, damit sie nochmals versuchen kann, mir eine Schere in den Rücken zu rammen", spielte Lukas empört auf Rom an. Es hielt ihn kaum mehr auf seinem Sitz.

Jules ignorierte seine Erregung: „Du wirst ihr reinen Wein einschenken, warum du die Dokumente benötigst. Wenn sie sich weigert, drohst du ihr mit der sofortigen Einberufung einer Pressekonferenz, in der du sie anklagen wirst, dass ihr die Schriftrollen, die letztendlich nur Tierhäute sind, wichtiger sind als das Leben deiner Frau und deines Sohnes. Die van Kampen kann sich gerade jetzt keinen weiteren Skandal leisten. Sie ist eine kluge Frau und wird die richtige Entscheidung treffen."

„Bist du wahnsinnig? Was du vorschlägst, ist Erpressung! Ich spiele doch nicht mit dem Leben meiner Familie", schrie Lukas fassungslos.

„Beruhige dich. Dann also Plan B. Hier kommt Kaschinski ins Spiel. Wir könnten natürlich auch versuchen, der Holländerin die Dokumente zu stehlen. Dazu müssten wir nur an ihren Wachen vorbeikommen, die Alarmanlage ausschalten und wahrscheinlich einen Safe knacken. Wir könnten dabei natürlich auch, und ganz legal, als Einbrecher erschossen werden. Oder sie lässt uns verhaften und wir schmoren im Gefängnis. Ganz zu schweigen von dem größten Schwachpunkt von Plan B."

„Als da wäre…?", schnappte Lukas.

„Dass sich die Dokumente gar nicht in Barcelona befinden. Es ist gut möglich, dass die van Kampen sie bei einer Bank deponiert hat. Da könnten wir dann lange suchen. In gut einundzwanzig Stunden läuft das Ultimatum der Entführer ab. Aber du hast Recht, Lukas: Es ist deine Familie und deine Entscheidung."

Lukas war verstummt. Wie sollte jemand eine solch schwerwiegende Entscheidung treffen, bei der das Leben von Frau und Sohn auf dem Spiel stand? Zu der Frau gehen zu müssen, die verantwortlich war für so viele Morde, um mit ihr um das Leben seiner Familie zu feilschen, war mehr als bitter. Es war eigentlich mehr, als er ertragen konnte. Trotzdem hatte Jules Recht. Ihm blieb keine andere Wahl.

Jules fühlte selbst leichte Unruhe. Nie zuvor hatte er Ähnliches verspürt - nicht einmal in den Anfängen seiner Agententätigkeit. Bei einem Einsatz war er immer ganz kühl und gelassen. Nun aber war er persönlich betroffen. Matti war sein Patenkind. Jules wusste, dass er sich keine Gefühle leisten konnte. Gefühle führten zu Unsicherheit, Unsicherheit führte zu Fehlern und Fehler konnten tödlich enden. In Gedanken ging er seinen Plan nochmals durch. Sie mussten es riskieren, es gab keine andere Möglichkeit.

„Gut", sagte Lukas da, „Ich werde zu ihr gehen. Aber ich weiß nicht, wie ich reagieren werde, wenn sie sich weigert."

„Eines nach dem anderen. Sprechen wir über den Plan. Es ist wichtig, dass du taktisch vorgehst, Lukas. Du darfst deine Trümpfe keinesfalls alle auf einmal ausspielen."

„Welche Trümpfe?"

„Erstens: Wenn die van Kampen auf deine Androhung einer Pressekonferenz nicht eingeht, wirst du dich ihr als ihren Verbündeten bei ihrem Rachefeldzug gegen die Kirche anbieten", erklärte Jules. Bewusst sah er über das entsetzte Gesicht seines Freundes hinweg. „Für deine Familie musst du über deinen Pfaffenschatten springen, Lukas. Gaukele ihr den von der Kirche enttäuschten Jesuiten vor und sage ihr deine volle Unterstützung im Kampf gegen den Vatikan zu. Was könnte der van Kampen zu diesem Zeitpunkt Besseres passieren, als dass sich ausgerechnet ihr größter Feind ganz plötzlich auf ihre Seite schlägt? Es würde ihre letzten Kritiker schlagen und sie wie Phönix aus der Asche steigen lassen. Ein weiteres Angebot wäre, eine beglaubigte Abschrift der Schriftrolle anfertigen zu lassen, in der du für die Echtheit der Dokumente bürgst. Die Originaldokumente wären dann nicht mehr ganz so wichtig. Die Holländerin hat dann, was sie braucht. Gib die Originale dem Vatikan zurück, bring deine Familie in Sicherheit und nach dir die Sintflut."

Lukas schwieg mit zusammengepressten Lippen. Endlich hob er den Kopf und sagte: „Es gibt zwar nichts auf dieser Welt, was ich weniger tun möchte, als dieser furchtbaren Frau gegenüberzutreten, aber für meine Familie muss ich es tun. Und zum Teufel, ich werde sie überzeugen!“

„Bei Allah, dem Allmächtigen, so gefällst du mir schon besser. Und jetzt halt dich fest. Ich muss gleich eine Notlandung vortäuschen und ein wenig mit den Flügeln wackeln.“

KAPITEL 6

Barcelona, Spanien

Jules‘ Plan ging auf: Der Barcelona Tower schluckte die Hydraulik-Lüge, die Landung war weich und sie rollten gerade in Richtung Vorfeld, als ein Wagen mit Blaulicht auf sie zuraste.

„Beim Barte des Propheten! Schon wieder. Wo kommen die so schnell her? Das ist völlig unspanisch“, regte sich Jules auf.

„Was sollen wir jetzt tun?“, rief Lukas gehetzt, während er den Wagen beobachtete, aus dem ein einzelner Mann sprang.

Bevor Jules die endgültige Halteposition erreicht hatte, besah er sich die Lage genauer. Zur Not konnte er nochmals durchstarten. Der Mann winkte ihnen nun zu und Jules‘ Gesicht verzog sich zu einem breiten Grinsen:

„Er ist allein und trägt keine Uniform. Das ist unser Mann, Saul Kaschinski. Komm, nichts wie raus hier, Lukas.“

Eilig verließen sie die Maschine. Kaschinski saß bereits wieder am Steuer und brauste los, sobald sie eingestiegen waren. Unbehelligt erreichten sie die Schnellstraße Richtung Innenstadt.

„Ich habe leider Ihr Spesenkonto ein wenig belasten müssen“, meldete sich Kaschinski zu Wort. „Dafür haben wir uns den Zwischenstopp bei der Ankunftskontrolle gespart.“

Nach zehn Minuten stoppte der Söldner auf dem Parkplatz einer kleinen Tapa-Bar. „Briefen Sie mich“, sagte er knapp.

„Es geht zum Anwesen einer Carlotta van Kampen.“

„Ah, die Diamantenwitwe. Hab von ihr gehört. Harter Brocken und stinkreich.“

„Ich habe mir schon den Plan ihrer Villa im Stadtteil Bonanova besorgt", erklärte Jules. „Prägen Sie ihn sich ein und überprüfen Sie ihn auf etwaige Schwachpunkte. Ich möchte mich vor Ort zunächst gründlich umsehen und die Umgebung erkunden. Was haben Sie uns mitgebracht?", erkundigte er sich weiter.

„Sie werden zufrieden sein", meinte Kaschinski, während er den Plan checkte. „Bonanova ist eine vornehme Adresse. Villen mit riesigen Parks. Unmöglich, jeden Quadratzentimeter zu überwachen. Gut für uns. Fahren wir."

Innerhalb von zehn Minuten erreichten sie den Passeig de la Bonanova. Eine zwei Meter hohe Natursteinmauer umgab das schlossähnliche Anwesen der Holländerin.

Sie fuhren zweimal an der Villa vorbei. Geschützt durch die Mauer und einen dicht bepflanzten Park mit hohen Bäumen, vornehmlich Pinien und Zypressen, war, bis auf einen Teil des roten Daches und einen kleinen quadratischen Turm, nichts von der Villa zu sehen. Sie wendeten am Ende der Straße und konzentrierten nun ihr Augenmerk auf das geschlossene, schmiedeeiserne Tor der Einfahrt.

Ein kleiner roter Pick-up, auf dessen Ladefläche ein dichtes Blumenmeer wogte, näherte sich der Einfahrt. Der Fahrer drückte einen Knopf an einer das Tor flankierenden Steinsäule. Oben auf der Säule war eine Kamera angebracht, während in der Säule selbst ein Bildschirm eingebaut war. Die Flügel des Tores schwangen auf und der Blumenwagen fuhr hindurch.

Jules bat Kaschinski auf der gegenüberliegenden Straßenseite zu halten. Unmittelbar hinter dem Tor konnten sie links ein Torhäuschen ausmachen. Eine Schranke hinderte das Fahrzeug daran, weiterzufahren. Ein Wächter in Uniform stand daneben. Der Mann warf einen kurzen Blick auf den Fahrer, grinste breit, öffnete die Schranke per Knopfdruck und winkte den Gärtner durch. Vor dem offenen Tor tauchte eben ein weiterer Lieferant in einem weißen Kastenwagen auf. Diesmal handelte es sich um ein Catering-Unternehmen, wie unschwer an der Reklame, einem tanzenden Hummer mit Kochmütze, zu erkennen war.

„Da herrscht reger Betrieb. Und ziemlich gut bewacht ist das Ganze auch", meinte Kaschinski.

„Ja, sieht so aus, als würde die van Kampen heute eine große Party schmeißen." Jules dachte kurz nach, dann sagte er: „Vorhin ist mir am Anfang der Straße ein kleines Hotel aufgefallen. Es hat nicht viele Stockwerke, aber wenn wir ein Zimmer in der letzten Etage nehmen, könnten wir von dort vermutlich einen Blick in den Park und auf das Anwesen werfen."

In dem kleinen, exklusiven und vor allem sündhaft teuren Landhaushotel gab es im vierten und letzten Stock noch eine freie Penthouse-Suite. Eine Nacht kostete so viel, wie Lukas im ganzen Monat als Lehrer verdiente. Dafür verfügte das Penthouse über einen eigenen Aufzug, mit dem sie von der Tiefgarage direkt in ihre Suite gelangen konnten. Ein Vorteil, wenn man es wie Kaschinski vorzog, sein Gepäck selbst in die Suite zu schaffen, bevor sich ein Hotelpage über Umfang und Gewicht wunderte und womöglich ein Auge riskierte.

Kaum angekommen, prüfte Jules den Ausblick vom Panoramafenster. Zufrieden registrierte er, dass die Suite über eine riesige Terrasse verfügte, die auf der einen Seite zum Van- Kampen-Anwesen blickte. Er zog sein Hochleistungsfernglas hervor, betrat die Terrasse und nahm die Villa ins Visier. Zwar konnte er weder Einfahrt noch Haupteingang überblicken, da diese nach Westen hin ausgerichtet waren, dafür hatte er eine ausgezeichnete Sicht auf Terrasse und Garten - was mindestens genauso viel wert war, da sich hier die meisten Aktivitäten abzuspielen schienen.

Mitarbeiter des Catering-Services liefen in langen weißen Schürzen umher und schleppten Tische, Stühle und Geschirr heran, während ein älterer Herr in altmodischer Livree die hektische Schar mit der Grandezza eines Orchesterleiters dirigierte.

Am Rande von Jules' Fernglas schob sich nun eine mit bunten Pflanzen voll beladene Schubkarre ins Bild, an den Griffen hing ein schmächtiger Mann mit Baseballkappe. Er entlud seine Fracht vorsichtig und etwas abseits der turbulenten Betriebsamkeit am Rand der Terrasse und verschwand danach um die Ecke, wo sein Fahrzeug geparkt sein musste.

Der Gärtner brachte Jules auf eine Idee. Er wandte sich um und wäre beinahe mit Lukas zusammengestoßen. Kaschinski war im Wohnzimmer dabei, seine mitgebrachte Ausrüstung zu sortieren, um sie für die Montage vorzubereiten. Lukas hatte es vorgezogen, Jules auf die Terrasse zu folgen.

„Und, kannst du etwas erkennen?", fragte er.

„Hier, sieh selbst", erwiderte Jules und hielt ihm das Fernglas hin.

„Hast du die van Kampen schon entdeckt?", fragte Lukas ungeduldig, während er das Treiben auf der Rasenfläche verfolgte.

„Bisher nicht. Beobachte du eine Weile weiter. Ich muss ein paar Worte mit Kaschinski wechseln."

Saul Kaschinski war eben dabei, drei schusssichere Westen auf der Sitzlandschaft zu drapieren. „Und, wie sieht es aus?"

„Gut. In der Villa herrscht ein reges Kommen und Gehen. Die da", er zeigte auf die dunkelblauen Westen, „werden wir nicht brauchen."

„Ich gehe nie ohne in den Einsatz. Das Regenschirm-Prinzip, verstehen Sie?"

„Nein. Klären Sie mich auf."

„Hat man einen Schirm, regnet es nie, aber wehe, man hat mal keinen…"

„Ah, Sie sind abergläubisch. Bei mir ist es umgekehrt. Ob es regnet oder Kugeln fliegen, Allahs Wille findet immer einen Weg. Apropos, ich muss nochmals weg. Wird nicht lange dauern. Passen Sie mir auf von Stetten auf. Er ist ein wenig durch den Wind."

„Was haben Sie vor?"

„Ich besorge uns drei eine Einladung zur Party."

Eine gute Stunde später war Jules zurück. Über dem Arm trug er zwei Kleidersäcke. Kaschinskis geschulter Blick registrierte sofort den Abdruck eines Gebisses auf Jules' Handrücken.

Lukas stürzte Jules ungeduldig entgegen; die letzte Stunde hatte seine Geduld auf eine harte Probe gestellt.

„Wo warst du so lange?", rief er aufgebracht.

Statt einer Antwort drückte ihm Jules die Kleidersäcke in die Hand. „Hier, die habe ich beim Gehen vorhin beim Concierge bestellt. Guter Mann."

„Das sieht böse aus." Kaschinski deutete auf Jules' Hand. Der Biss war tief und schwoll bereits bläulich an. „Wie ist das passiert?"

„Der Blumenhändler hat sich unter der Baseballkappe leider als temperamentvolle Señorita entpuppt."

„Ja, die Spanierinnen. Olé!" Kaschinski schnalzte mit der Zunge. Doch der Ausdruck in seinen Augen verriet Jules, dass er ihn nun für ein Weichei hielt, der mit weiblichen Gegnern vorsichtiger umsprang als mit männlichen. Er, Kaschinski, hätte sich sicher nicht beißen lassen. Spanierin hin oder her.

„Spanierin? Über wen redet ihr?", mischte sich Lukas ein.

„Davon, wie wir in die Van-Kampen-Villa kommen. Der Gedanke kam mir, als ich vorhin den Blumenwagen gesehen habe. Er steht voll beladen in der Tiefgarage. Kaschinski und ich verstecken uns auf der Ladefläche."

„Was hast du mit dem Fahrer gemacht?“, hakte Lukas argwöhnisch nach.

„Keine Sorge, Lukas. Der Fahrer war eine Frau und ihr ist nichts passiert. Sie ist sogar unversehrter als ich.“ Er hob kurz die Hand mit der Bisswunde. „Sie ist lediglich eingesperrt. Ich habe es anfänglich mit Geld versucht, aber sie fing sofort an zu schreien. Später bringe ich ihr den Wagen zurück und hinterlege die angebotene Bezahlung im Handschuhfach. Es ging nicht anders, Lukas, wir brauchen den Wagen“, fügte er hinzu. Zu Recht fürchtete er weitere Einwände seitens Lukas.

Dieser begnügte sich vorerst mit einem bösen Blick. „Und wenn der Wagen durchsucht wird?“

„Das haben sie vorhin auch nicht getan. Wir müssen es darauf ankommen lassen, wenn wir unbemerkt ins Haus wollen. Der einzelne Mann am Tor dürfte kein Problem darstellen.“

„Und wieso machen wir nicht, was du zuerst vorgeschlagen hast, Jules? Nämlich, mich ganz einfach offiziell via Telefon bei der Holländerin anzumelden?“

„Weil ich kein Risiko eingehen will. Mir herrscht heute in der Villa zu viel Betrieb. Sie wird das Telefonat kaum selbst annehmen, oder? Was ist, wenn ein übereifriger Assistent das Gespräch verweigert? Vergiss das Ultimatum nicht, Lukas. Wir haben keine Zeit für Diskussionen. Zumal sie mich und Kaschinski kaum mit dir vorlassen wird. Ich will aber in deiner Nähe bleiben. Man weiß nie, wie sich die Dinge entwickeln. Darum habe ich meinen Plan etwas abgeändert. Wir nutzen das Überraschungsmoment. Wenn du plötzlich vor ihr stehst, wird sie dich schon aus Neugierde anhören wollen. Als Wissenschaftlerin ist das eine Berufskrankheit. Hier, nimm die.“ Er warf Lukas die Baseballkappe und den Kittel der Floristin zu. Beidem haftete noch der leichte Pfirsichduft seiner vormaligen Trägerin an. Zum Glück war der Kittel groß genug, dass er hineinpasste, nur zuknöpfen war nicht mehr drin.

Nach letzten Instruktionen für Lukas warf Jules einen Blick auf seine Uhr. „Schon nach neun. Wir sollten uns beeilen, sonst wundert sich noch jemand über die späte Blumenlieferung. Ich gehe davon aus, dass die Party nicht vor 22:00 Uhr beginnt, und selbst das wäre früh für spanische Verhältnisse. Wir verstecken uns so lange im Park zwischen den Bäumen, warten, bis die ersten Gäste eintreffen, und mischen uns dann unter sie.“ Jules öffnete einen der Kleidersäcke und warf Kaschinski seinen Smoking zu. Aus einem Seitenfach beförderte er noch große schwarze Lackschuhe. Kaschinskis Reaktion nach entsprachen sie nicht ganz seiner Größe.

Jules packte seinen eigenen Kleidersack aus. Zuvor inspizierte er kurz die von Kaschinski organisierte Ausrüstung. Er nahm eine der modernen Handfeuerwaffen auf und erkannte das Fabrikat, noch bevor er das eingestanzte Gütesiegel vST entdeckt hatte. Das Markenzeichen hatte sich in Form und Aussehen seit dem ersten Patent vor über zweihundert Jahren nicht verändert. Jules fuhr mit dem Daumen darüber, dann prüfte er die Handlichkeit der Waffe und das Magazin.

„Dachte mir, dass Ihnen das gefallen würde", grinste Kaschinski.

„Wie ich sehe, haben Sie etwas anderes für sich gewählt", meinte Jules, der zusah, wie Kaschinski eine Smith & Wesson mit Patronen bestückte.

„Ach, mein Baby und ich sind schon so lange zusammen. Es käme mir vor, als würde ich sie betrügen. Wollen Sie wirklich keine kugelsichere Weste?" Er hatte sich das Hemd ausgezogen und schlüpfte selbst in eine.

„Nein, aber geben Sie von Stetten eine davon und zeigen Sie ihm, wie man sie anlegt. Haben Sie auch Nachtsichtgeräte dabei?"

„Ja, sie sind noch in der blauen Tasche."

Jules holte eines hervor und ging dann ins Schlafzimmer, um sich ebenfalls umzuziehen. Auf dem Bett stand seine schwarze Tasche. Für die Pistole hatte ihm Kaschinski ein Schulterhalfter mitgebracht. Sein Spezialmesser schob er in die linke Socke und schnallte sich noch eine weitere, kleinkalibrige Waffe um das rechte Schienbein. Zum Schluss verstaute er einige weitere Patronen in den beiden Smoking-Innentaschen.

Lukas war Jules gefolgt und beobachtete die Vorbereitungen mit gemischten Gefühlen. Er selbst musste sich nicht groß vorbereiten. Über die Jeans und das hellblaue Hemd, das er am Morgen für das Picknick angezogen hatte, trug er den grünen Kittel der Gärtnerin. Die rote Kappe hielt er noch in den Händen. Die kugelsichere Weste hatte er indes verweigert. „Sind denn all diese Waffen nötig?", meldete er nun doch seine Skepsis an.

„Die Geschichte hat gezeigt, dass nur bewaffnete Propheten siegen", antwortete Jules lakonisch.

Lukas verzog das Gesicht. „Vielen Dank, dass du jetzt ausgerechnet Machiavelli zitierst." Rabea hatte ihn früher allzu oft mit den Ergüssen des italienischen Politikers und Philosophen gequält. Ihr Lieblings-Machiavelli hatte gelautet: *`Man kann einen Krieg beginnen, aber niemals beenden, wenn man will.`*

Hinter Lukas betrat Kaschinski den Raum. Er lehnte sich mit verschränkten Armen an den Türrahmen: „Was ist mit von Stetten? Bekommt er keine Waffe?“, erkundigte er sich, nachdem er Lukas kurz gemustert hatte.

„Nein. Er muss unbewaffnet bleiben. Wenn er auf die van Kampen trifft, werden ihre Leute ihn mit Sicherheit durchsuchen. Besser, sie finden dann keine Waffe bei ihm. Bist du bereit, Lukas?“

Zu dritt fuhren sie hinunter in die kleine Tiefgarage. Sie warteten, bis ein älteres Ehepaar, das den Aufzug unmittelbar vor ihnen benutzt hatte, in ihre Limousine gestiegen und weggefahren war.

„Ausgerechnet Rosenstöcke“, schimpfte Kaschinski, während er die Ladung des roten Pick-up einer Musterung unterzog.

„Na und?“

„Ich bin allergisch gegen Rosen.“

„Die kurze Fahrt werden Sie es ja wohl aushalten.“ Jules war bereits auf die Ladefläche geklettert und reichte Lukas und Kaschinski die Schubkarre und mehrere Pflanzen herunter, um Platz für zwei ausgewachsene Männer zu schaffen.

Zum Schutz der Smokings und gegen ungebetene Blicke hatte er aus dem Blumenladen zwei große Planen mitgebracht. Die Männer legten sich hin, Lukas drapierte die Planen über sie und schob die zuvor abgeladenen Pflanzen um sie herum. Zu guter Letzt hievte er die Schubkarre auf die Ladefläche zurück und schloss die Luke.

Danach stieg er in den Wagen und fuhr langsam aus der Tiefgarage. Wenige Minuten später erreichten sie das Einfahrtstor der Villa. Lukas vermied es, einen Blick auf die rechts und links über dem Tor montierten Kameras zu werfen. Stattdessen hielt er seinen Kopf gesenkt, so dass nur die rote Kappe erkennbar war. Das Tor schwang auf. Lukas winkte dem Mann am Tor zu, fuhr hindurch und musste vor der Schranke erneut stoppen. Der Torwächter kam auf ihn zugelaufen und fragte: „Donde está Isabella?“

„A la barbaría. Soy el suo nuevo operario.“ Lukas hatte sich die Worte mit seinen spärlichen Spanisch-Kenntnissen bereits zurechtgelegt gehabt.

Der Wächter schaute unschlüssig auf Lukas und seine Ladung Rosenstöcke. Er stand schon im Begriff sein Funkgerät zu benutzen, als unmittelbar hinter Lukas ein weiterer Lieferant eintraf und ihm fast in die Stoßstange fuhr.

Der Fahrer lehnte sich sofort aus dem Fenster und deckte den Torwächter mit einem Schwall Spanisch ein. Der Wächter schrie in ebenso schnellem

Spanisch zurück. Fast sah es aus, als würden die beiden Männer gleich eine Prügelei beginnen, als der Wächter mit einem Fluch die Schranke öffnete und die beiden Fahrzeuge durchwinkte.

Langsam fuhr Lukas die gekieste Anfahrtsallee hinauf. Hinter ihm drängelte und hupte der spanische Fahrer des Catering-Services. Er hätte Lukas sicherlich überholt, wenn die Auffahrt nicht auf beiden Seiten von mannshohen Marmorstatuen gesäumt gewesen wäre.

Die Fahrt endete in unmittelbarer Nähe des Hauses. Lukas manövrierte den Lieferwagen durch das dichte Gedränge und zwängte sich neben ein anderes Fahrzeug. Es passte kein Blatt mehr zwischen seinen Pick-up und den kleinen Lastwagen. Links stand eine dichte Gruppe Zypressen, so dass er gerade noch seine Fahrertür öffnen konnte.

Lukas stieg aus und öffnete die Luke der Ladefläche. Als Erstes hob er die Schubkarre herunter.

„Was siehst du?", raunte Jules. „Sicherheitsdienst? Irgendwelche Männer mit Sonnenbrillen, die sich aufmerksam umsehen?"

„Nein. Da sind zwar jede Menge Leute, aber das scheinen mir alles Lieferanten und Kellner zu sein."

„Gut. Lade ein paar der größeren Rosenstöcke ab und stelle sie so auf, dass sie uns Deckung geben, wenn wir herunterklettern. Zieh die Plane aber erst weg, wenn die Luft rein ist."

Ganz in der Nähe war das laute Klirren von zerbrechendem Geschirr zu hören. Das Wehklagen eines Mädchens war zu hören, gefolgt von dem ärgerlichen Gezeter eines Mannes, der sie dafür maßregelte. Schnell hatte sich eine Gruppe Schaulustiger um sie gebildet.

Der richtige Moment. „Ihr könnt rauskommen. Niemand achtet auf uns."

Jules' Kopf schälte sich zwischen den Rosenstöcken hervor. Kaschinski musste niesen und Lukas und Jules zuckten zusammen. Es klang wie eine kleine Explosion in ihren Ohren.

„Beim Propheten, Kaschinski, stellen Sie das Niesen ein. Ich hoffe doch sehr, Sie sind nicht auch gegen Zypressen allergisch", zischte Jules, während sie beide rasch herauskletterten und sofort zwischen den Zypressen Deckung suchten.

Ihre Aktion war von niemandem bemerkt worden. „Wir schauen uns kurz um, Lukas. Sei vorsichtig und halt den Kopf unten", mahnte Jules. „Wir werden später wieder zu dir stoßen."

Lukas belud die Schubkarre mit den Rosenstöcken und folgte dann dem Strom der Menschen in Richtung Terrasse. Vor ihm eröffnete sich eine riesige, gepflegte Rasenfläche. Die Terrasse zu seiner Rechten war über und über mit wildem Wein und Kletterrosen bewachsen. Das Büffet wurde gerade aufgebaut. Mindestens ein Dutzend Köche mit hohen Mützen trugen eine silbern glänzende Schüssel nach der anderen auf. Die übrige kleine Bedienstetenarmee hatte inzwischen ganze Arbeit geleistet. Überall auf dem Rasen standen festlich geschmückte Tische, ein kleines Orchester packte in einem Pavillon seine Instrumente aus und die Kellner schwärmten aus, um die vielen Fackeln, Lampions und Kerzen zu entzünden.

Links von Lukas raschelte es einige Meter entfernt im Gebüsch. Er entdeckte Jules, der ihn näher heranwinkte.

„Was jetzt?“, flüsterte er.

„Am besten, du steuerst auf die Terrasse zu, verteilst dort ein paar Rosenstöcke und versuchst, einen Blick in das Haus zu werfen. Irgendwo muss die van Kampen ja sein.“

„Und dann? Was ist, wenn sie die Dokumente gar nicht hat? Dann ist dein ganzer schöner Plan hinfällig.“ Lukas hatte plötzlich Zweifel. Oder Angst. Oder beides.

„Du denkst zu viel nach, Lukas. Vertrau mir. Eines nach dem anderen.“ Jules klang, als würde er trotz der Anspannung grinsen.

Lukas wollte etwas erwidern, als ihn das heisere Bellen eines Hundes ablenkte. Es kam aus dem hinteren Teil des Gartens. Ein Weg durch kunstvoll zugeschnittene Buchsbaumhecken führte dort zu einem kleinen Zierteich mit einem Holzsteg. Ein Golden-Retriever-Welpe tauchte jetzt am anderen Ende auf und hielt genau auf das Zypressenwäldchen zu, in dem sich Jules und Kaschinski verschanzt hatten. Die beiden Männer hatten ihn ebenfalls bemerkt.

„Verflixt, Lukas. Du musst das Tier weglocken.“

Aber Lukas rührte sich nicht. Er schien wie erstarrt und sah gebannt auf den Holzsteg, auf dem jetzt ein kleiner Junge aufgetaucht war und dem Welpen hinterherlief. Für einen Augenblick hielt er es für ein Trugbild, etwas, was ihm sein Unterbewusstsein vorgaukelte, weil er es sich so sehr wünschte. Doch der kleine Junge rief jetzt nach dem Hund. Seine helle Stimme weckte Lukas aus seiner Erstarrung. Das war sein Sohn! „Matti“, rief er und wollte blindlings auf ihn zustürzen, als ihn ein kräftiger Arm hinter die Bäume riss.

„Schhh, Lukas. Ich weiß, es ist verdammt hart, aber du musst dich jetzt unbedingt zusammenreißen und Ruhe bewahren“, flüsterte Jules, lockerte aber seinen Griff dabei nicht.

„Bist du verrückt? Das ist Matti.“ Lukas versuchte sich loszureißen.

„Das sehe ich selbst.“

Der Welpe war ihnen nun gefährlich nahe gekommen und schnüffelte an einem Baum. Plötzlich rief eine Frauenstimme energisch nach Matti.

„Was machst du denn dort, Matti? Komm jetzt, es ist Zeit fürs Bett. Du darfst Pepe mitnehmen.“ Es war Magali, aber eine völlig fremde Magali. Wäre ihre Stimme nicht gewesen, Lukas hätte sie kaum wiedererkannt.

Magali war immer eine natürliche und ungezwungene Frau gewesen, die sich selten schminkte und bequeme Kleidung bevorzugte. Am liebsten trug sie Jeans und T-Shirt, wie auch am Morgen im Park. Jetzt, zwölf Stunden später, war sie perfekt geschminkt, ihre blonden Haare waren kunstvoll hochgesteckt und sie trug ein malvenfarbenes Cocktailkleid aus Seide. Um ihren Hals funkelte ein Diamantencollier. Barfuß kam sie den Weg entlanggeschlendert, an ihrer Hand baumelten ein Paar silberne Sandaletten. Sie sah wunderschön aus.

Lukas kannte spätestens jetzt kein Halten mehr, doch abermals hielt ihn Jules mit eiserner Hand fest und drückte ihn nieder.

„Übernehmen Sie ihn, Kaschinski. Ich muss kurz mit der Frau sprechen.“

Jules kroch langsam nach vorne. Magali mühte sich, den kleinen Welpen einzufangen, der ständig zwischen ihren Beinen herumsprang und nach den baumelnden Sandaletten in ihrer Hand schnappte. Matti stand einige Meter weiter entfernt und amüsierte sich köstlich über die Bemühungen seiner Mutter. „Magali. Ich bin es, Jules“, rief er leise nach ihr. Die junge Frau zuckte kurz zusammen, dann hob sie den Kopf und suchte mit den Augen das Gebüsch ab.

„Lass dir nichts anmerken. Besser, Matti weiß nicht, dass ich hier bin. Bei euch alles in Ordnung?“, raunte er.

„Ja“, flüsterte sie zurück und tat weiter so, als versuchte sie, den Hund einzufangen. „Ist Lukas auch hier?“

„Nein“, log Jules. Hinter ihm bäumte sich Lukas auf, aber Kaschinski hielt ihn unerbittlich im Klammergriff gefangen, eine Hand auf seinen Mund gepresst.

„Gut. Sag ihm, Matti und ich sind nicht in Gefahr. Ich kann das hier alleine regeln. Lukas darf auf gar keinen Fall hierherkommen oder Kontakt mit der van Kampen aufnehmen. Das ist sehr wichtig, hörst du? Sag ihm, dass wir bald nach Hause zurückkommen und ich ihm dann alles erklären werde. Ich…"

„Magali, wo bleibst du denn so lange? Die ersten Gäste treffen bald ein."

Die Stimme löste bei Lukas einen Schock aus. Er hatte die verhasste Holländerin sofort erkannt. Ein Knurren entrang sich seiner Kehle und erneut bäumte er sich in Kaschinskis Umklammerung auf. Der Söldner drückte noch ein wenig fester zu und hoffte, dass er den Mann dabei nicht versehentlich erstickte.

Die van Kampen kam nun mit schnellen Schritten auf Magali und Matti zu.

„Verdammt", entfuhr es Magali leise. „Ich muss gehen. Hinter dem Teich ist ein kleines Häuschen. Warte da auf mich. Ich versuche so schnell wie möglich dorthin zu kommen. Richte Lucie unbedingt aus, dass ich mein Armband verloren habe." Sie ließ den Hund sein, lief zu Matti und nahm ihn fest an die Hand. Dann eilte sie der Frau entgegen.

Zum Glück sprang der kleine Hund weiter hinter ihren Sandaletten her und war nicht länger an den interessanten Gerüchen im Gebüsch interessiert.

Jules sah ihnen nach, bis sie im Haus verschwunden waren. Er fragte sich, was hier vorging. Das Entführungsopfer wirkte gefasst und hatte sich in kürzester Zeit von einer adretten jungen Frau in einen mondänen Vamp verwandelt. Auch der kleine Matti ließ kein Anzeichen eines Entführungstraumas erkennen. Was hatte Magali eben gesagt? Dass sie das alleine regeln konnte? Was hatte sie damit gemeint? Er musste darüber in Ruhe nachdenken, jetzt war nicht die Zeit für voreilige Schlüsse. Aber selten in seinem Leben war er derart überrascht und ratlos gewesen. Zunächst gab er Kaschinski das Zeichen, Lukas loszulassen.

Dieser schnellte wie ein Pfeil auf seinen Freund zu, seine Faust schoss vor. Jules wich dem Schlag geschickt aus. „Du Schuft! Wir hätten die beiden sofort befreien können." Lukas war außer sich.

„Beruhige dich", sagte Jules. „Das wäre wegen Matti viel zu gefährlich gewesen. Hier ist alles mit Wachleuten verseucht. Siehst du einige der Kellner hier? Ihre Jacken sind unter dem Arm ausgebeult, sie tragen eindeutig Waffen. Willst du eine Schießerei riskieren? Wir warten auf die Gäste, das erhöht unsere Chancen. Kaschinski und ich werden uns unter sie mischen und alles auskundschaften. Vergiss nicht, du solltest die van Kampen erst ansprechen, wenn die Party in vollem Gange ist. Je mehr Zeugen, umso besser."

„Warum hast du Magali belogen und gesagt, ich wäre nicht hier?“, Lukas war immer noch stinksauer auf Jules.

„Instinkt. Sie will dich nicht hier haben.“

„Was soll das heißen?“

„Sie will nicht, dass du auf die Holländerin triffst. Sie glaubt, dass du hier in Gefahr bist.

„Das ist doch egal, Matti und sie sind in Gefahr.“

Jules ging nicht weiter darauf ein: „Warum soll ich Lucie von Magali ausrichten, sie hätte ihr Armband verloren? Ist das ein Code?“

„Du und deine Codes. Du bist doch der Fachmann“, giftete Lukas. Kaschinski schob sich nun in sein Blickfeld. Lukas‘ Wut erfasste auch ihn: „Und Sie sollten nicht vergessen, wer Sie bezahlt, verstanden?“, fuhr er ihn an. „Wenn Sie mich noch einmal daran hindern, meinen Sohn…“

„Ruhe. Es kommt jemand“, unterbrach er ihn brüsk.

Einer der Kellner-Wächter hatte sich genähert. Er ging so dicht an ihnen vorüber, dass sie sein Rasierwasser riechen konnten. Er hatte sie nicht bemerkt und entfernte sich in Richtung des kleinen Teiches, um eine Zigarette zu rauchen. Jules überdachte seinen Plan neu. Seit er Magali gesprochen hatte, fragte er sich, aus welchen Grund sie unbedingt verhindern wollte, dass Lukas auf die van Kampen traf?

Mit Beginn der Dämmerung füllte sich der Rasen mit flanierenden Gästen. Die Damen trugen elegante Kleider und teuren Schmuck, die Herren Smokings. Einige ältere Damen schmückten kunstvolle Spitzen-Mantillas.

Später brandete Applaus auf, als ein Mann in der prunkvollen Tracht eines Toreros, umringt von einer Armada von Begleitern, auf der Bildfläche erschien. Jules sah mit Genugtuung, dass er einen Tross an Medienvertretern hinter sich herschleppte. Blitzlichter flammten überall auf.

Sehr gut, überlegte Jules. Diese Aufmerksamkeit kam ihm entgegen.

Der Torero verneigte sich mit großer Geste vor den applaudierenden Gästen. Dann eilte er mit ausgebreiteten Armen auf Carlotta van Kampen zu, die ihn als glanzvolle Gastgeberin auf der Terrasse empfing. Sie reichte ihm die Hand, er beugte sich darüber und küsste sie galant. Zur Rechten der Holländerin stand Magali und wurde nun dem Torero vorgestellt. Magali neigte elegant den Kopf und ihre Diamanten funkelten im Schein der Fackeln. Sie reichte dem berühmten Gast ihre schmale Hand. Der Mann schien von ihr völlig hingerissen zu sein.

Lukas hatte die ganze Szene vom Rande des kleinen Zypressenwäldchens aus gut mitverfolgen können. Jules konnte förmlich fühlen, wie sich sein Freund neben ihm versteift hatte. *Scheiße,* dachte Jules. *Merde, merde, merde…*

„Ich will ja nicht unken…aber sind Sie sich sicher, Lafitte, dass diese Frau ein Entführungsopfer ist? Mir sieht es eher danach aus, als ob die zwei Frauen hier einträchtig die Gastgeber spielen würden", kommentierte Kaschinski.

Danke, Kaschinski. Jules sandte ihm einen tödlichen Blick. „Hör nicht auf ihn, Lukas", versuchte er Kaschinskis Bemerkung zu relativieren. „Wenn ich eines gelernt habe, dann, dass es für alles im Leben eine Erklärung gibt." Doch er hätte genauso gut mit der Pinie neben ihm sprechen können.

Lukas war einige Schritte zurückgestolpert und hatte sich von der für ihn unfassbaren Szenerie auf der Terrasse abgewandt. „Natürlich gibt es für alles eine Erklärung, Jules", erwiderte er seltsam heiser. „Die Frage ist nur, ob sie gut oder schlecht ist. Ich habe Augen im Kopf. Magali ist eine Betrügerin. Das ist die Erklärung." Der Schock saß tief und zog ihm den Boden unter den Füßen weg. Lukas konnte Magalis Betrug nicht begreifen. Alles, was er denken konnte, war, dass seine Frau Matti der van Kampen ausgeliefert hatte! Ein bitterer Geschmack füllte seinen Mund und er wünschte sich, er könnte hier sitzenbleiben, bis er zerfiel wie die Blätter im Herbst. Staub, der zu Staub wurde. Doch plötzlich nahm er etwas im Augenwinkel wahr, das sein Blut im Bruchteil einer Sekunde zu Eis gefrieren ließ. Das Entsetzen pumpte Adrenalin in seine Adern. Er sprang auf.

Er sah den Kellner, der ihnen bereits zuvor gefährlich nahe gekommen war, wie er Jules eine Waffe mit Schalldämpfer in den Rücken drückte, während ein zweiter Mann Kaschinski in Schach hielt. Mit einer Kopfbewegung scheuchte er ihn vor sich her. Sie näherten sich Lukas.

Lukas sah es in Jules' Augen aufblitzen, er plante bereits etwas. Es lag etwas Tröstliches für Lukas darin, dass sein Freund niemals bereit war, aufzugeben. Er selbst spannte alle Muskeln an.

Dann geschah das Unfassbare. Der Mann hinter Jules schoss ihm ohne Vorwarnung in den Rücken. Er drückte einfach ab. Lukas sah, wie sein Freund unendlich langsam nach vorne auf die Knie fiel und dann seitlich wegkippte.

Sie haben Jules getötet. Mein Gott, sie haben Jules getötet!

Es war sein letzter Gedanke, bevor ihn ein heftiger Schlag gegen den Kopf traf. Er verlor das Bewusstsein.

KAPITEL 7

NÜRNBERG, DEUTSCHLAND

In dem kleinen Reihenhaus in Nürnberg klingelte das Telefon. Lucie und die beiden Hunde, die es sich mit ihr auf der Couch unerlaubterweise gemütlich gemacht hatten, sprangen auf.

„Hallo", rief Lucie atemlos in den Hörer.

„Shalom. Wer ist da, bitte?"

„Großvater Rosenthal, bist du das?"

„Lucie?"

„Ja. Ich bin hier bei Lukas zu Besuch, aber er ist nicht da."

„Oh, wie schade." Der alte Mann klang wirklich enttäuscht. Er war Rabeas Großvater. Nach dem frühen Tod seiner Tochter und seines Schwiegersohns bei einem Bombenanschlag in Jerusalem war seine einzige Enkelin in seinem Haus aufgewachsen. Er war längst Witwer, Verwandte hatte er keine mehr, allerdings hielt er engen Kontakt zu den Zwillingen Lucie und Lukas, die mit Rabea die gleiche Schule besucht hatten.

Die drei Kinder waren seit der Grundschule so enge Freunde, dass man Rabea irgendwann als dritten Zwilling bezeichnet hatte. Über seine Enkelin hatte er auch Jules Lafitte kennengelernt. Sie hatte ihm den ehemaligen Agenten vor einigen Jahren bei einem Besuch in Nürnberg vorgestellt.

„Kann ich dir vielleicht helfen, Großvater Rosenthal?", bot Lucie ihm nun an.

„Hm, hm…" Eine Pause entstand.

Lucie wunderte sich über den alten Rabbi. Er klang anders als sonst. Es beunruhigte sie. Dabei hatte er sich nach dem tragischen Tod seiner Enkeltochter wieder einigermaßen erholt. In den ersten Wochen nach Rabeas gewaltsamem Tod hatte es fast so ausgesehen, als würde er ihr bald nachfolgen.

Da am anderen Ende der Leitung weiter Stille herrschte, beschloss Lucie, das Heft in die Hand zu nehmen: „Ist irgendetwas passiert, Großvater Rosenthal? Vielleicht kann ich dir ja doch weiterhelfen?“

„Wann kommt Lukas denn wieder?“, lautete die Gegenfrage.

Nun war Lucie an der Reihe, herumzudrucksen. „Das kann noch eine ganze Weile dauern…“ Was ja nicht gelogen war.

Der alte Rabbi zögerte, er schien mit sich zu ringen. Schließlich seufzte er vernehmlich. „Also gut, Lucie. Es ist so: Ich versuche seit Stunden unseren Freund Jules in München zu erreichen. In seinem Geschäft wissen sie nicht Bescheid, wo er ist, nur, dass er sich für zwei Tage abgemeldet hat. Sein Handy ist auch abgeschaltet. Deshalb wollte ich Lukas fragen, ob er vielleicht noch eine weitere Telefonnummer von ihm hat, oder wie ich ihn sonst erreichen könnte.“

„Du hast versucht, Jules zu erreichen? Was willst du denn von ihm? Brauchst du seine Hilfe? Ist etwas passiert?“, entfuhr es Lucie schneller, als sie denken konnte. Ihr Instinkt hatte sie also nicht getrogen. Da war etwas im Busch.

„Nein, nein, alles ausgezeichnet, ausgezeichnet“, antwortete er etwas zu hastig, um glaubwürdig zu klingen. „Ich wollte ihn nur kurz etwas fragen, aber wenn ich darüber nachdenke, nein, eigentlich ist es gar nicht so wichtig. Ich danke dir, Lucie. Oh, da fällt mir ein…Bitte verzeih dem Gedächtnis eines alten Mannes. Du warst ja lange im Ausland und ich habe gar nicht gefragt, wie es dir geht, Kind.“

„Mir geht es gut. Aber ist wirklich alles mit dir in Ordnung?“ Lucie fand den alten Rabbi reichlich konfus. Er druckste sonst niemals am Telefon herum. Er hörte sich an, als hätte er Sorgen. Aber seit wann wandte er sich mit seinen Sorgen an Jules?

„Nein, nein, alles gut, alles gut. Bis dann, Lucie Kind. Shalom.“

„Warte, nicht auflegen. Worüber wolltest du so dringend mit Jules sprechen? Ist wirklich alles Shalom? Kann ich etwas für dich tun?“ Tatsächlich wäre dies das kürzeste Telefonat gewesen, das sie je miteinander geführt hätten.

„Du hast Recht, ich muss dir reichlich unhöflich vorkommen, Lucie, Kind. Entschuldige.“ Der alte Rabbi verstummte erneut und Lucie stand bereits im Begriff, ihn nochmals zum Sprechen zu ermuntern, als er von sich aus weitersprach:

„Ich weiß nicht so recht, wie ich es ausdrücken soll, Kind. Vielleicht liegt es ja an meinem Alter und ich fange an, mir Dinge einzubilden." Er räusperte sich geräuschvoll. Falls er Lucie damit auf die Folter spannen wollte, dann hatte er sein Ziel erreicht.

„In Gottes Namen, was ist denn bloß los? Sag es mir, bitte." Langsam bekam es Lucie mit der Angst zu tun, dass heute noch eine weitere schlimme Nachricht auf sie wartete.

„Nun, nun, du weißt ja, dass ich wegen meines Beins mein Haus nur noch selten verlasse, Lucie. Aber gestern, da ließ ich mich von meinem Nachfolger in der Gemeinde überreden, seine Familie zu besuchen. Sie haben Nachwuchs bekommen. Entzückend, wirklich. Als ich dann später in mein Haus zurückkehrte, nun, da hatte ich plötzlich so ein merkwürdiges Gefühl, als wäre in der Zwischenzeit jemand da gewesen. Ich habe natürlich überall nachgesehen, aber da war niemand. Trotzdem, dieses fremde Gefühl war überall."

„Du meinst, es könnten Einbrecher bei dir im Haus gewesen sein? Fehlt denn etwas?"

„Nein, nichts. Ach, ich weiß nicht. Ich sagte ja, es würde sich komisch anhören. Darum wollte ich gerne mit Jules sprechen, was er davon hält." Er hielt inne und Lucie hatte den Eindruck, als bedauerte er, zu viel gesagt zu haben. „Ach, vermutlich habe ich mir das alles nur eingebildet", lenkte er jetzt ein. „Es tut mir leid, Lucie Kind. Ich hätte dich nicht damit belästigen sollen."

Lucies Sinne standen längst auf Alarm. Ihre feinen Antennen hatten bei dem alten Rabbi etwas aufgefangen, was über eine einfache Verwirrung hinausging. Hatte er etwa Angst? Aber wovor? „Ich habe eine Idee, Großvater Rosenthal. Warum kommst du nicht zu mir? Ich kann hier nicht weg, weil ich Lukas versprochen habe, bei den Hunden zu bleiben. Aber du könntest dir ein Taxi rufen, wir trinken Tee und halten einen gemütlichen Plausch. Ich habe sogar Apfelkuchen hier, wie in alten Zeiten. Was sagst du?"

Lucie hatte einen Einwand erwartet, doch zu ihrem Erstaunen stimmte Rabeas Großvater ihrem Vorschlag sofort zu. Er musste sich wirklich sehr unwohl in seinem Haus fühlen, was Lucies Beunruhigung wiederum noch mehr steigerte.

Kaum hatte Lucie den Hörer aufgelegt, durchfuhr es sie wie ein Blitz. Warum war ihr die Parallele nicht sofort aufgefallen? *Die Sorge um Magali und Matti musste ihr Denken beeinträchtigt haben!* Erst vor zwei Tagen hatte sie ein ganz ähnliches Telefonat geführt! Hingen die beiden Vorkommnisse etwa zusammen? Wenn ja, ergaben sie trotzdem keinen Sinn. Plötzlich fiel ihr die arme Frau Gabler ein. Hatte ihre langjährige Haushälterin nicht auch Einbrecher überrascht? Auch im Hause von Stetten war nichts gestohlen worden…

Kaum zwanzig Minuten später stand der Rabbi vor der Tür. „Schön, dich zu sehen, Großvater Rosenthal", empfing ihn Lucie mit einer herzlichen Umarmung.

„Die Freude ist ganz die meine. Lass dich anschauen, mein liebes Kind. Schön wie immer. Du erinnerst mich an einen strahlenden Morgen über dem Berge Sinai."

„Und du bist so poetisch wie immer", lachte Lucie. „Komm, gib mir deine Joppe und dann setzen wir uns in die Küche. Dein Kräutertee ist gleich bereit." Und zu den Hunden: „Nein, ihr beiden Irrwische. Lasst den Rabbi sich doch erst einmal in Ruhe setzen."

Es blieb beim vergeblichen Versuch, sie zu bändigen. Lucie ließ sie in den kleinen Garten hinaus.

„Ah, Kamille, mit einer Note Ingwer." Der alte Rabbi nahm einen Schluck aus seiner dampfenden Tasse.

Lucie folgte seinem Beispiel und musterte ihn dann. Sie spürte seine Anspannung deutlich. Dabei verbreitete er sonst mehr Ruhe als Buddha persönlich. Trotzdem machte er keine Anstalten, das Gespräch zu eröffnen.

Sie wartete. Er wartete.

„Wo sind denn alle?", erkundigte sich ihr Besuch zunächst.

„Familienausflug", erwiderte sie knapp.

„Aha." Nun war es an ihm, ihr einen forschenden Blick zuzuwerfen. „Nun denn, Lucie Kind. Ich denke, wir haben beide etwas zu erzählen. Wer fängt an?", sagte der Alte nach einer Weile.

„Ich fange an." Lucie stellte ihre Tasse ab. „Weißt du, das wirklich Merkwürdige ist, dass mir jemand vor zwei Tagen fast genau das Gleiche erzählt hat wie du."

„Wer?", fragte der Rabbi, äußerlich die Ruhe selbst, doch die Art, wie seine Finger die Tasse umklammerten, verriet ihn.

„Magali. Sie rief mich vor zwei Tagen auf dem Handy an und erzählte mir, dass sie das Gefühl hatte, dass jemand in ihrem Haus gewesen sei. Sie vermisste nichts und alles sah so aus wie immer. Sie war trotzdem davon überzeugt gewesen. Ich habe Magali gefragt, was Lukas dazu meinen würde. Sie hat geantwortet, dass sie ihm lieber nichts davon erzählt hatte. Am Ende hat Magali auf deine Linie eingeschwenkt und gemeint, es könnte auch an ihrer Schwangerschaft liegen und sie würde deshalb vielleicht schon Gespenster sehen und ich sollte das Ganze schnell wieder vergessen. Ende. Ich fand das schon komisch, weißt du."

„Ach? Magali bekommt ein Kind?", freute sich der alte Rabbi für sie.

„Oh." Lucie schlug sich erschrocken mit der Hand auf den Mund. „Das hätte ich gar nicht sagen dürfen. Magali hat mich extra darum gebeten. Bitte verrat mich nicht. Lukas weiß es noch nicht. Magali wollte erst ganz sicher gehen."

„Ich werde dich bestimmt nicht verraten, mein Kind", schmunzelte ihr Gegenüber. „Und ich freue mich sehr für Lukas. Nach allem, was er durchgemacht hat. Ein Kind birgt so viel Hoffnung in sich."

Eine Weile saß er da, als wäre er in seinen Gedanken ganz weit fort. Lucie respektierte sein Schweigen. Irgendwann meinte er ernst: „Komische Diebe, die nichts stehlen. Sehr seltsam. Hat man je zuvor etwas Ähnliches gehört?", murmelte er jetzt. „Hm, wenn Magali und ich uns nicht beide täuschen, dann ist hier etwas höchst Beunruhigendes im Gange. Und in die Villa eurer Eltern ist ja auch erst eingebrochen worden. Wenn ich an die arme Frau Gabler denke." Er schüttelte traurig den Kopf. „Und wenn es dieselben Leute waren? Aber was könnten sie bei uns suchen? Nein, wir brauchen Jules. Wo steckt er nur?" Den letzten Satz hatte er mehr zu sich selbst gesprochen, als hätte er Lucies Anwesenheit vergessen. Nachdenklich versenkte er seine lange Nase in die Tasse. Sorge und Traurigkeit zogen über sein faltiges Gesicht.

Lucie fasste einen schnellen Entschluss. „Ich kann für dich das Rätsel um Jules' Unerreichbarkeit lösen. Heute ist nämlich etwas ganz Furchtbares geschehen: Magali und Matti sind entführt worden. Die Entführer haben sich inzwischen bei Lukas gemeldet. Aber anstatt Lösegeld fordern sie von Lukas die Herausgabe der Schriftrollen des ermordeten Jesuitengenerals. Scheinbar gehen die Entführer davon aus, dass Lukas sie weiterhin in seinem Besitz hat. Dabei sind die Dokumente damals in Rom verschwunden. Das bedeutet, dass Lukas unmöglich die Forderung der Entführer erfüllen kann. Weder hat er die Dokumente noch weiß er, wo sie sein könnten. Lukas und Jules sind unterwegs, um die Angelegenheit zu regeln."

Der Rabbi war bei ihren Worten ganz grau im Gesicht geworden: „Mein Gott, Kind, was für ein Unglück! Wie schrecklich, einfach schrecklich“, lamentierte er. Seine Augen wurden feucht.

Lucie war aufgestanden und hatte sich neben ihn gesetzt. Sie kämpfte selbst mit den Tränen. Sie schluckte, um ihre Stimme wieder in den Griff zu bekommen: „Es ist so: Jules glaubt, dass es sich bei den Entführern um eine professionelle Bande handelt. Ich habe darüber nachgedacht. Weißt du, was ich inzwischen glaube? Dass es sich bei den Entführern und den Eindringlingen in Lukas‘ Haus, deinem Haus und der Villa meiner Eltern um dieselbe Bande handeln könnte. Ich meine, es könnte doch sein, dass die Entführer die Häuser durchsucht haben in der Hoffnung, dass dort die Dokumente oder auch Hinweise darauf versteckt sein könnten. Und erst nachdem die Einbrecher nirgendwo fündig geworden sind, haben sie die Entführung von Magali und Matti geplant.“ Sie stand auf und füllte den Teekessel erneut mit Wasser. Wie es aussah, würde es noch ein langer Abend werden.

„Ach, was würde ich darum geben, jetzt mit Jules sprechen zu können“, seufzte der Alte. Ihn plagte noch eine weitere Sorge, wovon er Lucie keinesfalls erzählen konnte.

„Ja, oder wenn wenigstens Rabea hier wäre“, wünschte sich Lucie.

Wie ihr Bruder Lukas hielt sie in Gedanken oft Zwiesprache mit ihrer toten Freundin. Rabea war streitbar, störrisch, dickköpfig, aber vor allem unglaublich klug gewesen. Ihr Gerechtigkeitssinn hatte sie schon in der Schule allzu oft in Schwierigkeiten gebracht. Später hatte sie sich als Journalistin in brenzlige Situationen manövriert, wenn sie auf Menschen getroffen war, die es mit Recht und Unrecht nicht so genau genommen hatten wie sie. Sie fehlte Lucie jeden Tag.

Rabeas Großvater schien seinen eigenen Erinnerungen nachzuhängen. Sicher dachte auch er jetzt an seine Enkeltochter und ihr sinnloses Ende.

Lucie schalt sich im Stillen für ihre Gedankenlosigkeit, ausgerechnet jetzt von Rabea anzufangen. Die Stille dehnte sich gemeinsam mit der herabsinkenden Dämmerung in der Küche aus.

Die beiden Hunde waren längst zurück und lagen zusammengerollt unter dem Tisch. Ihr leises Schnarchen und das Brummen des altersschwachen Kühlschranks, den Magali aus ihrem Schweizer Häuschen mitgebracht hatte, waren die einzigen Geräusche.

Der alte Herr durchbrach schließlich das Schweigen. „Was ist das eigentlich für eine verrückte Geschichte, dass Lukas und Jules unterwegs sind, um die

Angelegenheit selbst zu regeln?" Rabeas Großvater wirkte ratlos und verstört, fast, als würde ihm erst jetzt die ganze Tragweite dieser Nachricht bewusst werden.

„Du hast Recht", pflichtete ihm Lucie bei. „Es ist verrückt, aber Jules sah darin die einzige Möglichkeit, das Leben von Magali und Matti zu retten. Keine Dokumente, kein Austausch. Jules verfolgt eine Spur in Spanien. Die beiden sind sofort mit Papas Flugzeug los. Mehr weiß ich nicht. Das heißt, der Rest ist Ungewissheit und Warten", sagte Lucie und spielte nervös mit ihrer leeren Tasse.

„Ach mein liebes Kind. Was für furchtbare Zeiten für deine Familie. Dabei habe ich so sehr darum gebetet, dass endlich Glück und Frieden bei euch einkehren."

„Weißt du, Großvater Rosenthal, ich kann einfach nicht begreifen, warum das Schicksal immer gerade Lukas so niederknüppeln muss. Warum sucht sich Gottes Zorn zur Abwechslung nicht einmal jemand anders aus, dem er ins Gesicht blasen kann? Ich glaube langsam, dass Rabea Recht hatte mit ihrer Behauptung: Es gibt *ihn* nicht."

Lucies Ausbruch entlockte dem Alten ein trauriges Lächeln. Wie oft hatte er in der Vergangenheit mit seiner streitbaren Enkeltochter darüber diskutiert? Sie hatte die Dinge stets nur unter einem rationalen Aspekt betrachtet. Logik war ihre Religion. Dabei hatte Rabea, die Lukas maßlos geliebt hatte, nie begriffen, dass gerade die Liebe spiritueller Natur war. Sie war einfach da, man konnte sie ebenso wenig beweisen, wie man Gott beweisen konnte.

Rabea hielt Schicksal für das Synonym von Zufall. Mit beiden Beinen stand sie im Diesseits und leugnete die Existenz des Jenseits. Doch konnte es ohne diese beiden Elemente ein Gleichgewicht im Leben geben? Tatsächlich hatte Rabea nie ihre innere Balance gefunden. Seine Enkelin war ein rastloser Mensch geblieben, eine ruhelose Seele, getrieben von der Suche nach einer Wahrheit, die sie nur in sich selbst hätte finden können.

„Ich bin wirklich ein unsensibler Trampel", sagte Lucie jetzt. „Weißt du was? Ich leite Lukas' Telefon auf mein Handy um, und dann machen wir einen Abendspaziergang mit den Hunden. Was sagst du?"

„Dass dies eine gute Idee ist. Wie sagt der Doktor immer zu mir? *Josef, je weniger du läufst, umso lahmer wird dein Bein.* Das ist wie mit dem Geist, Lucie: Je weniger wir ihn beanspruchen, umso träger wird er. Gehen wir also ein Stückchen."

Seine tiefe Sorge nahm er mit. Er musste warten, bis Jules wieder zurück war.

KAPITEL 8

London, England

Jemand hielt sie im Nacken gepackt und presste ihren Kopf in eine Schüssel mit eisigem Wasser. Sie strampelte und schnappte vergeblich nach Luft. Das Wasser brannte in ihren Augen und der Kehle. Sie konnte nicht mehr atmen, sie erstickte…

Der scharfe Geruch eines Desinfektionsmittels holte sie aus ihrem Albtraum. Ihre Augen brannten, als hätte ihr jemand Essig hineingeträufelt. Was war mit ihr geschehen? Wo war sie? Sie konnte sich an nichts erinnern. Ihr Verstand schien wie leergefegt - als hätte ein apokalyptischer Besen darin gewütet. Jeder Gedanke, jede mögliche Erinnerung entglitt ihr bereits im Ansatz.

Sie lag auf einer harten Unterlage, ihr Körper fühlte sich vollkommen steif an. Sie versuchte den Kopf zu bewegen, was ziemlich schmerzhaft war. Dann ihre Arme und Beine. Immerhin war sie nicht gefesselt oder fixiert worden. Sie öffnete langsam ihre Lider und blinzelte. Das Brennen in ihren Augen ließ etwas nach.

Es dauerte eine Weile, bis sich ihre Augen an das grelle Neonlicht gewöhnt hatten. Vorsichtig sah sie sich um. Sie befand sich in einem vom Boden bis zur Decke weiß gefliesten Raum, dessen einzige Möblierung aus einem fest montierten Bett und einem Nachttisch bestand.

Wie in einer Leichenhalle, dachte sie. Der Gedanke ließ sie frösteln. War sie in einem Krankenhaus? Hatte sie einen Unfall gehabt, an den sie sich nicht erinnern konnte? Was war mit ihren Erinnerungen, ihren Gedanken? Ihr Verstand war wie paralysiert. Wenn dies hier ein Krankenhaus war, wo waren die Schwestern, der Arzt, die Geräte? Sie musste unbedingt mit jemandem sprechen.

Auf dem Nachttisch entdeckte sie eine Flasche Wasser. Ihre Arme fühlten sich schwer an, als sie danach griff. Sie trank im Liegen, die Flasche mit beiden Händen umklammernd.

Danach setzte sie sich vorsichtig auf und sah sich gründlich um. Ihr Blick erfasste nun eine Tür an der gegenüberliegenden Wand. Sie war weiß wie alles andere in ihrer Umgebung und nicht gleich erkennbar gewesen. Sie schob die dünne Decke von sich und versuchte aufzustehen. Die Bewegung brachte sie an den Rand der Erschöpfung.

Sie blickte an sich herab und stellte fest, dass sie lediglich ein grünes, am Rücken offenes Krankenhaushemd und einen Slip trug. Sie schlang das Hemd eng um sich und band die Schnüre fest um ihre Taille. So fühlte sie sich weniger nackt. An ihrem linken Handgelenk entdeckte sie ein weißes, unbeschriftetes Plastikarmband.

Immerhin hatte sie an ihrem Körper keinen Verband entdecken können. Sie schien unversehrt zu sein. Warum fühlte sie sich dann derart schwach? Sie versuchte nochmals aufzustehen und sofort explodierten Lichtblitze vor ihren Augen. Nur langsam ließ das Schwindelgefühl nach. Doch die Schwäche in ihren Gliedern blieb. Sie ließ sich nochmals kurz zurücksinken, nur noch einige Minuten, sagte sie sich. Aber kaum hatte sie die Augen geschlossen, war sie auch schon eingeschlafen.

Als sie das nächste Mal erwachte, waren ihre Glieder immer noch steif, aber ihr Kopf fühlte sich besser an und das Brennen in ihren Augen hatte nachgelassen. Ihr Blick streifte den Nachttisch. Jemand hatte ihr eine frische Flasche Wasser hingestellt. Sie schwang ihre Beine aus dem Bett, was ihr diesmal beinahe mühelos gelang. Durstig griff sie nach dem Wasser. In diesem Augenblick setzte ihre Erinnerung ein.

Die Flasche entglitt ihren Fingern und prallte auf den Fliesen auf. Das Plastik zerplatzte und Wasser spritzte in alle Richtungen.

Von namenlosem Entsetzen erfüllt, starrte die junge Frau auf den blassen See zu ihren Füßen.

Nur durch eine Wand von ihr getrennt sah ein Mann zufrieden von seinem Bildschirm auf. Er drückte auf einen Knopf und sprach in den Apparat: „Sie ist wach. Sie gehört euch."

So wie sie war, in Slip und Krankenhaushemd, holte man sie kurz darauf ab. Man gab ihr ein Paar Filzpantoffel und verabreichte ihr eine Spritze.

Sie wurde in einen Raum gebracht, der in kaltes Neonlicht getaucht war. Darin standen zwei Plastikstühle und ein Tisch aus poliertem Stahl. Auf dessen Oberfläche spiegelten sich die Neonröhren wie glänzende Schlangen. Auf die Gefangene wirkte er wie ein Seziertisch. Vermutlich war er das auch.

Um nicht auf den Tisch starren zu müssen, versuchte sie, das Plastikband an ihrem Handgelenk mit den Zähnen abzubeißen. Es störte sie, sie kam sich damit vor wie ein Neugeborenes. Das Band erwies sich als zu stabil. Unwillkürlich schoss ihr der Gedanke durch den Kopf, ob das Plastikband ihre neue Situation reflektierte? Begann am heutigen Tag ihr drittes Leben? Das erste hatte vor knapp zwei Jahren in Rom geendet. Ihr zweites Leben hatte sie unter falschem Namen geführt, sich an stetig wechselnden Orten versteckt, zuletzt in einer heruntergekommenen Mietskaserne im Randbezirk Tangers. Bis man sie aus ihrer winzigen Wohnung verschleppt hatte. Wann das war, wusste sie nicht, denn inzwischen hatte sie jegliches Zeitgefühl verloren.

Ihre Flucht war zu Ende. Sie fuhr sich mit der Zunge über die Lippen, die sich ebenso trocken anfühlten wie ihr Mund. Doch ihr Geist war jetzt hellwach. Das stammte sicherlich von der Substanz, die sie ihr vorhin injiziert hatten.

Die Gefangene machte sich keinerlei Illusionen über ihre Lage. Ihr drittes Leben würde nicht mehr allzu lange dauern.

Sie sah sich jetzt die Umgebung genauer an, in der sie vermutlich bald sterben würde. Ihr fiel auf, dass die Wände fast den gleichen Farbton aufwiesen wie ihr Hemd. Lindgrün. *Wenigstens nicht weiß.* Sie mochte die Farbe nicht, für sie haftete ihr Krankenhausgeruch an und überdies war sie für viele Kulturen die Farbe der Trauer.

Der lindgrüne Anstrich sollte vermutlich eine beruhigende Wirkung auf die Gefangenen ausüben. Stattdessen überkam die junge Frau ein Anflug von Hysterie. Doch sie widerstand dem Drang, zu lachen. Sie war sich bewusst, dass sie von einer Rotte Wichtigtuer durch die verdunkelte Glasscheibe, die ihr gegenüber die halbe Wand einnahm, beobachtet wurde. Diese Behandlung diente nur einem Zweck: Ihre Ängste zu steigern, um aus ihr ein auf den puren Überlebenswillen reduziertes Stück Mensch zu machen: Schwach, ängstlich, formbar.

Was würden diese Experten der menschlichen Psyche über sie zu sagen haben? Dass sie sich vor Angst in die Hose machte? *Verdammte Klugscheißer.* Dazu musste man wahrlich kein Experte sein. Entgegen ihrer Absicht steigerte sie sich nun doch in eine Wut hinein. Wut war stets ihr wirksamster Abwehrmechanismus gewesen, sie umgab sie wie ein Mantel, schützte sie vor Schwäche oder, so wie heute, vor dem Wissen, den Unbekannten hinter der Scheibe ausgeliefert zu sein. Sie konnte nicht anders, ihr Temperament übernahm einmal mehr die Regie: Sie zeigte der Scheibe ihren Mittelfinger.

Dieses Mal würde kein Jules auftauchen und sie vor der tödlichen Gefahr retten. Ihre Entführer würden sie unter Drogen setzen und alles aus ihr herauspressen, was sie wissen wollten. Danach würden sie sie entsorgen wie lästigen Müll und niemand würde je erfahren, was aus ihr geworden war. Diese nüchterne Überlegung bändigte schließlich ihre Wut und machte Platz für ruhige Entschlossenheit.

Ihr analytischer Verstand hatte damals im Irak, als sie schon einmal in die Hände des amerikanischen Geheimdienstes gefallen war - und wer sollte es dieses Mal sonst sein? -, gelernt, seine Ängste zu beherrschen. Besser gesagt, Patrick McKenzie, der Leiter der amerikanischen Militärpolizei vor Ort, der sie damals verhaftet und später dann unterstützt hatte, hatte es sie gelehrt. Merkwürdig, dass sie gerade jetzt an Patrick denken musste. Er war seit fast zwei Jahren tot. Zerfetzt von einer Autobombe.

Im Grunde war es gar nicht so schwer, seine Angst zu beherrschen, wenn man wusste, wie sie im Körper entstand. Sie war nichts weiter als eine Kombination verschiedener Chemikalien, die ihre Botenstoffe ins Gehirn jagten, um Gefahr zu signalisieren. Fast alle Lebewesen reagierten darauf mit Flucht. Doch was tat man, wenn man eingesperrt war und nicht flüchten konnte? Man stellte sich der Gefahr, versuchte, sie zu neutralisieren. Genau das würde sie tun. Als Kriegsreporterin hatte sie mehr als einmal lebensbedrohliche Situationen überstehen müssen.

Doch nicht allein ihr Überlebenswille und ihre Entschlossenheit trieben sie an. Wenn sie ehrlich war, war sie es schon lange leid, wie ein angeschossenes Wild auf der Flucht zu sein, fortdauernd gehetzt von unbekannten Jägern.

Durch ihre Flucht hatte sie sich zwar fast zwei weitere Jahre erkauft, aber es waren keine guten Jahre gewesen. Sich nirgendwo sicher zu fühlen, von Ort zu

Ort zu ziehen, ständig den Blick zurück über die Schulter gewandt, und niemals ruhig zu schlafen, das konnte jeden auf Dauer zermürben.

Ab heute war damit Schluss. Sie würde dem Gegner ins Gesicht blicken und Tatsachen schaffen. Falls dies ihre letzten Tage auf Erden sein sollten, dann würde sie eine gute Show bieten.

Sie straffte sich und warf den Kopf zurück, als wollte sie ihre Haare ausschütteln. Dann lehnte sie sich für ihr Publikum mit im Nacken verschränkten Händen entspannt zurück, ihre Füße platzierte sie auf den Seziertisch. Weil der Raum so hässlich und das Licht so grell war, schloss sie ihre Lider.

Unwillkürlich schob sich das Bild ihres Großvaters vor ihr inneres Auge und verdrängte kurzzeitig ihre gegenwärtige Situation. Der Gedanke an ihn machte sie traurig. Würde er es verkraften, seine Enkelin ein zweites Mal zu verlieren? Schlimmer noch, niemals etwas über ihr weiteres Schicksal zu erfahren? Wenn sie *sie* töteten, dann töteten sie auch *ihn* damit. Der Gedanke fachte ihren Kampfgeist weiter an, unbewusst ballte sie ihre Fäuste im Nacken. So leicht würde sie es dem Gegner nicht machen! Vielleicht gab es doch eine Möglichkeit, sich aus dieser Situation herauszuwinden? *Sie* wollten ihre Akte, ihre Recherchen. Sie selbst wollte überleben. Also musste sie versuchen, mit dem Gegner zu verhandeln.

Jules und später ihr Großvater waren die einzigen Personen gewesen, die wussten, was wirklich in jenen Tagen in Rom geschehen war. Ihr vermeintlicher Tod, die Überführung, die inszenierte Beerdigung...Es war Jules‘ Idee gewesen. Der Ex-Agent hatte alles generalstabsmäßig geplant.

Mehrere Tage lang hatten Jules und sie sich danach versteckt gehalten. Erst als Jules davon überzeugt gewesen war, dass sie sich vorerst in Sicherheit befand, hatte er eingewilligt, mit dem alten Rabbi Kontakt aufzunehmen. So behutsam wie möglich hatte er ihn dann auf die Nachricht vorbereitet, dass seine einzige Enkeltochter noch lebte.

Aus Sicherheitsgründen hatte sie nur einmal alle paar Wochen mit ihrem Großvater telefonieren können. Jules hatte dafür eine spezielle Vorgehensweise entwickelt. Sie und ihr Großvater benutzten dazu einmalig ein Prepaidhandy. Jules versorgte ihren Großvater damit und gab ihm Tag und Uhrzeit mit einem vereinbarten Code durch.

Die junge Frau malte sich nun aus, wie ihr Großvater reagieren würde, wenn sie sich nicht zur vereinbarten Zeit bei ihm melden würde. Ihr Großvater würde stundenlang vor dem Telefon ausharren, bis er begriff, dass sein Warten vergeblich blieb. Schließlich würde er sich mit Jules in Verbindung setzen.

Jules würde sofort nach Tanger eilen und entdecken, dass sie verschwunden war. Sicher würde er alles daran setzen, ihre Spur aufzunehmen, aber sie hatte keine Hoffnung, dass es ihm gelingen würde.

Noch in Rom, im Santa-Maria-Krankenhaus, hatte sie Jules von ihrer brisanten Entdeckung im Irak erzählt. Sie hatte mit ihm auch über die gemeinsamen Recherchen mit Patrick McKenzie und ihre Theorie zu Patricks gewaltsamem Tod gesprochen - hauptsächlich, weil sie seine Einschätzung dazu hatte hören wollen. Und wie sie sie gehört hatte! Sie konnte sich noch gut an Jules' entsetzte Miene erinnern. Er hatte einige unfeine Sachen auf Französisch von sich gegeben und sie bedrängt, die Unterlagen zu vernichten, keine weiteren Recherchen anzustellen und die ganze Angelegenheit sofort zu vergessen.

„Bist du verrückt?", hatte er sie angefahren. „Das ist lebensgefährlich für dich und für jeden aus deiner Umgebung. Du kannst nur verlieren. Der Gegner ist zu mächtig."

Jules hatte wissen wollen, wo sich ihre Unterlagen befanden, aber Rabea hatte es ihm nicht verraten, nur, dass die Akte sicher verwahrt wäre. Sie kannte Jules. Er hätte alles vernichtet, daraus hatte er keinen Hehl gemacht. „Hast du überhaupt eine Ahnung, was das für Folgen haben kann, wenn du deine Behauptungen öffentlich machst? Jedermann weiß doch sowieso, dass die Amerikaner im Irak Dreck am Stecken haben, aber der Weltöffentlichkeit den tatsächlichen Beweis zu liefern, wäre Wahnwitz!", hatte er sie weiter bedrängt. „Euer christlicher Gott helfe Amerika und seinen Alliierten. Letztes Jahr hat schon die Ankündigung dieses verrückten Predigers Terry Jones, ein paar Korane zu verbrennen, ausgereicht, um Unruhen in der islamischen Welt auszulösen. Allein in Afghanistan wurden sieben UN-Mitarbeiter getötet! Bei Allah, der ganze Mittlere Osten ist instabil, aber ich prophezeie dir, dann wird er endgültig hochgehen und mit ihm Israel. Sieben Millionen Israelis umgeben von dreihundert Millionen Muslimen! Das kann auf die Dauer nicht gutgehen. Nein, du kannst das nicht veröffentlichen, Rabea, du würdest einen Weltenbrand riskieren. Du wärst für den Tod von Tausenden von Unschuldigen verantwortlich", hatte er sie beschworen.

„Nicht ich wäre verantwortlich, Jules, sondern die Kriegsprofiteure. Die Frage sollte vielmehr lauten: Hat Bush es gewusst oder nicht? Ehrlich, ich weiß nicht, was schockierender wäre, ob er zugestimmt hat oder dass er sich als

Präsident diesen Bären hat aufbinden lassen", hatte sie argumentiert. Auch ihr Freund Patrick hatte sich fast gleichlautend wie Jules geäußert. „*Wenn die Sache bekannt wird, Gott helfe uns, dann geht der gesamte Mittlere Osten in Flammen auf.*"

Patrick war ständig hin- und hergerissen gewesen, zwischen seiner Pflicht für sein Land, der Liebe zu ihr und seinem Gewissen. Eines Abends hatte auch er sie bedrängt, nicht weiter nachzuforschen. „Zu viel Wissen kann tödlich sein", hatte er gesagt. Er hatte Recht behalten. Am nächsten Tag war er tot.

Jules verschob dann aufgrund ihrer Verletzung die Diskussion auf später. Dafür war er mit dem verrückten Vorschlag zu ihr gekommen, nicht einfach unterzutauchen, sondern ihren Tod zu inszenieren. Damit konnte sie sich auf unbestimmte Zeit jeder Verfolgung entziehen. Sie hatte ihn gefragt, ob jetzt das Geheimagent-Gen mit ihm durchginge. Nach Patrick McKenzies gewaltsamem Tod war Jules davon überzeugt gewesen, dass auch ihr Leben in großer Gefahr schwebte. Und nicht nur ihres, auch das ihres Großvaters und aller ihr nahestehenden Personen. „Diese Leute foltern, Rabea", hatte er sie angeherrscht und dabei ausgesehen, als würde er selbst gern Daumenschrauben bei ihr anlegen. Das hatte den Ausschlag gegeben und sie hatte Jules' verrücktem Plan zugestimmt.

Mit schlechtem Gewissen hatte sie an das Päckchen gedacht, das sie ihrem Großvater mit der Bitte, es Lukas auszuhändigen, gesandt hatte. Im Nachhinein war das eine verdammt schlechte Idee gewesen, wie sie sich eingestand, aber jetzt war es nicht mehr zu ändern.

Die einzige Unbekannte war gewesen, ob der Arzt mitspielen und den Totenschein ausstellen würde. Nach kurzer Recherche fand Jules heraus, dass er Spielschulden hatte. Der Rest war für den Ex-Agenten ein Kinderspiel gewesen. Der Sarg war beschwert und dem Bestattungsinstitut versiegelt übergeben worden. Die Überführung im vST-eigenen Jet hatte Jules persönlich übernommen. Jules hatte ihr auch falsche Papiere besorgt. Er hatte an alles gedacht. Einziger Wermutstropfen war für sie der Kummer ihres Großvaters und ihrer Freunde gewesen.

Seitdem versteckte sie sich an wechselnden Orten. Jules hatte schnell herausgefunden, dass sie heimlich weiter recherchiert hatte. Es war das erste Mal, dass sie richtig gestritten hatten. Trotzdem hatte sie weitergemacht. Erst vor wenigen Tagen war es ihr gelungen, ein weiteres Puzzlestück in ihre Beweiskette einzufügen. Deshalb hatte sie sich in der Hafenstadt Tanger aufgehalten.

Den Schmuggel der Akte mit den Aufnahmen und ersten Recherchen hatte sie 2012 bewusst vor dem TV-Beitrag organisiert, in dem sie den amerikanischen Präsidenten der Kriegstreiberei bezichtigt hatte. Sie hatte erwartet, dass sie sich mit ihrem Auftritt Schwierigkeiten einhandeln würde. Allerdings hatte sie nicht mit ihrer Verhaftung gerechnet.

Nach ihrer Entlassung aus dem Militärgefängnis hatte man Rabea direkt zum Flughafen verfrachtet und in ein Flugzeug nach Berlin gesetzt, zusammen mit einem amtlichen Dokument, das ein lebenslanges Einreiseverbot in den Irak wie auch in die USA und alle amerikanischen Hoheitsgebiete beinhaltete.

Wie vereinbart hatte ihr Kontakt die Unterlagen in einem Schließfach in Tegel deponiert und den Schlüssel ohne weitere Angaben zur Aufbewahrung an ihre Berliner Redaktionskollegen gesandt.

Ursprünglich war sie damals nach Rom gereist, weil Lucie dort studierte. Sie hatte dringend jemanden zum Reden gebraucht. Der gewaltsame Tod von Patrick hatte sie tief getroffen. Doch dann hatten sich auch dort die Ereignisse überschlagen und sie war gemeinsam mit ihrer Jugendliebe Lukas kopfüber in das nächste Abenteuer gestürzt.

Ein Geräusch ließ sie herumfahren. Zwei Männer betraten jetzt den Verhörraum.

Sie taxierte die beiden Eintretenden eingehend. *Waren es diese Männer, die sie töten würden?*

Beide waren ungefähr Mitte dreißig, gut gekleidet und kräftig gebaut, der eine war blond und blauäugig, der andere dunkel mit fast schwarzen Augen. Sein olivfarbener Teint verriet eine indianische Abstammung. Sie schätzte ihn als den gefährlicheren der beiden ein.

Spannend fand sie, dass der Blonde ein frisches Veilchen hatte, das noch nicht voll erblüht war, und der andere eine aufgeplatzte Lippe.

Sie forschte in den Gesichtern, suchte in den Augen eine Bestätigung dessen zu finden, was sie intuitiv an ihnen wahrgenommen hatte: Von diesen beiden Männern ging - jedenfalls für den Augenblick -, keine direkte Bedrohung für ihr Leben aus. Ihre ausdruckslosen Mienen waren Bestandteil einer Maske, die sie bei ihren Verhören aufsetzten.

Das war bei ihrem Verhör im Irak, zuerst durch die Military Intelligence DIA, danach durch die CIA, nicht anders gewesen. Damals hatten sich die Agenten beider Agencys bei ihr die Klinke in die Hand gegeben. Das wusste sie von

Patrick. Die Männer selbst hatten sich bei ihr nicht vorgestellt. Das entsprach nicht ihrem Geschäftsgebaren. Diese hier würden sich ihr auch nicht vorstellen. Dafür hatte Rabea eben eine wichtige Erkenntnis gewonnen: Sie war sich fast sicher, dass die Männer Amerikaner waren.

Der Blonde zog jetzt den zweiten Stuhl heran und setzte sich ihr gegenüber. Der andere bezog mit verschränkten Armen neben ihm stehend Position.

Rabea blieb, wie sie war, Hände im Nacken, die Füße auf dem Tisch. Sie beschloss, die Partie mit einem unerwarteten Zug zu eröffnen. Eigentlich hatte sie sie auf das Wetter ansprechen wollen, aber das Aussehen der beiden lieferte ihr eine bessere Steilvorlage. Sie sprach absichtlich Deutsch und duzte sie: „Na? Wie sehen die anderen aus? Oder habt ihr euch gegenseitig vermöbelt?" Nicht das Übliche: Wo bin ich - wer sind Sie - was wollen Sie von mir?

Wie nicht anders erwartet, ignorierte der Blonde ihre Worte und stellte stattdessen mit nüchterner Stimme fest: „Ihr Name lautet Rabea Ethel Kennedy. Ihre Mutter war Rebekkah Kennedy, geborene Rosenthal, Ihr Vater, Brian Kennedy, irischer Staatsbürger. Als Journalistin haben Sie unter dem Mädchennamen Ihrer Mutter, Rosenthal, publiziert. Miss Kennedy, Sie wissen, warum Sie hier sind?" All dies sagte er in einem erstaunlich akzentfreien Deutsch, während er in einer mitgebrachten Akte blätterte.

Interessant, dachte Rabea. Diesmal hat man mir einen Typen geschickt, der Deutsch spricht. „Ich bevorzuge weiter den Namen Rosenthal. Und nein, eigentlich weiß ich nicht so recht, warum ich hier bin. Ich würde es aber gerne erfahren. Verraten Sie es mir?"

„Warum? Haben Sie noch mehr Dreck am Stecken, von dem wir bisher noch nichts wissen?", konterte er ungerührt.

Rabea nahm die Füße vom Tisch und beugte sich zu ihm vor: „Wie Sie genau wissen, bin ich Journalistin. Eine Chronistin der Wahrheit. Ich berichte lediglich über diejenigen, die Dreck am Stecken haben. Darf ich über Sie schreiben?", gab sie sanft zurück.

Erneut überging der Mann ihre Worte, aber er kam immerhin ihrer Namensbitte nach: „Miss Rosenthal, Sie waren in den Jahren 2008-2012 im Auftrag eines deutschen Medienunternehmens mehrmals im Irak tätig und sowohl in der Hauptstadt als auch in verschiedenen Provinzen unterwegs. Sie haben von dort als Korrespondentin berichtet. Sind diese Angaben soweit korrekt?"

„Korrekt. Es ist mein Beruf."

„Was sagt Ihnen der Name Linda Farraday?" Der Name ließ Rabeas Puls rasen. Sie hatte Linda 2008 bei einem Boot-Camp-Training kennengelernt, das alle Journalisten, die sich im Irak für das Programm ´embedded journalist` beworben hatten, absolvieren mussten. Das sagte sie dem Blonden jetzt.

Er nickte und fuhr fort: „Bei Ihrem letzten Aufenthalt im Irak 2012 haben Sie die Akkreditierungskarte der amerikanischen Journalistin Linda Farraday an sich gebracht und sich für vier Wochen als sogenannter ´embedded journalist` unter dem Namen besagter Linda Farraday in eine amerikanische Division eingeschlichen. Des Weiteren haben Sie von den Soldaten wie auch bei mehreren erfolgten Einsätzen nicht autorisierte Aufnahmen gemacht und diese anschließend außer Landes geschmuggelt. Ist das weiterhin korrekt?"

Schon bei seinen ersten Worten hatte Rabea gedacht: *Verdammt, die wissen Bescheid!* Sie hatte Linda tatsächlich zu dem Namenstausch überreden können.

Linda, eigentlich Wirtschaftsjournalistin und auf die New Economy spezialisiert, war ihrem Mann, einem hochrangigen Marine, nach Bagdad gefolgt. Seit 2003 recherchierte sie die Hintergründe des Zusammenbruchs der Nasdaq. Lindas Überzeugung war, dass die Nasdaq-Werte von einem geheimen Konsortium gepusht worden waren. Auf dem Höhepunkt hatten die Mitglieder alles verkauft, selbst Milliarden angehäuft, während Millionen Kleinanleger ihr Geld verloren hatten. Linda und sie waren 2012 erstmalig auf eine Spur gestoßen, die direkt nach Washington geführt hatte. Linda hatte ihr sofort nachgehen wollen. Kurz darauf hatte sie von ihrer Schwangerschaft erfahren und war nicht in den Irak zurückgekehrt.

Rabea war deshalb auf die Idee gekommen, ihren Platz einzunehmen. Sie hatte Jules nach einigem Hin und Her überreden können, das Foto auszutauschen. Der Rest war ein Kinderspiel gewesen. Der amerikanische Verbindungsoffizier hatte sie mit offenen Armen empfangen und nur einen flüchtigen Blick auf ihre Papiere geworfen.

Bei ihrer Verhaftung vor zwei Jahren war ihr Coup noch kein Thema gewesen. Während der drei Monate, die Rabea im Militärgefängnis verbracht hatte, hatte sie damit gerechnet, dass man sie damit konfrontieren würde. Nichts dergleichen war geschehen. Sie hatte sich immer darüber gewundert. Aber wie hatte es die DIA jetzt, mit knapp zwei Jahren Verspätung, doch noch herausgefunden? Durch Linda mit Sicherheit nicht, sie hätte sich damit selbst belastet. Sie hatten vereinbart, dass, sollte es je herauskommen, sie, Rabea, es auf ihre Kappe nehmen und behaupten würde, die entsprechenden Papiere von Linda gestohlen zu haben.

Immerhin wusste sie jetzt, woher der Wind wehte. Um ihre Beunruhigung zu verbergen, flüchtete sie sich ins Saloppe: „Ach, Sie sind Amerikaner? Kompliment, Ihr Deutsch ist perfekt. Spricht Ihr Kollege auch Deutsch?“ Gleichzeitig wog Rabea ab, über wie viele Informationen ihr Gegenüber tatsächlich verfügte. Je nachdem konnten ihre Taktik und sogar ihr Überleben davon abhängen.

„Miss Rosenthal, lassen Sie die Spielchen. Antworten Sie nur auf meine Fragen.“

An diesem Punkt trat der Blonde mit dem Dunklen zum ersten Mal in Blickkontakt. Die beiden Männer wechselten die Plätze.

Rabeas grüne Augen wurden eine Spur schmaler. *Was kam jetzt? Guter Agent, böser Agent?*

Der zweite Agent setzte sich kerzengerade auf den Stuhl, richtete die Akte in einem exakten Winkel vor sich aus und wiederholte die gestellten Fragen Wort für Wort. Er sprach ebenso gut Deutsch wie sein Kompagnon, mit einem leicht schwäbischen Akzent. Rabea tippte auf ein Studium in Stuttgart.

Nachdem er geendet hatte, lehnte sich Rabea erneut zurück. Sie musterte die beiden von oben bis unten: „Ihr seht zwar gut aus, aber an eurem Charme solltet ihr noch arbeiten. Anders klappt das nicht, mich zur Zusammenarbeit zu bewegen.“ Rabea wich den Fragen weiter aus und provozierte die Agenten absichtlich. Sie wollte sehen, wie weit sie bei ihnen gehen konnte.

Nicht ein Muskel zuckte im Gesicht des Olivfarbenen. „Uns sind Ihre Neigungen durchaus bekannt. Wir wissen, dass Sie eine besondere Vorliebe für junge Priester hegen.“ Die subtile Andeutung ihrer früheren Liebesbeziehung zu Lukas von Stetten sollte ihr wohl signalisieren, dass ihr Gegner seine Hausaufgaben gemacht hatte.

Der Blonde lehnte sich nun mit dem Rücken zu seinem Partner neben sie an den Tisch: „Miss Rosenthal, wir wissen, dass Sie Angst haben. In das Band an Ihrem Handgelenk ist ein Pulsfrequenzmesser eingebaut. Beantworten Sie einfach unsere Fragen, umso früher können wir das hier beenden.“

Rabea riss die Augen auf: „Was Sie nicht sagen! Tut mir ehrlich leid, wenn ich Ihnen Ihren Feierabend versaue“, erwiderte sie. Ihre Stimme wurde um einen Ton schärfer: „Korrigieren Sie mich, wenn ich etwas falsch interpretiert haben sollte. Aber meines Wissens bin ich keiner freundlichen Einladung zu einem Plausch in Ihre gemütlichen Räumlichkeiten gefolgt. Lassen Sie also die Psychokacke! Sie hätten genauso Angst, wenn man Sie mitten in der Nacht aus Ihrer Wohnung entführt, unter Drogen gesetzt und mit unbekanntem Ziel verschleppt hätte. Was ist mit meiner Katze?"

Der Blonde schüttelte irritiert den Kopf. „Wir wissen nichts von einer Katze."

„Die Katze, die vermutlich jetzt allein in meiner Wohnung in Tanger sitzt und demnächst tot sein wird, weil sich niemand um sie kümmert."

Wieder traten die beiden Männer kurz in Blickkontakt. Der Dunkle zuckte mit den Schultern. Dein Problem, hieß das wohl.

Der Blonde sagte darauf: „Wir waren nicht in Tanger, können also zum Verbleib Ihrer Katze nichts sagen."

Jetzt war Rabea fast verblüfft. Sie hatte das Tier absichtlich ins Spiel gebracht, um die Reaktion der Männer darauf zu testen. Interessant, die zwei schienen nicht so hartgesotten zu sein, wie sie vorgaben - jedenfalls kein Vergleich zu dem Kaliber eiskalter Typen mit Bürstenhaarschnitt in Bagdad.

„Sie haben Recht", stimmte der Blonde ihr zu und schlug völlig unvermittelt einen anderen Kurs ein: „Ich gebe zu, dass wir zu ungewöhnlichen Mitteln gegriffen haben, um mit Ihnen zu sprechen, aber wir sind nicht Ihre Feinde, Miss Rosenthal. Im Gegenteil, wir sind hier, um Ihnen zu helfen. Sie sind es, die in tödlicher Gefahr schwebt. Wussten Sie, dass Linda Farraday erst kürzlich ermordet worden ist? Vor ihrem Tod hat man sie schwer misshandelt. Sie hinterlässt ein einjähriges Mädchen. Beantworten Sie unsere Fragen und wir werden Sie beschützen. Wir sind bereit, Ihnen für Ihre Informationen sehr weit entgegenzukommen. Sagen Sie uns, was Sie dafür haben wollen. Eine neue Identität? Ein sicheres Leben? Geld? Alles ist möglich."

Jetzt enttäuschte er Rabea. Sie glaubte ihm nicht, dass man Linda ermordet hatte. Das war wieder Psychokacke. Er wollte ihr damit ein schlechtes Gewissen einreden. Hielt er sie für so dumm, dass sie darauf hereinfiel und auf seine falschen Versprechungen einging? Doch sie musste zugeben, dass die Aufrichtigkeit, mit der er seine verdrehte Darstellung ihrer Situation vorgebracht hatte, einer schauspielerischen Glanzleistung entsprach. Das war jedoch das Einzige, was sie beeindruckt hatte.

Ihr linker Mundwinkel verzog sich spöttisch nach oben, ein Warnsignal für alle, die sie besser kannten. Aber dem Blonden wurde nicht das Glück zuteil, rechtzeitig vor Rabeas verbalen Pfeilen Deckung zu suchen: „Alles, was ich will? Fein, Jungs. Zunächst wäre ich mit einer heißen Dusche und ein paar warmen Anziehsachen absolut zufrieden. Mir ist arschkalt und das im wahrsten Sinne des Wortes, wenn ihr wisst, was ich meine." Rabea wusste, dass sie der Teufel ritt. Aber dieser Blonde hatte etwas an sich, dass sie provozierte. Sie erhob sich halb aus ihrer sitzenden Position, drehte sich um und hob das Hemd, im vollen Bewusstsein, dass die Kamera nun ein klares Bild ihrer Kehrseite einfangen würde. *Vielleicht würde der Profiler ein paar kluge Takte aus ihrem Arsch lesen können?* Der Gedanke gefiel Rabea und sie grinste den Blonden an.

Zu ihrer Zufriedenheit zeigte er zum ersten Mal eine Reaktion: Sein Backenmuskel zuckte. Er nickte seinem Partner zu und dieser verließ den Raum. Bis zu seiner Rückkehr spielten Rabea und der Blonde minutenlang gegenseitiges Niederstarren. Blau gegen grün. Es endete mit einem Unentschieden.

Der Dunkle kehrte nach wenigen Minuten mit einer schwarzen Reisetasche aus Kunstleder zurück. Rabea erkannte sie sofort als ihre eigene. Seit vielen Jahren begleitete sie sie auf ihren Reisen. Er stellte sie vor ihr auf dem Tisch ab.

Rabea sprang auf, um den Inhalt zu durchforsten. Da waren ihre Jeans, T-Shirts, Pullover, ihre Toilettentasche, ihre Unterwäsche. Natürlich war ihr klar gewesen, dass die Männer ihre Wohnung durchsucht hatten. Trotzdem entfachte es ihre Wut neu. Sie konnte nicht anders. Ihre Anspannung verschaffte sich Luft und sie setzte zu einem bewährten Rabea-Kamikazeflug an: „Und Jungs? Hat es Spaß gemacht, mit euren schmutzigen Fingern in meiner Wäsche herumzuwühlen? Dachtet ihr, das arme deutsche Mädchen, seit zwei Jahren auf der Flucht, sicher hat sie wieder mal einen richtigen Mann zwischen ihren Schenkeln nötig? Los, tut euch keinen Zwang an. Hier bin ich." Ohne an die möglichen Konsequenzen zu denken, riss sie wütend an ihrem Hemd. Es hatte nur eine Geste sein sollen, stattdessen hatte sich der Knoten gelöst und gab nun eine Brust frei. Rabea merkte es, war aber viel zu stolz, ihren Fehler zu korrigieren. *Scheiß drauf*, dachte sie. Herausfordernd funkelte sie die Männer an.

Der Olivfarbene reagierte nicht, doch der Blonde starrte Rabea eine Sekunde lang verblüfft an.

Rabea war jetzt alles egal. „Ha, ich habe eine viel bessere Idee! Wie wäre es mit einem flotten Dreier, gleich hier auf eurem OP-Tisch? Natürlich mit

Publikum." Sie winkte ungeniert in die Kameras und starrte danach den beiden Männern auf den Schritt.

Der Blonde wandte sich nun von ihr ab und hob dabei seine Hand in einer typischen Geste an sein Ohr. Rabea kannte sie gut von ihrer eigenen Tätigkeit als Fernsehjournalistin. Sie vermutete, dass er einen Ohrhörer darin hatte und eben eine Anweisung erhielt.

Das Mindeste, womit Rabea bei ihrer Aktion gerechnet hatte, war, dass sie sich damit eine Ohrfeige einhandeln würde. Stattdessen traten die Agenten den geordneten Rückzug an und verschwanden durch die Tür.

Merkwürdig. Jetzt war Rabea verblüfft. Ihr erster Eindruck hatte sie also nicht getäuscht. Die beiden Männer waren tatsächlich weniger hartgesotten, als sie vorgaben zu sein. Besonders der Blonde hatte etwas an sich, das sie herausforderte und neugierig machte. Rabea rief ihnen noch ein „Feiglinge" hinterher. Dann zog sie sich in aller Ruhe Jeans und ein T-Shirt über.

Keiner spielte so gut auf der Klaviatur der Männer wie Rabea.

KAPITEL 9

London und Washington, D.C.

Die beiden Agenten wurden umgehend in den Videokonferenzraum zitiert. Ihr Vorgesetzter, Director Clayton, der das Desaster seiner Männer auf dem Bildschirm mitverfolgt hatte, empfing sie gereizt: „Was sollte das sein? Ein Verhör? Eher das Paradelehrstück, wie man sich die Regie bei einem Verhör aus der Hand nehmen lässt. Ich sollte die Aufnahmen ins DIA-Hauptquartier hier in Washington schicken, damit unsere Rekruten lernen, wie man es *nicht* macht. Verdammt, McKenzie, Crow, Sie haben sich angestellt wie die letzten geilen Trottel", brüllte er zuletzt. Das Gesicht des Directors hatte sich dunkelrot verfärbt.

Plötzlich kam ein weiterer Mann ins Bild. *Ausgerechnet Muller!* Die beiden Agenten in London sahen sich an und stöhnten innerlich auf.

Der stellvertretende Director Rupert Muller war bis an den Rand mit Häme angefüllt, als er jetzt süffisant bemerkte: „Ihr Plan, die Frau einzuschüchtern, ist dann ja wohl gründlich in die Hose gegangen - wenn ich mir das kleine Wortspiel erlauben darf." Er grinste anzüglich.

„Sir, wenn ich Sie daran erinnern darf, wir sind strikt gegen diese Vorgehensweise gewesen. Wir hätten auf Kooperation gesetzt und nicht auf Entführung und Drogen. Sie, Sir, haben die illegale Operation in Tanger befohlen", verteidigte sich der Blonde gegenüber Muller.

„Mit Recht! Wir haben gerade live erlebt, wie sie Sie voll bei den Eiern hatte, McKenzie. Ich habe Sie gewarnt, das Weib ist höllisch intelligent. Und nicht so dämlich wie Sie! Die ist Ihnen tausendfach überlegen. Egal, wie wenig Sie ihr sagen, es wird immer zu viel sein. Ich will wissen, was sie weiß, und ihr nicht erzählen, was wir wissen. Wenn Sie zu blöd sind, die Frau zum Reden zu bringen, sollten Sie besser jemand anderem die Arbeit überlassen. Sie sind hier fehl am Platz, das habe ich gleich am ersten Tag gesehen. Wenn es nach mir ginge, hätten Sie zwei Armleuchter den Auftrag niemals übernehmen dürfen!" Mullers Gesicht nahm nun den ganzen Bildschirm ein. Sein Hass lag spürbar im Raum und überbrückte mühelos den Atlantik.

McKenzie hatte keinen Schimmer, was er dem Typen getan haben konnte, der erst vor wenigen Wochen in die Zentrale nach Washington versetzt worden war und seitdem keine Gelegenheit ausließ, um ihn beim geringsten Anlass ans Bein zu pissen.

„Das reicht jetzt, Muller", griff Director Clayton ein.

Sein Stellvertreter erkannte, dass es besser war, sich für den Moment zurückzuhalten. Es fiel ihm nicht schwer, sich zu gedulden. Seine Zeit würde bald kommen. Sehr bald.

Mit seinem Plan, die Frau gewaltsam aus ihrer Wohnung in Tanger zu entführen und nach London bringen zu lassen, hatte er seine Kompetenzen weit überschritten. Er hatte Clayton nicht informiert, da dieser niemals einem derartigen Verstoß gegen die Gesetze von gleich mehreren Staaten zugestimmt hätte. Der Mann war *old school*, dachte er verächtlich. Er hinkte der Zeit und den Entwicklungen zu sehr hinterher.

Clayton hatte wie ein Berserker getobt, als er von Mullers Alleingang erfahren hatte. Er hatte Muller angewiesen, die Aktion sofort zu stoppen, und ihn dann suspendiert.

Ein Anruf aus dem Pentagon hatte Clayton dann innerhalb einer Stunde zurückgepfiffen. Muller war wieder eingesetzt worden und Clayton hatte die Anweisung erhalten, dass die Aktion zu Ende geführt werden sollte, was hieß, dass die Gefangene in London durch DIA-Agenten befragt werden sollte.

Clayton hatte sofort seine Leute nach London abkommandiert, um zu retten, was zu retten war. Muller hatte es so arrangiert, dass die Frau in einer Dependance des MI6 befragt werden konnte.

Es war ein glücklicher Zufall, dass Clayton den Leiter des MI6 von früher kannte. Ein Anruf von Clayton, und McKenzie und Crow hatten die Frau von Mullers Agenten übernehmen können.

Die ganze Angelegenheit ging Clayton gegen den Strich. Mullers Alleingang hatte ihn bereits irritiert. Doch der Anruf, der ihn zwang, den Mann wieder einzusetzen, gab ihm vollständig Rätsel auf. Clayton konnte sich nicht erklären, was für ein Spiel das Pentagon hier mit ihm trieb. Sein Instinkt signalisierte ihm Gefahr.

Muller hatte behauptet, dass er einen anonymen Tipp erhalten habe, dass sich die Frau, die sich für die ermordete Linda Farraday ausgegeben hatte, in Tanger versteckt hielt. Und dass die CIA ebenfalls an ihr interessiert wäre. *Darauf jedenfalls verwettete er seinen Arsch.*

Ein Klopfen war zu hören und Clayton verschwand kurz aus dem Bild. Die beiden Agenten in London hörten ihn fragen:

„Was gibt es denn so Dringendes, Sally?“ Sally war Claytons langjährige Sekretärin. Von der Antwort bekamen McKenzie und Crow nichts mit, aber Direktor Claytons derber Fluch war deutlich zu hören. Dieser wandte sich wieder dem Bildschirm zu: „Dieser Hurensohn Grant Robertson ist soeben vorgefahren.“

Die beiden Agenten im fernen London sahen sich an. Grant Robertson? Der Deputy Director der CIA?

„Jetzt wird's richtig lustig“, murmelte Crow.

„Ich vermute“, fuhr Clayton fort, „dass er inzwischen weiß, *wer* ihm bei seiner Aktion dazwischengefunkt hat. Ha, er wird meinen Kopf fordern! Ihr müsst die Frau da sofort raus schaffen. Ab sofort seid ihr auf euch allein gestellt. Offiziell muss ich mich von der Aktion distanzieren. McKenzie, Crow, ihr seid suspendiert. Und haltet verdammt noch mal eure Schwänze unter Kontrolle! Ende.“ Der Bildschirm wurde schwarz.

KAPITEL 10

WASHINGTON, D.C.

Es war kein Zufall, dass der CIA-Mann Robertson bei der DIA auftauchte und den Director sprechen wollte. Es bestätigte Mullers Aussage, dass auch die CIA an der jungen Frau interessiert war.

Clayton konnte den CIA-Mann nicht ausstehen. Er war Robertson bereits zu Beginn seiner Karriere beim FBI bei einer illegalen Aktion auf die Füße getreten. Die Abneigung beruhte daher auf voller Gegenseitigkeit.

Doch Clayton war vorbereitet. Nachdem einige Wochen zuvor sein langjähriger Freund, Deputy Director Henry Friedenberger, grundlos abgelöst worden war, hatte er Nachforschungen über diesen Muller angestellt. Dabei war er bei seinen Recherchen auf eine interessante Verknüpfung gestoßen: Muller und Robertson hatten beide dieselbe Universität in Columbia besucht - zwar verschiedene Fakultäten -, doch sie gehörten der gleichen Studentenverbindung an. Leider hatte Clayton ihnen in jüngster Zeit keinen direkten Kontakt nachweisen können, dazu waren beide Männer wohl zu vorsichtig und zu schlau.

Clayton wusste jedoch, dass hier etwas ganz gewaltig stank und es war mit Sicherheit nicht seine Havanna. Es war nicht auszuschließen, dass die CIA sich der DIA in Tanger bedient haben könnte, um sich selbst nicht die Hände schmutzig machen zu müssen. Wäre nicht das erste Mal, dass die CIA ihre Drecksarbeit anderen überließ, um danach für sich die Sahne abzuschöpfen, dachte Clayton. Arbeiteten Muller und Robertson heimlich zusammen? Da stellte sich vor allem die Frage nach dem Warum. Was lief hinter seinem Rücken zwischen der CIA und dem DIA?

Er bemerkte, dass Muller ihn beobachtete. Clayton wandte sich von ihm ab und griff nach seiner Havanna. Er gönnte sich einen tiefen Zug. *Was für ein verdammter Scheißtag!* Seine Frau hatte ihn am Morgen wegen der Hochzeitsvorbereitungen ihrer Tochter bereits in den Wahnsinn und - ohne Frühstück - aus dem Haus getrieben. Dann war da sein verdammtes Knie, das wieder höllisch schmerzte. Er hatte kaum geschlafen, aber an eine Operation war nicht zu denken. Es gab zu viel Arbeit, die erledigt werden musste. Und jetzt musste er sich auch noch mit diesen verfluchten Mistkerlen Muller und Robertson herumschlagen, die zusammen irgendeine konspirative Scheiße auskungelten, während seine zuverlässigsten Männer, McKenzie und Crow, in die Basic-Instinct-Falle getappt waren. *Wirklich, ein verdammter Scheißtag!* Und dabei war er noch lange nicht zu Ende.

„Ich hätte eine Idee!", brachte sich Muller in Erinnerung. „Wenn das Journalisten-Weib so intelligent ist, warum rekrutieren wir sie nicht für unsere Abteilung?" Muller lachte, als hätte er einen guten Scherz gemacht.

Clayton unterdrückte ein Knurren. Muller hatte etwas derart Verschlagenes an sich, dass es ihm Mühe bereitete, seine Abneigung nicht offen zu zeigen. Sein Stellvertreter war ihm von höchster Stelle aufgezwungen worden. Sogar ein Adam B. Clayton musste sich der Politik beugen.

Allein schon wegen Leuten wie Muller oder Grant Robertson konnte er nicht wochenlang aussetzen. Seit dem 11. September traten sich Bundesbehörden und Geheimdienste mehr denn je gegenseitig auf die Füße; seine Arbeit glich Luzifers Tanz auf dem Eis. Machtgerangel, Kompetenzgerangel, Idiotengerangel. Weiß der Himmel, welchen Schaden sein Deputy Director *seiner* Behörde zufügen würde, sollte er das Ruder der DIA auch nur für kurze Zeit in die Hand bekommen, fluchte Clayton innerlich.

Lieutenant General Adam B. Clayton leitete die DIA, die Defense Intelligence Agency, den militärischen Nachrichtendienst und damit die Dachorganisation der vier Teilstreitkräfte seit beinahe zwölf Jahren.

Verdammter Muller, verdammter Robertson. Und gottverdammte CIA! dachte Clayton böse. Ein Staat im Staat und zurzeit fetter als eine gestopfte Gans. Kriegszeiten waren fette Zeiten. Die CIA brauchte den Krieg, dann floss das Geld in Strömen. Herrschte kein Krieg, konnte man ja einen anzetteln. Vietnam, Kuba und die Schweinebucht, Persien, Afghanistan, Irak, Libyen…Überall hatte die CIA fleißig mitgemischt und tat es noch. Die CIA war der Stratege des Krieges und beherrschte die Kunst der Wünschelrute. Sie schlug stets in die Richtung aus, wo das meiste Geld zu holen war.

Sein Blick fiel auf drei silbergerahmte Fotografien auf seinem Schreibtisch. Die erste zeigte Frau und Tochter, die zweite ihn mit seinem besten Freund John beim Segeln und die dritte, eine Schwarzweiß-Aufnahme, seinen Vater Martin Clayton, Arm in Arm mit einem lachenden Präsidenten Kennedy, aufgenommen im Oktober 1963 im Garten seines Elternhauses in West-Virginia. Kennedy war strikt gegen einen Vietnam-Krieg gewesen. Sein Vater hatte ihm erzählt, dass Kennedy seinen stellvertretenden Außenminister und Berater, George Ball, oft zitiert hatte: Ball hatte vorausgesagt, dass die USA innerhalb von fünf Jahren dreihunderttausend Mann in den Reisfeldern stecken haben und diese verlieren würden.

Seine Aussage hatte sich als prophetisch erwiesen. Auch Billy, Claytons älterer Bruder, war nicht aus den Reisfeldern zurückgekehrt. Er griff nach der Fotografie, die ihn mit seinem Freund zeigte. Seinetwegen hatte er bei der DIA angeheuert. Ein schwarzer Balken markierte den oberen rechten Rand.

Sein Freund war im Juli 1999 zusammen mit seiner Frau und deren Schwester tödlich mit dem Flugzeug verunglückt. Es schmerzte noch immer. Er hatte so viel Hoffnung in ihn gesetzt - gemeinsam hatten sie Zukunftsträume und Visionen geteilt, seit sie sich an der Brown University auf Rhode Island begegnet waren. Er, Clayton, war damals in seinem letzten Studienjahr gewesen und zu Johns Mentor geworden. Er drehte das Bild um und las wie so oft die Widmung:

- Don´t let it be forgot that once there was a spot - for one brief shining moment - that was known as Camelot…-

Wir holen uns Camelot zurück, versprochen, Adam! J.

(Lasst es nie vergessen sein, dass es für einen kleinen glanzvollen Moment einen Ort gab, der hieß Camelot…)

Die verbotene Zigarre vollzog langsam ihre beruhigende Wirkung. Claytons Blutdruck sank wieder auf annehmbare Werte. Er stellte die Fotografie zurück.

Er beschloss, Muller rauszuschicken und ihn gemeinsam mit Robertson warten zu lassen. Eine kleine Genugtuung, die er sich als Chef der DIA leisten konnte. „Muller, gehen Sie und nehmen Sie Robertson in Empfang. Ich muss kurz telefonieren und für den Abend absagen. Sieht so aus, als ob das heute noch eine längere Sitzung geben wird."

Er humpelte um seinen Schreibtisch und sank mit einem Ächzen in seinen gepolsterten Ledersessel. Er gönnte sich einen weiteren Zug aus seiner Havanna.

Versonnen blickte er der bläulichen Rauchwolke hinterher, wie sie der Decke entgegenschwebte und sich dort langsam auflöste. *Schade, dass man Robertson und Muller nicht auch einfach so wegpaffen konnte*... Er seufzte und griff zum Telefonhörer, um seine Frau anzurufen.

Wenn schon die ganze Welt am Arsch war und alles bald in Flammen aufging - wenigstens zuhause brauchte er seinen Frieden.

KAPITEL 11

London, England

„Was ist nur mit diesem Muller los? Man könnte glatt meinen, du hättest ihm die Frau ausgespannt“, rief Crow, während er und McKenzie den Flur entlanghasteten. Die beiden waren seit Jahren Partner und Freunde.

„Ehrlich, ich habe keinen blassen Schimmer. Schätze, ihm passt einfach meine Nase nicht.“

„Wenn er es mit mir hätte, könnte ich wenigstens behaupten, dass er Rassist ist“, erwiderte Crow.

„Mach dir keine Sorgen, das ist er sowieso.“ McKenzie grinste.

„Warum hast du Clayton nicht von unseren Problemen bei der Übernahme der Gefangenen berichtet?“

„Nicht vor Muller. Außerdem wusste der alte Fuchs längst Bescheid. Wer, glaubst du, hat uns aus der Zelle geholt?“

Tatsächlich waren sie bei der Übernahme der Gefangenen auf Schwierigkeiten gestoßen. Sie hatten auf deren Ankunft am Flughafen Biggin Hill gewartet. Die Maschine aus Tanger mit Mullers Agenten an Bord war jedoch nach der Landung nicht wie üblich weiter zum Vorfeld gerollt, sondern in mehreren hundert Metern Entfernung am Ende der Landebahn stehengeblieben. Ein dunkler Van war herangejagt und hatte die Passagiere sofort übernommen. McKenzie und Crow hatten das Nachsehen gehabt. Sie hatten jedoch die Verfolgung aufnehmen können und das Fahrzeug vor der MI6-Dependance gestellt, in der sie sich nun befanden.

Doch anstatt ihnen die Gefangene, die betäubt im Fahrzeug lag, zu übergeben, hatten Mullers Agenten Streit angefangen. Es war zu einem heftigen Gerangel gekommen, vier gegen zwei. Herbeieilende MI6-Agenten hatten dem Ganzen ein Ende bereitet.

Bis vor kurzem hatten McKenzie und Crow noch in einer Zelle gesessen, aus der sie Claytons Intervention erst wenige Minuten vor ihrem Verhör mit der Gefangenen befreit hatte. Soweit sie wussten, saßen Mullers Leute noch immer in ihrer Zelle fest.

Sie verlangsamten ihr Tempo. Sie mussten hier schleunigst verschwinden, aber möglichst ohne Aufsehen zu erregen.

McKenzie registrierte bei seinem Eintreten, dass Rabea inzwischen Straßenkleidung angelegt hatte. „Miss Rosenthal, wir gehen."

„Wohin?"

„Wir bringen Sie an einen sicheren Ort." McKenzie zog ein Foto aus der Akte unter seinem Arm und schob es Rabea über den Tisch hinweg zu. Es war das Bild einer toten Frau. Rabea erkannte Linda Farraday sofort, obwohl sie fürchterlich zugerichtet war. Sie erschrak, trotzdem erwog sie kurz, ob es sich um eine Fälschung handeln konnte.

Rabea sah prüfend zu McKenzie. Er erwiderte ihren Blick offen, aber sie konnte gleichzeitig seine Ungeduld spüren. Offenbar mussten sie tatsächlich von hier verschwinden. Sie beschloss, ihm vorerst zu trauen. Sie erhob sich, während der andere Agent bereits ihre Tasche gegriffen hatte und voranging.

Unbehelligt erreichten sie den Ausgang. Lediglich der Mann aus dem Überwachungsraum streckte kurz den Kopf heraus und fragte: „Sie bringen die Frau weg?"

„Ja, Befehl von oben", erwiderte McKenzie knapp über die Schulter. Er hatte Mühe, seinen Schritt nicht zu beschleunigen. Jeden Augenblick konnte sie jemand aufhalten. Gott sei Dank handelte es sich bei diesem Gebäude direkt an der Themse nur um eine Dependance des britischen MI6. Aus dem Hauptquartier am Albert Embankment hätten sie nicht so ohne Weiteres hinausspazieren können.

McKenzie erreichte eine mit einem Tastenfeld gesicherte Tür. Er gab den Code ein. Sie öffnete sich und sie betraten einen Aufzug. Die Fahrt dauerte nur wenige Sekunden. Die Aufzugtür schwang zur Seite und entpuppte sich auf der anderen Seite als Regal, das mit Reinigungsutensilien vollgestopft war. McKenzie blockierte die Tür mit einem Eimer. Rabea sah sich um. Die Kammer war nur schwach beleuchtet. Der Blonde öffnete die gegenüberliegende Tür einen Spalt und Rabea glaubte zu erkennen, dass sie in eine Tiefgarage führte.

„Sieh nach, ob die Luft rein ist und hol unseren Wagen“, forderte McKenzie seinen Partner auf. „Falls er noch da ist“, fügte er hinzu. „Wir warten hier so lange.“

Es folgten bange Minuten des Wartens. Auch Rabea schwieg. Sie dachte über die überraschende Wendung der Ereignisse nach.

Dann war Crow zurück. „Kommt!“ Er schnappte sich erneut Rabeas Reisetasche und kramte ihre Baseballkappe hervor. „Hier, setzen Sie die auf, Lady. Ihr Rotschopf ist bei weitem zu auffällig.“ Ausnahmsweise hatte Rabea einmal keine Einwände.

Bis zum Wagen, der am Gilbert Square parkte, waren es nur wenige Meter. Sie stiegen ein, McKenzie mit Rabea hinten. Als Rabea sich umdrehte, erkannte sie das Gebäude, das sie eben verlassen hatten. „Hey, das ist die Battersea Power Station! Hat die nicht dieser Oligarch gekauft, dem der FC Chelsea gehört? Witzig, dass die DIA bei einem Russen Quartier bezogen hat.“

„Sie sind nicht auf dem Laufenden, Miss Rosenthal. Abramowitsch hat den Zuschlag nicht bekommen. Sie gehört mittlerweile einem malaiischen Konsortium“, erklärte McKenzie knapp und ohne den Hinweis, dass der MI6 und nicht die DIA dort Quartier bezogen hatte.

Crow fuhr den Wagen bis zur Parkgarage am Rande des Battersea Parks. Er suchte sich die Ebene mit den meisten Fahrzeugen aus. „Wir müssen den Wagen hier stehenlassen, er führt zu uns.“

Rabea fand, dass sie lange genug geschwiegen hatte: „Da wir offenbar das gleiche Schicksal teilen, sollten Sie mir wenigstens ihre Namen verraten. Also, wer sind Sie?“

McKenzie nickte. „Mein Name ist Ryan und mein Partner heißt Logan. Hören Sie, Miss Rosenthal, wir werden Ihnen alles erklären, aber wir müssen erstmal von hier verschwinden. Es ist hier nicht sicher. *Sie* sind hier nicht sicher. In Ordnung?“ Rabea nickte, widerwillig beeindruckt von seinem eindringlichen Tonfall.

„Okay, warten Sie einen Moment. Mein Partner und ich müssen kurz die Kleidung wechseln.“

Er stieg aus, öffnete den Kofferraum und legte Jackett und Krawatte ab. Aus einer Reisetasche zog er eine Jeansjacke, die Lederschuhe tauschte er gegen ein Paar Loafers. Crow folgte seinem Beispiel. Zum Schluss setzen sie Baseballkappen mit der Aufschrift *I love London* auf. Es war keine großartige Verkleidung, aber sie wirkten jetzt eher wie Touristen. Der Blonde bedeutete Rabea auszusteigen und zu dritt, Rabea in der Mitte, gingen sie zügig auf den Ausgang zu.

Rabea überlegte kurz, ob sie versuchen sollte zu fliehen, aber sie verwarf den Gedanken gleich wieder. Die Agenten würden sie einholen. Außerdem hatte längst die Journalistin in ihr die Oberhand gewonnen. Sie brannte auf eine Erklärung für ihren überstürzten Aufbruch und warum sie plötzlich gemeinsam durch London flüchteten.

Sie hasteten die Treppe der Parkgarage hinab. „Hier entlang", rief Ryan. „Durch den Battersea Park, weg von den Kameras."

Sie bogen in den Carriage Drive South in Richtung Westen ein. Inzwischen liefen sie nicht mehr, sondern hatten ihr Schritttempo dem der anderen Spaziergänger angepasst. Zwischen den Bäumen konnte Rabea einen See hindurchschimmern sehen. Ruderboote zogen friedlich ihre Bahnen. Das Wetter war für Londoner Verhältnisse sehr freundlich, ein milder, fast wolkenloser Frühlingstag. Der Park war gut besucht. Kinder spielten, Hunde bellten, es wurde Crocket gespielt und überall hatten sich Pärchen oder Familien zum sonntäglichen Picknick auf den Grünflächen niedergelassen.

Sie hatten den Rand des Parks erreicht. Ryan lotste sie weiter. Er hatte den Schritt wieder beschleunigt. Rabea entdeckte ein Straßenschild: Prince of Wales. Sie bogen nach rechts ab, auf die Battersea Bridge Road. Sie riskierte einen Blick auf die Brücke mit ihren fünf Bögen, die Wandsworth auf der südlichen Themse-Seite mit Chelsea auf der Nordseite verband. Gern hätte sie mehr von London gesehen, stattdessen betrieb sie das Gegenteil von Sightseeing und rannte mit gesenktem Kopf durch die Stadt.

Sie passierten eine Polizeistation. Ein Bus fuhr an ihnen vorüber und hielt nur wenige Meter entfernt. Ryan beschleunigte. „Wir nehmen den Bus!", winkte er ihnen. Sie stiegen ein, Ryan bezahlte. „Der hier fährt bis zur Victoria Station", erklärte er mit gedämpfter Stimme. „Ab da nehmen wir die Subway bis Green Park. Den Rest werden wir laufen." Er schien sich hier bestens auszukennen.

Nachdem sie den Bus in Victoria verlassen hatten, liefen sie die Treppe zur Subway hinab. Unten angekommen, drückten sich Logan und Rabea in eine Nische, während Ryan die Kamerapositionen checkte.

Er kehrte zurück. „Sehen Sie immer zu Boden, damit keine Kamera Ihr Gesicht erfassen kann“, wies er Rabea an. „Wir trennen uns hier. Logan wird Sie lotsen. Steigt in Green Park aus und lauft Richtung Grosvenor Square. Es sind nur ein paar Straßen. Wir treffen uns im Halston Hotel. Es ist ein riesiger Kasten, dort herrscht ein ständiges Kommen und Gehen. Ich werde uns einchecken. Versteckt euch so lange in der Tiefgarage in der Nähe der Aufzüge, bis ich euch da abhole.“

„Sollten wir nicht zusehen, dass wir schleunigst aus London verschwinden?“, wandte Logan ein.

„Nein, genau davon werden unsere Verfolger ausgehen. Außerdem ist es nur für eine Nacht.“

„Wer sind unsere Verfolger?“, hakte Rabea sofort nach. Die Männer beachteten sie nicht.

„Und wie willst du einchecken, Ryan?“, zweifelte Logan an Ryans Plan. „Mit deinem Ausweis? Außerdem haben wir weder Geld noch unsere Waffen. Die mussten wir vor dem Verhör ablegen. Schon vergessen?“ Rabea fand Logan ziemlich pessimistisch. Leider fand sie auch, dass er Recht hatte.

Ryan zückte eine Kreditkarte. Rabea sah ihn dabei das erste Mal lächeln. Es gab ihr einen Stich. Die Art, wie es sich von den Augen über das Grübchen am Mundwinkel ausbreitete, kam ihr vage vertraut vor. Es erinnerte sie an jemanden, doch an wen, wollte ihr nicht einfallen. Dabei vergaß sie niemals ein Gesicht. Es ärgerte sie. Vermutlich wirkten die Drogen nach. Sie fühlte sich tatsächlich ein wenig schwindelig, wie in Watte gepackt. Hoffentlich waren sich die beiden bald einig. Sie sehnte sich nach einer starken Tasse Kaffee, wo auch immer.

„Clayton hat dir eine Carte blanche mitgegeben? Verdammt, du bist wirklich sein Liebling“, meinte Logan, widerwillig beeindruckt.

„Ich würde eher sagen, der alte Fuchs hat mal wieder in alle Richtungen gedacht. Zumindest müssen wir uns um unsere Finanzen keine Sorgen machen. Und zusammen mit der Karte hat er mir auch Papiere mitgegeben.“ Er klopfte auf seine Brusttasche. „Damit wäre unser Hotelproblem gelöst.“ Eine U-Bahn donnerte heran. „Wir nehmen diese Linie. Steigt in einen anderen Wagen. Bis später in der Tiefgarage.“

Es lief alles glatt. Ryan mietete eine Suite an und zahlte mit Claytons Karte. Als er die beiden in der Tiefgarage abholte, gab er Logan den Kittel einer Reinigungskraft und Rabea eine Dienstmädchen-Uniform. Er selbst trug das

Jackett eines Etagenkellners. Ryan kannte offenbar nicht nur London, sondern auch das Hotel wie seine Westentasche. Er mied alle Kameras und so hielten sie sich stets im toten Winkel. Unbehelligt gelangten sie über den Angestellteneingang in ihre Suite.

Rabea nahm als Erstes eine Dusche. Danach fühlte sie sich gewappnet, den beiden Männern erneut gegenüberzutreten. Mit feuchten Haaren, in frischen Jeans und in einem bedruckten Shirt unter ihrer Strickjacke kehrte sie in den Wohnraum zurück.

Ryan hatte ihr das hintere der beiden Schlafzimmer zugeteilt, obwohl es über das größere Bett verfügte. Rabea war klar, warum. Um zum Ausgang zu gelangen, musste man den gesamten Wohnraum durchqueren - wo sie mit Sicherheit über einen der beiden Agenten stolpern würde. Sie setzte sich an den Tisch und harrte der Dinge, die kommen würden.

In einer Ecke war eine winzige Küche mit Bartresen untergebracht. Die beiden Männer unterhielten sich dort leise, während Ryan drei Becher mit heißem Kaffee füllte und ein Tablett mit allem belud, was er an Essbarem vorgefunden hatte.

„Wie ich sehe, bewaffnest du dich für die kleine Rothaarige. Nicht gerade hübsch, aber niedlich, vorausgesetzt man mag Sommersprossen. An deiner Stelle würde ich aufpassen, dass sie dir den heißen Kaffee nicht über die Eier kippt."

„Danke, Logan. Für meinen Bedarf habe ich heute das Wort Eier einmal zu oft gehört."

„Ich glaube, sie steht auf dich, Ryan."

„Gib es zu, das wolltest du schon die ganze Zeit loswerden."

Logan grinste breit und hieb ihm auf die Schulter. „Auf in den Kampf. Ich überlasse dir den Ring."

Ryan stellte das Tablett vor Rabea ab. „Hier", er zeigte auf den Becher Kaffee. Dann stutzte er kurz. Unter Rabeas offener Jacke sprang ihm die Aufschrift auf ihrem T-Shirt entgegen: *`Women do it better´*. Er konnte sich ein Grinsen nicht verkneifen. Logan hatte Recht. Die Journalistin war wirklich eine Nummer. Wenn sie Angst hatte, verbarg sie es geschickt.

Rabea nahm die Tasse dankbar entgegen und gönnte sich einen vorsichtigen Schluck. Das tat gut. „Ich will telefonieren", sagte sie unvermittelt. Kein *ich möchte*, oder *könnte ich*, sondern ein *ich will.*

Ryan blinzelte und räusperte sich dann. „Tut mir leid, das geht im Moment nicht, Miss Rosenthal."

„Müssten Sie jetzt nicht fragen, mit wem ich telefonieren möchte?", fragte Rabea und nahm einen weiteren Schluck aus ihrem Becher.

„Mit wem möchten Sie telefonieren?", fragte er prompt.

„Mit meiner Nachbarin in Tanger. Sie muss meine kleine Katze versorgen." Rabea rechnete dem Blonden hoch an, dass er nicht mit der Wimper zuckte. „Und sagen Sie mir jetzt nicht, dass die Telefone überwacht werden. Sie haben selbst betont, dass niemand weiß, wo wir sind. Und wer sollte sich groß für meine Nachbarin interessieren? Kommen Sie, lassen Sie mich meine Katze vor dem sicheren Tod retten, dann helfe ich Ihnen, die Welt zu retten."

Ryan sah sie scharf an. Rabea vermutete, dass er ihren Beweggründen nicht traute. Warum sollte er auch? Sie hätte nicht anders reagiert. Wie schon im Verhörraum sah er kurz zu Logan. Dieser zuckte mit den Schultern. „Mir egal. Lass sie. Wir hören das Gespräch mit. Wenn sie irgendeinen Trick versucht, leg einfach auf."

„Okay", stimmte Ryan nun widerwillig zu. „Sie können anrufen, Miss Rosenthal." Ryan zückte einen Notizblock. „Schreiben Sie mir hier Namen und Telefonnummer auf, damit wir den Anschluss vorher überprüfen können."

Rabea tat wie geheißen. Ryan reichte den Zettel an Logan weiter. „Ruf Phil an, er wird keine Fragen stellen und sie für uns checken."

Kurz darauf hatte Logan die gewünschten Informationen: „Okay, die Angaben sind korrekt." Er nahm das Telefon vom Schreibtisch und stellte den Apparat vor Rabea. „Beschränken Sie sich auf das Nötigste und führen Sie das Gespräch in Englisch. Versteht Ihre Nachbarin das überhaupt?"

„Mehr oder weniger." Rabea wählte bereits die Nummer. „Hallo Aishe, ich bin es, Rabea", sagte sie auf Englisch.

Sofort ergoss sich am anderen Ende ein Schwall von Worten in den Apparat. Er war wenig verständlich, dafür laut. „Ist gut, Aishe, ja, alles in Ordnung, mach dir keine Sorgen. Hör zu, kannst du dich um meine Katze kümmern? Sie..." Wieder ein Schwall von Worten. „Ja, Aishe, nein Aishe, ja, ich habe sie gefunden", antwortete Rabea im Stakkato. „Hör zu", unterbrach Rabea den nächsten Wortschwall energisch. „Nimm sie einfach zu dir und vor allem auch das Katzenklo. Ja...ja...es ist sehr wichtig, hörst du? Ja..., genau, damit sie sich daran gewöhnt...Vergiss es nicht! Ja, ich komme bald wieder und hole sie ab. Danke, Aishe." Rabea legte schnell auf, bevor sie der nächste Wortschwall hinwegschwemmen konnte. Sie atmete tief durch. Jetzt war ihr wohler. In zweierlei Hinsicht: Ihrer Katze würde es bei Aishe gutgehen, denn ihr Herz war so groß wie ihr Vorrat an guten Ratschlägen - außerdem konnte sie sich darauf verlassen, dass Aishe ihr aus Sand und Plastikschüssel improvisiertes Katzenklo nicht säubern würde. Aishe hatte sich deswegen gestern bei ihrem Besuch halb totgelacht. *Ein Klo für eine Katze? Hä?* Ja, das gehörte in Nordafrika nicht gerade zum Alltag, aber Rabea hatte darin etwas versteckt, wovon sie hoffte, dass es niemand finden würde. Jedenfalls hoffte sie, dass niemand gerne in Katzenscheiße wühlte, die anwesenden Agenten eingeschlossen. Und sie hatte sich doppelt abgesichert und am Halsband der Katze einen zweiten Micro-Chip befestigt. Für den Fall, dass die Männer nochmals zurückkehrten, um ihre Wohnung gründlicher zu durchsuchen, wären sowohl Katze als auch Katzenklo aus der Schusslinie.

„Zufrieden? Waffenstillstand?", riss der Blonde sie aus ihren Überlegungen.

„Sagen Sie es mir!"

Ryan unterdrückte einen Seufzer. Die Journalistin würde es ihnen nicht leicht machen. Er brauchte keine Augen im Rücken, um zu wissen, dass Logan hinter ihm feixte.

Rabea beugte sich zu ihm vor und ihre grünen Augen nahmen ihn ins Visier. „Wenn ich schon Rede und Antwort stehen soll, wäre es nur fair, wenn Sie mir vorher verrieten, für welchen Verein Sie eigentlich arbeiten. CIA, DIA? Sie wissen alles über mich, und ich kenne gerade mal Ihre Vornamen."

Ryan lehnte sich zurück und streckte die langen Beine aus. „Da Sie es bereits erraten haben: Mein Partner Logan und ich arbeiten beide für die DIA."

„Na, das ist doch einmal ein Anfang. Ryan und Logan von der DIA, nennt mich Rabea. Und wie geht es jetzt weiter? Kriege ich noch mehr Spritzen?" Sie streckte ihnen demonstrativ die Innenseiten ihrer Arme mit den sichtbaren Einstichstellen entgegen.

„Wir bedauern die Umstände und die Übereifrigkeit einiger Kollegen", erwiderte McKenzie steif.

„Prima. Meine Entführung, die Injektionen, das Zur-Schau-Stellen in Hemd und Slip, alles nur ein Versehen. Mann, da bin ich ja unter echte Komiker geraten", höhnte Rabea. „Aber gut, ich akzeptiere Ihre Entschuldigung. Kann ich dann jetzt bitte gehen?" Sie stand auf.

„Rabea." Die Art, wie er sie bei ihren Vornamen nannte, löste etwas in ihr aus. Rabea setzte sich wieder. Längst fiel es ihr schwer, ihre Neugierde zu zügeln. Wohin würde das Ganze noch führen? Erst wurde sie in Tanger gekidnappt, um in London aufzuwachen, zwei DIA-Typen verhörten sie und behaupteten dann, sie wäre in Lebensgefahr. Und schon war sie wieder auf der Flucht. Diesmal in Gesellschaft.

Wenn das alles nur inszeniert worden war, um ihr Vertrauen zu gewinnen, dann war die Show zumindest gut gewesen. „Okay, Ryan", meinte sie. „Vielleicht sollten wir die Sache abkürzen. Wenn Ihr die guten Jungs seid, wer sind dann die bösen? Der MI6? Die CIA? Oder wer?"

„Sie werden verstehen, dass ich Ihnen diese Information nicht geben kann."

„Scheiß drauf", sagte Rabea absichtlich grob. „Ich bin mir ziemlich sicher, dass es die CIA ist. Und was will die DIA von mir? Worum geht es hier eigentlich?" Rabea wusste, dass die Überwachung von Massenvernichtungswaffen, Terrorismus und organisierter Kriminalität in das Ressort der DIA fielen. Noch immer hoffte sie, dass es eventuell nur um Wirtschaftskriminalität ging, das Thema, an dem sie und Linda gemeinsam gearbeitet hatten. Doch Ryans nächste Worte zielten in eine andere Richtung.

„Um die nationale Sicherheit. Wir…

„Nationale Sicherheit?", unterbrach ihn Rabea schroff. Ihrer Ansicht nach zogen die Amerikaner die Nationale-Sicherheits-Karte immer dann, wenn sie wieder einmal vorhatten, ein fremdes Land unrechtmäßig zu besetzen. Ihre Meinung dazu hatte sie bereits einmal fast Kopf und Kragen, auf jeden Fall aber ihren Job gekostet. Was sie jedoch auch jetzt nicht daran hinderte, aus allen Rohren zu feuern: „Ah! Die berühmte *Nationale Sicherheit* der Amerikaner. Ehrlich, wenn ich diese beiden Worte höre, kommt mir das Kotzen. Verdammt, die Einzigen, die eure sogenannte nationale Sicherheit gefährden, seid ihr doch selbst! Ihr marschiert mit euren dicken Stiefeln drauflos und mischt euch in die Politik anderer Länder ein. Sie müssen nur das Pech haben, über genügend Ölvorräte zu verfügen! Ständig löst ihr Bürgerkriege aus und das aus einem einzigen Grund: Weil die USA mit Abstand über den weltweit größten Rüstungsetat verfügen und die Dollars müssen schließlich an eure Verbündeten verteilt werden. Das hält sie bei der Stange. Genau damit züchtet ihr euch den weltweiten Terrorismus selbst heran. Amerika ist zum Totengräber der Demokratie geworden! Das Schicksal der Menschen ist euch doch vollkommen egal, genauso wie euch eure eigenen

Soldaten egal sind. Verdammtes Bombenfutter sind sie, nicht mehr. Ich hab da unten genug zerrissene Körper auf beiden Seiten gesehen. Ihr könnt mich mal mit eurer scheiß nationalen Sicherheit!", schnappte sie.

Ryans Mundwinkel zuckte unmerklich. Ansonsten zeigte er keine Regung. Seine Stimme klang neutral, als er antwortete: „Hier geht es nicht um amerikanische Außenpolitik, Rabea. Es geht hier um die innere Sicherheit meines Landes. Die USA befinden sich im Krieg gegen den Terror und es ist eine traurige Wahrheit des Krieges, dass er schmutzige Geschäftemacher hervorbringt, Männer, die ihre Profite ohne Rücksicht darauf machen, wer letzten Endes dafür bezahlt: Unsere Soldaten, Sie, ich, wir alle! Es sind diese Männer, die unserem Land immensen Schaden zufügen. Sie wollen wissen, worum es geht? Ich sage es Ihnen! Sie waren im Irak mit einem Suchtrupp von zehn Mann unterwegs und zwar irgendwo im Niemandsland zwischen Mosul und Bayji in der Wüste Badiyat al Jazirah. Laut Bericht ist der Trupp in einen Sandsturm geraten und umhergeirrt. Wir glauben, dass Sie da draußen zufällig auf etwas gestoßen sind und es mit ihrer Kamera aufgenommen haben. Wir müssen diese Aufnahmen haben!"

Darauf möchte ich wetten, ihr Heuchler. Rabea beugte sich über den Tisch zu ihm, als hätte sie vor, ihm etwas ins Ohr zu flüstern: „Ihr Land verfügt doch über mehr als dreißig Geheimdienste, Ryan. Warum fragen Sie nicht bei denen nach? Oder wie wäre es bei einem ihrer zehn Soldaten?"

„Sehr gut, sprechen wir von den Soldaten, Rabea. Acht von ihnen sind tot. Die beiden übrigen sind desertiert und bis dato unauffindbar."

„Das tut mir leid." Das tat es wirklich. Rabea hatte mehrere Wochen mit den Männern verbracht, hatte ihre Sehnsüchte und Ängste, ihre Kameradschaft und ihre rauen Witze geteilt. Trotzdem zuckte sie jetzt mit den Achseln. „Es ist Krieg, die Männer sterben. Vielleicht hättet ihr euch das vor dem Einmarsch überlegen sollen."

McKenzie spielte seinen Trumpf aus: „Die acht sind nicht bei einem feindlichen Gefecht getötet worden, Rabea, sondern sie wurden systematisch liquidiert. Wir vermuten einen der beiden flüchtigen Soldaten als Täter."

Rabea sah ihn scharf an: „Einer der beiden ist dabei, alle übrigen Teilnehmer des Suchtrupps zu töten?" Sie überlegte nur kurz. „Scheiße, Sie glauben, dass ein Zusammenhang mit dem Mord an Linda Farraday besteht?"

Ryan nickte: „Ja, der Mord an der Journalistin hat uns erst darauf gebracht. Zunächst fiel der Zusammenhang nicht auf, weil alle zehn Soldaten inzwischen in anderen Einheiten dienten. Alle wurden sofort versetzt, nachdem Sie die Truppe verlassen hatten. Als hätte man die Männer absichtlich getrennt."

„Wer sind die beiden Flüchtigen?"

„Private First Class William Hunter und Specialist Uriah Lightfood."

„Lightfood ist ihr Mann", sagte Rabea wie aus der Pistole geschossen.

Ryans Augenbrauen fuhren leicht nach oben. Die Army-Profiler waren zum selben Ergebnis gekommen. „Was macht Sie da so sicher?"

„Weil ich mit den Männern mehrere Wochen auf engstem Raum und unter extremen Bedingungen verbracht habe. Dabei habe ich Billie Hunters Fähigkeiten schätzen gelernt. Er ist das, was man einen Kümmerer nennt. Als unser Sanitäter von einer Kamelspinne gebissen wurde und er sich drei Tage die Seele aus dem Leib gekotzt hat, hat er ihm die Schüssel gehalten. Lightfood ist ein anderes Kaliber. Er verachtet Schwäche. Er ist Ihr Mann. Konzentrieren Sie ihre Suche auf ihn."

Ryan nickte und blätterte wieder in seiner Akte.

Unterdessen fragte sich Rabea, warum Ryan ihr das alles erzählt, ihr sogar die Namen der gesuchten Soldaten preisgegeben hatte. Ihr war völlig klar, dass diese Informationen der absoluten Geheimhaltung unterlagen. Erneut warf es für sie die Frage auf, ob es sich um einen Trick handelte, um sich ihr Vertrauen und somit ihre Kooperation zu erschleichen.

Mit der Military Intelligence DIA hatte sie in Bagdad schon enger Bekanntschaft gemacht, als ihr lieb war. Die Männer hatten sie wochenlang verhört und einzuschüchtern versucht. Sie hatte ihnen die überforderte junge TV-Reporterin vorgespielt, die in einer Stresssituation überreagiert hatte. Schon damals hatte sie sich gewundert, warum niemand von ihrem Gastspiel bei den Soldaten erfahren hatte. Eigentlich wäre anzunehmen gewesen, dass die Agenten, die sie verhört hatten, Nachforschungen über sie angestellt hatten. Dann hätte ihnen eigentlich auffallen müssen, dass sie für vier Wochen von der Bildfläche verschwunden gewesen war.

Je länger sie darüber nachdachte, umso merkwürdiger fand sie diese Tatsache. Sie würde sich später genauer damit befassen. Zunächst wollte sie sich auf das Verhör konzentrieren, das ihr immer weniger wie ein Verhör vorkam, eher wie ein Austausch von Informationen. Auch das war merkwürdig. Die Puzzlestücke drifteten stetig weiter auseinander und warfen immer neue Fragen auf.

Rabea erinnerte sich ungern an die rauen Verhöre im amerikanischen Militärgefängnis - die vermutlich noch rauer ausgefallen wären, wenn sich der

Leiter des Militärgefängnisses nicht für sie eingesetzt hätte. Patrick hatte einiges für sie riskiert. Plötzlich zerriss ein Schleier vor ihren Augen und sie wusste, an wen Ryan sie die ganze Zeit erinnert hatte.

Ohne darüber nachzudenken, platzte sie damit heraus: „Verdammte Scheiße! Sie sind Patricks jüngerer Bruder!“ Ryans Bruder war einen Tag vor ihrer Ausweisung aus dem Irak durch die Autobombe eines Selbstmordattentäters gezielt getötet worden.

Ryan antwortete nicht, doch seine Miene verriet ihr, dass sie ins Schwarze getroffen hatte.

„Eigentlich überlege ich schon eine Weile, woher ich Sie kenne. Sie ähneln Ihrem Bruder. Patrick hat mir viel von Ihnen erzählt. Familie wird einem im Krieg immer besonders wichtig, das wissen Sie sicher selbst.“ Rabea betrachtete ihn traurig.

Patrick hatte davon gesprochen, dass er sie eines Tages seiner Familie vorstellen würde, die nur noch aus seiner Mutter Gretel und seinem Bruder Ryan bestand. Patrick war ein durch und durch redlicher Mann gewesen und er hatte Rabea vom ersten Tag an geliebt. Seit ihrer Jugendliebe Lukas war er der erste Mann gewesen, der ihr Interesse geweckt hatte.

Aber die Army hatte zwischen ihnen gestanden. Patrick war Soldat in der dritten Generation, und er war von der Notwendigkeit des Einmarsches im Irak überzeugt gewesen. Rabea wiederum hatte die Invasion und die Einmischung in die Politik eines fremden Landes strikt abgelehnt. Sie hatten deswegen stundenlange Streitgespräche geführt. Sie vermisste ihn. Noch ein guter Mann, den der Krieg verschlungen hatte.

Ryan schwieg. Rabea wusste, dass Patrick ihm von ihr geschrieben hatte. Sie hatte Ryan nicht aus den Augen gelassen. Er bemerkte es und seine Miene verschloss sich wieder.

Rabea fragte sich, was sie davon zu halten hatte, dass ausgerechnet Patricks Bruder sie verhörte. Hatte Patrick ihm von der Akte erzählt? Wie viel wusste er tatsächlich? Zeit, den Spieß umzudrehen. Als Journalistin hatte sie gelernt, dass die Grenze zwischen Interview und Verhör mitunter fließend verlief. Auf der einen Seite saß der Journalist, der vorgab mehr zu wissen als sein Gegenüber. Auf der anderen Seite saß jemand, der versuchte, möglichst wenig von dem preiszugeben, was er nicht preisgeben wollte. Ein Verhör verlief nach ähnlichen

Regeln. Man musste die richtigen Fragen stellen und penetrant bleiben. Rabea war eine Meisterin der Penetranz.

„Also gut, Ryan“, sagte sie und duzte ihn jetzt. „Bevor ich deine Fragen beantworte, musst du mir Folgendes erklären: Linda Farraday wurde ermordet. Ist das nicht eine Angelegenheit der Mordkommission? Wie kommt die DIA hier ins Spiel?“ Rabeas eigentliche, nicht gestellte Frage lautete: *Wie seid ihr auf mich gekommen und woher wusstet ihr, dass ich lebe und mich in Tanger versteckt halte?*

Ryan antwortete ihr ohne Zögern: „Nach dem Mord an Linda Farraday hat die Polizei ihr Umfeld überprüft. Dabei stieß sie auf die Information, dass Farraday im Irak gewesen war, unter anderem akkreditiert als ´embedded journalist` bei einer Einheit. Die Anfrage bei der Militärverwaltung hat ergeben, dass sie sich zu der Zeit, als sie im Irak sein sollte, längst wieder in den USA befand. Doch in dem Bericht des Leiters der Einheit stand eindeutig, dass eine Journalistin sie vier Wochen lang begleitet hatte. Daraufhin hat die Militärverwaltung die DIA eingeschaltet. Wir haben sofort alle 36 Soldaten des Platoons überprüft. Neun davon waren tot. Acht davon waren erst kurz zuvor, im Abstand weniger Tage, getötet worden. Angeblich alle Opfer von irakischen Heckenschützen. Ein Zufall? Sicher nicht. Der neunte Tote passte nicht in unser Raster, da er schon vor einem Jahr in Afghanistan umgekommen ist.

Wir fanden heraus, dass die acht getöteten Männer Teil eines zehn Mann starken Suchtrupps waren und am 07. April 2012 in einen Sandsturm gerieten. Der Bericht erwähnte, dass sich die Journalistin Farraday ebenfalls dem Suchtrupp angeschlossen hatte.“

Ryan sprach es nicht aus, aber Rabea hatte es auch so begriffen. Linda Farraday war ermordet worden, weil der Mörder sie irrtümlich für sie gehalten hatte. „Gibt es Zeugen?“

„Keine Zeugen. Aber wir haben eine Menge Satelliten im Orbit. Aufgrund von Todeszeitpunkt und der Fundorte verfügen wir über Aufnahmen von mindestens vier der Morde an unseren Soldaten. Aber die wären gar nicht nötig. Die Kugeln stammen alle aus derselben Waffe. Wir konnten die Spur des flüchtigen Mörders bis nach Syrien verfolgen. Dort hat er sich in Luft aufgelöst.“

„Und wer von den beiden Flüchtigen, Hunter oder Lightfood, es war, war auf den Bildern nicht zu erkennen?“

„Nein, der Schütze war wie ein Iraker gekleidet. Wir gehen davon aus, dass einer der Fahnenflüchtigen, Hunter, wenn Sie Recht haben, längst tot ist. Noch aber hoffen wir, dass er Verdacht geschöpft hat und selbst auf der Flucht vor dem Killer ist. Falls Hunter noch lebt, müssen wir ihn unbedingt finden.“ Er sah Rabea eindringlich an. Offenbar hoffte er, dass sie mit dem Mann in Kontakt stand. Sie musste ihn enttäuschen:

„Tut mir leid, ich habe William Hunter das letzte Mal im Irak gesehen, bei meinem Abschied vom Platoon. Das heißt, bis auf Hunter und den mutmaßlichem Killer sind jetzt alle Teilnehmer des Suchtrupps tot?“

„Ja, und bis auf dich, denn an deiner statt wurde Linda Farraday ermordet“, ergänzte Ryan ruhig.

Rabea mied seinen Blick und starrte in ihren Kaffeebecher. Sie fühlte sich schuldig. Wenn sie damals nicht so scharf darauf gewesen wäre, das Platoon zu begleiten, dann wären jetzt weder Linda noch die Männer des Suchtrupps tot. Und sie säße nicht in diesem Schlamassel.

Erneut hatte sie das Schicksal herausgefordert. Zum ersten Mal kamen Rabea Zweifel, ob die Akte das tatsächlich alles wert war. Was sie vor allem beschäftigte, war, warum diese Morde erst jetzt, zwei Jahre später, geschehen waren? Dafür gab es nur eine Erklärung: ihre kürzlichen Nachforschungen in Tanger. Sie musste einen empfindlichen Nerv getroffen haben, wenn der Gegner nur auf einen Verdacht hin begann, mögliche Zeugen zu beseitigen. Das bedeutete, dass sie dem geheimen Wirtschaftskonsortium namens *die Sieben*, das Linda und sie seit Jahren im Visier gehabt hatten, endgültig zu nahe gekommen war. Vor allem aber bewies die gezielte Tötung der Mitglieder des Suchtrupps eines: dass sie auch die Drahtzieher des Mordes an Patrick McKenzie waren! Sie war auf der richtigen Spur. Sie hingen in der Irak-Sache drin und versuchten, sie zu vertuschen. Trotzdem löste das für Rabea immer noch nicht das Rätsel, wie die DIA auf sie gekommen war? Und auf welcher Seite stand die DIA?

„Gut, Ryan, gehen wir einmal, natürlich rein hypothetisch, davon aus, dass ich besagte Aufnahmen gemacht habe, dann hättet ihr doch das Gleiche auf dem Schirm? Was ist mit den erwähnten Spionagesatelliten, Ryan? Warum durchforstest du nicht einfach die Archive und siehst selbst nach?“, schlug sie vor. „Überhaupt, warum stellen Aufnahmen im Irak eine Bedrohung für eure nationale Sicherheit dar? Selbst wenn, wäre das nicht eine Sache für FBI und Heimatschutz? Wie kommt Ihr Jungs ins Spiel? Ihr seid DIA-Agenten, zuständig für Massenvernichtungswaffen, Terrorismus und organisierte Kriminalität. Ehrlich, wir können hier bis in alle Ewigkeit Tennis ohne Bälle spielen, aber wir kämen weiter, wenn du endlich die Katze aus dem Sack lässt, Ryan. Dann wäre ich vielleicht bereit, meine Informationen mit dir zu teilen. Also, was ist auf euren Satellitenaufnahmen zu sehen?"

Rabea erwartete nicht, dass sie eine Antwort darauf erhalten würde. Aber sie täuschte sich.

„Wir hatten gehofft, dass du uns das sagen kannst, Rabea. Unsere Satelliten haben zwar etwas aufgezeichnet, aber wir konnten damit nichts anfangen."

„Was soll das heißen?"

„Dass die Aufzeichnungen, die der Satellit in der fraglichen Region getätigt hat, digital nachbearbeitet worden sind." Hinter sich hörte er, wie Logan scharf die Luft einzog. Das war alles streng geheim. Falls Clayton davon erfuhr, würden ihre Köpfe durch ganz Washington rollen.

„Jemand hat die Satellitenaufzeichnungen gefälscht? Ein Spion unter Spionen hat euch gelinkt?" Fast hätte Rabea aufgelacht, doch Ryans ernste Miene hinderte sie daran. Auch war ihr Logans Reaktion nicht entgangen.

Es war dieser Moment, in dem Rabea Vertrauen zu den beiden Männern fasste. Allerdings gab es ihrer Meinung nach einen Logikfehler in Ryans Erklärung: „Da ich davon ausgehe, dass man sich nicht einfach in euer Satellitenprogramm einklinken kann, muss es jemand von euch gewesen sein."

„Stimmt. Wir wissen seit zwei Wochen, wer es war. Der Mann hat sich uns selbst gestellt. Auf den neuen Aufnahmen ist nichts zu erkennen."

Jetzt kommen wir der Sache schon näher, überlegte Rabea. Sie wissen es erst seit zwei Wochen! Sie wussten zwar, dass da draußen etwas gewesen ist, aber nicht, was es war. Das war ja interessant.

Richtig ausgespielt konnte dieser Trumpf ihre Karte zurück ins Leben bedeuten. „Woher wollt ihr dann wissen, dass da draußen überhaupt je etwas gewesen ist?"

Ryan nickte. „Eine berechtigte Frage. Wir haben natürlich sofort ein Team hingeschickt. Und nichts gefunden. Was immer dort draußen in der Wüste zwischen Mosul und Bayji gewesen ist, es wurde zwischenzeitlich gründlich beseitigt. Falls noch irgendwelche Spuren vorhanden waren, dann wurden sie spätestens beim letzten Sandsturm verwischt. So wie man die Teilnehmer des Suchtrupps beseitigt hat. Irgendetwas ist am 07. April 2012 passiert. Etwas wurde entdeckt. Etwas, das bisher zehn Menschen das Leben gekostet hat. Mein Bruder, acht unserer Soldaten und eine amerikanische Journalistin sind tot, allein auf den Verdacht hin, dass sie etwas gesehen haben *könnten.* Noch einmal meine Frage: Was hast du entdeckt, Rabea? Was genau ist auf deinen Aufnahmen zu sehen?“

Ryan war aufgestanden und hatte sich vor ihr aufgebaut. Er hatte der Journalistin bis auf eine letzte Information alles gesagt. Er fürchtete sich selbst davor, diese letzte Ungeheuerlichkeit laut auszusprechen, bevor er nicht ganz sicher sein konnte, ob sie tatsächlich der Wahrheit entsprach. Dazu benötigte er die Aufnahmen Rabeas. *Gott helfe Amerika, wenn sich dadurch ihre schlimmsten Vermutungen bestätigen würden…*

KAPITEL 12

Rabea ließ sich mit ihrer Antwort Zeit.

Sie erinnerte sich an den Tag, als sie mit dem Suchtrupp von ihrem Lager bei Bayji aufgebrochen war.

An jenem Tag war ein frischer Rekrut, kaum neunzehn Jahre alt, in der Hitze durchgedreht. Er war ruhiggestellt worden, doch am Abend hatte man sein Feldbett leer vorgefunden. Sie hatten das Lager und die nähere Umgebung nach ihm abgesucht, doch der Junge blieb verschwunden, die nächtliche Wüste hatte ihn verschluckt.

Rabea hatte den Leiter des Suchtrupps gebeten, sie am Morgen begleiten zu dürfen. Kurz nach Sonnenaufgang waren sie mit drei gepanzerten Hummer-Fahrzeugen losgezogen. Sie hatten den ganzen Tag nach ihm gesucht, bis sie die Suche am späten Nachmittag hatten abbrechen müssen, weil ein Sandsturm aufgezogen war. Er hatte sie völlig überrascht, so dass ihnen keine Zeit mehr geblieben war, Schutz zu suchen. Weiterfahren konnten sie auch nicht, da alle ihre Systeme plötzlich versagt hatten, vom Navigationssystem bis zu den Satellitenverbindungen. Sie hatten sich in ihren Fahrzeugen verschanzt.

Als der Sandsturm endlich nachgelassen hatte, war es tiefe Nacht geworden und ihre Systeme hatten weiterhin keine Verbindung nach außen. Ohne Navigationsgeräte im Dunkeln durch die Gegend zu fahren, wäre einem Selbstmord gleichgekommen.

Es war ihnen daher nichts anderes übrig geblieben, als auf den nächsten Morgen zu warten und zu versuchen, die Systeme wieder zum Laufen zu bringen. Ein Unterfangen, das ihnen nicht geglückt war. Sich nach der Sonne zu richten war ebenso unmöglich gewesen: Der Himmel war so fahl gewesen, als hätte er mit dem Sturm die Wüste in sich aufgesaugt.

Wegen der Gefahr, von Aufständischen entdeckt zu werden, hatte der Zugführer die Weiterfahrt befohlen. Sie hatten nur hoffen können, nicht beständig im Kreis zu fahren und dass inzwischen ein Suchtrupp nach dem Suchtrupp an der richtigen Stelle suchte.

Bei einer kurzen Rast hatte Rabea eine Düne erklommen. Die Düne hatte sich - wie alle Dünen aus der Nähe – dann als viel höher erwiesen als angenommen. Auf der anderen Seite war sie mindestens um das Fünffache ihrer jenseitigen Flanke abgefallen. Rabea hatte einen weiten Blick über das Land unter sich gehabt. Inzwischen war es früher Nachmittag und die Sicht hatte sich endlich gebessert.

Rabea hatte in der Ferne etwas wie ein Blitzen bemerkt, doch mit bloßem Auge war nichts weiter zu erkennen gewesen. Sie hatte ihre Kamera aus dem Rucksack geholt und die Zoomfunktion aktiviert. Sie war sich nicht sicher gewesen, aber sie hatte gemeint, die Umrisse mehrerer Gebäude, die sich tief in den Sand duckten, ausgemacht zu haben. Der heftige Sandsturm hatte vielleicht freigelegt, was hätte verborgen bleiben sollen. Wäre das Blitzen am Horizont nicht gewesen, wäre es auch ihrer Aufmerksamkeit entgangen.

Auf dem Display war ein winziger beweglicher Punkt über einem der Gebäude zu erkennen gewesen. Ob es ein Hubschrauber gewesen war? Und waren das Fahrzeuge? Sie hatte gefilmt, solange sie konnte, und sich gefragt, ob sie dem Zugführer von ihrer Beobachtung berichten sollte. Aber dann hatte sie sich dagegen entschieden. Sie würde den Film erst auf ihrem Laptop bearbeiten und die Ausschnitte vergrößern, um zu sehen, was sie da mitten in der Wüste entdeckt hatte.

Sie war Journalistin und hatte gelernt, dass die besten Beobachtungen immer die waren, die man nicht geplant hatte. Und dass man sie niemals teilen sollte, solange man selbst nicht sicher war, worum es sich handelte.

KAPITEL 13

Barcelona, Spanien

Sein Bewusstsein kehrte nur zögerlich zurück. Es verkroch sich, klammerte sich am Rande eines Trugbildes fest, um nicht in die Gegenwart zurückkehren zu müssen. Dann zerplatzte die Blase.

Lukas fuhr hoch und ein rasender Schmerz schoss durch seinen Kopf. Er stöhnte. Zu seinem größten Staunen fand er sich im Bett der angemieteten Penthouse-Suite wieder. Draußen war es dunkel, doch die Nachttischlampe brannte.

Wie in Gottes Namen war er hierhergekommen? Ihm fiel Kaschinski ein. Was war mit ihm? War auch auf ihn geschossen worden wie auf Jules? Und warum war er hier? Warum hatte man ihn in das Hotel zurückgebracht? Aber natürlich! Er war verschont worden, da er die Forderung der Entführer erfüllen musste. Heiß fiel ihm das Ultimatum ein. Wie spät war es? Das Ziffernblatt seiner Armbanduhr zeigte kurz nach 23:00 Uhr an. Es konnte also kaum mehr als eine Stunde seit dem Überfall im Park vergangen sein. Der Park! *Magali…*

Ihr Anblick, juwelengeschmückt an der Seite der van Kampen, hatte ihn tief erschüttert. Magali hatte auf ihn wie eine Fremde gewirkt. Wer war seine Frau? Was spielte sie für ein Spiel? Was wusste er überhaupt von ihr? Im Grunde hatte sie nur vage Angaben über die Zeit gemacht, bevor er sie kennengelernt hatte. Magalis Verrat war für ihn nicht greifbar. Doch jetzt zählte vor allem sein kleiner Sohn. Es machte ihn wahnsinnig, dass er ihm schon so nahe gewesen war.

Unvermittelt wurde sein Blick von einem gefalteten Briefbogen auf dem Nachttisch angezogen. Er zögerte kurz, dann griff er danach und las ihn. Erneut geriet die Welt um ihn herum ins Wanken.

Die kurze Botschaft stammte von den Entführern. Sie enthielt ihre Forderung - eine neue und derart widersinnige Forderung, die alle Aktionen der vergangenen Stunden ad absurdum führte, eine Farce, die Jules das Leben gekostet hatte. Kurzum, die neue Forderung ergab keinen Sinn.

Urplötzlich verlangten die Entführer nicht mehr die Schriftrollen. Warum änderten die Entführer ihre Forderung von einem Tag auf den anderen? Waren die verrückt geworden? Lukas versuchte sich zu konzentrieren, was schwer war, wenn die Gedanken Karussell fuhren. Was würde Jules tun? Er würde sagen: Eines nach dem anderen. Gut, zuerst das Lösegeld, denn mit einem Mal verlangten die Entführer auch das. Fünf Millionen Euro.

Aber was hatte es mit dem zweiten Punkt auf sich, dieser Akte? Angeblich hatte Rabea sie ihm vor ihrem Tod überlassen. Er las die Forderung nochmals:

„Wir fordern fünf Millionen Euro und die Akte, die Sie von der Journalistin Rosenthal erhalten haben. Übergabe Dienstag 12:00 Uhr in Nürnberg. Weitere Instruktionen folgen."

Welche Akte? Lukas wusste von keiner Akte. *Oh, Rabea, was hast du mir da wieder eingebrockt,* stöhnte er innerlich auf. Lukas glaubte sich endgültig in einem surrealen Albtraum gefangen. Nichts passte zusammen. Irgendetwas übersah er. Er rekapitulierte in Gedanken die Fakten: Frau und Sohn wurden entführt - auch wenn er sich da inzwischen nicht mehr so sicher war - und die Entführer hatten kurz hintereinander zwei unterschiedliche Forderungen an ihn gestellt. Die erste Forderung beinhaltete nur die Schriftrollen. Die zweite verlangte Lösegeld und eine ominöse Akte. Was jetzt? Galten beide Forderungen? Oder löste die zweite die erste ab?

Die zweite Forderung warf kaum weniger Rätsel auf, sowohl was ihre schiere Existenz wie ihren Inhalt betraf. Lukas kam sich vor, als würde er durch eine von Kafkas surrealen Erzählungen getrieben.

Plötzlich gesellte sich zum Reigen der Vermutungen ein neuer Gedanke: War es möglich, dass die Antwort auf alle Fragen ganz banal war: Rache? Womit konnte man einen Menschen um den Verstand bringen? *Mit der Angst um sein Kind!* Trieb die van Kampen ein diabolisches Spiel mit dem Leben seiner Familie, um ihn in den Wahnsinn zu treiben? War es ihre Rache für Rom? Plötzlich war sich Lukas dessen sicher. Es machte ihn unbeschreiblich wütend. Aber wie er es drehte und wendete, die van Kampen hielt alle Trümpfe in der Hand.

Lukas merkte jetzt, dass er noch immer den Kittel der Gärtnerin trug. Bevor er irgendetwas unternahm, sollte er sich besser etwas anderes anziehen.

Im Bad erschrak er über seinen Anblick. Sein Gesicht war blutverschmiert. Er wusch sich rasch das verkrustete Blut ab.

Danach durchwühlte er Jules‘ Tasche. Er fand darin ein schwarzes Polohemd, das er sich überstreifte. Mehr Wechselkleidung gab die Tasche nicht her. Unvermittelt gerieten die beiden großen Taschen von Kaschinski in sein Blickfeld. Lukas brauchte nicht lange zu überlegen. Nachdem, was mit Jules geschehen war, würde er über seinen Schatten springen und sich bewaffnen.

Bevor er sich von Waffen aller Art abgewandt hatte, war er in seiner Jugend aktives Mitglied im Schützenverein Nürnberger Land gewesen. Alles konnte er nicht verlernt haben. Tatsächlich fand sich in Kaschinskis Taschen genug, um eine Armee auszurüsten. Lukas verzog das Gesicht. Anscheinend hatte Kaschinski etwas Ähnliches wie den Sturm auf die Bastille geplant. Er zog eine großkalibrige Pistole hervor. Sie war aus mattschwarzem Stahl und reflektierte kein Licht. Die ideale Waffe in der Nacht. Am Griff trug sie das eingestanzte Gütezeichen der vST-Werke.

Kurz betrachtete er den schwarzen, stählernen Tod. Die Waffe lag perfekt in seiner Hand. Jäh fragte er sich, was er getan hätte, wenn er sie heute Nacht dabeigehabt hätte, als auf Jules geschossen worden war? Hätte er sie benutzt? Er streifte die Überlegung ab. Er musste Lucie anrufen. Wenn er seine Familie zurückhatte - ein Scheitern kam für ihn nicht in Frage - benötigte er für den Rückflug nach Nürnberg einen Piloten.

Lucie war sofort nach dem ersten Klingeln am Apparat.

„Lukas, endlich. Mein Gott, ich bin beinahe verrückt vor Sorge geworden. Jules‘ Handy geht immer noch nicht. Ich habe ihm mindestens eine Trillion Nachrichten hinterlassen. Wo bist du, geht es dir gut? Was ist mit Matti und Magali?“

„Lucie, ich habe keine Zeit für Erklärungen.“

„Schon, aber…“

Lukas schnitt ihr das Wort ab. „Ich bin in Barcelona und weiß nicht, wie sich das Ganze entwickeln wird. Könntest du mir schnellstmöglich einen Piloten besorgen, der mich von hier nach Nürnberg zurückbringt? Er sollte Stand-by sein. Ich weiß nicht, wann ich abfliegen kann.“

„Natürlich. Ich häng mich sofort ans Telefon. Wo kann ich dich erreichen?“

„Gar nicht. Schick den Piloten zum GAT von El Prat, er soll dort auf mich warten.“

„Okay, mach dir keine Sorgen, ich kümmere mich um alles."

„Danke."

Als sie aufgelegt hatte, kam Lucie zu Bewusstsein, dass ihr Bruder in der Ich-Form gesprochen hatte. Plötzlich hatte sie eine Gänsehaut.

KAPITEL 14

Lukas hatte kaum das Gespräch beendet, als hinter ihm die Tür aufgerissen wurde. Erschrocken fuhr er herum. Beinahe hätte er die Waffe fallen lassen. Polizei? Wenn sie ihn hier mit Kaschinskis Waffenarsenal erwischten…

Lukas brauchte zwei Schrecksekunden, bis er Kaschinski in seinem Smoking erkannte. Der Mann wirkte ramponiert, als hätte er eine unfreiwillige Nacht im Freien verbracht.

„Von Stetten, zum Teufel! Wie kommen Sie hierher?" Noch während er sprach, entledigte sich Kaschinski seiner zerrissenen Kleidung und warf sie achtlos zu Boden. Die schusssichere Weste folgte. Dann griff er sich eine seiner Taschen und zog aus einem Seitenfach frische Kleidung hervor.

„Sie wissen, dass Lafitte tot ist?", sagte er wie beiläufig, während er auf das Badezimmer zusteuerte.

Lukas zuckte zusammen. „Nein, aber ich habe es bereits geahnt." Er war unschlüssig, wie er sich ihm gegenüber verhalten sollte. Er mochte den Mann nicht. Am liebsten hätte er Kaschinski gebeten zu gehen, und zwar mitsamt seinen zwei verdammten Taschen. Aber vielleicht wusste er noch mehr über Jules? Er wollte ihn gerade fragen, als Kaschinski sagte: „Später, von Stetten, ich muss duschen. Ich bin verdreckt und außerdem hat mir jemand ein ziemliches Ding über den Schädel verpasst." Er ließ Lukas stehen und verschwand im Bad.

Lukas fühlte sich ausgebremst. Was sollte er tun? Eigentlich hatte er vorgehabt, sofort aus dem Hotel zu verschwinden. Da sah er Kaschinskis Smartphone auf dem Boden liegen. Es musste aus seiner Jacke gerutscht sein. Plötzlich hatte er eine Idee. Die Van-Kampen-Party hatte ihn darauf gebracht. Es gab viel Publikum.

Reiches Publikum. Er hob Kaschinskis Handy auf, googelte kurz den Notruf der spanischen Polizei und trat auf die Terrasse hinaus. Er wählte die Nummer und meldete mit aufgeregter Stimme, dass in der Villa der van Kampen am Passeig de la Bonanova ein Überfall stattfand und mehrere Gäste verletzt worden wären. Er rief auch die Feuerwehr an und meldete gleich noch einen Brand.

Lukas hoffte, dass er sich in der allgemeinen Verwirrung an Magali heranschleichen konnte. Er hatte van Kampens Spielchen endgültig satt. Unter den Augen der Polizei würde er seinen Sohn einfordern. Das war sein Plan. Sein ganzer Plan. Einen besseren hatte er nicht, aber für seinen Sohn würde er alles riskieren. Er löschte seine Anrufe aus der Liste und legte Kaschinskis Smartphone dahin zurück, wo er es gefunden hatte. Kaschinski wäre sicherlich nicht erfreut, dass er sein Telefon benutzt hatte.

Kaschinski tauchte just wieder auf. Seine frisch geduschte Platzwunde leuchtete hellrot. Er beförderte aus seiner Tasche ein Erste-Hilfe-Etui hervor und klebte ein Pflaster darüber. „Zunächst sollten wir eines klären, von Stetten", sagte er, „Ihr Freund Lafitte, der mich angeheuert hat, ist tot. Wenn Sie möchten, können wir jetzt abrechnen und ich verschwinde."

Lukas überlegte. Sollte er Kaschinski mitnehmen? Jules hatte ihn zwar angeheuert, aber alles in Lukas sträubte sich gegen gekaufte Loyalität. Doch Kaschinski hatte einen entscheidenden Vorteil: Der Mann war Pilot. Er könnte ihn und seine Familie nach Nürnberg fliegen, falls Lucie nicht rechtzeitig einen Piloten vor Ort auftreiben konnte.

Kaschinski sagte jetzt: „Tauschen wir unsere Informationen aus. Wie sind Sie denen entkommen?"

„Gar nicht. Ich bin hier aufgewacht. Und Sie, wie kommen Sie hierher?"

„Ich wurde wie Sie niedergeschlagen. Aufgewacht bin ich mit Handschellen im Keller der Villa. Die gesamte illustre Gesellschaft der van Kampen war dort versammelt. Ein furchtbares Gezeter. Ich konnte mich befreien, Wachen gab es keine. Es wird Sie interessieren, von Stetten, dass die van Kampen ebenfalls unter den Gefangenen war."

„Was?", rief Lukas, der Kaschinskis Bericht mit zunehmender Verwirrung gefolgt war. „Sie haben die van Kampen da gesehen? Gefesselt? Aber was soll das? Was ist mit meiner Frau und meinem Sohn?"

„Darum habe ich mich dort noch ein wenig umgesehen. Üble Nachrichten, von Stetten. Ihre Frau und Ihr Sohn waren in der Villa nicht aufzutreiben.

Dafür wimmelte es plötzlich nur so von Polizei. Ich musste verschwinden. Tja", Kaschinski grinste gemein, „wie es aussieht, ist unsere Holländerin selbst das Opfer von Gaunern geworden. Die Kerle müssen die Diamanten kiloweise abgeschleppt haben. Schätze, die van Kampen hat sich die Leute mit dem Wachdienst selbst ins Haus geholt. Da wird sich die Yellow Press freuen." Kaschinski nahm sich einen Apfel aus der Obstschale.

Lukas wirkte, als hätte ihn ein Zug überrollt. Eben erst hatte er einen erfundenen Überfall gemeldet. Was war das? Eine selbsterfüllende Prophezeiung? In der Ferne waren erste Polizeisirenen zu hören - was ihm jetzt auch nichts mehr nutzte.

„Ich fasse es nicht, die van Kampen und ihre Gäste wurden von simplen Kriminellen überfallen? Aber was hat das mit meiner Frau und meinem Sohn zu tun? Wo sind sie? Und warum wurde ich ins Hotel zurückgebracht? Das ergibt doch alles keinen Sinn." Lukas war außer sich. Noch vor wenigen Minuten hatte er einen Plan gehabt und neue Zuversicht gespürt. Und schon war alles wieder in sich zusammengefallen. Die Ereignisse überstürzten sich derart, dass er sich vorkam wie eine Kugel in einem Flipperautomaten.

Kaschinski schluckte ein Stück Apfel hinunter und zuckte gleichmütig mit den Schultern: „Ich denke, einer der falschen Wachleute hat seinen Leuten gesteckt, dass Ihre Frau und der Kleine einen dicken Batzen Geld wert sind. Schätze, die Gauner haben sie mitgenommen. Im Keller habe ich einige Gäste davon reden hören, dass die Männer einen osteuropäischen Akzent hatten. Vermutlich Russen. Das ist die einzige Erklärung für das Verschwinden Ihrer Familie. Ich glaube kaum, dass ihnen die Flucht geglückt ist, sonst hätten Sie sicher schon von ihnen gehört. Das ist ein echter Witz. Die Gekidnappten werden gekidnappt! Der Teufel macht für Sie Überstunden, von Stetten. Geld zu besitzen kann auch ein Fluch sein."

Lukas nickte. Er kämpfte gegen Wut und Verzweiflung. Der Teufel machte tatsächlich Überstunden. Immerhin löste sich dadurch ein Knoten auf: Die Beteiligung einer weiteren Gruppe erklärte die neue Forderung.

Lukas holte den Briefbogen. Wortlos reichte er ihn an Kaschinski weiter. „Sieh an, die haben sich schon bei Ihnen gemeldet. Das ging aber schnell." Plötzlich stutzte der Söldner. „Aber woher konnten die wissen, in welchem Hotel Sie eingecheckt hatten?"

„Ich hatte die Schlüsselkarte in der Hosentasche. Obwohl ich mich nicht erinnern kann, dass ich sie eingesteckt hatte."

„Was werden Sie jetzt tun? Fünf Millionen sind eine Menge Zaster. Was ist mit der zweiten Forderung, dieser Akte?“ Kaschinski wedelte mit dem Blatt. „Haben Sie die? Wenn ja, brauchen Sie mich noch oder sollen wir jetzt gleich abrechnen?“

Lukas hatte seine Entscheidung bereits gefällt.

„Ich würde Sie gerne noch weiter engagieren. Ich muss nach Hause. Sie haben doch ein Flugzeug in El Prat stehen. Fliegen Sie mich jetzt gleich nach Nürnberg.“ Lukas nahm den Telefonhörer auf und wählte die Nummer seines Anschlusses.

Wieder war Lucie sofort am Apparat: „Lukas! Gibt es schon etwas Neues?“, rief sie atemlos, kaum, dass sie seine Stimme erkannt hatte.

„Ja. Die Entführer verlangen jetzt fünf Millionen Euro in bar bis Dienstag, 12:00 Uhr. Sprichst du mit Vater, damit er das Geld beschafft?“

„Ja, aber...“

Lukas schnitt ihr das Wort ab. „Den Piloten brauche ich nicht mehr. Wir kommen so schnell wir können nach Nürnberg zurück.

„Ist gut, ich rufe Papa gleich an. Passt auf euch auf!“

„Danke, Lucie.“

KAPITEL 15

London, England

„Dein Kaffee wird kalt", sagte Ryan und nahm einen Schluck aus seinem Becher. Seine Augen fixierten Rabea über den Rand hinweg. Sie verstand die stumme Botschaft: *Ich habe dir alles gesagt, was ich weiß. Jetzt bist du dran…*

Rabea schenkte Ryan ein schiefes Lächeln. „Also gut, Karten auf den Tisch." Sie schälte sich aus ihrer Strickjacke und blieb dabei am Plastikarmband hängen. Lästiges Teil. *Sie brauchte…*

Das Telefon klingelte und unterbrach ihren Gedankengang. Rabea sah, wie Ryan und Logan Blicke tauschten, aber keine Anstalten machten, das Gespräch entgegenzunehmen. „Was ist los? Wollt ihr nicht rangehen?"

„Geh du, Logan", meinte Ryan zu ihm.

Logan, der wieder an der Theke lehnte, überwand die wenigen Schritte bis zum Schreibtisch. „Hallo?" Und noch einmal: „Hallo?" Dann legte er auf. „Niemand dran."

„Hmm…" Ryan rieb sich nachdenklich das Kinn.

„Sagt mal, Jungs", meinte Rabea, während sie ihre Strickjacke über den Stuhl hängte, „hat jemand von euch beiden ein Messer da? Ich würde gerne dieses VIP-Bändchen hier loswerden." Rabea hielt ihr Handgelenk hoch.

Logan zückte ein kleines Klappmesser und kam auf sie zu. Ryan hatte sich unwirklich versteift und starrte wie gebannt auf das Bändchen. Plötzlich schnellte er hoch. „Verdammte Scheiße! Packt sofort eure Sachen. Logan, hol Rabeas Tasche. Wir müssen sofort raus hier."

„Was ist denn los?", fragte Rabea verblüfft. Logan befreite sie bereits von dem Band, öffnete die Terrassentür und warf es aus dem Fenster.

„Es könnte ein GPS darin versteckt sein", antwortete Logan, der sofort begriffen hatte. Er sprintete los und holte Rabeas Tasche aus dem Schlafzimmer. Die drei eilten zur Tür. Ryan riss sie auf, eine spöttische Stimme sagte: „Das nenne ich Timing!", und schon taumelte Ryan, von einer Faust getroffen, rückwärts. Er prallte gegen Rabea. Sie verlor den Halt, versuchte sich an ihm festzuhalten und beide gingen zu Boden. Rabea fluchte laut. Ryan war sofort wieder auf den Beinen und zog Rabea hoch. Vier Mann drängten jetzt in die Suite, einer hielt Logan mit einer Waffe in Schach. Sie hatten keine Chance.

„Ah, unsere Freunde von Biggin Hill", begrüßte Logan die vier auf Englisch. „Haben sie euch doch noch laufen lassen?"

Der Mann, der Ryan niedergeschlagen hatte, baute sich vor ihm auf: „Jetzt sind wir quitt." In der Tat zierte den Schläger ein nicht unerhebliches Veilchen.

Rabea sah zu Ryan. Sein linkes Auge schwoll bereits zu. Jetzt hatte er zwei Veilchen. „Ich nehme an, ein Kollege aus der Geheimdienstbranche? Ich muss sagen, ihr pflegt einen umwerfenden Umgangston. Sprichwörtlich…" Sie rieb sich ihren schmerzenden Ellenbogen.

Ryan nickte. „Darf ich vorstellen, Rabea? Diesen beiden Herren", er zeigte auf den Schläger und einen Farbigen, „hast du deine unfreiwillige Reise von Tanger nach London zu verdanken."

Rabea musterte alle vier reihum. „Gruppenausflug der CIA nach London, hmm?" Sie ließ es sich nicht anmerken, aber ihr war ziemlich flau im Magen. Mit Ryan und Logan hatte es sich verhandeln lassen. Diese vier waren ein anderes Kaliber. Sie hoffte nur, dass die Sache für Ryan und Logan glimpflich ausgehen würde. Immerhin redeten sie noch.

Doch Rabeas Hoffnungs-Barometer, das jüngst etwas gestiegen war, war wieder auf den tiefsten Punkt gefallen.

„Wie ich höre, duzt man sich bereits?" Der Wortführer mit dem Veilchen sah Rabea an, als hätte er vor, sie zu sezieren. Sie fror plötzlich.

Ryan drängte sich vor und brachte sich zwischen den Mann und Rabea. „Was soll dieser Auftritt, Lansky? Verschwinden Sie von hier. Sie haben hier keinerlei Verfügungsgewalt. Miss Kennedy befindet sich offiziell im Gewahrsam der DIA. Sie wird von uns befragt. Sie können das Protokoll später einsehen. Richten Sie Ihr Gesuch an den Director der DIA. Und jetzt raus hier."

Sein Gegenüber lächelte eisig. „Sie sind wohl kaum in der Lage, mir Befehle zu erteilen, McKenzie. Sie und Ihr Partner sind unbewaffnet. Im Gegensatz zu uns." Drei Mündungen, auf denen Schalldämpfer angebracht waren, richteten sich inzwischen auf sie. Rabea konnte sehen, wie Ryan die Muskeln anspannte. Er erinnerte sie an Jules. Um zu verhindern, dass er irgendetwas agentenmäßiges à la 007 anstellte und dabei eine der drei Waffen losging, legte sie ihm die Hand auf den Arm. Sie schob sich wieder neben ihn. „Herr Lansky, nicht wahr? Warum sagen Sie uns nicht, was Sie überhaupt wollen?"

„Ich will Sie. Und Ihre Informationen natürlich."

„Und mit welchem Recht? Sie sind Amerikaner und befinden sich auf britischem Boden. Ich bin deutsche Staatsbürgerin."

„Eine *tote* deutsche Staatsbürgerin." Wieder dieses gemeine Grinsen.

Es machte Rabea wütend. „Ich kann Ihnen versichern, dass ich mich nicht sehr tot fühle. Sie hingegen stinken wie toter Fisch." Ryan verzog unwillig das Gesicht. Rabeas Frechheit konnte sie Kopf und Kragen kosten. Trotzdem hatte sie Recht. Lanskys penetranter Körpergeruch war legendär in Washingtoner Agentenkreisen. Niemand wollte mit ihm in einem Wagen sitzen. Er hatte gehört, dass Lanskys Frau Chemikerin sein sollte. Wer wusste schon, was sie sich unter die Nase rieb. Vermutlich Chinaöl.

„Keine Zeit zum Duschen gehabt, Lansky?", meinte er nun, um Rabea erneut aus Lanskys Schusslinie zu bringen. Sein Blick glitt hinüber zu Logan. Der blinzelte unmerklich. Rabea bemerkte es und hoffte, dass sie nicht die Du-zwei, Ich-zwei-Variante austüftelten.

„Schluss jetzt mit dem Geplänkel. McKenzie, Crow, keine Chance." Lansky hatte die Blicke ebenfalls bemerkt. „Wenn sich einer von euch rührt, dann hat er schneller eine Kugel im Knie, als ich Scheiße sagen kann, dass das klar ist. Wenn ihr also nicht mit zertrümmerter Kniescheibe Innendienst schieben wollt, haltet euch ruhig, dann könnt ihr am Stück heimfliegen. Los, setzt euch. Alle drei. Dort, an den Tisch." Die Mündungen scheuchten sie vor sich her.

Lansky hatte Ryans Unterlagen auf dem Tisch entdeckt, rührte sie aber nicht an. Stattdessen schlenderte er zur Theke und schenkte sich einen Kaffee aus der noch halbvollen Kanne ein. Mit der Tasse in der Hand setzte er sich auf die Couch. Die drei anderen blieben stehen und ließen Ryan und Logan nicht aus den Augen.

„Ich habe gehört, hier soll es einen guten Zimmerservice geben." Lansky zog eine Packung Zigaretten hervor und zündete sich eine an. Rabea verfolgte seine Bewegungen.

„Auch eine?", meinte Lansky zu ihr und hielt das Päckchen hoch. „Oh, Entschuldigung, das war die letzte." Er zerknüllte das Päckchen in seiner Faust und sah Rabea dabei unverwandt an.

Rabea ließ sich nicht einschüchtern. Lanskys Selbstgefälligkeit ging ihr auf die Nerven. Selten war ihr ein unsympathischerer Mensch begegnet. „Solange die Zigaretten Ihren Körpergeruch absorbieren, ist mir alles recht." Sie schenkte ihm ein zuckersüßes Lächeln.

Lansky warf das leere Päckchen auf den Tisch. „Sie sollten den Mund halten, Miss Kennedy. Ich bin an weiteren Ergüssen Ihrerseits nicht interessiert. Das einzige Kluge, was je aus dem Mund einer Frau gekommen ist, war mein Schwanz", erwiderte er bissig.

„Igitt, da wird mir übel. Und Sie widersprechen sich, Lansky. Eben wollten Sie noch Informationen von mir haben. Sie sollten sich mal entscheiden."

Lansky starrte Rabea böse an.

Ryan entschied angesichts ihrer Lage, dass man Lansky nicht länger provozieren sollte. „Was jetzt, Lansky? Kaffeekränzchen?"

„Wir warten."

„Auf was?"

„Nicht auf was, auf wen." Lansky lächelte wieder verschlagen und lehnte sich zurück.

„Kann ich auf die Toilette gehen, Herr Lansky? Mir ist tatsächlich übel", meldete sich Rabea kurz darauf erneut. Sie hielt sich den Bauch.

Ryan sah zu Rabea. Er glaubte nicht, dass ihr schlecht war.

Lansky musterte Rabea scharf. Dann winkte er einem seiner Agenten: „Sieh dir das Bad an."

Er kam schnell zurück. „Alles klar. Ein Fenster, aber kein Balkon. Wenn sie kein Vogel ist, dann kann sie auch nicht ausfliegen."

Lansky sah Rabea an. „Sie haben fünf Minuten."

„Danke!" Rabea ging zum Bad und sperrte die Tür hinter sich ab. Sie schnappte sich den Stuhl und klemmte ihn unter die Klinke. Dann drehte sie den Wasserhahn voll auf.

Sie hatte den Lüftungsschacht der Klimaanlage über der Toilette schon vorhin entdeckt. Er war klein, aber sie würde durchpassen. Die Männer niemals. Sie stieg auf die Toilette. Mit Crows Klappmesser, das sie unauffällig eingesteckt hatte, löste sie flink die Schrauben. Sie sah auf die Uhr. Noch drei Minuten. Sie stieg auf den Spülkasten und hangelte sich in den Lüftungsschacht. Sie robbte nach rechts, weg vom Wohnzimmer. An der nächsten Abzweigung wieder nach rechts. Noch zwei Minuten, bis sie ihre Flucht bemerkten. Wenn sie ihr Orientierungssinn nicht täuschte, müsste sie in der Nähe der Aufzüge sein. Sie musste ein Zimmer finden, in dem sich niemand aufhielt. Sie robbte weiter, bis sie an einer Öffnung angelangt war. Scheiße, Kinderstimmen. Weiter. Noch eine Minute. Gut, vielleicht zwei. Sie würden klopfen und rufen und dann mussten sie noch die Tür aufbrechen, weitere wertvolle Sekunden. Rabea robbte zum nächsten Lüftungsschlitz. Wieder Stimmen. Mist, war das verdammte Hotel ausgebucht? Sie kam an eine Stelle, die ziemlich steil abwärts führte. Was war das? Der Öffnungsschlitz sah anders aus. Plötzlich öffnete er sich und ein Berg Handtücher trat den Weg nach unten an. Rabea beschloss, ihm einfach zu folgen. Die Rutschpartie endete in einem großen Wäschekarren irgendwo in den Katakomben des Hotels. Zum Glück war er fast voll.

Rabea kämpfte sich aus den ungewaschenen Bergen von Tüchern, sprang aus dem Karren, rief den beiden verdatterten Wäscherinnen ein freundliches Hallo zu und sprintete davon. Ein grün beleuchtetes EXIT-Schild wies ihr den Weg. Unbehelligt erreichte sie über die Tiefgarage die Straße.

Sie sah über ihre Schulter, aber niemand folgte ihr. Sie sprintete um die nächste Ecke. Geschafft. So weit, so gut.

Aber sie befand sich allein in London, ohne Geld, ohne Papiere und ohne Telefon. Wo würde sie Hilfe bekommen, damit sie Jules erreichen konnte? Ein roter Doppeldecker-Bus fuhr eben an ihr vorüber. Die Werbung darauf zauberte ein Lächeln in ihr Gesicht.

Jetzt wusste sie, an wen sie sich wenden konnte.

KAPITEL 16

Nürnberg, Deutschland

Kaschinskis Maschine, eine Cessna Citation CJ1, landete gegen 2:00 Uhr morgens mit einer Spätlandegenehmigung in Nürnberg. Lukas' Vater hatte diese kurzfristig erwirkt.

Beim Aussteigen erwartete Lukas eine Überraschung: Lucie stürzte ihm auf dem Vorfeld entgegen und warf sich sofort in seine Arme. Kaschinski kletterte hinter ihm aus der Maschine und Lukas stellte die beiden einander vor: „Saul Kaschinski. Lucie, meine Zwillingsschwester." Saul musterte Lucie interessiert.

Doch Lucie reckte bereits den Kopf an ihm vorbei und beobachtete die Ausstiegsluke. „Wo ist Jules? Ist er noch im Cockpit?" Lukas' Augen wurden eine Spur dunkler. Lucie brauchte weniger als eine Sekunde, um die wortlose Botschaft im Blick ihres Bruders zu begreifen. Seine Traurigkeit traf sie wie eine heftige Windböe. Wenn Lukas seine Schwester nicht festgehalten hätte, sie wäre getaumelt.

„Nein, nicht Jules", flüsterte sie und ballte in einer abwehrenden Geste beide Fäuste. Lukas hielt seine Schwester eng umschlungen.

Erneut hatte sich der Tod in ihre Mitte geschlichen. Lucie löste sich nach einer Weile von ihm.

„Wie ist es passiert?" Ihre Stimme zitterte ein wenig.

„Er wurde erschossen", erwiderte Lukas leise.

Lucie wich einen Schritt zurück. „Hast du ihn gesehen? Ich meine, hast du gesehen, dass Jules tot ist?" Sie weigerte sich, Jules' Tod als etwas unwiderruflich Geschehenes hinzunehmen. Wie sollte man etwas glauben, das man nicht glauben wollte?

„Ich habe ihn gesehen“, mischte sich nun Kaschinski ein. „Es tut mir leid, aber Ihr Freund ist tot.“

Lucie schluchzte auf und Lukas nahm ihren Arm. „Ich weiß, wie schwer das für dich ist. Komm, wir sollten fahren, die Zeit drängt. Ich erzähle dir unterwegs, was ich weiß. Der Albtraum ist noch nicht zu Ende.“

In der bereitstehenden Limousine warteten James Fonton und sein Stellvertreter. Gemeinsam fuhren sie zur Villa. Ihr Vater würde später mit den Geldkoffern zu ihnen stoßen, informierte Lucie ihren Bruder.

Lukas überließ es Saul Kaschinski, Lucie vom Ablauf der Geschehnisse in Barcelona zu berichten. Sein Bericht endete, noch bevor sie das Familiendomizil im noblen Nürnberger Stadtteil Lauf am Holz erreicht hatten. Bevor seine Schwester das Fahrzeug verließ, fragte Lukas sie: „Was ist mit Mutter? Weiß sie Bescheid?“

„Ja, wir konnten die Entführung nicht länger vor ihr geheim halten. Papas Aktivitäten und Telefonate mitten in der Nacht hat sie natürlich mitbekommen. Sie hat ihm angesehen, dass etwas Schreckliches geschehen ist und ihn zur Rede gestellt. Dazu kam, dass sie dich und Magali den ganzen Tag über nicht erreichen konnte. Sie hat eins und eins zusammengezählt. Eine Entführung war immer schon ihr Albtraum gewesen. Wir mussten Dr. Friedrich rufen. Er hat ihr eine Beruhigungsspritze gegeben. Sie schläft die nächsten Stunden.“

Sie betraten die Villa. Es war ungewohnt für die Zwillinge, nicht mehr von der unermüdlichen Frau Gabler empfangen zu werden, die sie durch ihre Kindheit begleitet hatte.

Die neue Haushälterin kam ihnen forsch entgegen und verkündete, dass Kaffee und belegte Brote bereits im Wohnzimmer für sie bereitstünden. Nachdem niemand sonst einen Wunsch hatte, schickte Lucie die Frau wieder zu Bett. Während Kaschinski sich sofort über Kaffee und Brote hermachte, versuchte Lucie, ihren Vater zu erreichen.

Unter dem Vorwand, dass er seine Kleidung wechseln wolle, begab sich Lukas in sein Jugendzimmer, um dort ungestört nach dem Päckchen zu suchen, das ihm Rabbi Rosenthal kurz nach Rabeas Tod übergeben hatte. Rabea hatte darauf vermerkt: „*Für Lukas. Persönlich. Übergabe zum richtigen Zeitpunkt.*“ Typisch Rabea. Warum sich einfach ausdrücken, wenn es auch kryptisch ging?

Das Päckchen war ihm erst auf dem Heimflug von Barcelona wieder eingefallen. Zwei Stunden hatte er auf das Blatt mit der Forderung der Entführer gestarrt, bis die Buchstaben vor seinen Augen zu tanzen begonnen hatten. *Rabea!* So intensiv hatte er schon lange nicht mehr an sie gedacht. Ganz plötzlich hatte er sich wieder in seinem Jugendzimmer in der Villa gesehen, kurz nach ihrem Tod.

Das Päckchen hatte auf dem Schreibtisch unter dem Fenster gelegen. Er konnte sich auch wieder erinnern, wie er mit sich gehadert hatte, ob er es öffnen sollte. Schließlich hatte er es sein lassen, aus Furcht, dass es etwas enthalten könnte, einen Hinweis, der Rabeas Tod hätte verhindern können. Natürlich waren das unsinnige Gedanken gewesen, er hätte nichts tun können, um Rabeas Schicksal abzuwenden. Heute wusste er das, aber damals hatte er sich mit Selbstvorwürfen gemartert. Rabea hatte sich in Rom ungefragt eingemischt, wie es ihre Art gewesen war. Nichts und niemand hätte sie daran hindern können, den damaligen Ereignissen auf den Grund zu gehen. Noch am allerwenigsten er, Lukas. Rabea hatte noch nie auf ihn gehört. Wie er sie vermisste…

Er hatte dann auch all seinen Mut gebraucht, um Rabeas letzten Worten nachzugehen, die ihn nach Urnäsch geführt hatten. Dort hatte er Magali wiedergetroffen. Mit ihr hatte er vor über acht Jahren eine kurze Affäre gehabt, kurz bevor er dem Jesuitenorden beigetreten war, und war prompt Vater geworden.

So viel war damals nach Rabeas Tod auf ihn eingestürzt, die plötzliche Vaterschaft, sein Austritt aus dem Jesuitenorden, die berufliche Neu-Orientierung, dass er das Päckchen gänzlich vergessen hatte.

Er öffnete seinen Kleiderschrank. Seine Jugendkleidung hing noch immer darin. Da war der Anzug, den er zur Firmung getragen hatte. Er erinnerte sich an das Glück jenes Tages. Rabea und er hatten sich hinter der Kirche zum ersten Mal geküsst. Nicht in dem Forsthaus im Wald, wie Rabea immer behauptet hatte. Das waren nur Kinderküsse gewesen. Der Kuss hinter der Kirche hatte erstmalig nach etwas Verbotenem geschmeckt. Lukas schüttelte die Erinnerung ab, denn Matti drängte machtvoll in seine Gedanken: *Sein Sohn war jetzt das Allerwichtigste!*

Hastig durchwühlte Lukas den Schrank. Er war sich sicher, dass er das Päckchen damals hier hineingelegt hatte. Die korrekte Frau Gabler hätte nie etwas herausgenommen. Wenn, dann hätte sie ihn gefragt. Er fand es nicht. Das Päckchen war nicht da! Hektisch stellte Lukas sein gesamtes Zimmer auf den Kopf, durchsuchte seinen Schreibtisch, zerrte wahllos Schubladen heraus und durchwühlte sie. Nichts.

Am Ende sank er auf das Bett. Längst hatte er sich in die Überzeugung hineingesteigert, dass dieses Päckchen jene ominöse Akte enthielt, die er benötigte, um das Leben seines Sohnes und seiner Frau zu retten. Was sollte er tun? Ohne die Akte konnte er die Forderung der Entführer nicht erfüllen. Und diesmal gab es keinen Jules, der mit einem Plan aufwartete.

„Was ist los, Bruderherz? Was machst du hier? Und wie sieht es hier überhaupt aus. Suchst du was?" Lucie stand im Türrahmen. Sie kam näher und setzte sich neben ihn auf das Bett.

Lukas lehnte den Kopf an ihre Schulter. „Ach Lucie, es ist hoffnungslos. Die Übergabe soll schon heute um 12:00 Uhr stattfinden." Er hatte ihr nur die Lösegeldforderung genannt, aber die Akte bisher nicht erwähnt.

„Keine Sorge", suchte sie ihm ihre Zuversicht mitzuteilen. „Papa wird das Geld rechtzeitig besorgen. Hab Vertrauen. Aber was anderes, Lukas, wegen diesem Saul Kaschinski…also, ehrlich, er kommt mir nicht ganz echt vor."

„Du hast Recht, ich bin auch nicht von ihm begeistert", stimmte Lukas zu. „Andererseits hätte ich ohne ihn nicht so schnell nach Nürnberg zurückkehren können. Und ich habe durch ihn vom Überfall auf das Van-Kampen-Anwesen erfahren und dass Magali und Matti erneut verschwunden sind. Leider auch von Jules' Tod."

„Das meine ich ja gerade. Ich habe versucht, ihn wegen Jules auszufragen, aber irgendwie ist er vage geblieben. Er meinte nur, er hätte dessen Tod festgestellt, und dann hätte es plötzlich wegen des Überfalls von Polizei gewimmelt. Deshalb wäre er ins Hotel gefahren, wo er dich vorgefunden hat. Das bedeutet, dass er Jules im Park dieser Villa einfach liegengelassen hat. Ich habe Fonton darauf angesetzt, mit den spanischen Behörden in Kontakt zu treten. Wenn Jules tot ist, dann müssen die ihn ja wohl gefunden haben. Sobald das mit Magali und Matti geklärt ist, Lukas, werde ich nach Barcelona fliegen. Jules war für mich immer unverwundbar. Ich muss mich einfach vergewissern, dass er wirklich tot ist, und wenn, dann werde ich ihn nach München überführen. Das bin ich ihm schuldig."

„Natürlich sind wir das. Ich werde mit dir fliegen."

Aneinandergelehnt überließen sich die Zwillinge eine Weile dem Gedenken an ihren Freund. Schließlich hob Lucie den Kopf und fragte: „Sag mal, was hast du hier eigentlich gesucht?"

Lukas zögerte nur kurz. „Ich habe ein Päckchen gesucht, das mir Rabea kurz vor ihrem Tod geschickt hat. Großvater Rosenthal hat es mir in ihrem Auftrag übergeben. Hier, lies das.“ Er zog eine Kopie der Forderung der Entführer aus der Tasche. Das Original hatte sich Fonton von ihm geholt, um es forensisch untersuchen zu lassen.

Lucie las den Zettel laut vor: „Wir fordern fünf Millionen Euro und die Akte, die Sie von der Journalistin Rosenthal erhalten haben. Übergabe Dienstag, 12:00h in Nürnberg. Weitere Instruktionen folgen.“ Sie ließ den Zettel sinken. „Also das mit der Akte finde ich jetzt merkwürdig.“ Lucie wirkte leicht verwirrt.

„Ja, ich auch. Ich frage mich, wie die darauf kommen, zwei Jahre nach Rabeas Tod. Jedenfalls ist das Päckchen das Einzige, was mir überhaupt eingefallen ist. Ich meine, mich daran zu erinnern, dass ich es damals in den Schrank gelegt habe, aber dort ist es nicht.“

„Wie auch“, rief Lucie. „Ich habe es!“

Lukas starrte seine Schwester völlig entgeistert an: „Was? Wie konntest du überhaupt davon wissen?“

„Durch Großvater Rosenthal. Er hat mich letzte Weihnachten gebeten, danach zu forschen. Er meinte, dass er es dir damals gegeben hat. Und jetzt wollte er es gerne zurückhaben. Ich fand das zwar ein wenig komisch, aber du kennst ihn ja, er würde nie etwas ohne Grund tun. Und ich war neugierig auf dieses Päckchen. Er meinte, du hättest ihm gesagt, es wäre in deinem alten Zimmer. Et voilà, es war im Schrank! Und es war noch ungeöffnet. Leider. Ich hätte zu gerne gewusst, was drin ist. Meinst du…“

Lukas hatte ihr sprachlos zugehört, doch jetzt unterbrach er sie. „Und wo ist es jetzt? Ist es noch hier?“ Vor Aufregung hatte er seine Schwester am Arm gepackt.

„Nein. Großvater Rosenthal bat mich, es in meinem Schließfach bei der Fürst Fugger zu deponieren. Er wollte es nicht selbst aufbewahren. Ehrlich, er tat furchtbar geheimnisvoll. Und er wollte mir partout nicht sagen, was in dem Päckchen ist. Er hat extra betont, dass ich meine vorwitzige Nasenspitze nicht hineinstecken solle. Ich gebe zu, die Versuchung war groß“, gestand Lucie freimütig. „Und er hat mich mehrmals ermahnt, mit niemandem darüber zu sprechen, ganz besonders nicht mit dir. Er wollte selbst mit dir reden. Schon komisch, dass er das bisher nicht getan hat, finde ich.“

Lukas nickte. Das Gehörte musste er erst verdauen. Jetzt auch noch Großvater Rosenthal. Nahmen die Geheimnisse denn nie ein Ende? Laut sagte er: „Wir holen das Päckchen aus dem Schließfach, sobald die Bank geöffnet hat.“

Er sah auf die Uhr. Es war kurz nach halb vier Uhr morgens. Plötzlich sehnte er sich nach seinem Zuhause. Er konnte ebenso gut dort warten, bis sein Vater mit dem Lösegeld zurückkehren würde: „Lucie, sag Vater, dass ich nach Hause gefahren bin."

„Eine gute Idee, ich komme mit dir. Ausgeschlossen, dass ich dich jetzt alleine lasse."

Die Zwillinge kehrten ins Wohnzimmer zurück. Fonton hatte sich inzwischen zu Kaschinski gesellt.

„Und, gibt es etwas Neues?" Kaschinski war näher getreten und musterte Lukas prüfend.

„Nein", log Lukas aus dem Stand. Er hatte nicht vor, dem Söldner die Akte auf die Nase zu binden.

Kaschinski wirkte kurz, als wollte er sich nicht mit der Antwort zufriedengeben, wandte sich dann aber ab und griff sich noch ein Sandwich.

Lucie sah James Fonton an. „Wir fahren rüber zu Lukas und warten dort auf unseren Vater. Ich werde ihn vom Auto aus anrufen."

„Gut. Soll ich Sie beide fahren?"

„Das übernehme ich", mischte sich Kaschinski knapp ein. Lucie und Lukas tauschten einen Blick, er nickte seiner Schwester zu.

„Wenn es Ihnen nichts ausmacht, Saul", sagte Lucie weich wie Samt, „dann würde ich unseren Sicherheitschef bitten, Sie auszuzahlen. Ab sofort übernehmen die Leute meines Vaters. Fonton wird dafür sorgen, dass Sie Ihr Geld erhalten. Sie erledigen das bitte?", meinte sie an diesen gewandt. Fonton bestätigte.

Saul Kaschinski wirkte nicht unzufrieden mit der neuen Situation. Er griff nach seiner schwarzen Lederjacke und streckte Lukas die Hand hin: „Ich wünsche Ihnen Glück, Kamerad. Tut mir leid um Ihren Freund Lafitte."

KAPITEL 17

Lucie bestand darauf, zu fahren.

Während der knapp fünfzehn Minuten Fahrt von der Villa zu seinem Haus versuchte Lukas zu beten, doch er konnte sich nicht richtig konzentrieren. Stattdessen wechselten sich in seinem Kopf Bilder in rasender Abfolge ab: Matti, wie er im Park der van Kampen mit dem Hund gespielt hatte, Magali, wie sie dem Torero ihre Hand gereicht hatte und Jules' Gesicht, als die Kugel seinen Rücken getroffen hatte. Lukas merkte, dass ihm vor Anspannung schlecht wurde.

Und dann schlichen sich ungebeten die unverblümten Äußerungen Saul Kaschinskis in seine Gedanken. Der Söldner hatte auf dem Rückflug von Barcelona ziemlich brüsk seine Meinung über Magali geäußert. In seinen Augen war sie eine skrupellose Kriminelle.

Lukas hatte Kaschinskis Bemerkungen zunächst als absurd abgetan. Doch was wäre, wenn er Recht hatte?

Welche Erklärung konnte es noch für ihr Verhalten geben? Er hatte fast zwei Jahre mit Magali zusammengelebt. Er war sich sicher, dass die Liebe zu ihrem Sohn aufrichtig war. Dann übernahm wieder eine leise teuflische Stimme und flüsterte, dass es Magali auch gelungen war, ihn die ganze Zeit zum Narren zu halten.

Kaschinski jedenfalls war der Meinung, dass Magali ihren Sohn für fünf Millionen Euro verkauft hatte. „Ist doch logisch, von Stetten. Ihre Frau ist eine Goldgräberin. Sie dachte, mit Ihnen hat sie das große Los gezogen. Stattdessen haben Sie ihr ein Reihenhaus geboten. Keine Villa, kein Schmuck, kein gesellschaftliches Leben. Glauben Sie mir, diese Frau liebt den Luxus! Als sie kapiert hat, dass bei Ihnen nichts zu holen ist, hat sie sich die Entführung ausgedacht, um doch noch etwas vom fetten Von-Stetten-Kuchen einzuheimsen. Ich weiß nicht, wie weit die kriminelle Energie Ihrer Frau reicht. Sie sollten froh sein, dass Ihr Vater reich ist und nicht Sie. Sonst hätte Ihre Frau womöglich bald beschlossen, dass es sich als Ihre Witwe besser lebt. Wäre nicht das erste Mal…“

Lukas hatte bei Kaschinskis Worten schlucken müssen. „Warum sollte meine Frau denn gemeinsame Sache mit der van Kampen machen? Das ergibt doch keinen Sinn.“

„Wieso? Ich habe gehört, dass Sie und die van Kampen noch eine böse Rechnung offen haben. Sie hat sich die Holländerin gezielt als Komplizin ausgesucht. Clever von Ihrer Frau, sich mit Ihrer Feindin zu verbünden.“

Was Kaschinski gesagt hatte, hatte durchaus plausibel geklungen. Vor allem aber verstörend. Trotzdem zwang sich Lukas, an Jules‘ Worte zu denken; es waren die letzten, die er an ihn gerichtet hatte. Sie nisteten als stumme Mahnung zwischen seinen Zweifeln und der Gewissheit um Magalis Verrat: *Es gibt für alles im Leben eine Erklärung, Lukas.*

Aber noch mehr nagte an Lukas. Kaschinski hatte einen weiteren Keim der Zwietracht gesät. „Und wenn wir schon dabei sind, von Stetten: Ihr Freund Jules ist auch nicht gerade das gewesen, was er vorgegeben hat zu sein.“

„Das müssen Sie mir nicht sagen. Das weiß ich selbst“, hatte Lukas abgewunken. Er wollte jetzt nicht über Jules sprechen.

Aber Kaschinski hatte nicht locker gelassen. „Sie wissen, dass er ein schlafender Agent war?“

„Schlafender Agent? Was meinen Sie?“

„Dass Lafitte weiter für den libanesischen Geheimdienst Informationen beschafft hat. Oder meinen Sie etwa, die haben einen ihrer Top-Agenten im Rang eines Majors mit einem Händedruck ziehen lassen, damit er in München feinen Damen Locken dreht? Warum wohl hat Lafitte die Nähe zu Ihrer Familie gesucht? Ich sage nur vST und ihre neueste Hawk-Eye-Serie. An der Untergrundbörse werden die Softwarecodes für fünfzig Millionen gehandelt. Aber nicht nur der Libanon, auch die Syrer und Iraner sind ganz scharf darauf. Und die Saudis nicht zu vergessen. Sogar der Aserbaidschaner soll mitbieten. Ich vermute, im Auftrag der Chinesen.“

Lukas hatte die Fäuste geballt und Kaschinski entgeistert angestarrt. *Nein, nicht Jules! Unmöglich.* Plötzlich hatte er das Bedürfnis verspürt, Kaschinski eine zu verpassen, nur damit dieser endlich den Mund hielt. Er riss sich zusammen:

„Ich glaube Ihnen nicht, Kaschinski. Außerdem haben sich die Verhältnisse im Libanon geändert."

„Das spielt keine Rolle. Hinter jeder Regierung steht eine Schattenmacht, Männer, die zu klug sind, um sich in der Öffentlichkeit blicken zu lassen. Die Männer im Vordergrund mögen wechseln, aber die, die tatsächlich die Fäden in der Hand halten, sind dieselben. Lafitte hielten sie weiter in ihrem Netz gefangen. Er musste liefern, wenn er überleben wollte. Aber was soll´s, Ihr Freund ist tot. Vielleicht helfen Ihnen ja diese Erkenntnisse über seinen Tod hinweg."

Danach hatte Kaschinski geschwiegen. Wenigstens das.

Nichts wächst so schnell wie der Keim des Misstrauens und Lukas kultivierte jetzt gleich zwei davon: Magali und Jules. War denn gar nichts so, wie es schien? Es war zum Verrücktwerden. Wie sollte man da noch einen klaren Gedanken fassen können, wenn sie wie in einer Schneekugel umherwirbelten?

Kurz nach vier Uhr morgens erreichten die Geschwister Lukas' Haus. Ihr Vater hatte versprochen, dass er spätestens gegen 09:30 Uhr mit dem Lösegeld bei ihnen eintreffen würde.

Als Lucie und Lukas, von den Hunden stürmisch begrüßt, das Haus betraten, konnten sie nicht ahnen, dass ihre Ankunft aufmerksam beobachtet wurde.

KAPITEL 18

Am frühen Sonntagabend hatte die Polizei endlich Jeanettes Mutter erreicht und sie darüber ins Bild gesetzt, was ihre Tochter alles angestellt hatte. In der darauffolgenden Szene zwischen Mutter und Tochter hatte Jeanette Hausarrest erhalten, mit der strikten Auflage, sofort nach der Schule nach Hause zu kommen.

Ihr Smartphone hatte die Polizei bereits konfisziert, nun nahm ihr ihre Mutter noch den Schlüssel ihres Motorrollers weg - ein Schlechtes-Gewissen-Geschenk des geschiedenen Vaters, weil er zu wenig Zeit für seine Tochter aufbrachte.

Jeanette hatte geschrien, getobt und gebettelt. Der Roller war ihr ein und alles, das Pfand ihrer Unabhängigkeit. Ihre Mutter war hart geblieben. Jeanette war in ihr Zimmer gestürmt, hatte die Tür mit voller Wucht zugeknallt und sich eingeschlossen.

Ihre anfängliche Schwärmerei für ihren Lehrer Lukas von Stetten hatte sich mit der Zeit zu einer Besessenheit entwickelt und Jeanette hatte sich längst ihre eigene Wahrheit zusammengesponnen. Sie konnte nur noch innerhalb dieser selbst geschaffenen Wirklichkeit denken und handeln.

Gegen halb vier Uhr stand sie auf und zog sich an. Sie schlüpfte in Jeans und ein T-Shirt mit Totenkopf-Emblem, schnappte sich Jacke und Helm und verließ ihr Zimmer durch das Fenster. Ihre Mutter wusste nicht, dass sie einen Ersatzschlüssel für ihr Mofa besaß. Und sie wusste auch nicht, dass Jeanettes Bruder das Moped frisiert hatte. Der kleine Japaner schaffte locker 90 km/h.

Jeanette schlich sich in den Schuppen neben der Garage. Sie schob den Roller bis zur Straße und startete. Sie wollte zu Lukas. Noch immer fraß eine unbändige Wut an ihr: Die Wut auf ihre Mutter, die Wut auf die Polizei und die Wut auf diese scheinheilige Zwillingsschwester, die versucht hatte, sie mit ihrem falschen Lächeln zu täuschen und ihr eine Schuld einzureden. Wie kamen die alle dazu, sie zu verurteilen, sie zu bestrafen? Was konnte sie für die Entführung der Familie ihres Lehrers?

Sie musste unbedingt mit Lukas sprechen, er würde sie verstehen. Und falls die Entführer ihre Drohung wahr machen würden und seine Familie töteten, dann wäre sie mit ihrer Liebe zur Stelle, würde für ihn da sein, um ihn in seinem Kummer zu trösten.

Wenig später langte Jeanette in der kleinen Reihenhaussiedlung im Dürerweg an.

Die Dämmerung war noch fern. Im Haus schien alles dunkel, doch Lukas' blauer Passat parkte vor der Garage. War Lukas zuhause? Jeanette stellte sich auf ein längeres Warten ein.

Doch bereits wenige Minuten später näherte sich ein Wagen und parkte direkt hinter dem VW. Jeanette hatte ihren Roller in einem Gebüsch im kleinen Park gegenüber abgestellt. Sie selbst hatte sich hinter einem Auto verschanzt, von wo aus sie einen freien Blick auf das Haus hatte. Ihr Herz schlug höher, als sie sah, wie Lukas dem Wagen entstieg.

Kack! Er war nicht allein, seine blöde Schwester war dabei. Jetzt konnte sie nicht zu Lukas und ihm Beistand leisten. Kurz darauf sah sie Lukas und seine Schwester zusammen mit den beiden Hunden das Haus verlassen. Jeanette verschlang Lukas so lange mit ihren Blicken, bis er verschwunden war. Eine Viertelstunde später kam er zurück. Danach sah sie ihn lange nicht mehr.

Erst gegen 07:30 Uhr tat sich wieder etwas. Die lästige Schwester wurde von einer Limousine abgeholt. Jeanette überlegte, ob sie jetzt gleich bei Lukas klingeln sollte. Aber was war, wenn die Schwester zurückkäme? Aus irgendeinem Grund zögerte sie. Gerade als sie sich dazu entschlossen hatte, fuhr ein Polizeiwagen langsam durch die Straße. *Kack!* Jeanette duckte sich und wagte es minutenlang nicht, sich zu bewegen. Tatsächlich kehrte der Polizeiwagen auf seiner Patrouille kurz darauf noch einmal zurück.

Und dann war auch die Limousine mit der Zwillingsschwester wieder da. Sie stieg aus und hielt ein kleines Paket in ihrer Hand. Die Limousine parkte neben dem Passat. Die Männer blieben im Wagen sitzen. Jeanette ärgerte sich. Lukas allein sprechen zu können, konnte sie für die nächsten Stunden vergessen. Trotzdem blieb sie auf ihrem Posten.

Dann fuhr eine weitere Limousine vor. Der Fahrer stieg aus und riss den Wagenschlag für einen großen, hageren Mann mit graumeliertem Haar auf. Jeanette erkannte Lukas' Vater von Fotos her.

Zwei weitere Männer, mit jeweils einem Aluminiumkoffer in der Hand, kletterten aus dem Wagen und sahen sich aufmerksam um.

Lukas' Vater betrat das Haus, dann folgten die beiden Kofferträger.

Der Ältere drehte sich unerwartet nochmals um und sandte einen forschenden Rundblick in die Umgebung. Jeanette fürchtete schon, dass er sie gesehen hatte. Sie stellte kurzfristig das Atmen ein und wagte nicht, sich zu bewegen. Sie hatte genug Krimis gesehen, um zu wissen, dass hier eine Geldübergabe vorbereitet wurde. Die Aluminiumkoffer enthielten sicher das Lösegeld für Frau und Sohn.

Das war schlecht. Ehrlich, sie hatte nichts dagegen, wenn das Kind freikam. Sie stellte sich vor, wie sie dem Jungen eine gute Mutter sein würde, viel besser, als ihre Mutter es für sie war. Aber sie musste Lukas' Frau loswerden. Und plötzlich kam ihr eine Idee.

KAPITEL 19

London, England

Rabea trat durch die Drehtür des London Chronicle. Zielstrebig ging sie auf die Empfangsdame zu, die hinter einem futuristischen Tresen aus Glas und Marmor thronte.

„Guten Tag“, sagte sie auf Englisch. „Ich bin eine Journalistin aus Deutschland. Ich würde gerne mit Ihrem Chefredakteur sprechen. Ich habe wichtige Informationen, die ihn interessieren dürften.“ Ihren Namen verschwieg sie vorerst.

Die gepflegte Empfangsdame sah von ihrem Journal auf. Sie musterte Rabea, als wäre sie eine Spinne in ihrer Schublade. Rabea ahnte, dass sie ramponiert aussehen musste. Im Lüftungsschacht war es ziemlich staubig gewesen.

„Hören Sie“, meinte Rabea nochmals eindringlich. „Ich weiß, wie ich aussehe. Aber ich wurde entführt und konnte entkommen. Es ist wirklich wichtig, dass ich mit Ihrem Chefredakteur spreche.“

„Was ist denn los, Amelia?“ Ein Wachmann war interessiert näher gekommen, die Finger in den Hosenbund gehakt.

„Diese Frau hier…sie behauptet entführt worden zu sein und will mit dem Chefredakteur sprechen“, erklärte die Empfangsdame mit schriller Stimme, als hätte Rabea ihr gerade erklärt, ein Alien zu sein. Rabea zwang sich weiterhin zu einem freundlichen Gesichtsausdruck.

„Entführt?“ Der Wachmann musterte Rabea nun ebenfalls misstrauisch. „Warum kommen Sie dann zu uns und gehen nicht zur Polizei?“

„Weil die mir nicht helfen kann.“ Rabea überlegte, wie viel sie preisgeben konnte, ohne für verrückt erklärt zu werden. „Ich bin Journalistin und habe etwas Wichtiges herausgefunden. Die Männer, die mich entführt haben, sind mächtig und haben Freunde bei der Polizei. Darum bin ich hier. Ich möchte ihrer Zeitung meine Geschichte erzählen." Rabea wurde langsam ungeduldig. Sie stand in der gläsernen Lobby wie auf einem Präsentierteller. Bis zum Halston Hotel waren es nur drei Straßen. Sicher suchten die Männer sie bereits.

„Wer ist entführt worden?" Eine ältere Dame war auf ihrem Weg zum Aufzug stehengeblieben und gesellte sich nun zu ihnen. Sie musterte Rabea eindringlich über ihren Brillenrand hinweg. „Kenne ich Sie?"

„Dr. Grant, Madam. Sie müssen sich nicht darum kümmern. Ich werde die Frau bitten zu gehen", meinte der Wachmann wichtig.

Noch immer sah Dr. Grant Rabea an.

„Ich bin eine Journalistin aus Deutschland", beeilte sie sich zu sagen. „Man hat mich…"

„Moment", wurde sie von ihr unterbrochen. „Jetzt weiß ich es wieder. Natürlich kenne ich Sie. Ich vergesse nie ein Gesicht. Sie sind diese deutsche Journalistin, die im Irak verhaftet wurde. Dürfte so zwei Jahre her sein. Ich habe die Aufnahmen gesehen. Interessant. Was machen Sie hier in diesem Aufzug?"

„Ich sagte doch, dass ich…"

„Kommen Sie mit!", sagte die Dame energisch und steuerte auf den Aufzug zu.

Oben angekommen marschierte sie zielstrebig in ihr Büro, wehrte ihre Sekretärin mit einem: „Jetzt nicht, Marge", ergänzt von einem: „Keine Anrufe durchstellen und zwei Tee, bitte", ab. Ohne Umstände bugsierte sie Rabea in ihr Büro. „Hier, setzen Sie sich, Miss Rosenthal. Das war doch Ihr Name, oder?" Sie selbst hatte hinter ihrem Schreibtisch Platz genommen, ihr Kinn in die Hände gestützt.

Marge, die Sekretärin, stieß die Tür mit ihrem imposanten Hinterteil auf und balancierte auf einem Tablett eine geblümte Teekanne mit passenden Tassen. Neugierig sah sie Rabea an. Ein strenger Blick ihrer Chefin scheuchte sie sofort wieder hinaus.

„Dann legen Sie mal los. Was ist das für eine Entführungsgeschichte?"

Und Rabea legte los.

Am Ende ihres Berichts saß Dr. Grant noch genauso da wie vorher, das Kinn in die Hände gestützt, einzig ihre Augen hatten sich etwas verengt. „Ich fasse zusammen: Sie haben Ihren Tod vorgetäuscht, sich zwei Jahre lang versteckt gehalten und wurden gestern aus Marokko von amerikanischen CIA-Agenten nach London entführt, mit Hilfe unseres britischen MI6, die Sie wiederum an zwei Agenten der militärischen Defence Intelligence Agency übergeben haben. Verfolgt werden Sie deshalb, weil Sie etwas entdeckt haben, von dem Sie mir weder sagen können, wo Sie es entdeckt haben, noch was es genau ist. Das klingt ebenso abenteuerlich wie dürftig, finden Sie nicht? Ohne Beweise kann ich hier keine Story stricken. Als Journalistin sollte Ihnen das bewusst sein. Da brauche ich schon ein bisschen mehr.

Mal sehen…Sie waren mehrmals im Irak. Dann wurden Sie in Bagdad während einer Aufsehen erregenden Reportage verhaftet und verschwanden für einige Zeit von der Bildfläche. Irgendwann hörte ich dann von einem Kollegen, Sie wären in Rom einem Gewaltverbrechen zum Opfer gefallen. Und jetzt sitzen Sie quicklebendig vor mir, angeblich verfolgt von gleich mehreren Geheimdiensten. Wenn es stimmt, was Sie behaupten, und sich der Ami tatsächlich für Sie interessiert, würde ich sagen, Sie haben etwas im Irak entdeckt, dass den Amis schadet. Was ist es? Geht es um amerikanische Kriegsverbrechen, Folterungen?

Damit eines klar ist. Über Folterungen berichte ich nicht. Zu heiß. Da ist Mord und Totschlag vorprogrammiert, da könnte ich gleich die Dänen bitten, ihre Propheten-Karikaturen neu aufzulegen. Die machen da unten keinen Unterschied zwischen amerikanischen und britischen Soldaten. Und ich riskiere ganz sicher nicht das Leben britischer Soldaten."

Rabea nickte. Sie hatte eine Fotografie hinter Dr. Grant im Regal entdeckt. „Ihr Sohn?" Rabea zeigte mit dem Kopf darauf. Ein junger britischer Soldat war darauf abgebildet. Dr. Grant drehte sich nicht um. „Richtig, zurzeit in Afghanistan stationiert. Und, was machen wir beiden Hübschen jetzt?"

„Gewähren Sie mir hier beim Chronicle Asyl?", fragte Rabea zurück.

Dr. Grant sah sie forschend an. Dann drückte sie einen Knopf auf ihrem Telefon: „Marge, schick mir Buster und Andy rein."

„Niemand sollte wissen, dass ich hier bin", warf Rabea ein.

„Keine Sorge", sagte Dr. Grant. „Buster ist mein Chefredakteur und Andy der Justiziar des Chronicle. Die beiden sind absolut vertrauenswürdig. Wenn ich Ihre Story bringe, muss ich mich absichern."

„Ach, ich dachte, Sie wären die Chefredakteurin?"

„Nein, Schätzchen, ich bin die Herausgeberin. Der London Chronicle gehört mir. Die letzte unabhängige Bastion Londons.“ Rabea entging nicht der Sarkasmus in ihrer Stimme.

„Sie scheinen nicht unbedingt glücklich über Ihre Unabhängigkeit zu sein.“

„Nein, denn Unabhängigkeit bedeutet, dass ich den Leuten selten nach dem Mund schreibe. Das bedeutet auch, dass ich weniger Anzeigekunden habe, was wiederum bedeutet, dass der Chronicle fast pleite ist. Ich hoffe, Ihre Story ist so gut, wie mein Instinkt es mir sagt.“

Kurz darauf betraten ein nachlässig gekleideter Mittfünfziger und ein großer, in einem dreiteiligen Anzug steckender Vorzeigebrite das Büro. Ein neugieriger und ein blasierter Blick trafen Rabea. „Buster, Andy, darf ich euch vorstellen: Rabea Rosenthal, eine deutsche Kollegin.“

„Rosenthal, Rosenthal…rote Haare“, murmelte der Mann namens Buster. Dr. Grant sah ihn auffordernd an. Plötzlich tippte er sich mit dem Zeigefinger an den Kopf. „Ich hab´s! Irak, vor zwei Jahren. Freche Reportage. Verunglimpfung des amerikanischen Präsidenten, deshalb verhaftet. Sollten Sie nicht eigentlich tot sein?“

Rabea strahlte ihn an. Ihr gefiel Buster. „Ja und nein.“

„Was macht Sie quicklebendig in London, Helen?“, richtete er seine Frage direkt an Dr. Grant.

„Das ist die Frage, Buster. Andy?“, wandte sie sich zunächst an ihn. „Diese junge Frau ist Deutsche und hat keine Ausweispapiere bei sich…Sie haben doch keine Ausweispapiere bei sich, oder Rabea?“ Rabea schüttelte den Kopf.

„Das heißt“, fuhr Dr. Grant fort, „Sie gilt momentan als illegal eingereist, da sie behauptet, nach London verschleppt worden zu sein. Machen wir uns strafbar, wenn wir sie hierbehalten, ohne die Behörden zu informieren?“

„Das kann ich dir nicht wahrheitsgemäß beantworten, dazu weiß ich zu wenig über den Fall.“

Dr. Grant rollte mit den Augen. „Typischer Anwaltsquatsch. Verdammt Andy, Hosen runter. Machen wir uns strafbar, wenn wir eine illegale deutsche Journalistin hier behalten, ohne die Behörden zu informieren?“

Andy blinzelte. „Nein. Außer besagte Behörden kriegen Wind davon. Dann müssen wir sie ihnen übergeben.“

„Was soll das heißen, sie wurde hierher verschleppt? Aus Deutschland nach London?“, mischte sich Buster ein. Er wirkte freudig erregt. Auch er hatte die Witterung für eine gute Story aufgenommen.

„Nein, aus Tanger, angeblich durch die CIA. Die DIA und der MI6 hängen auch mit drin. Sagt sie."

Buster klopfte auf den Tisch. „Wunderbar, sensationell, fantastisch", jubelte er. „Vorausgesetzt, es ist wahr. Los, Rabea, erzählen Sie."

„Immer langsam, Buster. Ich habe ein paar Recherche-Aufträge für dich. Andy, du kannst gehen. Und kein Wort zu niemandem über unseren Gast."

„Ich bin Anwalt!", entrüstete sich Andy.

„Eben…", murmelte Dr. Grant. Dann sagte sie zu Buster: „Hör dich bei deinen Freunden um, ob sie etwas über ein amerikanisches Flugzeug gehört haben, das gestern in Biggin Hill gelandet ist. Und checke auch das Halston Hotel. Die junge Dame behauptet, in der Excalibur-Suite wären sich DIA und CIA gegenseitig auf die Füße getreten. Sie sagt, sie wäre von dort geflohen. Wenn, muss das ja irgendeinen Wirbel ausgelöst haben. Wir brauchen ein paar Quellen-Bestätigungen."

Sie erteilte ihm noch weitere Instruktionen und ermahnte ihn zum Schluss: „Mach es selbst. Zieh niemanden hinzu. Und nun zu Ihnen, junge Dame. Wenn das was mit uns werden soll, dann müssen Sie mir jetzt Rede und Antwort stehen."

Rabea nickte. Sie verstand Dr. Grant. Das Dilemma war nur, sie konnte ihre Behauptungen nicht beweisen. Noch nicht.

„Also Schätzchen. Können Sie beweisen, dass Sie verfolgt werden? Haben Sie Dokumente, Fotos, Filme, was auch immer? Namen und Orte?"

„Dr. Grant?" Die Sekretärin steckte den Kopf zur Tür herein.

„Jetzt nicht, Marge", sagte Dr. Grant streng, ohne zu ihr hinzusehen.

„Aber der Empfang hat angerufen. Da sind zwei Herren von Scotland Yard und wollen Sie sprechen."

Dr. Grant schoss hoch wie eine Springfeder. „Rufen Sie unten an. Dieses dumme Ding soll sie aufhalten. Notfalls soll sie strippen. Ich komme hinunter. Los, Rabea, raus aus meinem Büro." Sie strebten auf Marge zu, die ihnen mit ihrer körperlichen Fülle die Tür versperrte.

„Die Herren sind schon nach oben gefahren", stotterte Marge.

„Nein, die Herren sind schon da." Marge wurde von einer großen Hand zur Seite geschoben. „Scotland Yard." Beide Männer hoben ihnen ihre Marken entgegen. Zielstrebig wandte sich der eine an Rabea: „Sie sind die deutsche Journalistin Rabea Kennedy?" Es hörte sich mehr nach einer Feststellung als nach einer Frage an.

Dr. Grant schob sich zwischen sie. „Was wollen Sie von ihr? Und ich hätte gerne Ihre Marken nochmals gesehen. Ich will mir Ihre Namen notieren." Sie hielt bereits Stift und Block in der Hand.

„Halten Sie sich da raus, Dr. Grant. Wir haben einen internationalen Haftbefehl für Miss Kennedy. Miss Kennedy, Sie sind festgenommen. Kommen Sie." Er packte Rabea am Arm.

„Kann ich den Haftbefehl sehen?", blieb Dr. Grant hartnäckig. Und zu Marge: „Holen Sie Andy, sofort." Marge trippelte davon.

Dr. Grant überflog das gereichte Papier. „Scheint mir in Ordnung zu sein. Tut mir leid, Rabea. Für den Moment kann ich nichts für Sie tun. Ich werde Andy sagen, sich darum zu kümmern."

Rabea wurde abgeführt. Auf dem Weg nach unten versuchte sie den beiden Beamten weitere Informationen zu entlocken. Sie blieben stumm wie Fische. Sie verließen das gläserne Gebäude des Chronicle und die junge Frau wurde zu einem schwarzen Wagen bugsiert. Einer der Beamten riss die hintere Tür auf:

„Hier ist sie, Sir", sagte er in den Fond, schob Rabea in den Wagen und schloss die Tür. Zu ihrer Verblüffung entfernten sich die beiden Beamten vom Fahrzeug.

Auf dem Rücksitz saß ein einzelner Mann.

„Willkommen, Miss Kennedy", begrüßte sie dieser. „Sehen Sie mich nicht so an, ich beiße nicht." Er lachte dröhnend. Rabea besah ihn sich genauer. Sie schätzte ihn auf Mitte fünfzig. Er hatte wache Augen hinter einem unmöglichen Brillengestell und er roch nach Zigarre.

„Wer sind Sie?", fragte Rabea verblüfft. Der Mann hatte kein britisches Englisch gesprochen. Noch ein verdammter Ami in London.

„Mein Name ist Adam B. Clayton und ich bin der Director der DIA", stellte er sich ihr nun vor. „Ich muss schon sagen, Sie halten meine Jungs ganz hübsch auf Trab. Wir zwei haben einiges zu besprechen."

Er fuhr die Glasscheibe herunter, die den Fond vom Fahrer trennte. „Zurück zum Halston Hotel, Curt."

KAPITEL 20

Nürnberg, Deutschland

Jeanettes Geduld wurde auf eine harte Probe gestellt. Den ganzen weiteren Morgen tat sich nicht viel.

Endlich erschien Lukas‘ Vater, gefolgt von einem seiner Männer. Sie fuhren davon.

Damit entschwanden sie aus Jeanettes Mikrokosmos, der allein um Lukas von Stetten kreiste. Sie vergaß sie augenblicklich. Denn in der offenen Tür hatte sie Lukas entdeckt! Lukas sah so gut aus, wie er da im Türrahmen stand, in seinen Jeans und einem blauen Hemd. Er war der schönste Mann der Welt! Er wirkte allerdings ein wenig ernster als sonst. Aber Jeanette gefiel seine düstere Traurigkeit. Ihre lebhafte Fantasie gaukelte ihr vor, dass allein ihre Liebe imstande wäre, diese Düsternis zu vertreiben. *Ihr* würde er sehr bald wieder ein Lachen schenken. In drei Monaten würde sie siebzehn sein, die Schule verlassen und dann würde ihr Erwachsenenleben beginnen. Dann müssten sie und Lukas sich nicht länger vor den anderen verstecken. Jeder von Lukas‘ verborgenen Blicken, während er ihr etwas erklärt hatte, und jede seiner Gesten hatten ihr seine Liebe zu ihr verraten.

Jetzt drängte auch seine nervige Schwester nach vorn auf den Treppenabsatz vor dem Haus. Sie umarmten sich. Na gut, Lukas schien seine Schwester zu mögen. Sie würde sich also Mühe geben, auch zu ihr nett zu sein. Der Mann, den Lukas‘ Vater mitgebracht hatte, erschien mit einer Sporttasche hinter den beiden. Er und Lukas stiegen in den Passat und fuhren davon.

Jeanette hatte längst reagiert. Ihr war jetzt egal, ob Lucie sie sehen konnte. Sie lief zu ihrem Roller und schob ihn an den am Straßenrand geparkten Fahrzeugen entlang und dann quer durch den kleinen Park.

Lukas' Haus stand am Rande einer Ringstraße. Der Wagen musste gleich auf der anderen Seite des Parks vorbeikommen. Sie würde ihm folgen.

KAPITEL 21

Lukas hielt sich genau an die Anweisungen der Entführer. Sie hatten sich erst gegen 11:20 Uhr mit einer elektronisch verzerrten Bandansage erneut bei ihm gemeldet. Darin teilten sie ihm mit, er solle das Geld in eine Sporttasche packen und in Richtung Innenstadt fahren. Sein Handy solle er mitnehmen.

Dass James Fonton fuhr, machte Lukas nervös. Aber alle hatten darauf bestanden: Sein Vater, Lucie und Fonton natürlich auch. Lukas hatte Fonton das Versprechen abgenommen, sich aus allem herauszuhalten und ihm lediglich als Chauffeur zu dienen.

Um zur Altstadt zu gelangen, überquerten sie zunächst die Pegnitz. Eine Viertelstunde vor der geplanten Übergabe hatten sie den Randbezirk der Altstadt erreicht. Der Verkehr war hier wie immer sehr dicht. Lukas konnte bereits die Türme der Frauenkirche und der Sebalduskirche erkennen, die den Nürnberger Hauptmarkt überragten, als sein Handy klingelte. Das Display zeigte 11:46 Uhr.

Erneut klang eine verzerrte Stimme vom Band: „Steigen Sie aus dem Wagen und gehen Sie zu Fuß weiter, in Richtung Hauptmarkt. Beeilen Sie sich. Sobald wir merken, dass Sie nicht allein sind, ist Ihre Frau tot. Wir melden uns in exakt fünf Minuten wieder."

Fonton fasste nach hinten und zog die Sporttasche nach vorne. „Viel Glück, Herr von Stetten", sagte er.

Sofort nachdem Lukas den Wagen verlassen hatte, griff Fonton zum Telefon und gab Instruktionen an seine Männer weiter. Dann verließ der ehemalige SAS-Commander den Wagen und lief ebenfalls in Richtung Nürnberger Hauptmarkt.

Er hatte sein Jackett ausgezogen, eine Kappe aufgesetzt und um seinen Hals baumelte eine kleine Kamera.

Fontons Vorteil war seine jahrzehntelange Erfahrung. Wenn er nicht gesehen werden wollte, dann wurde er auch nicht gesehen.

KAPITEL 22

Lukas steuerte direkt auf den Hauptmarkt zu. Die Türme der beiden Kirchen und die gotische Fassade des Rathauses ragten bereits vor ihm auf.

Er hatte eben den Rand des trapezförmigen Platzes erreicht, als sein Handy erneut klingelte: Die Übergabe sollte beim Schönen Brunnen, einem der Wahrzeichen Nürnbergs, stattfinden. Neben Rathaus und Frauenkirche bildete er das Herzstück des Hauptmarktes. Da der Schöne Brunnen ständig von einer Unmenge Touristen mit Fotoapparaten umlagert und der Hauptmarkt gut besucht war, gab es in ganz Nürnberg keinen besseren Ort, an dem man mit fünf Millionen Euro ungestörter untertauchen konnte.

Lukas sah erneut auf seine Uhr, 11:54 Uhr. Er stellte die Tasche, wie es der Entführer verlangt hatte, hinter sich ab und wartete. Eine Stunde sollte er sich nicht vom Fleck rühren. Bei erfolgreicher Übergabe würden seine Frau und sein Sohn um Punkt 13:00 Uhr in der Marienkirche auf ihn warten.

Lukas spürte, wie sein Herz schmerzhaft in seiner Brust schlug. Er hatte alle Auflagen der Entführer erfüllt. Warum sollte er nicht hoffen, dass sein Albtraum in einer Stunde ein Ende finden würde?

Das dichte Treiben auf dem Marktplatz nahm er nur am Rande wahr. Er hatte sich so hingestellt, dass sich die Marienkirche genau in seinem Blickfeld befand. Warteten Magali und Matti vielleicht schon dort auf ihn? Nur mit Mühe unterdrückte er den Drang, sofort loszurennen und nachzusehen.

Jetzt, um 12:00 Uhr mittags, fanden sich besonders viele Menschen auf dem Hauptmarkt ein. Dann setzte das berühmte Männleinlaufen der Frauenkirche ein: Es war 1356 von Kaiser Karl IV. zur Erinnerung an die goldene Bulle gestiftet worden.

Schlag zwölf öffnete sich an der Uhr ein Tor und das Männleinlaufen wurde mit Glöckchengeläut eröffnet. Es folgten ein Ordner und eine Reihe Musiker, dann die sieben Kurfürsten mit den Reichskleinodien. Am Ende schlugen zwei Männer auf eine Glocke, anschließend verschwand der ganze Zug wieder im Inneren.

Um Lukas herum hatten die Touristen ihre Fotoapparate und Handys gezückt. Lukas achtete nicht weiter auf sie.

Eine Gruppe junger Rucksacktouristen drängte nun an das Brunnengitter heran. Sie unterhielten sich in einer slawisch klingenden Sprache. Lukas identifizierte es als Polnisch, die Sprache des verstorbenen Papstes Johannes Paul II.

Lukas sah schon wieder auf die Uhr. Gerade einmal sieben Minuten waren vergangen. Er fragte sich, ob die Tasche noch hinter ihm stand.

„Herr von Stetten! Ach wie schön, Sie wieder einmal zu treffen", trällerte es plötzlich neben ihm. *Mist!* Fast hätte er laut geflucht. Sieglinde Meister, Gastseelsorgerin der Marienkirche. Ausgerechnet! Er musste sie loswerden. Aber wie? Sie war für ihre Hartnäckigkeit berüchtigt. Sie kümmerte sich um die Touristenführungen in der Marienkirche, vor allem aber trieb sie die Spenden der Kirche ein.

Jetzt maß Sieglinde Meister Lukas wie ein Metzger seinen besten Braten. Zweifellos hatte sie ihn als Opfer für die nächste Spende auserkoren. Sie linste an ihm vorbei und rief: „Oh, Sie kommen gerade vom Sport? Sehr löblich, das hält Geist und Körper zusammen!" Eifrig wippte ihr grauer Dutt im Rhythmus ihrer Worte mit.

Vielen Dank, Frau Meister! Immerhin wusste Lukas jetzt, dass sich seine Tasche noch an Ort und Stelle befand.

Soviel zur Theorie, dass es keinen besseren Ort für die Übergabe geben konnte als den Schönen Brunnen, seufzte Lukas im Stillen. Leider machte die Frau keine Anstalten, zu gehen. Unruhig wechselte er von einem Bein auf das andere, im Bewusstsein, dass der Entführer ihn beobachtete.

Frau Meister setzte eben zu ihrer üblichen Spendenrede an, als sie plötzlich die Hände vor den Mund schlug. „Jessas, aber das gibt es doch nicht", rief sie aus. „Ja, hat man sowas schon einmal gesehen? Ist der denn verrückt geworden?"

Lukas konnte nun auch ein rasch näherkommendes Motorengeräusch ausmachen. Er stand wie erstarrt und durfte sich auf keinen Fall umdrehen. Der Entführer! Er preschte über den Marktplatz!

Frau Meister stieß plötzlich einen schrillen Schrei aus und machte einen Satz auf den Brunnen zu, als wollte sie über das Geländer hüpfen. Dann war das Gefährt da, der Fahrer schnappte sich die Sporttasche und raste in die entgegengesetzte Richtung davon.

Ein Moped! Natürlich! Die Menge teilte sich vor ihm wie das rote Meer, Menschen kreischten und sprangen in Panik zur Seite. Frau Meister selbst schrie noch immer, steckte damit einige ältere Damen an und irgendein Idiot kam auf die unheilvolle Idee und brüllte: „Eine Bombe, eine Bombe!" Ein Hauch von Wahnsinn machte sich breit und pflügte wie eine unheilvolle Welle quer durch den Hauptmarkt.

Noch mehr Menschen schrien, wussten nicht, was eigentlich los war und wohin sie fliehen sollten, und stoben deshalb einfach wild in alle Richtungen davon. Schlagartig fand sich Lukas inmitten einer menschlichen Stampede wieder. Er drückte sich eng gegen das Brunnengitter. Immerhin hatte die Menge Frau Meister verschluckt.

Wie aus dem Nichts tauchte James Fonton neben Lukas auf und packte ihn am Arm. „Kommen Sie, Herr von Stetten. Es ist vorbei."

„Was fällt Ihnen ein, Fonton?", fuhr ihn Lukas heftig an und entriss ihm seinen Arm. „Sie sollten doch beim Wagen bleiben."

„Ihr Vater hat mich beauftragt, auf Sie aufzupassen. Genau das tue ich."

„Ich komme alleine klar", rief Lukas aufgebracht. „Die Anweisung lautete, mich eine Stunde lang nicht zu rühren. Genau das werde ich tun. Ich gefährde doch nicht das Leben meiner Familie. Verschwinden Sie, Fonton."

„Der Entführer wird nicht kommen."

„Was soll das jetzt? Er hat das Lösegeld längst."

„Irrtum. Das Geld wurde soeben gestohlen."

„Was? Sind Sie verrückt geworden?"

„Glauben Sie mir, es ist so. Die Übergabe ist geplatzt."

Um sie herum begann sich der Platz langsam zu lichten. Polizeisirenen waren zu hören.

„Und was macht Sie da so sicher?" Lukas weigerte sich weiter, Fonton zu glauben.

„Weil ich den Dieb erkannt habe."

Am Rande des Platzes stieß jemand einen Fluch aus, steckte sein Fernglas weg und verließ die Szene.

KAPITEL 23

Knapp zwei Stunden später hatte sich in der Bibliothek der Villa des Industriellen Heinrich von Stetten eine größere Runde versammelt.

Anwesend waren die beiden Kriminalbeamten Kreitmeier und Rath, die das Mädchen Jeanette erneut begleitet hatten, diesmal zusammen mit ihrer Mutter, sowie Lukas' Vater, Lukas, Lucie und James Fonton.

Lukas war ganz schlecht vor Angst um seinen Sohn und Magali. Lucie spürte seine Verzweiflung. Sie saß dicht neben ihm, griff nach seiner Hand und drückte sie fest.

Jeanette war noch am Rande des Hauptmarktes durch einen dort von James Fonton postierten Mann abgefangen worden.

Die Sporttasche mit dem Lösegeld und der Akte parkte derweil zwischen Fontons Füßen.

Lukas starrte die Tasche böse an. Die fehlgeschlagene Übergabe lag wie eine unheilvolle Prophezeiung über ihm. Das Mädchen hatte erneut alles gefährdet. Er wollte nicht an die Konsequenzen für seine Familie denken, doch die Drohung des Entführers, dass seine Frau Magali sterben würde, bohrte sich in sein Ohr. Dabei hatte er alles getan, was die Entführer verlangt hatten! Alles schien sich gegen ihn verschworen zu haben.

Sein Vater Heinrich hatte aufgrund der jüngsten Ereignisse darauf gepocht, dass sie die Polizei nicht weiter außen vor lassen konnten. Die Diskussion darüber war in vollem Gange. Darüber hinaus hatten sie keine Verfügungsgewalt über den minderjährigen Teenager, konnten Jeanette auch nicht gegen ihren Willen festhalten. Aus diesem Grund hatte James Fonton sie der Polizei noch am Marktplatz übergeben.

Nachdem man Lukas über Jeanettes Rolle in dem Entführungsdrama aufgeklärt hatte, hatte er sich nur mit Mühe zurückhalten können. Sie war nichts weiter als ein verblendetes Kind, das sich darin verrannt hatte, ihn zu verehren wie einen Popstar.

Auf einen Wink Kreitmeiers hin wurde sie nun von ihrer Mutter hinausgeführt. Das Mädchen schien viel zu verwirrt, als dass es begreifen konnte, was es angerichtet hatte. Sie sandte flehentliche Blicke in Lukas' Richtung. Er sah sie nicht an.

Lukas war neben allem auch wütend auf seinen Vater. Er hatte ihn hintergangen und ihn entgegen ihrer Vereinbarung weiter durch Fonton und seine Leute observieren lassen.

So viel stand fest: Jeanette hatte nichts mit der Entführung zu tun. Sie hatte sich nur ein zweites Mal zur falschen Zeit am falschen Ort eingemischt. Andererseits, überlegte Lukas weiter, wenn Fontons Mann sich das Mädchen mit dem Lösegeld nicht geschnappt hätte, dann wäre sie womöglich dem Entführer in die Hände gefallen. Dann hätte die Angelegenheit für den Teenager weit weniger glimpflich ausgehen können.

Er erhob sich abrupt und griff nach der Sporttasche. Sofort versiegten alle Wortgefechte, als hätte jemand den Ton abgestellt. Alle Blicke wandten sich dem jungen Vater zu.

„Was hast du vor, Lukas?", fragte Heinrich von Stetten in die entstandene Stille hinein.

„Ich gehe nach Hause. Meine einzige Hoffnung ist, dass der Entführer sich nochmals bei mir meldet und mir glaubt, dass ich mit der Aktion auf dem Hauptmarkt nichts zu tun hatte. Ab sofort handele ich allein. Und mit *allein* meine ich allein. Ich verbitte mir jegliche Einmischung, weder durch dich, Vater, noch durch deine Leute oder die Polizei. Sie haben bisher nichts erreicht, außer die Situation verschlimmert." Lukas sah jeden der Anwesenden, bis auf Lucie, der Reihe nach streng an. „Guten Tag." Er stürmte aus dem Raum.

Fonton suchte den Blick seines Arbeitgebers. Heinrich von Stetten nickte ihm ernst zu: „Folgen Sie ihm und bewachen Sie das Geld, aber greifen Sie nicht in die Übergabe ein. Ich will meinen Enkel lebend zurück. Ich stimme meinem Sohn zu. Lassen wir ihn die Sache allein zu Ende bringen."

KAPITEL 24

Das eigene Zuhause ist für jeden Menschen ein Ort der Sicherheit - ein Unterpfand für Geborgenheit, Licht und Wärme. Seit 24 Stunden war es das für Lukas nicht mehr. Er betrat das kleine Reihenhaus beinahe widerstrebend. Seine Schwester hatte sich ihm unaufgefordert angeschlossen. Lucie war der einzige Mensch, dessen Nähe er im Moment ertragen konnte.

Lucie, selbst gefangen zwischen ihrer Sorge um Matti und Magali und der Trauer über den Tod ihres Freundes Jules, konnte die Wut und Verzweiflung ihres Bruders spüren.

Lukas verfügte im Grunde über kaum weniger Temperament als seine vor Energie strotzende Schwester. Nur dass Lucie davon wie ein beschwingter Sprühregen umgeben war, den sie verschwenderisch verteilte. Lukas' Temperament hingegen lauerte tiefer auf seine Gelegenheiten, es ruhte unter seiner Oberfläche, gebändigt durch seine Disziplin. Es waren Situationen wie diese, sinnlos und unbegreiflich, die seine Beherrschung zum Einstürzen brachte. Dann brach sich seine Leidenschaftlichkeit Bahn.

Lukas' Sinne waren auf das Telefon gerichtet. Mehrmals hob er den Hörer ab, um sich zu vergewissern, dass der Apparat funktionierte, oder er prüfte das Display seines Handys auf Nachrichten. Lukas durchlebte die schlimmste aller Foltern: das Warten.

Wie reagierten skrupellose Kriminelle, wenn ihnen zum Greifen nahe fünf Millionen Euro durch die Lappen gegangen waren? Wenn sie alles mitverfolgt hatten, wovon auszugehen war, dann hatten sie sicher auch registriert, dass er sich nicht an ihre Anweisung gehalten hatte, sondern Fonton zur Stelle gewesen war.

Wieder einmal hatte sich sein Vater über seinen Willen hinweggesetzt. So war er immer schon gewesen: Er plante und herrschte über seine Familie, genauso wie er über sein Firmenimperium herrschte.

Lukas war fast wahnsinnig vor Angst um Matti. Bilder suchten ihn heim, eines grausamer als das andere. Er sah Matti blutend in einem dunklen Raum liegen und nach seinem Vater rufen. Er sah, wie die Entführer seine Frau umbrachten und ihren Leichnam neben Matti liegen ließen. Fast wünschte er sich jetzt, dass Magali mit der van Kampen unter einer Decke steckte, dass sie und sein Sohn noch in der Villa in Barcelona wären.

Das Telefon stand vor ihm, ein Apparat ohne Seele oder Urteil, weder gut noch böse, nur ein Ding aus Kunststoff.

Zwei Stunden blieb das Telefon stumm. Stunden, in denen Lukas von sämtlichen Dämonen heimgesucht wurde.

Als das Telefon endlich läutete, wurde Lukas so sehr von Panik übermannt, dass er paradoxerweise einige Sekunden zögerte. Ausgerechnet jetzt war er allein. Lucie hatte wenige Minuten zuvor beschlossen, mit den Hunden eine Runde spazieren zu gehen.

Lukas' Hand zitterte, als er das Gespräch entgegennahm.

Eine verzerrte Stimme sagte kalt: „Sie haben einen letzten Versuch, von Stetten. Ich warne sie. Noch ein Fehlschlag, und Ihre Frau stirbt und Ihr Sohn verliert ein Ohr oder einen Finger. Ihr Kleiner darf es sich aussuchen." Der Anrufer ließ ein böses Lachen hören.

Die Drohung des Entführers ließ alles Blut aus Lukas' Gesicht strömen. Er hielt das Telefon mit beiden Händen umklammert. „Ich will mit meiner Frau sprechen, sonst halte ich die Akte zurück", forderte er mit verzweifelter Entschlossenheit.

Der Mann lachte schallend, als hätte ihm Lukas einen guten Witz erzählt. „Machen Sie sich nicht lächerlich", sagte er dann gefährlich ruhig. Auf jedem einzelnen Wort schien eine weitere Drohung zu liegen.

Lukas versuchte zu insistieren, doch der Mann fiel ihm ins Wort, nannte Zeit und Ort der Übergabe und wies ihn an, sein Mobiltelefon zurückzulassen. Dann brach er das Gespräch ab.

Lukas blieb weniger als eine Stunde. Er musste sofort los. Er nahm sich nicht einmal mehr die Zeit, Lucie eine Nachricht zu hinterlassen. Er zog die Sporttasche unter dem Küchentisch hervor und verließ das Haus.

Er fuhr direkt an der zurückkehrenden Lucie vorbei, ohne auf ihr Winken zu reagieren. Er sah sie nicht einmal.

Plötzlich schreckte ihn das Klingeln eines Mobiltelefons auf. Seines konnte es nicht sein, er hatte es wie befohlen zu Hause gelassen. Das erste, was ihm durch den Kopf schoss, war, dass Fonton ihm eines in die Tasche geschmuggelt haben könnte, um ihn jederzeit orten zu können. Er biss die Zähne zusammen, um einen Fluch zu unterdrücken. Dann merkte er selbst, wie unsinnig der Gedanke war. Warum sollte Fonton ihn dann anrufen? Außerdem klang der Ton nicht gedämpft, wie es der Fall gewesen wäre, wenn das Handy sich in der Tasche befunden hätte. Das Klingeln schien vom Beifahrersitz zu kommen. Weiter auf den dichten Feierabendverkehr achtend, tastete Lukas hektisch mit der Hand auf dem Sitz umher. Schließlich fand er das Telefon halb eingeklemmt zwischen Sitz und Rückenlehne.

„Hallo?“, schrie er atemlos hinein.

„Kleine Planänderung, von Stetten“, drang die Stimme des Entführers an sein Ohr. Er oder ein Komplize musste ihm das Handy in seinen Passat geschmuggelt haben. „Ich will keine weiteren Überraschungen erleben“, fuhr er fort und nannte Lukas einen neuen Treffpunkt: Einen verlassenen Schrottplatz im Nürnberger Westen.

Lukas besaß kein Navi und die Adresse war ihm unbekannt. Er fuhr an den Straßenrand und kramte einen zerfledderten Stadtplan aus dem Handschuhfach. Wie ursprünglich gefordert, war er an der Anschlussstelle Nürnberg-Zollhaus auf die Südwesttangente aufgefahren. Das bedeutete, er musste umkehren.

Vor Aufregung hätte er dann beinahe die Ausfahrt Königshof übersehen. Er schlidderte mit quietschenden Reifen vor einem LKW auf die rechte Spur, fuhr eine Schleife und setzte seine Fahrt in der entgegengesetzten Richtung fort.

Auf der gegenüberliegenden Fahrbahn fluchte Fonton laut. Er hatte Lukas‘ abruptem Manöver nicht rechtzeitig folgen können und verlor ihn aus den Augen.

Es war kurz vor 17:00 Uhr; der Nürnberger Berufsverkehr kam immer mehr in Fahrt und mit ihm Lukas‘ Befürchtung, dass er es nicht rechtzeitig zur Übergabe um 17:30 Uhr schaffen würde. Rote Ampeln, in zweiter Reihe parkende Lieferwagen und Baustellen, die jedes Frühjahr wie Pilze aus dem Boden schossen, zerrten zusätzlich an seinen Nerven.

Seine Uhr zeigte 17:33 Uhr an, als er an dem verlassenen Schrottplatz anlangte. Das Tor, auf dem ein Schild die Öffnungszeiten verkündete, stand offen.

Lukas fuhr in den Hof und hielt in der Mitte des weitläufigen Platzes an. An dessen Rändern türmten sich ausgeschlachtete Autoskelette in den Himmel, wie nach einem apokalyptischen Anschlag. Ihm gegenüber, am Ende der kurzen Zufahrtstraße, befand sich eine baufällige Baracke, auf die jemand mit Farbe hochtrabend `Büro´ geschrieben hatte. Direkt daneben stand eine Hundehütte. Sie war erschreckend groß. Lukas konnte nur hoffen, dass sie genauso verlassen war wie der Schrottplatz.

Das Adrenalin rauschte in seinen Adern, während er sich umsah, unschlüssig, was als Nächstes von ihm erwartet wurde. Er hatte das Mobiltelefon auf der Mittelkonsole abgelegt und starrte auf das Display. Es zeigte inzwischen 17:36 Uhr an.

Sollte er aussteigen oder im Wagen sitzen bleiben? Mit Sicherheit beobachteten ihn die Entführer aus ihrem Versteck irgendwo hinter den Autowracks.

Ob sie zuerst das Lösegeld sehen wollten, bevor sie selbst in Erscheinung traten? fragte er sich. Lukas öffnete langsam die Fahrertür, griff sich die Sporttasche und stieg aus.

Die Tasche platzierte er einige Meter weit vom Fahrzeug entfernt. Er zögerte kurz, dann zog er den Reißverschluss ganz auf, so dass mit einem Fernglas die gebündelten Banknoten für die Entführer gut erkennbar sein würden. Lukas griff nach dem Päckchen mit Rabeas Akte. Er hatte das Päckchen wohl oder übel vor der ersten Übergabe geöffnet, um sich zu vergewissern, dass es sich tatsächlich um die geforderten Unterlagen handelte. Der Inhalt der Akte, ein Micro-SD-Chip, ein Dutzend verschwommene Wüstenfotos und ungefähr zwanzig Seiten verschlüsselter Papiere, hatten letzte Zweifel ausgeräumt. Er hob den grünen Aktendeckel mit gestreckten Armen über seinen Kopf und drehte sich einmal um seine eigene Achse. Dann legte er sie gut sichtbar oben auf der Tasche ab. Er kehrte zu seinem Wagen zurück und setzte sich wieder hinein. Die Tür ließ er offen.

Er wartete. Nichts geschah. Eine halbe Stunde verging, alles blieb ruhig. Lukas rief sich nochmals die Koordinaten des Schrottplatzes in Erinnerung. Er war am richtigen Ort. Er hielt das Handy der Entführer jetzt in der Hand und checkte alle paar Sekunden, ob eine Nachricht mit neuen Anweisungen eingetroffen war.

Schließlich hielt der junge Mann es nicht mehr im Wagen aus. Er beschloss, sich wenigstens kurz die Beine zu vertreten.

Er war kaum ausgestiegen, als um ihn herum das Inferno ausbrach. Erst hörte er laute Rufe, gefolgt von mehreren Schüssen und dann gingen gleich mehrere der ausgeschlachteten Fahrzeuge in einer ohrenbetäubenden Explosion in Flammen auf.

Lukas stand wie paralysiert inmitten des Geschehens. Ein Schuss schlug in die Hintertür seines Wagens ein. Er registrierte ihn nicht. Fassungslos verharrte er an Ort und Stelle. *Was geschah hier gerade?*

Hinter ihm sprintete jemand heran und brüllte: „Steig in den verdammten Wagen, Lukas.“ Diese Stimme! Doch Lukas war unfähig sich zu rühren.

Jules stieß ihn mit voller Wucht um, während weitere Kugeln neben ihnen einschlugen. Jules zerrte Lukas hoch und bugsierte ihn in den Wagen, warf die Tasche hinterher und raste mit quietschenden Reifen davon. Erst als er nach einigen Minuten wilder Fahrt sicher sein konnte, dass niemand sie verfolgte, hielt er in einer ruhigen Seitenstraße an.

„Bei Allah, Lukas! Habe ich dir nicht beigebracht, dass man auch einmal den Kopf einziehen muss?“, fuhr Jules ihn an.

Keine Reaktion. Lukas saß reglos auf dem Beifahrersitz und starrte vor sich hin.

„Lukas, bist du verletzt? Wenn ja, sag‘s mir, damit ich dir helfen kann.“ Jules packte ihn an der Schulter und tastete seinen Freund auf Schusswunden ab. *Merde, Blut.* Lukas linker Arm war getroffen. Jules beugte sich über ihn und untersuchte die Wunde genauer. Nur ein Streifschuss.

Lukas hatte die Untersuchung ohne Reaktion über sich ergehen lassen. Ein einziger Gedanke beherrschte ihn: *Gescheitert, er war wieder gescheitert! Sein Sohn und seine Frau waren so gut wie tot, tot, tot…*

Jules überschüttete ihn mit einem Wortschwall. Erst als er mehrmals hintereinander gesagt hatte: „Hörst du Lukas, Matti geht es gut. Matti geht es gut, okay?“, sickerten die Worte in sein Bewusstsein und kehrte Bewegung in den Erstarrten zurück.

Widerstrebend wandte er sich der Stimme zu. Er erkannte Jules. *Aber Jules war doch tot?* War er auch tot? Irgendwie freute es ihn und unwillkürlich trat ein Lächeln auf sein Gesicht.

Jules sah es und ärgerte sich. *Sieht diesem Ex-Pfaffen ähnlich, jetzt in andere Gefilde abzudriften!* Mit einem „Entschuldige das jetzt, bitte“, verpasste er seinem Freund eine schallende Ohrfeige.

Was sämtliche Trompeten Jerichos nicht vermocht hätten, der Ohrfeige gelang es: Sie ließ seinen Freund wie einen Stein aus den himmlischen Gefilden in die Wirklichkeit zurückplumpsen. „Was?“, japste Lukas und rieb sich die schmerzende Wange, aber seine Augen belebten sich sichtlich. „Jules? Aber…du bist doch tot?“, stammelte er.

„Ich hoffe sehr, du bist froh, dass ich es nicht bin“, erwiderte Jules. „Und sorry für die Ohrfeige, sie war nötig.“

Lukas hielt sich die Wange, während er damit rang, die Bilder der letzten Stunden in die richtige Reihenfolge zu bringen. Dabei war es nicht hilfreich, dass sein Kopf summte wie ein Bienenkorb.

„Du hast einen Schock erlitten, Lukas. Ich musste dich ins rechte Lot rücken.“ Das hatte Jules‘ Vater immer zu ihm gesagt, wenn er ihn verprügelt hatte, weil er etwas angestellt hatte. Jules war von ihm oft ins rechte Lot gerückt worden.

„Was ist passiert?“, fragte Lukas und bewegte den Mund, um zu prüfen, ob sein Kiefer noch intakt war.

„Woran kannst du dich noch erinnern?“

Lukas kniff die Augen zusammen. Die gedankliche Rückkehr zum Schrottplatz-Desaster bohrte sich in ihn wie die Lanze des Longinus in die Seite von Jesus. Es fachte seine Wut erneut an. „Warum hast du mich daran gehindert, meine Familie freizukaufen?“, fuhr er seinen Freund an.

„Lukas, hör mir zu. Es ist nicht so…“

„Nein, du hörst mir jetzt zu“, unterbrach ihn Lukas aufgebracht. „Irgendwo da draußen sind mein Sohn und meine Frau und sie haben Todesangst. Sie verlassen sich auf mich, dass ich sie aus den Händen dieser geldgierigen Schweine rette. Aber das kann ich nicht tun, weil mir ständig jemand dazwischenfunkt. Erst dieses Mädchen, und nun du. Wieso lebst du überhaupt noch?“

Wenigstens hat Lukas keinen Filmriss. „Wirklich schön zu sehen, wie du dich freust, mich zu sehen. Hast du nicht verstanden, was ich gesagt habe?“

„Was denn?“, brüllte Lukas, am Ende seiner Geduld.

„Ich sagte dir, dass es Matti gut geht!“

Der Sinn der Worte schien sich nur langsam bei Lukas durchzusetzen. „Was soll das heißen, Matti geht es gut?“ Eine ungeheuerliche Hoffnung, dass sein Freund Matti und Magali bereits befreit hatte, überkam ihn. Jules wäre das durchaus zuzutrauen. Doch seine nächsten Worte machten diese Hoffnung sofort wieder zunichte.

„Das heißt, dass du beinahe Lösegeld an einen Betrüger bezahlt hättest. Deine Familie befindet sich weiter bei der van Kampen in Barcelona. Los, verschwinden wir von hier."

Jules hatte immer wieder prüfend in den Rückspiegel geblickt. Er war mehrmals abgebogen und parkte in einer Nebenstraße eines gleichförmigen Wohngebietes. Aber es war immer möglich, dass sie entdeckt wurden. Er nahm sich trotzdem die Zeit, um eine Nachricht per Smartphone abzusetzen.

„Was tust du? Wem schreibst du? Geht dein Handy wieder?"

„Ist Kaschinskis. Ich gebe der Polizei die Adresse des Schrottplatzes durch. Ich habe da ein wenig Abfall hinterlassen."

„Abfall?"

„Gleich." Jules startete den Wagen. Dann berichtete er dem fassungslosen Lukas, was sich seit dem Vorfall im Garten der van Kampen ereignet hatte: „Du wolltest wissen, Lukas, ob ich Kaschinski traue. Ich sagte nein, aber dass gekaufte Loyalität genügen muss. Leider nicht einmal das."

„Wie kommst du darauf? Was ist mit Kaschinski?"

„Als er mir eine kugelsichere Weste anbot, habe ich aus einem Gefühl heraus behauptet, dass ich diese grundsätzlich ablehne. Tatsächlich trug ich meine eigene. Die Weste hat mir das Leben gerettet. Glaub mir, ein Schuss in den Rücken fühlt sich trotzdem an, als hätte dich ein Kamel getreten. Wieder wach wurde ich, weil es um mich knallte wie auf den Golanhöhen. Dabei war es nur ein Feuerwerk. Die Van-Kampen-Party war noch im vollen Gange, aber Kaschinski und du, ihr wart spurlos verschwunden. Ich schlich mich an Magali heran, aber sie hatte nichts mitbekommen. Wir konnten nur kurz sprechen, weil wir von Van-Kampen-Gorillas gestört wurden. Aber Magali hat mir versichert, dass sie und Matti bald nach Hause kämen. Ich vertraue ihr, mein Freund", ergänzte Jules.

Lukas wollte etwas erwidern, doch sein Freund schnitt ihm das Wort sofort ab: „Merde, deine unchristliche Vorverurteilung steht dir wie ein Bibelvers im Gesicht. Warte damit. Danach bin ich zum Eingang, wo noch der Lieferwagen stand und fuhr zum Hotel zurück."

„Moment", fiel ihm Lukas doch ins Wort. „Wenn du uns gestern schon gesucht hast, warum bist du dann nicht gleich nach Nürnberg zurückgeflogen?

Das Flugzeug meines Vaters stand noch am GAT. Überhaupt, warum hast du nicht Lucie bei mir zuhause angerufen?“

„Weil ich Pech hatte. Als ich das Hotel wieder verließ, wartete schon die Polizei auf mich. Unsere temperamentvolle Gärtnerin war befreit worden und hatte ihr Fahrzeug als gestohlen gemeldet. Ich hatte keine Chance, die haben mich mit gezogenen Waffen einkassiert. Richtig brenzlig wurde es, als sie die Waffe bei mir gefunden haben. Gut, dass ich keine Papiere dabeihatte, sonst hätte ich richtig in der Tinte gesessen. Telefonieren ließen sie mich nicht. Heute Vormittag wollten sie mich verlegen und erst da konnte ich türmen. Ich habe ein Auto geknackt und bin sofort zum Flughafen. Wer rechnet damit, dass ein Autodieb über einen Firmen-Jet verfügt?“ Jules grinste.

„Ich verstehe trotzdem nicht“, meinte Lukas verwirrt. „Wenn du schon heute zurück in Nürnberg warst, wieso bist du dann nicht sofort zu mir gekommen, sondern platzt stattdessen mitten in die Lösegeldübergabe?“

„Weil ich den Vorteil nutzen wollte, tot zu sein. Wir wurden von Kaschinski hereingelegt, Lukas. Alles, was er erzählt hat, war gelogen. Es gibt keine neuen Entführer. Die Forderung von fünf Millionen Euro kam von ihm selbst. Er ist das, was man einen Doppelagenten nennt, mit dem Arsch immer da, wo das Toilettenpapier am weichsten ist. Ich hatte mich deshalb an seine Fersen gehängt, um herauszufinden, wer seine Hintermänner sind. Ich…“

„Moment! Wenn ich dich richtig verstanden habe, sind Magali und Matti immer noch in Barcelona und Kaschinski hat den Überfall dort auf uns nur inszeniert, um an das Geld zu kommen?“

„Schon, aber nicht nur deshalb.“

„Heißt das, er hat auch den Überfall auf die van Kampen erfunden?“

„Welchen Überfall?“

„Kaschinski hat behauptet, eine Bande Russen hätte das Anwesen der Holländerin überfallen, alle Gäste bestohlen und anschließend in den Keller gesperrt.“

„Merde, das war schlau. Damit hat er verhindert, dass du nochmals in die Villa zurückkehrst und Kontakt mit der van Kampen aufnimmst. Dann wäre sein doppeltes Spiel aufgeflogen.“

„Das heißt, er hat das Ganze inszeniert, um selbst einige Millionen abzukassieren?“

„Es geht um mehr als nur um das Geld, Lukas. Deshalb musste ich die Übergabe um jeden Preis verhindern. Kaschinski habe ich erwischt. Leider ist mir sein Komplize entkommen und zwar, weil *du,* Lukas, auf dem Platz standest wie eine Zielscheibe. Ich hatte die Wahl zwischen dir und ihm. Er hätte dich kaltgemacht."

Lukas brütete kurz über das Gehörte nach. „Wenn es Kaschinski nicht allein um das Geld gegangen ist, muss es Rabeas Akte sein. Was ist…"

„Jetzt nicht", wiegelte Jules ab. „Wenn wir bei dir sind, erzähle ich dir alles. Aber vorher müssen wir die Tasche an einen sicheren Ort bringen. Wir machen einen Umweg." Jules' Kopf vollzog eine Bewegung, die der einer Schildkröte ähnelte, die sich bei Gefahr in den Panzer zurückzog.

Die Beobachtung ließ Lukas stutzen. Sie hinterließ den Eindruck von Verlegenheit. Er kannte Jules erst seit zwei Jahren, aber sie hatten gemeinsam einige Extremsituationen durchgestanden. Verlegenheit war etwas, das er bei seinem Freund noch nie beobachtet hatte. Verschwieg er ihm etwas? Ging es um Magali? Wusste er mehr über ihren Betrug? Oder ging es doch um die Akte? Plötzlich musste er an Kaschinskis Andeutungen über Jules denken. Enthielten sie womöglich ein Körnchen Wahrheit? Spielte auch Jules ein falsches Spiel? Aber nein. Lukas schüttelte seine Zweifel ab. Was war nur in ihn gefahren? Allein der Gedanke daran war absurd. Plötzlich war auch Lukas verlegen und er tastete nach seiner geschwollenen Wange. Dabei schoss ein Schmerz durch seinen rechten Arm. Verwundert starrte er auf seinen blutigen Ärmel.

„Ah, auch schon gemerkt? Ist nur ein Streifschuss, keine Sorge", meinte Jules mit einem Seitenblick.

Er fuhr zügig, ließ aber den Rückspiegel dabei selten aus den Augen. Erst als er sich sicher war, nicht verfolgt zu werden, steuerte er die kleine Synagoge an, der Rabbi Rosenthal früher vorgestanden hatte. Lukas kannte sie gut. Er runzelte die Stirn. „Was machen wir hier?", fragte er verständnislos.

„Wir lassen die Akte hier. Rabbi Silbermann ist ein Freund. Sie ist hier sicher. Ich möchte nicht mit ihr im Dürerweg antanzen."

„Du meinst, dass Kaschinskis Komplizen dort auf uns warten könnten?" Plötzlich wurde Lukas leichenblass. Er packte Jules am Arm, da er sofort daran gedacht hatte, was damals in Rom geschehen war. „Mein Gott, Lucie ist dort allein. Sie könnten ihr etwas antun! Wir müssen sofort…"

„Ruhig Blut, Lukas", unterbrach ihn Jules. „Lucie ist in Sicherheit. Ich habe vor der Aktion auf dem Schrottplatz deinen Vater informiert. Fonton und seine Leute sind bei ihr und die Polizei vermutlich auch. Ich glaube kaum, dass Kaschinskis Komplize dort auftaucht, um sich schnappen zu lassen." Jules öffnete die Wagentür. „Warte hier, Lukas. Ich bin gleich zurück." Er zog die Akte aus der Sporttasche, barg sie unter seinem Blouson und verschwand in der Synagoge.

Lukas blieb sprachlos zurück. Also wusste Jules über die Akte Bescheid. Aber warum versteckte er sie ausgerechnet in einer Synagoge?

Wenige Minuten später kehrte sein Freund zurück. In der Tür zur Synagoge tauchte ein runder Mittvierziger mit Nickelbrille auf. Er nickte Lukas von weitem ernst zu.

Jules stieg ein.

„Woher kennst du Rabbi Silbermann so gut?", empfing ihn Lukas einigermaßen irritiert.

„Durch Rabeas Großvater." Jules startete den Wagen und fuhr los.

„Was enthält diese Akte? Was weißt du über sie?"

„Nicht hier. Ich sagte doch, lass uns bei dir reden."

KAPITEL 25

Keine fünfzehn Minuten später erreichten sie den Dürerweg. Jules fuhr den Wagen sofort in die Garage. Mit den Einschusslöchern wollte ihn Lukas nicht in der Auffahrt stehen haben. Es reichte schon, dass wegen ihm und seiner Familie hier alles von Polizei wimmelte.

Denn Jules hatte Recht behalten. Lukas' Vater und auch die Polizei überließ nichts mehr dem Zufall. Das Viertel war tatsächlich abgeriegelt worden. Fonton selbst hatte seine halbe Mannschaft aufgeboten, um das Anwesen zu überwachen.

Lukas und Jules gingen rasch ins Haus. Lucie hatte bereits ungeduldig auf Lukas gewartet. Weder ihr Vater noch die Polizei hatten ihr gesagt, wem sie den martialischen Aufmarsch vor ihrer Tür zu verdanken hatte.

Als Lucie hinter ihrem Bruder ihren vermeintlich toten Freund erspähte, stürzte sie sich mit dem Aufschrei: „Ha, ich wusste es!", auf den Libanesen und warf ihn dabei fast um. Schluchzend hing sie an seinem Hals. Dann löste sie sich kurz und fragte: „Was ist mit Matti und Magali?"

Lukas schüttelte den Kopf. Trotzdem fand Lucie, dass ihr Bruder einen alles in allem gefassteren Eindruck vermittelte als noch vor zwei Stunden.

Lucie trocknete ihre Tränen und forderte: „Ich will alles wissen. Was ist passiert? Und warum habt ihr die Tasche wieder dabei?" Lucie hatte sie in Jules' Hand erspäht.

Hinter ihnen waren unvermittelt leise Schritte zu hören. Jules, der Ex-Agent, schnellte herum.

Rabeas Großvater erschien im Türrahmen der Küche. Er hatte die Stille zuhause nicht mehr ertragen und sich zu Lucie geflüchtet.

Der Rabbi sah elend aus: Bleich und eingeschrumpft, als zehrte eine schlimme Krankheit an ihm. Jules erschrak. Als er ihn vor Wochen zuletzt gesehen hatte, war es ihm noch gut gegangen. Jules dachte sofort an Rabea. War ihr etwas passiert? Er begrüßte seinen väterlichen Freund mit einer festen Umarmung. Der Rabbi flüsterte hastig: „Ich muss dich dringend sprechen, Jules."

Durch die Vielzahl der parallel ablaufenden Ereignisse hatte Jules nicht mehr an Rabeas Großvater gedacht. Eigentlich hätte er sich gestern bei ihm melden sollen, aber sein verdammtes Handy hatte die Besenkammer nicht überlebt.

An Lukas gewandt sagte Jules: „Ich nehme an, du willst heute noch nach Barcelona zurück, um mit der van Kampen zu sprechen?"

„Natürlich, es ist erst halb acht."

„Gut, wir fliegen in einer Stunde. Ich kümmere mich gleich um den Slot in El Prat. Aber Lukas, Freund, du siehst schlecht aus. Lass Lucie deinen Arm versorgen."

„Es ist doch nur ein Kratzer", wehrte Lukas ab. „Ich spüre ihn gar nicht."

„Was ist mit deinem Arm?" Lucie war besorgt nähergetreten. Im dunklen Flur hatte sie es nicht gleich gesehen. „Heilige Scheiße, du blutest ja."

„Ich sagte doch, es ist nichts."

„Von wegen. Komm mit ins Bad." Lucie zerrte ihn bereits mit sich fort in Richtung Treppe. Widerstrebend fügte sich Lukas der schwesterlichen Gewalt.

Jules schob den Rabbi ins Wohnzimmer und schloss die Tür. Endlich allein platzte Rabeas Großvater sofort mit der Hiobs-Botschaft heraus: „Die Friedhofsverwaltung hat sich gestern Morgen gemeldet. Rabeas Grab wurde geschändet. Sie nehmen an, dass ihre sterblichen Überreste gestohlen worden sind, weil der Sarg leer war. Was hat das zu bedeuten, Jules?" Der Rabbi rang die Hände.

„Merde", entfuhr es Jules. Er schlug die Faust in seine linke Handfläche. „Wer immer das war, weiß jetzt, dass wir nicht Rabea beerdigt haben."

„Mir ist ganz elend. Was können wir tun? Kannst du meine Enkeltochter nicht irgendwie anders erreichen als zum vereinbarten Zeitpunkt?" Ängstlich sah der Rabbi ihn an.

Jules gab sich Mühe, sich seinen Schrecken nicht anmerken zu lassen. Erst die Entführung von Lukas' Familie und jetzt auch noch das. Jules glaubte nicht an einen Zufall. Aber wie hingen die beiden Fälle zusammen? Er konnte versuchen, einen Informanten in Marokko zu erreichen. Konnte er es riskieren, dazu Kaschinskis Smartphone zu nutzen? Warum nicht? Falls es abgehört wurde, würde das zumindest weitere Rätsel aufgeben. Sein Kontaktmann und er benutzten Codenamen. Es musste sein. Er sah, dass der Rabbi kurz vor dem Zusammenbruch stand. Auch musste er Rabea unbedingt warnen. Schon tippte er die Nummer ein.

Verflixt, sein Kontakt war nicht erreichbar und man konnte ihm auch keine Nachricht hinterlassen. „Tut mir leid. Ich werde es später nochmal versuchen."

„Rabea geht es doch gut, oder? Sie können sie doch nicht so leicht finden?" Der Rabbi sah ihn an, sein Blick bettelte förmlich um eine positive Antwort.

Jules legte ihm die Hände auf die Schulter. „Nein, Rabbi. Kein Grund, vom Schlimmsten auszugehen. Ich kümmere mich darum." Jules tippte auf die Wahlwiederholung. Auch der zweite Versuch blieb erfolglos.

Der Rabbi sank entmutigt auf die Couch. „Meinst du, dass das irgendwie zusammenhängt?", fragte er nun genau das, was Jules selbst gedacht hatte. „Ich meine, das kommt mir gar nicht koscher vor, dass jetzt alles gleichzeitig geschieht, oder? Zwei Jahre ist alles ruhig. Und jetzt diese Entführung, die ganzen Einbrüche und Rabeas Grab wird geöffnet. Ich weiß nicht, ich weiß nicht…"

„Was hast du gesagt? Mehrere Einbrüche? Wo denn noch, außer bei Lukas' Eltern? Ist hier etwa auch eingebrochen worden?"

„Ja, das ist überhaupt eine komische Sache. Lucie und ich sind gestern darauf gekommen. Ich habe ihr erzählt, dass ich vorgestern das Gefühl hatte, dass jemand in meinem Haus war, aber fehlen tat nichts. Dann hat sie mir erzählt, dass Magali das gleiche Gefühl hatte, dass jemand Fremdes in ihrem Haus gewesen ist. Aber auch bei ihr wurde nichts gestohlen. Eigenartig, eigenartig…" Der Rabbi schüttelte den Kopf.

Jules zog sofort die richtigen Rückschlüsse: „Jemand ist bei dir und bei allen von Stettens eingebrochen, hat nichts gestohlen, sondern nach etwas gesucht, und zwar ohne Spuren zu hinterlassen?"

„Ja, und ich glaube, ich weiß auch, was sie gesucht haben, Jules: Sie haben das Päckchen von Rabea gesucht, das sie mir kurz vor ihrem vermeintlichen Tod geschickt hat. Ich sollte es Lukas geben."

Aha, dachte Jules grimmig. Das verstand Rabea also unter ´Sicher verwahrt`. Damit löste sich für ihn das Rätsel, wie Lukas zu dem Päckchen gekommen war. Bloß, warum hatte sein Freund es ihm gegenüber in den zwei Jahren nie erwähnt? Hatte er über den explosiven Inhalt Bescheid gewusst? Vor allem, warum brachte Rabeas Großvater es jetzt ins Spiel? „Wie kommst du darauf?", fragte er deshalb.

„Weil Rabea mich an Weihnachten gebeten hat, das Päckchen an mich zu bringen, aber ohne Lukas zu fragen. Das war ihr wichtig." Der Rabbi sprach hastig, als galoppierte das schlechte Gewissen hinter ihm her. „Dir sollte ich auch nichts sagen." Verlegenes Hüsteln.

„Kein Wunder", machte Jules seinem Ärger Luft. „Ich hätte ihr den Kopf gewaschen, aber wie. Und? Solltest du dich als Einbrecher betätigen und Lukas' Schubladen durchwühlen?"

„Aber ich wusste doch, wo das Päckchen war!", verteidigte sich der Rabbi. „Lukas hat es mir selbst erzählt und auch, dass er es nie geöffnet hat. Das war gleich nachdem er aus Urnäsch mit Magali und Matti zurückkam. Rabea meinte, ich solle Lucie um Hilfe bitten. Herrje, sieh mich nicht so an, Jules. Ich weiß, dass ich dir besser davon erzählt hätte. Ich bin zu alt für diesen Geheimniskram. Dabei ahnte ich, dass sie sich damit den nächsten Zores einbrocken wird, aber ich musste Rabea versprechen zu schweigen. Ich bin nicht nur alt, mein lieber Jules, sondern auch schwach. Ich brachte nicht die Kraft auf, mit ihr zu streiten. Sie hat mich mit einem Satz überzeugt: Dass das Päckchen die Eintrittskarte in ihr altes Leben sein könnte. Ich solle ihr vertrauen." Der Rabbi wurde immer leiser und war nur noch ein Häuflein Elend.

Jules stieß ein bitteres Lachen aus. „Allein der Satz hätte dich stutzig machen sollen, Rabea vertrauen…" Jetzt wurde Jules einiges klar. Rabea hatte die schlafenden Hunde selbst geweckt. Irgendetwas, was sie zwischen Weihnachten und heute getan hatte, hatte den Gegner auf ihre Spur gebracht.

„Ja, das kannst du mir zum Vorwurf machen, Jules: dass ich schwach gewesen bin. Um ehrlich zu sein, kurz hatte ich auch gehofft, dass Lucie das Päckchen nicht finden würde. Aber es war da. Sie verwahrt es jetzt in einem Bankschließfach." Der Rabbi konnte nicht wissen, dass die Akte Bestandteil der Forderung Kaschinskis gewesen war.

Jules seufzte vernehmlich. „Ich weiß schon Bescheid. Besser wäre es gewesen, du hättest es mir gesagt, Großvater Rosenthal. Dann wäre ich vorbereitet gewesen. Und du hast Recht: Das ist ein ziemlich dicker Brocken. Rabea versucht mal wieder das Schicksal der Welt zu verändern. Sie ist unverbesserlich. Warum kann sie nicht einmal auf mich hören? Luzifer ist ein Chorknabe gegen sie", schimpfte Jules. Der Rabbi versank noch tiefer im Sofa. Jules hatte ja so Recht.

„Ich muss meinen Kontakt erreichen. Was ist mit dem Prepaidhandy, das ich dir gegeben habe? Du hast es doch bei dir, oder?"

Leider war der Rabbi bei seinen Worten noch blasser geworden, falls dies überhaupt möglich war. Entsetzt schlug er sich auf die Stirn: „Beim Moses, ich habe das Ding glatt zuhause liegen lassen. Was bin ich nur für ein Schmock. Furchtbar, einfach furchtbar, wie alt und schusselig ich geworden bin. Herrje, herrje, jetzt kann mich Rabea ja gar nicht erreichen!"

„Welche Rabea soll dich denn erreichen?" Lucie stand in der Wohnzimmertür. Sie hielt ein volles Tablett in Händen und war so blass wie der Rabbi. „Was ist hier los? Worüber sprecht ihr? Ihr habt gerade Rabeas Namen genannt. Ich habe es genau gehört. Ich will jetzt sofort wissen, was hier los ist." Sie blitzte Jules an und es reichte auch noch für einen strengen Blick an die Adresse des Rabbis. *Sie hatte es gewusst! Er hatte ihr die ganze Zeit etwas vorgemacht.* Deshalb war er so nervös gewesen. Von wegen, dieser angebliche Einbruch, der ihn beschäftigt haben sollte. Da war noch etwas ganz anderes im Busch. Und die heimliche Päckchen-Aktion an Weihnachten hatte sicher auch etwas damit zu tun. Oh nein, sie würde sich von den beiden nicht mehr so einfach abspeisen lassen. Jetzt war Schluss mit der Geheimniskrämerei!

Jules sah Lucie gequält an, wandte sich aber zunächst an den Rabbi. Besser Rabeas Großvater war in seinem Zustand aus dem Weg, er würde sich sonst noch verraten: „Du solltest sofort nach Hause gehen, damit du erreichbar bist. Mein Handy ist defekt. Daher kann ich nicht angerufen werden."

„Natürlich, natürlich." Der Rabbi hatte sich bereits erhoben und strebte auf die Wohnzimmertür zu, wo ihm Lucie den Weg versperrte. „Ich muss gehen, Kind. Es ist wichtig." Und dann legte er Jules noch ein Ei: „Unser Freund Jules wird dir alles erklären."

Vielen Dank, Rabbi Rosenthal. Jules schnaubte, sagte aber nichts. Lucie schnaubte auch. „Also gut, aber du…", sie fixierte Jules, „bist mir eine Erklärung schuldig." Sie machte Platz und stellte das Tablett mit den Kaffeebechern auf dem Wohnzimmertisch ab.

„Welche Erklärung bist du ihr schuldig?" Lukas kam den Flur entlang und hatte Lucies letzte Worte gehört. „Oh, du willst schon gehen?", sagte er zu Rabeas Großvater.

„Ja, ich muss nach Hause. Ich störe euch nur. Ruf mich unbedingt an, wenn es etwas Neues gibt, ja, Lukas? Shalom."

„Warte, Großvater Rosenthal!" Lucie kam ihm nach. Sie öffnete die Haustür für ihn und wandte sich dort an den von Fonton postierten Bewacher: „Könnten Sie bitte dafür sorgen, dass jemand den Rabbi nach Hause fährt?"

„Natürlich, Frau von Stetten." Er winkte jemanden heran.

„Geht es dir soweit gut? Warum willst du jetzt unbedingt nach Hause gehen? Wäre es nicht besser, du bliebest hier? Zuhause bist du doch nur allein."

Der Rabbi erwiderte die Umarmung. „Nein, es ist besser, ihr bleibt erst mal unter euch, nicht wahr?"

„Wenn du das sagst…", sagte Lucie gedehnt. „Da bin ich aber mal gespannt, was Jules zu erzählen hat. Es sind mir in letzter Zeit zu viele Geheimnisse unterwegs. Ich muss mich doch sehr wundern. Ich sage nur: Weihnachten und Päckchen-Aktion! Und jetzt spielt es eine zentrale Rolle bei der Entführung. So leicht kommt ihr zwei mir nicht mehr davon. Ich lass mir von euch doch keinen Storch braten." Lucie entging nicht, wie die Augen des Rabbi kurz aufflackerten. *Ha, hab ich dich*, dachte sie. Der Rabbi und Jules kungelten gemeinsam etwas aus. *Na warte, Jules! Ich werde dich auskratzen wie einen Joghurtbecher*, dachte Lucie grimmig.

Ein Wagen fuhr vor und der Rabbi stieg ein. Lucie kehrte ins Haus zurück.

Sie hörte Jules schon im Flur fluchen. „Was ist denn los?", erkundigte sie sich bei ihm.

„Ach nichts, ich kann nur einen Freund nicht erreichen."

„Welchen Freund?"

„Nicht so wichtig."

„Oh doch, Jules. Ich will jetzt sofort wissen, was du und der Rabbi zu kungeln habt", fuhr ihn Lucie unerwartet harsch an.

„Jules und Großvater Rosenthal? Was soll das denn jetzt heißen, Lucie?", mischte sich Lukas ein.

„Das soll heißen, dass Jules aus Großvater Rosenthal eine Art Geheimagent in seinen Diensten gemacht hat. Irgendeine alte Rabea-Sache. Du hast ihn doch gesehen, Lukas. Der Arme stirbt fast vor Angst. Ganz grau war der. In was für eine verdammte Sache hast du ihn da reingezogen, Jules? Musste das sein? Der Mann hat doch wirklich seinen Frieden verdient. Raus mit der Sprache, was läuft da?" Lucie hatte sich mit in die Hüften gestemmten Händen vor Jules aufgebaut und ihre blauen Augen sprühten vor Angriffslust.

„Was? Du hast neben Rabbi Silbermann auch Rabeas Großvater in die Sache involviert?", ereiferte sich auch Lukas. „Von Lucie ganz zu schweigen.

Sie hat mir erzählt, wie Rabeas Päckchen aus dem Schrank verschwunden ist. Das ist doch auf deinem Mist gewachsen, oder? Lucie hat Recht. Hat der alte Rabbi nicht schon genug mitgemacht? Musstest du ihn unbedingt da mit reinziehen?"

Jules rollte mit den Augen. Das hatte ihm gerade noch gefehlt, zwei wild gewordene Von-Stetten-Geschwister, die ihn in die Zange nahmen. Lucie ließ ihn nicht aus den Augen.

„Setz dich, Lucie, und hör mit deinem Medusen-Blick auf. Wir können gerne nachher reden. Jetzt ist wichtiger, dass ich von Lukas einen vollständigen Bericht erhalte, was heute passiert ist." Während er dies sagte, tippte er auf die Wahlwiederholung. Doch wieder erreichte er seinen Kontakt nicht. Verdammt, wo steckte Malik? Jules hasste es, wenn er keine Informationen hatte. Meist konnte er die Dinge so im Voraus planen, dass er jederzeit Einfluss darauf nehmen konnte. Diesmal nicht. Er war ratlos. Und das kam eigentlich nie vor. Er würde wohl oder übel selbst nach Tanger fliegen müssen. Dabei konnte er hier eigentlich gar nicht weg. Lukas brauchte ebenso seine Hilfe. Er musste ihn nach Barcelona begleiten. Was für eine verfluchte Zwickmühle!

Er sagte: „Schieß los, Lukas. Wann genau hast du die neue Forderung erhalten?" Jules tippte auf die Kopie der Forderung, die Lukas auf dem Wohnzimmertisch abgelegt hatte.

Lukas begann seine Schilderung und hielt sie so knapp wie möglich. Ein Teil des Berichts war auch für Lucie neu.

An der Stelle, als Lukas über das Mädchen Jeanette sprach und wie sie das Lösegeld gestohlen hatte, stieß sie einen Fluch aus. Noch immer fand Lucie deren Tat unfassbar. „Was für eine miese kleine Kanaille. Ehrlich, ich glaub's einfach nicht. Die hat damit tatsächlich in Kauf genommen, dass deiner Familie etwas zustößt, Lukas. Wie niederträchtig ist das denn?"

„Ich glaube nicht, dass sie sich über die letztendlichen Konsequenzen Gedanken gemacht hat", versuchte Lukas das Verhalten des Mädchens zu relativieren.

„Meine Güte, Lukas, du würdest selbst noch den Teufel in der Hölle verteidigen. Nein, glaub mir, dieses Früchtchen hat genau gewusst, was es tat. Wahrscheinlich hat sie gehofft, dass sie, wenn Magali etwas zustoßen sollte, dir die Frau ersetzen kann." Womit Lucie wieder einmal den Nagel auf den Kopf getroffen hatte.

Lukas verzog das Gesicht. „Also, das ist jetzt aber doch zu quer gedacht, oder? Sie ist doch nicht mehr als ein verwirrter Teenager."

„Stimmt, und das sind die Schlimmsten…" Lucie ritt auf einer Welle der Empörung.

„Immerhin", meinte Jules jetzt, „hat sie mit ihrem Eingreifen verhindert, dass das Lösegeld und vor allem Rabeas Akte den falschen Leuten in die Hände geraten konnten. Seht es einmal so: Im Grunde hat sie uns mit ihrer Klein-Mädchen-Dummheit einen Riesendienst erwiesen."

„So sehe ich das auch", bestätigte Lukas.

Lucie sah von einem zum anderen. Dann sagte sie plötzlich:

„Gollum."

„Schluckauf, Lucie?" Jules zog fragend die Augenbrauen hoch.

„Nein. Sie ist der Gollum."

Jules sah Lukas an, als wollte er ihn fragen, ob seine Schwester plötzlich durchgedreht sei.

Lucies Bemerkung entlockte Lukas das erste Schmunzeln seit der Entführung. „Gollum ist eine Figur aus Tolkiens *Herr der Ringe*, Jules. Er funkt dem Helden der Geschichte mehrmals dazwischen. Er ist niederträchtig und lästig, aber am Ende erweist sich sein Tun als Segen für den Helden. Ohne den Gollum hätte es Frodo nie bis zum Schicksalsberg geschafft und den Ring in den Feuerschlund werfen können."

„Aha, Fantasy, na ja. Ist nicht gerade meine Lektüre", meinte Jules achselzuckend.

Lukas setzte nun seinen Bericht fort und beendete ihn mit den Worten: „So, jetzt weißt du alles. Du bist dran, Jules. Wie hast du es rechtzeitig zum Schrottplatz geschafft?"

„Indem ich Kaschinskis Spur gefolgt bin. Von der Villa deiner Eltern aus nahm er sich ein Taxi. Ich habe mir die Taxinummer gemerkt und gegen ein paar Scheine hat mir der Fahrer verraten, wohin er den Mann gefahren hat: In eine Pension in der Nähe des Hauptbahnhofes. Kaschinski hat sich dort mit seinem Komplizen getroffen. Ich habe davor gewartet und bin ihnen am frühen Nachmittag zum Schrottplatz gefolgt. Es war klar, dass sie ihn als Übergabeort auskundschafteten. Die beiden haben sich dann dort für zwei Stunden in ihrem Fahrzeug verschanzt. Das gab mir genügend Zeit, das kleine Feuerwerk vorzubereiten. So ein Schrottplatz ist eine Fundgrube. Den Rest kennst du."

Lukas nickte und sah auf die Uhr. Fast acht. Er stand auf. „Wir sollten aufbrechen. Auf nach Barcelona. Ich will meinen Sohn zurück. Kommst du, Jules?“

„Moment, was ist mit meiner Erklärung? Warum ist der Rabbi so durch den Wind, Jules? Ihr habt vorhin von Rabea gesprochen, das habe ich genau gehört. Geht es um ihr Päckchen?“, mischte sich Lucie ein.

Jules bedankte sich für die Steilvorlage und nickte. Gleichzeitig tippte er auf die Wahlwiederholung von Kaschinskis Handy. Sobald er Zeit hatte, würde er sich mit den Daten auf dem Chip befassen. Er hoffte, Hinweise auf Kaschinskis Auftraggeber zu finden.

„Wen versuchst du eigentlich die ganze Zeit zu erreichen, Jules? Hättest du Kaschinskis Handy nicht der Polizei als Beweismittel übergeben müssen?“, meinte Lukas zu ihm.

In diesem Moment klingelte Lukas‘ Telefon im Flur. Er nahm das Gespräch entgegen.

„Rabbi Silbermann, guten Abend“, meinte er dann und winkte den anderen zu. „Ja, natürlich. Er ist hier. Er will dich sprechen, Jules.“ Lukas reichte den Apparat mit einem fragenden Blick an Jules weiter. Eine Weile lauschte der Ex-Agent, dann schrieb er sich eine Telefonnummer auf. Lukas sah ihm über die Schulter. 0044? War das nicht die Vorwahl Großbritanniens?

„Es ist gut. Ich halte Sie auf dem Laufenden. Danke.“ Er legte auf. „Es gibt ein Problem“, sagte Jules dann. „Ich muss sofort nach London.“

„Was? Aber was ist mit Barcelona?“, rief Lukas irritiert.

„Du musst allein dahin. Du schaffst das, Lukas. Es geht nicht anders. Eine alte Geschichte“, erwiderte Jules knapp.

„Kann das nicht bis morgen warten? Was kann wichtiger sein als Magali und Matti?“ Lukas verstand nicht, dass ihn sein Freund ausgerechnet jetzt im Stich lassen wollte. Plötzlich hörte er wieder Kaschinskis Stimme: *Lafitte ist ein schlafender Agent, der sein Land weiter mit Informationen versorgt.* Als hätte Jules Lukas‘ Gedanken erraten, sagte er jetzt: „Du musst mir vertrauen, Lukas. Es geht um einen Freund. Er schwebt in tödlicher Gefahr und er hat mich um Hilfe gebeten.“

„Ach ja. Und dazu ruft er Rabbi Silbermann an und gibt ihm eine Londoner Nummer durch? Was ist mit Magali und Matti? Schweben sie deiner Ansicht nach nicht in Gefahr?“, fuhr er ihn an.

„Sehr viel weniger als mein Freund."

„Ach, und das weißt du so genau? Ich fasse es nicht, dass dir diese Londoner Sache wichtiger ist als mein Sohn…" Lukas führte den Satz nicht zu Ende, aber Jules entging nicht, dass weniger Unverständnis als vielmehr Verachtung in seiner Stimme lag.

In der Tat fiel es Lukas schwer, sein Misstrauen zu zügeln. Alle Bedenken kehrten zurück. Magali spielte falsch und Jules schien ihm jetzt auch etwas zu verheimlichen. Kaschinskis Saat ging auf. Nichts flüstert so laut wie die Stimme des Misstrauens.

Lucie sah einigermaßen perplex von Jules zu Lukas. „Heilige Scheiße! Was ist denn plötzlich mit euch beiden los? Jules, Lukas, ihr seid Freunde! Und Freunde vertrauen sich. Ehrlich, ich bin auch nicht begeistert, Lukas, dass Großvater Rosenthal und Jules uns offenbar etwas verheimlichen, aber es wird schon seinen Grund haben. Wenn Jules nicht mit kann, dann komme ich mit nach Barcelona, Lukas, und wir können auch Fonton mitnehmen. Wir…" An dieser Stelle klingelte es an der Tür. Da Lukas zögerte, meinte Lucie gedehnt: „Soll ich gehen, damit ihr zwei euch weiter anpöbeln könnt?"

Lukas blitzte seine Schwester an, was selten vorkam, und ging zur Tür. Sein Vater stand mit einem Lächeln vor ihm. „Lukas", sagte er. „Es gibt gute Nachrichten. Magali und deinem Sohn geht es gut, es steht ihnen frei, nach Hause zurückzukehren."

„Was?" Lukas starrte seinen Vater verblüfft an.

„Willst du mich nicht hereinbitten?" Lukas stand wie angewurzelt und versperrte seinem Vater den Eingang.

„Komm herein, Papa", sagte Lucie. Sie schob ihren Bruder ohne Umstände zur Seite. „Entschuldige, Papa, aber mein Bruder mutiert immer mehr zum Rüpel. Komm ins Wohnzimmer und erzähl uns, wie du das wieder angestellt hast."

Es war kein langer Bericht. Heinrich von Stetten hatte ganz einfach seine politischen Beziehungen spielen lassen: Der deutsche Innenminister hatte seinen spanischen Amtskollegen angerufen, dieser wiederum den Bürgermeister von Barcelona und der seinen Polizeipräsidenten. Wie sich schnell herausgestellt hatte, waren sowohl der Bürgermeister als auch der Polizeipräsident Gäste auf der Party der van Kampen gewesen, wo sich beide in einem persönlichen Gespräch davon hatten überzeugen können, dass sich die entzückende Señora

Magali von Stetten als Hausgast von Señora van Kampen sehr wohl gefühlt habe. Sowohl Señora van Kampen wie Señora Magali von Stetten hatten von einem freiwilligen Aufenthalt in Barcelona gesprochen und dass es sich hier nur um ein bedauerliches Missverständnis handeln konnte.

„Mit anderen Worten, lieber Lukas", führte sein Vater weiter aus, „Magali und Matti geht es gut und die van Kampen steht jetzt im Fokus. Alles ist öffentlich, der Holländerin sind die Hände gebunden. Magali und Matti können nach Hause. Auch wenn ich hinzufügen muss, dass die ganze Sache einen seltsamen Beigeschmack hat und hier für mich ein erheblicher Erklärungsbedarf besteht." Der alte Patriarch fixierte seinen Sohn, als erwartete er von ihm auf der Stelle eine Erklärung. Lukas sagte nichts, sondern sah seinen Vater nur gequält an.

„Gut, ich verstehe", meinte sein Vater. „Ich nehme an, du wirst das mit Magali selbst klären. Jetzt sollte die Freude überwiegen, dass die Angelegenheit scheinbar glimpflich ausgegangen ist. Eines noch mein Sohn: Künftig werde ich dafür Sorge tragen, dass mein Enkelsohn besser bewacht wird. So etwas darf sich nie wiederholen." Ausnahmsweise gab ihm Lukas Recht.

Er stand auf. „Ich fliege nach Barcelona und hole meine Frau und meinen Sohn noch heute ab."

„Gut, genau das habe ich von dir erwartet. Die Maschine steht bereit. Fonton wird mitfliegen und zwei seiner Männer. Ab sofort gehen wir auf Nummer sicher. Wenn du möchtest, kann ich zusätzlich für eine Polizeieskorte vom Flughafen Barcelona bis zum Anwesen der van Kampen sorgen. Ich will nicht, dass du…" An dieser Stelle unterbrach ihn das Läuten des Telefons.

Diesmal zögerte Lukas nicht, sondern stürzte sich auf den Apparat. Irgendwie hatte er die Hoffnung, dass es Magali sein könnte. Und er täuschte sich nicht. Sie war es tatsächlich!

„Hallo Lukas, hör…"

„Magali, wo bist du?" Lukas schrie förmlich in den Apparat. „Was ist mit Matti? Geht es ihm gut?"

„Matti geht es gut, er spielt gerade mit dem kleinen Hund. Hör zu, Lukas, ich werde nicht lange sprechen können. Donna Consuela hat mir ihr Telefon gegeben. Du musst mir jetzt unbedingt vertrauen. Gib mir noch zwei Tage, dann bin ich zurück. Ich werde dir alles erklären. Aber du darfst unter keinen Umständen nach Barcelona kommen, hörst du? Dein Leben wäre in Gefahr.

Ich…oh, Mist, ich muss Schluss machen. Sie kommt. Vertrau mir, Lukas. Und sag Lucie, ich habe mein Armband verloren….“ Lukas hörte gerade noch Matti aufgeregt im Hintergrund rufen: „Ich gehe zu einem Stierkampf mit echten…“ Klick - die Verbindung war unterbrochen.

Lukas starrte auf den Apparat. „Das war Magali. Und ich habe Matti gehört…“ Seine Stimme wackelte ein wenig. „Es geht ihm gut!“, sagte er mehr zu sich selbst als zu den anderen. Er schwankte sichtlich zwischen Überraschung, Freude und Fassungslosigkeit. Was sollte dieser Anruf jetzt? Und warum sollte er nicht nach Barcelona kommen?

„Du siehst aus, als hätte dir jemand die Bibel gestohlen“, meinte Jules.

Lukas sah ihn an: „Magali sagt, ich soll nicht nach Barcelona kommen, mein Leben wäre in Gefahr. Was soll das bitte heißen?“

„Na ja, die Holländerin hat schon einmal versucht, dich zu töten. Vielleicht ist das die Erklärung, Lukas? Sie hält sich Magali mit der Drohung, dich zu töten, gefügig.“

„Mensch, Lukas!“, mischte sich Lucie ein. „Freu dich doch mal. Du hast mit Magali gesprochen, es geht ihr und Matti gut!“ Lucie umarmte ihren Bruder, als wollte sie ihn nie mehr loslassen.

Lukas löste sich von ihr und schob sie auf Armlänge von sich. „Magali sagte, sie hätte ihr Armband verloren? Weißt du, was sie gemeint haben könnte?“

„Stimmt! Das hat sie mir schon in Barcelona gesagt“, bestätigte Jules.

Lucie wirkte plötzlich sehr aufgeregt. „Heilige Scheiße, ja. In der Aufregung habe ich den ganz vergessen. Das heißt, ich soll dir einen Brief von Magali geben, den sie versteckt hat. Sie hat mir gesagt, wo er ist. Wartet, ich hol ihn.“

Lukas konnte nicht warten und folgte ihr, während Jules mit Heinrich von Stetten im Wohnzimmer zurückblieb. Jules hatte inzwischen mehrmals erfolglos versucht, seinen Kontakt zu erreichen.

Der alte Patriarch beobachtete Jules. Weder sein Sohn noch Lucie hatten ihm von Jules‘ früherer Agenten-Tätigkeit berichtet. Trotzdem wusste er Bescheid. Selbstverständlich hatte er Lafitte von Fonton durchleuchten lassen, spätestens als Lukas ihn zum Patenonkel seines Enkelsohns gemacht hatte. Auch wenn der ehemalige Agent eine gleichmütige Miene aufgesetzt hatte, so wirkte er auf von Stetten senior trotzdem unruhig. Das sagte ihm seine jahrzehntelange Erfahrung aus Verhandlungen mit schwierigen Geschäftspartnern.

„Sie wirken besorgt, Herr Lafitte. Was sagen Sie zu all dem? Eine mysteriöse Sache, finden Sie nicht? Die van Kampen feiert ihre Rückkehr in die Gesellschaft, es folgt eine Entführung, die trotz verschiedener Forderungen irgendwie keine zu sein scheint, zwei Übergaben platzen und meine Schwiegertochter gibt Rätsel auf. Nicht zu vergessen, der Einbruch in meine Villa. Gibt es hier einen Zusammenhang mit den Ereignissen in Rom? Oder hat sich mein Sohn hier in eine weitere unglückliche Sache verstrickt?" Lukas' Vater sah Jules an, als wüsste er längst Bescheid und erwarte lediglich eine Bestätigung durch den ehemaligen Agenten.

Jules steckte das Smartphone weg. „Ganz ehrlich? Ich weiß nicht, was ich davon zu halten habe. Auch für mich hat die Sache einen abstrusen Anstrich. Anfänglich dachte ich sogar, dass der Vatikan bei der Entführung die Hände im Spiel gehabt haben könnte. Die Motive der van Kampen bleiben mir jedoch schleierhaft. Man könnte fast glauben, ihr Spiel diene rein dazu, ihren Sohn zu unüberlegten Handlungen hinzureißen und langsam in den Wahnsinn zu treiben." *Erste Tendenzen waren ja schon erkennbar*, dachte Jules im Stillen. Anders konnte er sich Lukas' Ausbruch vorhin nicht erklären - fast, als würde er auf einmal seinem besten Freund misstrauen. Plötzlich durchfuhr es ihn heiß. *Merde!* Er glaubte zu wissen, was Lukas umtrieb. Kaschinski! Dieser hinterhältige Skorpion! Er musste irgendetwas zu seinem Freund gesagt haben. Jetzt wurde Jules einiges klar. *Na warte, mein leichtgläubiger Priesterfreund*, dachte er grimmig. Dem würde er auf Rabea-Art die Leviten lesen.

Er merkte nun, dass ihn von Stetten senior weiter beobachtete und ergänzte: „Auf jeden Fall scheint Magalis Anruf von eben darauf hinzuweisen, dass nicht alles eitel Sonnenschein ist, wie man Innenminister, Bürgermeister und Polizeipräsident von Barcelona hat weismachen wollen. Offenbar kann Magali nicht frei telefonieren. Oder sie schauspielert oder alle anderen schauspielern."

Heinrich von Stetten nickte ernst. „Ich entnehme Ihren Worten, dass Sie nicht ganz frei von Misstrauen meiner Schwiegertochter gegenüber sind?"

„Das habe ich nicht gesagt. Ich neige vielmehr dazu, ihr zu trauen, solange ich nicht vom Gegenteil überzeugt worden bin. Ich meiner langen beruflichen Karriere", Jules legte eine Pause ein - er wusste, dass der alte Patriarch über seine ehemalige Tätigkeit Bescheid wusste -, „habe ich gelernt, dass nur wenig so ist, wie es auf den ersten Blick scheint. Aber ich habe hier auch mehr professionelle Distanz als Lukas. Magali ist seine Frau und ich kann seine Zweifel verstehen. Was mich irritiert, ist, dass Magali auf keinen Fall will, dass Lukas nach Barcelona kommt. Also weiß sie etwas und verbirgt auch etwas.“

KAPITEL 26

„Hier ist er!“ Lucie hielt triumphierend einen weißen Umschlag hoch. Lukas riss ihn ihr ungeduldig aus der Hand und las den Brief:

Lieber Lukas,

wenn Du diese Zeilen liest, dann nur, weil etwas höchst Ungewöhnliches geschehen ist, etwas, das Du nur schwer begreifen wirst. Dann hat mich meine Vergangenheit eingeholt. Es gibt etwas, das ich Dir nie erzählt habe. Aber dies soll kein Geständnis werden. Ich bitte Dich nur um eines, Lukas: Was immer Du jetzt denken magst, bitte urteile nicht aus dem Moment heraus. Lass mich Dir alles persönlich erklären. Und bitte, versuche nicht, mich zu finden. Ich komme zurück. Ich verspreche es.

Deine Magali

P.S. Ich liebe Dich!!!

Fassungslos senkte Lukas den Brief. Seine Augen suchten die seiner Schwester. „Hast du ihn gelesen?“

„Nein. Soll ich?“

„Hier, vielleicht kannst du dir einen Reim darauf machen. Denn ich verstehe gar nichts.“ Wenn überhaupt, fühlte sich Lukas durch Magalis Zeilen noch verwirrter als zuvor. Er dachte an das P.S. Magali hatte ihm noch nie gesagt, dass sie ihn liebte. Liebe war nie ein Thema zwischen ihnen gewesen, nur die gemeinsame Liebe zu ihrem Sohn.

Seit Rabeas Tod hatte er sich seinen eigenen Gefühlen nicht mehr ehrlich gestellt. Bisher hatte ihre Ehe gut funktioniert. Oder? Ihr Universum kreiste ausschließlich um ihren Sohn. Die Familie, ihre Arbeit und ihr Alltag waren ihre Konstanten. Ihre Gespräche drehten sich um Matti, sein Wohlbefinden, seine Fortschritte, oft auch um die Einmischung der Großeltern in ihre Erziehungsmethoden. Sie lebten miteinander, aber irgendwie lebte jeder auch sein Leben für sich, in die jeweilige Gefühlswelt des anderen waren sie nicht eingedrungen. Plötzlich schämte sich Lukas. Er war eine Scheinehe eingegangen, sie waren glückliche Eltern, mehr nicht. Hatte sich Magali mehr erhofft? Bis vor wenigen Monaten hatten er und Magali sogar nur wie Bruder und Schwester zusammengelebt. Ihre körperliche Beziehung hatte erst vor einem halben Jahr begonnen. Doch nicht er hatte die Initiative ergriffen, sondern Magali. Er hatte Magali niemals ausnutzen wollen.

Sie waren an jenem Abend mit einem frisch verheirateten Paar ausgegangen. Zuerst hatten sie gemeinsam gegessen und anschließend hatten ihre Freunde vorgeschlagen, in eine Tanzbar zu gehen. Sie hatten zu viel getrunken, dann getanzt, und plötzlich hatte Magali ihn geküsst und sich an ihn gedrängt. Auch er war erregt gewesen. Seitdem schliefen sie regelmäßig miteinander und stillten gegenseitig ihre Bedürfnisse. Mehr nicht. Mit Magali zusammen zu sein war ganz anders als mit Rabea. Nach dem Sex gab es weder Gespräche noch Streit, wie einst mit seiner Jugendfreundin. Mit Magali war es irgendwie immer wie ein warmer Sommerregen, sanft und willkommen. Mit Rabea hatte man das Gefühl, als wollte man eine Urgewalt zähmen.

Lukas gestand sich in genau dieser Sekunde ehrlich ein, dass selbst nach beinahe zwei Jahren Ehe und einem gemeinsamen Kind seine Beziehung zu Magali noch immer zerbrechlich war, irgendwie…er suchte nach dem richtigen Wort…ungeklärt. Er war nicht ehrlich zu ihr gewesen und zu feige, mit ihr darüber zu sprechen. Er hatte sich vor einer Aussprache gedrückt. Was wusste er von ihr oder ihrer Vergangenheit? Hatte er sie je danach gefragt? Kannte er ihre Gefühle, ihre Bedürfnisse, ihre Gedanken?

„Einen Penny für deine Gedanken", sagte Lucie prompt.

Lukas fuhr zusammen. „Verstehst du diese Zeilen?"

„Nein, aber ich habe ja auch Spaß an Hieroglyphen. Magali hat bei ihrem Anruf einen ziemlich nervösen Eindruck auf mich gemacht. Fast, als hätte sie vor irgendetwas Angst. Das wiederum hat mich beunruhigt, denn Magali hat sich sonst immer fest in der Hand. Das habe ich immer an ihr bewundert, ihre Haltung. Ich gebe zu, ich war kurz versucht, mich dir anzuvertrauen, Lukas. Aber ich habe Magali versprechen müssen, es nicht zu tun. Sie ist meine Freundin."

„Und ich bin dein Bruder. Wenn du damit gleich zu mir gekommen wärst, dann…"

„Was dann?", fuhr ihm Lucie ins Wort. „Dann wären sie und Matti nicht entführt worden? Nee, ich lasse mir von dir jetzt bestimmt kein schlechtes Gewissen einreden, nur weil du eines hast."

Verlegen fuhr sich Lukas durch die Haare. „Und jetzt?"

„Am besten, wir geben ihn Jules zu lesen, oder?"

Sie kehrten ins Wohnzimmer zurück. Stumm reichte Lukas den Brief an seinen Vater weiter. Nicht an Jules. Lucie tauschte einen fragenden Blick mit Jules. Der Ex-Agent zuckte mit den Schultern. Sie stellte sich neben ihn und flüsterte: „Irgendwas ist mit Lukas und dir doch los. Hattet ihr Zoff in Barcelona?"

„Nur das Übliche. Du kennst uns doch", flüsterte Jules zurück und grinste schief. „Ab und zu muss ich bei ihm den Rabea-Part übernehmen, wenn er mal wieder zu heilig unterwegs ist."

Heinrich von Stetten räusperte sich und senkte den Brief. „Hmm, das ist eine höchst ungewöhnliche Botschaft. Kannst du dir einen Reim darauf machen, Lukas?"

„Nein", antwortete Lucie an seiner statt. „Falls Magali damit noch mehr Verwirrung stiften wollte, ist es ihr hervorragend gelungen."

„Darf ich?" Jules sah Lukas fragend an.

„Natürlich." Er nahm ihn seinem Vater ab. Nachdem Jules ihn gelesen hatte, fragte er Lukas: „Was wirst du jetzt tun?"

„Bist du noch immer fest entschlossen nach London zu fliegen?"

„Ja, ich muss. Vielleicht kann ich dir danach alles erklären, aber nicht jetzt."

„Gut, dann trennen sich hier unsere Wege", sagte Lukas hart.

Jules sah Lukas in die Augen. Was er darin las, gefiel ihm nicht. Trotzdem unternahm er noch einen Versuch: „Ich rate dir, Lukas, hör auf Magali und flieg nicht nach Barcelona. Wir können nicht ausschließen, dass das Ganze nur ein perfider Plan der van Kampen ist, um dich nach Barcelona zu locken. Ich bin bis morgen zurück. Dann holen wir Magali und Matti ab. Versprochen."

„Danke für den Rat, aber ich werde jetzt gleich fliegen. Es geht um meinen Sohn. Meinst du, es interessiert mich, was die van Kampen mit mir vorhat? Wenn sie mein Leben für Matti will, kann sie es haben."

„Sei doch nicht so stur! Tot nutzt du Matti gar nichts! Merde, mach doch, was du willst, ich habe jetzt keine Zeit für überflüssige Diskussionen." Jules wandte sich ab. Er musste los. Immerhin würde Lukas Fonton an seiner Seite haben. Der Brite verstand seine Arbeit.

Gut, dass er selbst die Maschine von Kaschinski zur Verfügung hatte. Dadurch würde er keine weitere Zeit verlieren. Jules verabschiedete sich von Lucie und versprach ihr, dass er sich bei ihr melden würde.

Sein Wagen, mit dem er aus München gekommen war, parkte im Dürerweg, eingekeilt zwischen zwei Polizeiwagen. Lukas stand am Fenster und sah zu, wie Jules mit einem der Beamten diskutierte. Er überlegte nur kurz. „Vater?"

„Ja?"

„Könntest du Fonton bitten, dass er jemanden hinter Jules herschickt? Ich möchte wissen, ob er wirklich zum Flughafen fährt."

„Wie bitte?", fragte sein Vater konsterniert.

„Hast du sie noch alle?", ergänzte seine Schwester. Lukas spürte förmlich, wie sich ihr empörter Blick in seinen Rücken bohrte.

„Bitte, Vater. Tu es."

Heinrich von Stetten sah seinen Sohn beinahe neugierig an. Dann nahm er sein Handy auf, wählte Fontons Nummer und gab ihm seine Instruktionen durch. Draußen stieg Jules in seinen Wagen, manövrierte sich - nachdem ein Polizeiauto Platz gemacht hatte - aus der Parklücke und fuhr davon. Lukas sah, dass Fonton persönlich ein Fahrzeug startete. Das war gut. Fonton war Jules ebenbürtig. Hoffte er zumindest.

„Sagst du mir, was los ist, Sohn?"

„Ja, die Erklärung würde ich auch gerne hören", meinte Lucie erbost und blitzte ihren Bruder an.

„Nichts, ich will nur sichergehen. Dieser Kaschinski hat da etwas gesagt, dass…"

„Heilige Scheiße! Du glaubst, was diese Kanaille gesagt hat? Der Mann hat doch gelogen, sobald er nur den Mund aufgemacht hat. Bei dir piept's doch im Hirnstübchen."

„Was hat er denn gesagt?", erkundigte sich sein Vater und klang plötzlich sehr interessiert.

Lukas gab bereitwillig Auskunft: „Dass Jules weiterhin als Agent für den Libanon tätig ist und von Anfang an den Auftrag hatte, sich in unsere Familie einzuschleichen. Er soll seine Leute weiter mit Informationen versorgen.

Kaschinski hat behauptet, er wäre hinter dem Hawk-Eye-Softwarecode von vST her.“

Lucie schnappte nach Luft. „Jetzt reicht es aber. Hast du sie noch alle? Das glaubst du doch selbst nicht!“

„Nein, eigentlich nicht. Aber was ist falsch daran, sich Gewissheit zu verschaffen?“, konterte Lukas.

„Irgendwie verhältst du dich heute nicht wie der Bruder, den ich kenne.“ Lucie legte den Kopf schief. „Vermutlich liegt das daran, dass man dir in Barcelona eins über die Rübe gegeben hat. Mensch Lukas, es ist Jules! Der Jules, der dir das Leben gerettet hat. Papa“, wandte sie sich an ihn, „du rufst jetzt bitte sofort Fonton an und bläst die Sache ab. Wir vertrauen unseren Freunden, oder, Lukas?“ Sie sah Lukas eindringlich an. Lukas blinzelte kurz verunsichert, dann trat ein trotziger Ausdruck auf sein Gesicht.

„Du bist sowas von borniert, du…“

„Lucinda!“, sagte Heinrich von Stetten scharf und fuhr dann etwas sanfter fort: „Lass es gut sein. Dein Bruder hat die letzten Stunden genug mitgemacht, findest du nicht?“ Er erhob sich. „Lukas, wir können gleich zum Flughafen fahren. Meine Maschine ist startklar. Vermutlich sind auch Jules und Fonton dorthin unterwegs.“

Lukas nickte. Plötzlich wirkte er zögerlich, Jules‘ Warnung wirkte nach und auch Magalis Brief. „Du meinst also auch, wir sollten…“

„Nein, wir sollten nicht!“, mischte sich Lucie kategorisch ein. „Ich finde aber, wir sollten Magali wenigstens die Chance geben, um die sie gebeten hat. Jules ist auch der Meinung. Was ist, wenn die van Kampen wirklich plant, sich an dir zu rächen, Lukas? Warte wenigstens bis morgen, bis Jules wieder da ist. Papas Leute in allen Ehren, aber mir wäre viel wohler, wenn er dabei wäre. Warum kannst du…“

Das Klingeln des Handys ihres Vaters unterbrach sie.

„Ja?“, meldete er sich. Dann lauschte er kurz und sagte dann: „Ja. Aha, ist gut, danke. Dann folgen Sie ihm weiter und melden Sie sich wieder bei mir.“

„Was ist? War das Fonton?“, fragte Lukas.

„Ja. Er ist Jules bis zu einer Synagoge gefolgt. Jules ist hineingegangen. Während wir telefonierten, ist er aber schon wieder herausgekommen. Er hat etwas geholt, eine Aktentasche. Fonton fährt Lafitte weiter hinterher. Was macht Jules in einer Synagoge?“ Er sah seinen Sohn fragend an.

„Ich habe es doch geahnt! Er hat sich Rabeas Akte besorgt", erwiderte Lukas grimmig. Die Enttäuschung war wie ein Tritt in den Magen. „Vermutlich plant er, sie in London an den Meistbietenden zu verkaufen. Ich muss sofort zum Flughafen." Er griff nach seiner Jacke und sprintete fast aus dem Haus. Lucie holte ihn erst in der Garage ein. „Bitte, Lukas, sei nicht so vorschnell mit deinem Urteil. Vielleicht ist alles ganz anders, als du denkst."

„Ich weiß nicht mehr, was ich denken soll, Lucie. Aber ich werde es herausfinden." Er stieg ein, schoss rückwärts aus der Garage, wendete mit quietschenden Reifen und war auf und davon.

„Heilige Scheiße", entfuhr es Lucie.

„Da gebe ich dir ausnahmsweise Recht", seufzte ihr Vater neben ihr. „Die ganze Welt scheint am Durchdrehen zu sein."

KAPITEL 27

Jules raste zum Flughafen und parkte am GAT.

Kaschinskis Cessna stand noch da, wo er sie abgestellt hatte. Den Auftrag, die Maschine aufzutanken, hatte er schon bei der Ankunft erteilt. Noch einmal versuchte er, seinen Kontakt in Marokko zu erreichen. Wieder nichts. *Wo steckte Malik?*

Er würde sich wohl oder übel an Yussuf wenden müssen. Was er nie wieder hatte tun wollen. Es bedeutete, dass er sich damit wieder in eine Abhängigkeit begab, die er nur mit Mühe hatte abschütteln können. Aber er musste sich unbedingt Gewissheit verschaffen, was mit Malik passiert war, bevor er in London die Verhandlungen aufnahm. Allein Yussuf verfügte über die Möglichkeiten, dies herauszufinden. Falls Malik aus irgendeinem anderen Grund nicht erreichbar war, bedeutete es, dass ihre Sache noch eine Chance hatte. Wenn nicht, dann wären Rabea und er spätestens morgen tot. Dann war das die letzte Falle, in die er gehen würde. Er wählte die Nummer, die er nie mehr hatte anrufen wollen.

Yussuf war sofort am Apparat. „Ich hatte mich schon gefragt, wann du dich melden würdest, Landesverräter.“ Die Stimme klang gefährlich freundlich.

„Ja, auch einen guten Abend, Yussuf, mein Freund. Ich…“

„Nenne mich nicht Freund, Verräter“, fiel ihm Yussuf ins Wort. „Ich weiß, warum du anrufst. Malik ist tot. *Er* war mein Freund. Und deiner. Sie haben ihn zerstückelt. Er hatte keine Finger, keine Nase, keine Augen und keine Ohren mehr. Nur die Zunge haben sie ihm gelassen. Die Tatsache, dass du noch lebst, bedeutet, dass er dich nicht verraten hat. Du hättest ihn niemals auf diese Juden-Hure in Tanger ansetzen sollen. Sie hat die falschen Leute auf seine Fährte gelockt. Ruf mich nie wieder an, du Hund. Wir melden uns bei dir. Du wirst bezahlen. Sehr bald. Du weißt, was wir wollen. Besorg uns die Codes." Die Leitung war tot.

Jules sah aus, als wollte er das Telefon von sich schleudern, doch in weniger als einer Sekunde hatte er sich wieder im Griff. Er musste sich jetzt erst einmal um London kümmern. Yussuf konnte warten. Eines nach dem anderen...Er sah sich nochmals um. Er wusste, dass ihm ein Wagen gefolgt war und er hatte Fonton darin erkannt. Doch im Moment war von diesem nichts zu sehen. Umso besser.

Jules kletterte in die Maschine und startete sofort die Pre-Flight-Check-Routine. Einen Flugplan hatte er bereits telefonisch auf der Fahrt beim Flight Service in Baden-Baden bestellt. Seine dort gespeicherten Daten waren schon an den englischen Zoll weitergeleitet worden. Er hatte angegeben, für die Von-Stetten-Werke unterwegs zu sein, um eine Spätlandegenehmigung für London Biggin Hill zu erhalten.

Jules schloss seine Vorbereitungen ab und warf die Maschinen an. Er wollte eben die Kopfhörer aufsetzen, als er eine Bewegung hinter sich spürte. Er war nicht mehr allein im Cockpit. Unauffällig löste er den Gurt. Dann spannte er alle Muskeln an, schnellte aus seinem Sitz und warf sich auf den Schatten hinter ihm. Ein Mann kam unter ihm zu liegen.

„Beim Barte des Propheten!", entfuhr es Jules und richtete sich halb auf. „Lukas! Was machst du denn hier?" Sein Freund antwortete nicht. Und er rührte sich auch nicht. Lukas musste sich beim Aufprall den Kopf in dem engen Cockpit gestoßen haben. Jules rüttelte ihn. Nichts zu machen. Lukas war ausgeknockt.

Jules erwog seine Möglichkeiten. Die Zeit drängte. Wenn er Lukas aus dem Flugzeug warf, hätte er im Nullkommanichts Fonton und seine Meute am Hals. Keine Option. Er brauchte in London Bewegungsspielraum. Blieb also nur, seinen Freund mit nach London zu nehmen. Er zog Lukas in den Passagierraum, setzte ihn auf den vordersten rechten Sitz der für sechs Passagiere ausgerichteten Maschine und schnallte ihn an.

Bevor er endgültig startete, meldete er Lukas noch als Passagier bei FSI an, damit sie seine Daten übermittelten. Fehlte noch, dass er wegen eines unangemeldeten Passagiers in Biggin Hill festsaß. Dann rollte er an, erreichte die zugeteilte Landebahn und startete durch. Als er die gewünschte Flughöhe erreicht hatte, stellte Jules auf Autopilot, setzte die Kopfhörer ab und sah nach seinem Freund. Lukas hatte sich bisher nicht gerührt. Jules fand eine Flasche

Wasser und spritzte etwas davon in Lukas‘ Gesicht. Endlich blinzelte sein Freund. Er stöhnte und hob seine Hand, um die Tropfen aus seinem Gesicht zu wischen. „Was ist passiert?“

„Du hast dich gestoßen und warst kurz wegtreten.“

„Wo bin ich?“

„Auf dem Weg nach London.“

„London? Wie…?“ Lukas brach ab und ein wütender Ausdruck löste die kurzzeitige Verwirrung ab. „Du Schuft! Kehr sofort um. Ich muss nach Barcelona.“ Lukas griff nach dem Gurt und wollte sich losmachen. Jules hielt seine Hände mit festem Griff davon ab.

„Warum bist du mir gefolgt, Lukas?“

„Um dich zur Rede zu stellen. Ich weiß, dass du Rabeas Akte geholt hast. Was hast du damit vor? Sie zu verkaufen?“

Jules schüttelte den Kopf. „Du ziehst die falschen Schlüsse, Lukas.“

„Ach ja? Welche Schlüsse sollte ich denn sonst ziehen? Wenn du eine Erklärung für den Diebstahl der Akte hast, bitte, ich würde sie gerne hören.“

Jules seufzte, rollte mit den Augen und murmelte etwas sehr Unfeines auf Französisch. Lukas schüttelte Jules‘ Hände ab und befreite sich endgültig von dem Gurt.

Jules machte sich darauf gefasst, dass sich Lukas erneut auf ihn stürzen würde. Wütend genug schien er ja zu sein. Es war deutlich zu sehen, wie sein Freund mit seiner Wut kämpfte. Wenigstens blieb er sitzen. Gut. Jules entspannte sich wieder. Die Kabine der Cessna war eindeutig zu niedrig zum Stehen, geschweige denn geeignet für ein Handgemenge.

„Ich warte auf deine Erklärung, Jules.“ Verachtung lag in Lukas‘ Stimme.

Die Blicke der beiden Männer prallten wie Klingen aufeinander. Jules begriff, dass er bei Lukas nicht mit Ausflüchten weiterkommen würde. Das Misstrauen zersetzte sein Vertrauen, sein Freund würde keine Ruhe geben. Entweder er setzte ihn außer Gefecht und fesselte ihn, oder er sagte ihm die Wahrheit. Wenn die Sache in London gut ausging, überlegte Jules, dann würde sowieso alles bald ans Licht kommen. Wenn die Sache allerdings schiefging, dann wären er, Rabea und alle, die von der Akte gewusst hatten, in kürzester Zeit tot.

Trotzdem zögerte Jules. Er war damals von Rabea genötigt worden, einen heiligen Eid auf den Koran zu schwören. Er hatte damals geahnt, dass er diesen Schwur irgendwann würde brechen müssen. Nun war es soweit. Jules war ein weltoffener Muslim, aber er war nicht derart abgeklärt, dass er einem heiligen Eid zuwiderhandeln konnte, ohne sich vor der ewigen Verdammnis zu fürchten. Heute würde er einen heiligen Schwur gegen das Gebot der Notwendigkeit eintauschen. Er hoffte, dass wenigstens der Allmächtige ein Einsehen mit ihm haben würde.

Das Schweigen zwischen den beiden Männern dehnte sich aus. Lukas notierte Jules' Zögern. Es bestätigte seinen Verdacht. Sein Freund verschwieg ihm etwas. Er wusste, dass Jules ein Mann der Geheimnisse war und Geheimnisse konnten alles sein: fürchterlich und erschreckend, tragisch und lange nachwirkend. Niemand konnte mehr darüber wissen als ein Mitglied der Familie von Stetten, deren düsteres Familiengeheimnis das Schicksal unzähliger Generationen bestimmt hatte.

„Was ist los, Jules?", durchbrach er die Schweigefront. „Fällt es dir so schwer, mir die Wahrheit zu sagen?"

Jules sah ihn gequält an. „Schon gut, Lukas. Ich werde dir alles erklären, aber ich kann auf keinen Fall umkehren. Du wirst wohl oder übel mit nach London müssen. Komm nach vorne ins Cockpit."

Lukas folgte ihm misstrauisch. Während Jules kurz die Instrumente prüfte und mit dem Tower sprach, starrte er düster vor sich hin. Längst war es dunkel geworden.

Jules setzte die Kopfhörer ab und wandte sich halb seinem Freund zu. „Hör zu, Lukas, es ist nicht so, wie du denkst."

„Ach, was denke ich denn?" Lukas wusste, dass er sich wie ein kleiner Junge anhörte, aber er war übermüdet, körperlich und geistig erschöpft, hatte Angst um seinen Sohn und vor allem war er immer noch extrem wütend. Allein die Wut hielt ihn noch auf den Beinen.

„Kannst du dich an die Wochen nach Rabeas Beerdigung erinnern und wie es ihrem Großvater ging?"

„Natürlich! Viel fehlte nicht und wir hätten ihn auch verloren. Was soll das jetzt? Lenke nicht vom Thema ab."

„Tue ich nicht. Auf jeden Fall hat er sich gut und überraschend schnell erholt. Das hatte seinen Grund."

„Ach ja? Ich dachte, es läge vielleicht daran, dass wir alle uns um ihn gekümmert und ihm das Gefühl gegeben haben, dass er nicht alleine ist und er trotz allem noch eine Familie hat."

„Sicher, aber es lag vor allem daran, weil er erfahren hatte, dass Rabea noch lebt. Sie ist es, die jetzt meine Hilfe braucht. Darum fliege ich nach London." Jules fand, dass es keine schonende Methode gab, um jemanden mitzuteilen, dass die Liebe seines Lebens gar nicht tot war, sondern in London weilte. Und vielleicht wirklich bald tot war, wenn er die Angelegenheit nicht für sie in Ordnung bringen konnte.

Angespannt wartete Jules auf Lukas' Reaktion. Die nicht erfolgte. Jedenfalls nicht gleich. Lukas starrte Jules erst einmal sekundenlang an. „Ungeheuerlich", brach es endlich aus ihm heraus. „Was erzählst du da für einen Mist? Für wie blöd hältst du mich eigentlich?"

„Wenn du mir nicht glaubst, dann vielleicht Rabbi Rosenthal. Wir können ihn anrufen. Hier, nimm das Satellitentelefon." Jules hatte keine Lust, lange mit Lukas zu diskutieren.

„Bist du verrückt? Ich rufe doch nicht Großvater Rosenthal an und stelle ihm so eine Frage", entrüstete sich sein Freund.

Jules seufzte. „Es würde die Sache aber abkürzen. Also gut. Dann meine Variante. Hörst du mir zu?" Lukas stierte in die Nacht hinaus und sah aus wie ein Mann, der die Grenzen dessen, was man ertragen konnte, erreicht hatte.

„Ja, ich bin ganz Ohr", knurrte er.

„Gut. Alles dreht sich um diese Akte." Jules klopfte auf seinen Sitz. Lukas bemerkte jetzt, dass eine dunkle Aktentasche halb darunter geschoben war. Jules sprach weiter: „Rabea hat vor zwei Jahren im Irak ein gefährliches Geheimnis entdeckt. Eine Menge Leute sind dahinter her. Als sie mir davon erzählte, habe ich ihr dringend geraten, die Akte zu vernichten oder unterzutauchen, wenn ihr ihr Leben lieb wäre. Rate mal, wofür sich unsere Freundin entschieden hat. Die Idee, ihren Tod vorzutäuschen, stammt von mir. Etwas Besseres, um sie aus der Schusslinie zu bringen, fiel mir auf die Schnelle nicht ein. Sie waren ihr auf der Spur. Rabea hat sich die letzten Jahre an wechselnden Orten versteckt. Aber sie hat nicht auf mich gehört, sondern weiter im Schlamm gewühlt. Warum sollte sie auch, es ging ja nur um ihr Leben", gestattete sich Jules etwas Sarkasmus. „Jetzt haben sie sie in Tanger geschnappt und nach London entführt. Die Akte, die ich bei Rabbi Silbermann abgeholt habe, ist ihre Lebensversicherung. Sie selbst hat heute beim Rabbi angerufen und mich gebeten nach London zu kommen. Sie braucht die Akte, um verhandeln zu können. Reicht das als Erklärung, du bornierter Jesuit?"

Lukas starrte Jules an. Der Ex-Agent sah, dass sein Freund sich zumindest bemühte, ihm zu glauben. Sicher half hier nach, dass sich sein Unterbewusstsein wohl nichts sehnlicher wünschte, als Rabea am Leben zu wissen. Lukas' Stimme bebte, als er fragte: „Wer sind *sie*?"

„Ich bin mir nicht sicher. Die Unterlagen sind verschlüsselt und ich hatte keine Zeit, sie mir anzusehen. Laut Rabea ist sie einem geheimem Wirtschaftskonsortium unter amerikanischer Führung auf der Spur gewesen, das Saddam Hussein trotz Totalembargo mit allem beliefert hat, was Diktatoren zur Machterhaltung so brauchen. Das Ganze mit Wissen der CIA."

In Lukas' Kopf arbeitete es sichtlich. „Du meinst, Rabea hat Beweise gesammelt, dass Amerikaner, während ihr eigenes Land den Einmarsch in den Irak vorbereitet hat, illegal Waffen hineingeschmuggelt haben? Und dieses geheime Konsortium jagt sie jetzt?"

„Nicht nur. Auch die CIA hat verständlicherweise ein Interesse daran, dass nichts über ihre Beteiligung bekannt wird. Ihr Ruf ist ja nicht der allerbeste." Jules erlaubte sich einen süffisanten Unterton: „Dazu alle Amerika-Hasser, wie die Iraner, die Syrer, die Saudis, sowie sämtliche Terrororganisationen, die den heiligen Krieg gegen Amerika ausgerufen haben. Die üblichen Verdächtigen. Kurz, die halbe Welt ist aus den verschiedensten Gründen hinter Rabea und der Akte her."

„Und wie kommt Rabbi Silbermann hier ins Spiel?", erkundigte sich Lukas, der immer noch mit seinem Misstrauen kämpfte. Das, was Jules ihm hier erzählte, war zu abenteuerlich, einfach ungeheuerlich. Ein Spiel mit dem Feuer. Und Rabea leider durchaus zuzutrauen.

„Durch Rabbi Rosenthal, natürlich. Rabbi Silbermann fungierte manchmal als Mittelsmann, allerdings ohne von Rabea zu wissen. Apropos, Fonton hat mich verfolgt?"

„Ja. Er hat am Flughafen auf mich gewartet und mir die Einstiegsluke geöffnet."

„Warum ist er nicht mit dir mitgekommen?"

„Weil ich ihn weggeschickt habe. Ich wollte das alleine mit dir klären."

Jules grinste. „Ich verstehe. Du hattest mich also noch nicht so verteufelt, um mich dem finsteren SAS-Commander auszuliefern. Obwohl ich sagen muss, dass Kaschinskis Einflüsterungen gute Arbeit bei dir geleistet hatten, *Freund*..."

Lukas sah betreten auf seine Schuhspitzen. „Du hast Recht. Ich habe mich wie ein Idiot benommen. Lucie wird mich vierteilen."

„Mindestens." Jules grinste immer noch. Er war nicht nachtragend. „Wenn man bedenkt, dass die van Kampen, Kaschinski und dieser verrückte Teenager dich mit ihren Spielchen die letzten beiden Tage quer durch die Hölle gejagt haben, dazu Magalis rätselhaftes Verhalten, dann hast du dich nicht übel geschlagen."

„Danke für die Absolution. Das war doch eine, oder?"

„Mindestens", wiederholte Jules.

„Und wie geht es jetzt weiter?"

„Eines nach dem anderen."

Lukas stöhnte auf. „Ich meinte, was machen wir als Nächstes?"

„Als Nächstes landen wir in Biggin Hill, schnappen uns ein Taxi und fahren in die Innenstadt."

„Jules….", stöhnte Lukas erneut.

„Dann red halt nicht um den Brei herum, Freund, sondern frag mich, ob wir Rabea in London treffen werden. Das ist es doch, was du wissen willst, oder?" Jules grinste schon wieder. Lukas' Antwort hörte sich an, als würde ein Stier schnauben.

„Sobald wir gelandet sind, soll ich die Nummer anrufen, die sie Rabbi Silbermann genannt hat. Anscheinend die Nummer eines Prepaidhandys. Und um deine Frage zu beantworten: Ja, ich denke, dass wir Rabea treffen werden."

„Was weißt du noch über die Sache?"

„Nichts. Nur das, was Rabbi Silbermann mir gesagt hat. Dass Rabea von Tanger nach London verschleppt wurde."

„Das heißt, sie befindet sich in der Gewalt dieser Leute. Aber sie hat selbst bei ihm angerufen und um die Akte gebeten?"

„Ja, das hat er gesagt. Und dass ich sie ihr nach London bringen soll. Weitere Instruktionen erhalte ich nach der Landung über diese Telefonnummer."

„Das kommt mir bekannt vor. Rabea wurde entführt und die Akte ist das Lösegeld. Instruktionen zur Übergabe per Telefon."

„Ja, ich denke, das ist ein neuer Rekord, Lukas. Drei Übergaben an einem Tag!"

„Fein, dass du noch scherzen kannst."

„Humor ist der Henker des Teufels."
„Libanesisches Sprichwort?"
„Nein, ein echter Lafitte."

KAPITEL 28

London, England

Zwei Stunden später landeten sie in Biggin Hill. Ein Taxi erwartete sie bereits auf dem Vorfeld. Jules hatte kaum neben Lukas Platz genommen, als er bereits die Nummer in Kaschinskis Smartphone eingab.

„Sind Sie gelandet?“, fragte eine Männerstimme.

„Ja.“ Jules hatte sofort registriert, dass der Mann kein britisches Englisch sprach. Amerikaner? War das gut oder schlecht? Er wusste es nicht zu sagen.

Der Mann gab ihm die Adresse und den Namen der Suite durch. „Lassen Sie sich nicht direkt vor das Hotel fahren. In der Nähe ist ein Kino. Laufen Sie von dort aus zur Tiefgarage des Hotels und suchen Sie in Ebene 0 nach dem Angestellten-Eingang. Benutzen Sie den und sehen Sie zu, dass Ihnen niemand folgt.“ Er legte auf.

„Und?“ Lukas sah Jules erwartungsvoll an.

„Merkwürdig.“ Jules senkte die Stimme, damit der Taxifahrer ihn nicht verstehen konnte.

„Was ist merkwürdig?“

„Der Mann und seine Instruktionen. Irgendwie klingt das Ganze weniger nach einer Übergabe, sondern vielmehr nach einem konspirativen Treffen“, flüsterte Jules.

„Ja, was? Ist das jetzt gut oder schlecht?“, zischte Lukas zurück.

„Schwer zu sagen. Keine Ahnung.“

„Schön, diese Worte auch einmal aus deinem berufenen Mund zu hören. Wie lange dauert es, bis wir da sind?“

„Um die Zeit höchstens eine Dreiviertelstunde." Jules beschäftigte sich schon wieder mit den Daten auf Kaschinskis Handy. Die SMS- und E-Mail-Nachrichten waren alle verschlüsselt. Ein Telefonverzeichnis gab es nicht. Ein vorsichtiger Mann, dieser Kaschinski, dachte Jules und fluchte innerlich. Ohne seinen Laptop, den er bei Lukas stehengelassen hatte, würde er hier nicht weiterkommen.

Lukas lehnte sich erschöpft in das zerschrammte Lederpolster zurück und versuchte vergeblich, seiner Aufregung Herr zu werden. Erst Matti und Magalis Entführung und jetzt eine lebendige Rabea, die sich derart kolossale Schwierigkeiten eingebrockt hatte, dass scheinbar die halbe Erdkugel die Jagd auf sie eröffnet hatte.

Er musste wohl einen Seufzer ausgestoßen haben, denn Jules fragte ihn jetzt: „Was ist los, Lukas? Ich kann dich laut denken hören. Weltschmerz?"

„Dieses ganze fürchterliche Durcheinander. Nichts passt zusammen und alles passiert gleichzeitig. Eigentlich sollte ich längst auf dem Weg nach Barcelona sein. Dabei hat Magali mir deutlich zu verstehen gegeben, dass sie mich dort nicht haben will. Ich habe das Gefühl, dass mein Kopf gleich platzt."

„Warum vertraust du deiner Frau nicht einfach? Matti scheint es gut zu gehen. Er ist bei seiner Mutter. Es wird sich alles aufklären. Aber ich verstehe deine Zwickmühle. Du bist zwischen Baum und Borke eingekeilt und von allen Seiten rücken die Holzfäller an. Jetzt lass uns erst einmal Rabea retten oder besser die Welt, denn darunter scheint es unsere Freundin ja nicht zu machen. Von London aus fliegen wir dann gleich weiter nach Barcelona und gehen dem Rätsel auf den Grund. Einverstanden?"

Lukas nickte widerstrebend und Jules widmete sich wieder seinen eigenen Überlegungen. Er dachte über das eben geführte Telefonat nach. Bisher war er davon ausgegangen, dass seiner Freundin brutale Folter und der sichere Tod drohten. Er hatte sie in der Hand von Männern gewähnt, die zu allem entschlossen waren und deren Vorgehensweise ihm bestens vertraut war. Einst war er einer von ihnen gewesen. Rabea galt offiziell als tot. Sie konnten ihr etwas antun, ohne fürchten zu müssen, dafür zur Verantwortung gezogen zu werden.

Zwangsläufig führten ihn diese Gedanken zu seinem Telefonat mit Yussuf. Er würde für Maliks Tod bezahlen müssen. Sehr bald, hatte Yussuf ihm gedroht. War es schon soweit? Hatte Yussuf Rabea in seiner Gewalt? Steckte er hinter diesem Anruf? Und wollte er ihn damit in die Falle locken? Wenn ja, war er so gut wie tot. Und Rabea auch. Und sein Freund. Verstohlen sah er kurz zu ihm. Lukas hielt die Augen geschlossen, doch seine Körperhaltung verriet seine Anspannung.

„Lukas?"

Sein Freund öffnete die Augen. „Ja?"

„Hör zu, ich muss alleine zu dem Treffen gehen. Aber ich lasse die eine Hälfte der Akte bei dir, als Pfand, falls das eine Falle ist."

„Was für eine Falle?"

„Wenn ich das wüsste, wäre es ja keine Falle. Einverstanden?"

„Okay, wie sieht dein Plan aus?"

„Du versteckst dich in der Tiefgarage. Wenn alles in Ordnung ist, komme ich dich innerhalb einer Stunde holen." Jules hatte die Aktentasche bereits geöffnet und teilte den Packen Papiere in der Mitte. Die Fotos behielt er. Den Micro-SD Chip, der auf dem Innendeckel der Akte klebte, gab er Lukas auch. Für alle Fälle. Lukas faltete die Papiere und steckte alles in die Innentasche seiner Jacke.

„Was mache ich, wenn die Stunde vorbei ist?"

„Dann ist etwas schiefgegangen. Du rufst dann am besten die Marines."

„Ausgerechnet die Amerikaner?" Lukas lächelte gequält.

Den Rest der Fahrt schwiegen sie.

KAPITEL 29

„We have arrived", sagte der Taxifahrer und hielt vor dem Queens Cinema. „98 pounds, please." Jules und Lukas sahen sich an. Beide hatten keine Pfund-Noten dabei. Jules fischte zwei 100-Euro-Scheine aus seiner Brieftasche und gab sie dem Taxifahrer. Der Mann sah die beiden grünen Scheine an, als wären sie Schleim. „Keep the rest", sagte Jules und stieg einfach aus. Lukas folgte seinem Beispiel.

Keine zehn Minuten später trennten sie sich in der Tiefgarage.

„Es gilt, Lukas. Gib mir eine Stunde. Wenn ich bis dahin nicht zurück bin, dann ruf Fonton an und berichte ihm, was passiert ist. Er hat Beziehungen hier und wird die Londoner Polizei in Marsch setzen. Warte auf das Eintreffen der Polizei. Geh nicht auf eigene Faust los, hörst du", warnte ihn Jules. „Denk immer daran, Lukas, dass du Familie hast."

Lukas ging hinter einem Mercedes Sprinter in Deckung, von dem aus er den Eingang gut im Blick hatte. Die Blätter und der Chip in seiner Jacke brannten ihm auf der Brust wie einst in Rom der Schließfachschlüssel Bentivoglios.

Wieder musste er warten, während er von Angst, Zweifel und Hoffnung erfüllt war. Irgendwo in diesem Gebäude hielt sich Rabea auf! Wie würde es sein, sie wiederzusehen, fragte er sich mindestens hundert Mal. Er konnte es sich irgendwie nicht vorstellen. Freute er sich? Ja, er freute sich. Sie war am Leben! Aber eine kleine teuflische Stimme in ihm flüsterte, dass dieser Umstand sein Leben ab sofort wieder sehr verkomplizieren würde. Es fing ja schon an. Anstatt, dass er jetzt in Barcelona gelandet wäre und seinen Sohn wieder in die Arme schließen könnte, kauerte er in einer Londoner Tiefgarage, atmete Abgase und Benzindämpfe ein und wälzte schwere Gedanken.

Nach Rabeas vermeintlichem Tod hatte er sein Leben neu geordnet und Magali geheiratet. Er hatte sich arrangiert. Seine Welt war erst durch Mattis und Magalis Entführung erneut aus den Fugen geraten.

Und jetzt auch noch Rabea. Immer wieder sah er auf seine Uhr. Die Minuten verrannen zäh, aber sie verrannen. Eine halbe Stunde, eine Dreiviertelstunde, fünfzig Minuten, fünfundfünfzig Minuten. . .unaufhörlich näherte sich der Zeiger den sechzig Minuten. Verdammt Jules, wo bleibst du?

Dann sah er ihn! Lukas schnellte hoch und sprintete zu ihm.

„Alles klar", sagte Jules. „Gib mir die restlichen Unterlagen und den Stick." Jules steckte die Unterlagen ein. „Tut mir leid, Lukas, aber du musst nochmals hier unten warten."

„Was?" Lukas' freudige Erregung erlosch.

„Höchstens eine halbe Stunde, dann komme ich und hole dich endgültig, versprochen." Jules wollte sich abwenden, aber Lukas hielt ihn am Arm fest. „Verdammt, speise mich nicht so ab. Was ist los? Wie geht es Rabea?"

„Gut, sie ist ganz die Alte. Die Verhandlungen sind fast abgeschlossen. Wenn die Männer die restlichen Unterlagen haben, werden sie gehen. Besser, sie sehen dich nicht. Bis gleich. Vertrau mir, okay?"

Jules hielt Wort. Eine halbe Stunde später war er zurück und führte Lukas durch einen endlos langen Gang zu einem Aufzug. „Und, wie ist es gelaufen? Wer waren die Männer, mit denen du verhandelt hast?"

„Amerikaner, Geheimdienst", sagte Jules knapp und drückte den Aufzugknopf. „Ich konnte allerdings noch nicht mit Rabea alleine sprechen. Zwei Typen sind bei ihr, die sie wie Zerberusse bewachen.

„Ja, und was haben die mit der Sache zu tun?"

„Das fragst du am besten Rabea selbst. Wir sind da." Jules lächelte. Der Aufzug öffnete sich.

Lukas folgte Jules bis vor eine Tür mit dem Schild: „Excalibur-Suite". *Na, wenn das nicht passt,* dachte er.

KAPITEL 30

Es klopfte an der Tür. Rabea, die unruhig im Zimmer auf und ab getigert war, stürmte darauf zu und riss sie auf.

Da war Lukas! *Endlich*…Rabea sprang wie in alten Zeiten ungestüm in seine Arme und schlang ihre Beine um seine Hüften. Lukas fing sie auf und presste sie mit geschlossenen Augen an sich. Er stammelte Unverständliches. Rabea in diesem Leben nochmals halten zu können, sie erneut spüren zu dürfen, nachdem er so lange um sie getrauert hatte, war ein überwältigendes Gefühl. Sein Herz, seine Seele, sein Körper, alles reagierte sofort auf ihre Gegenwart, gierte nach ihr wie ein Verdurstender nach Wasser. Mühelos überbrückte ihre Liebe die fehlenden Jahre und es schien für sie beide das Natürlichste von der Welt zu sein, sich in den Armen zu liegen; ihre Münder fanden sich zu einem nicht enden wollenden Kuss.

Keiner der beiden bemerkte, wie Jules die beiden DIA-Agenten aus dem Zimmer winkte. Ryan zögerte sichtlich. Er wirkte mehr als nur irritiert. Doch Jules zog ihn mit sich hinaus und schloss die Tür.

Und plötzlich vergaß Lukas alles um sich herum, wo er war und wer er war. Sein Universum schrumpfte auf einen einzigen Fixstern zusammen, ließ nur noch Raum für Rabea. Allein sie und dieser nicht mehr erhoffte Augenblick zählten für ihn. Wie von selbst fanden seine Finger den Weg unter ihr T-Shirt und strichen über ihren zarten Rücken. Rabea stöhnte auf, als Lukas' Finger über ihre Wirbelsäule glitten. Sie drängte sich ihm entgegen, es war so lange her. Lukas wollte Rabea mit sich auf den Teppich ziehen, doch plötzlich löste sie sich von ihm und schob ihn energisch von sich. Vorsichtshalber wich sie noch einen weiteren Schritt zurück. Sie musste unbedingt einen kühlen Kopf bewahren. „Nicht, Lukas“, sagte sie völlig außer Atem. Sie zog ihr Shirt herunter und verschränkte die Arme vor der Brust. Sie bot ein Bild der Abwehr.

„Rabea…“ Lukas drängte ihr nach und versuchte trotzdem, sie erneut in seine Arme zu ziehen.

Doch Rabea schüttelte den Kopf. „Es geht nicht, Lukas. Wir müssen vernünftig sein. Wohin soll das führen? Du bist jetzt mit Magali verheiratet und ihr habt einen Sohn.“ Rabea fragte sich, woher sie die Kraft nahm, die Worte auszusprechen, die erneut eine Barriere zwischen sie und Lukas treiben würden. Dabei sehnte sie sich nach nichts mehr, als erneut seine Arme um sich zu spüren. Doch sie musste sich Lukas aus dem Herzen reißen. Ihm zuliebe. Ihre Liebe war zu zerstörerisch, noch nie war bisher etwas Gutes aus ihr erwachsen. Aus diesem Grund hatte sie gerade an sein Pflichtgefühl appelliert und Lukas ganz bewusst an seine Familie erinnert.

Aber Lukas reagierte anders als erwartet. „Ich weiß genau, was du damit bezwecken willst. Es funktioniert nicht, Rabea. Ich weiß jetzt, was ich will. Ich will dich. Es hat ein wenig gedauert, bis ich es kapiert habe. Das Schicksal hat uns heute eine zweite Chance gewährt und ich werde sie nicht vorübergehen lassen. Wir sind hier, wir lieben uns und wir gehören zusammen. Es ist noch nicht zu spät, Rabea.“ Erneut kam Lukas ihr entgegen, streckte die Arme nach ihr aus und wieder entzog sich Rabea ihm, obwohl alles in ihr sie drängte, ihm nachzugeben. Stattdessen sagte sie. „Du glaubst doch nach wie vor fest an Gott, Lukas, nicht wahr?“

„Natürlich, aber was hat das mit meiner Liebe zu dir zu tun?“ Lukas sah sie verständnislos an.

„Weil du damit auch an das gottgewollte Schicksal glaubst, du hast es eben selbst mit der zweiten Chance bemüht. Seit ich das Evangelium der Liebe lesen durfte, glaube ich auch daran. Wenn Gott gewollt hätte, dass wir zusammen sind, Lukas, dann wären wir zusammen. Wir sind es nicht. Denn immer wieder haben sich uns Hindernisse in den Weg gestellt, dumme Missverständnisse, aber auch mein Betrug an Matti, dem ich den Vater viele Jahre vorenthalten habe.“

„Das ist Vergangenheit, Rabea, lass sie ruhen. Ich rede von der Zukunft! Ich habe dir das mit dem unterschlagenen Brief doch längst verziehen, gerade weil ich weiß, wie sehr du es bis heute bereust. Lass uns endlich unsere Liebe leben. Wir gehören zusammen, für immer.“

„Nein!“ Das Wort schlug Lukas wie ein Peitschenhieb entgegen. Er zuckte zusammen und sah Rabea ungläubig an. Rabea holte tief Luft und fuhr ruhiger fort: „Das ist genau der Punkt, Lukas. Du hast es mir verziehen, aber ich selbst kann es mir niemals verzeihen. Es ist nicht unser Schicksal, zusammen zu sein, Lukas. Ich habe deine Liebe nicht verdient, selbst wenn das jetzt vielleicht melodramatisch für dich klingen mag. Ich empfinde das aber so. Das mit Matti wird immer zwischen uns stehen und irgendwann wirst du es auch so empfinden. Ich bin nicht gut für dich, Lukas, weil du viel zu gut für mich bist. Auch das wirst du eines Tages begreifen. Wir haben mit Freundschaft begonnen, dann haben wir uns für eine kurze Zeit geliebt, aber es hat nicht sollen sein. Lass uns wieder Freunde sein, Lukas. Die Wahrheit ist, dass ich zu mehr nicht den Mut habe. Vergiss nicht, du hast Familie und Pflichten. Du bist jetzt ein verheirateter Mann und Magali ist Mattis Mutter! Und ich werde einen Teufel tun und Matti ein zweites Mal den Vater nehmen und ihn aus seiner Familie reißen.“ Diesmal funktionierte die Ablenkung.

„Wer weiß, wie lange ich noch mit Magali verheiratet bin“, sagte Lukas finster. Rabea erschrak über die Verachtung in seiner Stimme.

„Was ist denn passiert? Habt ihr euch gestritten?“, sprang Rabea sofort darauf an.

Lukas, den plötzlich die Wirklichkeit wieder eingeholt hatte, fuhr sich verlegen durch die Haare. Er versuchte sichtlich sich zu sammeln und sah sich jetzt verwirrt um. „Wo ist Jules?“

„Er ist vorhin gegangen, zusammen mit meinen beiden Beschützern. Der Gute wollte uns etwas Wiedersehens-Zeit verschaffen.“

Lukas nickte. „Entschuldige das eben, Rabea, ich habe dich völlig mit meinen Gefühlen überfahren. Ich fürchte, ich kann derzeit vor lauter Sorgen nicht mehr klar denken. Lucie hat mir das auch schon vorgeworfen. Du hast Recht, jetzt ist nicht der geeignete Zeitpunkt, um über unsere Zukunft zu sprechen. Am besten wir setzen uns, Rabea. Es ist viel passiert. Magali und Matti wurden gestern entführt und zwar von unserer gemeinsamen Feindin, Carlotta van Kampen.“

Rabea schlug die Hände vor den Mund. „Verdammte Scheiße, Lukas. Wir lassen aber auch gar nichts aus. Wie geht es ihnen? Hast du schon etwas gehört? Was…“ Rabea stockte und runzelte die Stirn. „Wieso weißt du überhaupt, wer sie entführt hat? Konntest du sie schon auslösen? Geht es Magali und Matti gut?“

„Nein, ich konnte sie noch nicht auslösen. Es ist kompliziert. Aber ich weiß, wo man sie hingebracht hat. Nach Barcelona, in die Villa der van Kampen. Ich war gestern mit Jules dort und habe etwas Schockierendes beobachtet, Rabea. Magali und dieses Höllenweib wirkten wie alte Bekannte. Alles weist darauf hin, das Magali mit der van Kampen unter einer Decke steckt."

„Was? Das glaubst du doch selbst nicht, Lukas. Ich kenne Magali zwar nicht, aber deine Behauptung scheint mir sehr weit hergeholt zu sein. Warum sollte sie dich erst heiraten, nur um sich zwei Jahre später mit der van Kampen zu verbünden und sich und Matti durch sie entführen zu lassen? Was will die Holländerin überhaupt? Geld? Hat sie nicht selbst genug davon?"

„Es geht nicht um Lösegeld, Rabea. Ehrlich gesagt, ist alles derart verworren, dass ich selbst nicht mehr durchblicke. Es geht um die Schriftrolle Bentivoglios. Schon wieder."

„Du meinst das Evangelium des Jesus?" Rabea war sofort elektrisiert.

„Ja. Die ganze Zeit dachte ich, dass die van Kampen die Schriftrolle hat. Jules hingegen meint, dass auch der Vatikan die Dokumente damals aus der Wohnung von Pater Simones Bruder gestohlen haben könnte."

Rabea ließ sich auf die Couch fallen. „Ich verstehe. Der unbekannte Dritte. Du denkst, die van Kampen hat sie, und sie denkt, du hast sie. Das bedeutet, du nimmst an, dass Magali alles inszeniert hat, um an die Schriftrolle zu kommen? Mensch Lukas, ehrlich, welcher Mensch verschwendet zwei Jahre für eine Schriftrolle, selbst wenn Jesus sie verfasst hat?"

„Na, die van Kampen sicherlich", entrüstete sich Lukas.

Rabea biss sich auf die Lippe. „Hm, hat Magali je versucht, dich wegen der Schriftrolle auszufragen?"

„Nein, das nicht, aber mit Sicherheit hat sie unser Haus auf den Kopf gestellt. Wenn du Magali in Barcelona gesehen hättest, Rabea, dann müsste ich dich nicht erst davon überzeugen. Sie war von oben bis unten mit den Diamanten der Holländerin behängt. Dabei hat sie oft genug beteuert, dass sie sich aus Schmuck nichts mache. Sie hat sich verstellt."

Rabea schüttelte ungläubig den Kopf: „Ehrlich, das kann ich nicht glauben. Matti ist auch Magalis Sohn, vergiss das nicht. Ich erinnere mich gut an ihren Brief aus der Schweiz. Sie hat die Alimente angenommen, aber keinen Cent mehr verlangt, obwohl sie wusste, dass deine Familie reich ist. Darüber hinaus hat Magali nie versucht, mit dir in Kontakt zu treten, oder? Nein, es muss etwas anderes dahinterstecken. Die van Kampen wird Magali gedroht haben, Matti etwas anzutun, wenn sie nicht das tut, was sie von ihr verlangt. Das Weib braucht doch nur zu behaupten, dass Matti auf Schritt und Tritt von einem Scharfschützen beobachtet wird. Ein falsches Wort von Magali, und peng!"

„Vielen Dank auch. Deine drastische Ausdrucksweise trägt sehr zu meiner Beruhigung bei. Jetzt geht es mir schon viel besser", kommentierte Lukas grätig.

Rabea zuckte mit den schmalen Schultern. „Du brauchst das manchmal, ehrlich. Du kaust eine Angelegenheit so lange breit, bis sie erst zum Problem wird, über das du dich dann aufregen kannst. Glaub mir, Magali schützt durch ihr Verhalten allein ihren Sohn. Euren Sohn. Welche Mutter würde das nicht? Das ist die Erklärung, Lukas."

„Möglich. Aber ich weiß, was ich gesehen habe. Jules konnte kurz mit Magali sprechen. Sie hat behauptet, dass sie das Problem alleine lösen und bald mit Matti nach Hause kommen wird. Was meinte sie mit *Sie wird das Problem alleine lösen*? Die Entführung ist *ihr* Problem?"

Selten hatte Rabea Lukas so aufgebracht gesehen. „Jules hat mit ihr gesprochen? Was sagt er denn dazu?"

„Er glaubt ihr. Aber etwas stimmt nicht mit ihr. Meine Frau ist nicht die, für die sie sich ausgegeben hat. Sie gibt es ja indirekt selbst in ihrem Brief zu."

„Welchem Brief?"

Lukas zog ihn aus seiner Brieftasche und gab ihn Rabea. Anschließend meinte sie: „Das klingt in der Tat merkwürdig. Ich kann verstehen, dass dich diese Zeilen verwirren und aufwühlen. Besser, Magali hätte sie nicht geschrieben. Vermutlich ging sie davon aus, sie würde überstürzt abreisen müssen und nicht, dass man sie entführen würde."

Lukas lief im Hotelzimmer auf und ab. Rabea klopfte einladend neben sich auf das Sofa. „Du machst mich ganz schwindelig. Setz dich und dann erzählst du mir, wie Matti und Magali überhaupt entführt worden sind."

„Während eines Picknicks im Park. Ich war nur kurz Eis holen und als ich zurückkam, waren beide verschwunden. Jules fand heraus, dass die Entführer einen gestohlenen Reinigungswagen dafür benutzt haben. Anschließend hat man sie in einer Tiefgarage in eine Limousine verfrachtet und in einem Privatjet nach Barcelona geflogen."

„Ein gestohlener Reinigungswagen? Eine Entführung am helllichten Tag aus einem Park? Was für ein Aufwand und was für ein Risiko. Ehrlich, das hätte Magali bequemer haben können. Sie hätte einfach nur abwarten müssen, bis du in der Schule bist, danach ein Flugzeug besteigen und wäre in Barcelona gewesen, bevor du zurück gewesen wärst. Ich gebe zu, die ganze Sache klingt weder koscher noch plausibel, aber sie macht aus Magali noch lange nicht eine Entführerin oder eine Komplizin der van Kampen."

Lukas starrte Rabea verblüfft an. Stimmt, auf diese Weise hatte er es noch gar nicht betrachtet. Magali hätte es wirklich einfacher haben können.

Rabea nahm seine Hand. „Warum bist du mit Jules nach London geflogen? Warum bist du nicht in Barcelona, wenn du weißt, wo Matti und Magali sind?"

Lukas wirkte mit einem Mal verlegen. Er fuhr sich erneut durch die Haare und brachte sie noch mehr in Unordnung. „Na ja, Jules und ich hatten ein kleines Missverständnis. Ursprünglich wollte ich nach Barcelona fliegen."

„Missverständnis? Aha. Was für eines?" Sie musterte ihn mit schief gelegtem Kopf.

Lukas fühlte sich von ihr geröntgt. Hätte er sich ja denken können, dass Rabea nicht lockerlassen würde. Wann war sie den Dingen nicht auf den Grund gegangen? Er beschloss, ihr die Wahrheit zu sagen. „Jules erhielt einen Anruf, dass er sofort nach London müsse. Ich war sauer, weil er wollte, dass wir erst morgen nach Barcelona zurückfliegen. Warum, wollte er mir partout nicht verraten. Als ich mitbekam, dass er deine Akte genommen hat, bin ich ihm gefolgt. Ich habe ihn im Flugzeug zur Rede gestellt. Aufgewacht bin ich auf halbem Wege nach London. Jules hatte mich ausgeknockt."

„Ihr habt euch geprügelt? Schon wieder?" Rabea grinste. Sie erinnerte sich an ein früheres Missverständnis. Damals hatte Lukas Jules die Nase gebrochen. Jules hatte sich später bei Lukas revanchiert und Gleiches mit Gleichem vergolten. Seitdem waren die beiden die besten Freunde.

„Und was hast du angestellt?", wechselte Lukas das Thema. „Wenn ich Jules Glauben schenken darf, hast du mal wieder ein brennendes Streichholz in ein Ölfass geworfen. Wie geht es jetzt weiter? Musst du dich immer noch verstecken?"

Rabea war aufgestanden und hatte sich und Lukas Kaffee eingeschenkt. „Hier, er ist zwar nicht mit unserem italienischen vergleichbar, aber dafür ist er heiß." Sie nahm einen Schluck und sah Lukas prüfend über den Tassenrand hinweg an. Lukas sah schlimm aus. Es waren weniger die dunklen Augenringe und die graue Gesichtsfarbe, die sie schreckten. Vielmehr ging von ihm ein

Gefühl der Resignation aus. Er glaubte an Magalis Verrat und trug schwer daran. Es versetzte Rabea einen Stich. Es bedeutete, dass Lukas mehr an Magali lag, als er zugeben wollte. Vielleicht war er sich dessen selbst gar nicht richtig bewusst, überlegte sie.

„Nein, mit dem Versteckspiel ist es vorbei. Dank Jules", beantwortete sie seine Frage. „Er ist ein Verhandlungsgenie. Und natürlich Dank meiner Freunde vom DIA. Der Director hat sich persönlich eingeschaltet. Er heißt Clayton. Ich fand ihn nett, aber zum Feind möchte ich ihn nicht haben. Er hat die Leute vom CIA richtig zur Schnecke gemacht, weil die Mist gebaut haben. Ich kann dir sagen, das war ein Spaß." Rabea wusste, dass sie plapperte. Aber das Gefühl, wieder ein richtiges Leben zu haben, stellte sich jetzt erst so richtig bei ihr ein. Plötzlich wollte sie einfach nur lachen und albern sein. Und Champagner trinken. Und Lukas lieben. Aber das durfte sie nicht mehr. Er gehörte ihr nicht mehr. Lukas gehörte jetzt Magali. Er wusste es nur noch nicht.

Rabea war mehr als nur erleichtert gewesen, als Jules plötzlich in der Tür gestanden hatte. Bis zu seiner Ankunft hatte sie gezweifelt, dass ihr Plan, den sie gemeinsam mit Director Clayton in der Limousine, quasi vor der Haustür des Chronicle, entworfen hatte, gelingen konnte.

Nach ihrem überraschenden Tête-à-tête mit Clayton war sie einfach in die Suite zurückmarschiert. Es ging nicht anders. Sie musste ihre mit Clayton vereinbarte Rolle spielen.

Rabea war mitten in eine Schlacht geplatzt, die sich Ryan und Logan mit den beiden sie bewachenden Agenten lieferten, während Lansky und der farbige Agent sich auf die Suche nach ihr gemacht hatten. Die beiden DIA-Agenten hatten den Kampf schon so gut wie für sich entschieden gehabt, als Rabea für sie völlig überraschend wieder aufgetaucht war. Leider hatte dadurch einer der CIA-Männer einen heftigen Treffer bei Logan landen können und seine Waffe zurückerobert. Die Situation war wieder ausgeglichen.

Rabea hatte ihnen gegenüber ihre Rückkehr damit begründet, dass sie ungestört habe telefonieren müssen, um ihre Verhandlungsbasis zu stärken. Da wäre sie wieder! Bereit, die Sache zum Abschluss zu bringen. Das war es, was sie Ryan und Logan erklärt hatte und warum sie an Ort und Stelle bleiben wolle.

Sie hatte noch nie so verblüffte Mienen gesehen und das gleich vierfach. Die Männer hatten sie angestarrt wie eine Fata Morgana. Die CIA-Agenten hatten

Lansky verständigt und er und sein Partner waren in die Suite zurückgestürmt, wo sie das gemeinsame Warten fortgesetzt hatten.

Ihre Flucht und ihre unerwartete Rückkehr hatte ihren Bewachern schwer zu schaffen gemacht. Rabea hatte sich diebisch gefreut, dass die vier CIA-Agenten plötzlich alle sehr nervös gewirkt hatten. Sie hatte in den misstrauischen Blicken gebadet, die sie abwechselnd streiften, und dabei wie eine Sphinx gelächelt. Lansky schwitzte und stank und hatte die Couch für sich allein; der Farbige hatte das Fenster weit geöffnet.

Stunden vergingen. Es wurde Abend. Mehrmals hatte Ryan den Versuch unternommen, zu fragen, auf was oder wen sie eigentlich warten würden. Obwohl er so eine Ahnung gehabt hatte. Aber jede Frage war sofort von Lansky im Ansatz abgewürgt worden.

Gegen 22:30 Uhr hatte ein weiterer Mann die Szene betreten. An der Art, wie ihre vier Bewacher auf ihn reagiert hatten, hatte Rabea unschwer sofort deren Vorgesetzten erkannt. Ryan war bei dessen Anblick ein leiser Fluch entwichen. Seine Ahnung hatte sich bestätigt. „Shit, Robertson“, hatte er kaum hörbar geflüstert.

Grant Robertson, der Deputy Director der CIA in Person, war sofort auf Rabea zumarschiert, hatte sich einen Stuhl herangezogen und sich ihr gegenüber gesetzt. Ohne sich vorzustellen, hatte er gesagt: „Miss Kennedy, Sie haben etwas, dass ich haben möchte. Je früher Sie es mir übereignen, umso früher ist die Angelegenheit für Sie erledigt. Es wird Sie freuen zu hören, dass ich im Gegenzug bereit bin, alle Anklagepunkte gegen Sie fallen zu lassen. Ihre Identitätsfälschung und ihr Einschleichen in ein amerikanisches Platoon bedeutet Militärspionage. Das heißt jahrelanges Gefängnis. Heute sind Sie eine junge Frau, aber danach…?“ Das Danach ließ er bedeutungsschwer im Raum stehen.

Rabea hatte Robertson freundlich angelächelt und ihm gesagt, dass sie die Unterlagen nicht bei sich hätte, sich diese jedoch mit einem Mann ihres Vertrauens bereits auf dem Weg nach London befänden. Er müsse sich nur noch ein wenig gedulden. Der CIA-Mann hatte höchst ungehalten darauf reagiert und ihre Worte als Hinhalte-Taktik behandelt. Er erging sich noch eine Weile über ihre Vergehen und die Länge und Härte der Strafen, die sie zu erwarten hatte, falls sie nicht kooperierte, als es an der Tür geklopft hatte.

Jules! Die Begrüßung war rau und wenig herzlich gewesen, das übliche Prozedere: Jules wurde auf Waffen und Abhörgeräte untersucht. Robertson und

Jules waren daraufhin nach nebenan verschwunden. Die nächste halbe Stunde hatte sie nichts mehr von ihnen gesehen oder gehört.

Plötzlich hatte es vor der Suite gepoltert, die Tür war aufgeflogen und der CIA-Posten war rückwärts in den Raum gestolpert. Auftritt Director Clayton, samt DIA-Verstärkung.

Robertson war aus dem Schlafzimmer geschossen. Rabea hatte genüsslich das Schauspiel beobachtet, wie der CIA-Mann die Farbe vergorener Milch angenommen hatte. „Sie?", hatte er nur gesagt, aber sich relativ schnell gefasst.

Director Clayton war auf Rabea zugegangen, hatte ihr die Hand geschüttelt und sich persönlich ein zweites Mal vorgestellt. Offiziell begegneten sie sich gerade zum ersten Mal. Er war mit Jules und Robertson nach nebenan verschwunden. Die nächste halbe Stunde war es dann sehr laut geworden.

Jules war dann alleine ins Wohnzimmer zurückgekehrt, hatte Rabea zugezwinkert, war aus der Suite gestürmt und eine Viertelstunde später wieder aufgetaucht. Es folgten weitere Minuten in der Dreierkonstellation.

Endlich hatte Director Clayton das Schlafzimmer verlassen, mit einer Zigarre im Mund und federnden Schritts, was komisch aussah, denn er war klein und rundlich und er hinkte leicht.

Er hatte sich verabschiedet und zu Rabea gesagt: „Alles erledigt. Sie sind wieder Zivilperson. Wenn Sie in Washington sind, besuchen Sie mich, Miss Kennedy."

Und sie hatte geantwortet: „Gerne, Mr Clayton, aber leider habe ich Einreiseverbot in die USA."

Er hatte aufgelacht und gemeint: „Ha, immer auf den Punkt! Was für eine Chuzpe…Das lassen Sie meine Sorge sein, Miss. Hier, meine Karte. Aber in den Irak lasse ich sie nicht mehr. Und künftig verlegen sie sich auf weniger explosive Themen. Ich möchte kein zweites Mal für Sie den Feuerwehrmann spielen. Verstanden?" Er hatte sie jovial angelächelt, aber in seinen Augen hatte sie etwas gelesen, das erklärte, warum sich Adam B. Clayton seit über einem Jahrzehnt als Director der mächtigen DIA behauptete. Dann hatte er noch gesagt: „McKenzie, Crow, gute Arbeit. Drei Tage Sonderurlaub. Lasst es krachen, Jungs." Er hatte dröhnend gelacht, dazu eine dicke Wolke Zigarrenqualm in den Raum gepafft und war davongerauscht. Ein Wink von ihm und die anderen Agenten waren abgezogen. Der CIA-Mann hatte bereits vor Director Clayton mit hoch erhobenem Kopf die Suite verlassen. Trotzdem hatte sein Abgang etwas von einem geprügelten Hund gehabt.

Die letzten Stunden hatte Rabea als geradezu unwirklich empfunden. Sie war sich dabei wie eine Zuschauerin im Parkett vorgekommen, degradiert und unwichtig, während andere den Preis unter sich ausgemacht hatten. Die Statistenrolle schmeckte ihr nicht.

Nach Director Claytons Abschied hatte sie dann gedacht: Das soll es jetzt gewesen sein? Sie bekam ihr Leben zurück, einfach so?

Und genau das war Rabeas Problem: Es war *zu einfach* gewesen. Als hätte jeder genau die ihm zugedachte Rolle gespielt. Auch sie. Alles war logisch nachvollziehbar, alles passte, die Rechnung ging auf. Trotzdem glaubte Rabea zu wissen, dass sich in der Gleichung noch ein unbekanntes X verbarg. Ihr Instinkt lief längst auf Hochtouren. Irgendetwas hatte sie übersehen. Nur was? Wo lag die Verbindung?

An diesem Punkt ihrer Überlegung hatte sich Jules vor ihr aufgebaut, sie breit angelächelt und gesagt: „Dann gehe ich jetzt mal Lukas holen. Er wartet unten."

„Dir spukt die Akte im Kopf rum. Sag, hattest du wirklich vor, sie zu veröffentlichen?", holte sie Lukas in die unmittelbare Gegenwart zurück.

Rabea schreckte auf. Lukas kannte sie einfach zu gut. Er wusste genau, wenn sie etwas beschäftigte. Verlegen strich sie sich die schulterlangen Haare hinter die Ohren. „Ich weiß, dass du mich für eine journalistische Nervensäge hältst, aber ich bin nicht blöd. Mir ist bewusst, dass die Lage im Irak und in der arabischen Welt insgesamt dafür zu instabil ist."

„Warum hast du dann dein Leben für die Akte riskiert?" Der Vorwurf in Lukas' Stimme war unüberhörbar.

„Weil es mir um die Wahrheit ging. Patrick McKenzie sollte nicht umsonst gestorben sein."

„Wer ist Patrick McKenzie?"

„Ein guter Freund. Er hat mich im Irak unterstützt."

Lukas sah sie an und nickte dann, als hätte er verstanden. „Was hattest du dann mit der Akte vor?"

„Vermutlich wäre ich mit der Akte zu meinem ehemaligen Chefredakteur in Berlin gegangen. Er ist ein vernünftiger Mann und kennt den Regierungssprecher der Kanzlerin seit der Schulzeit. Dieser hätte die Kanzlerin inoffiziell informieren können. Mit der Akte hätte sie ein politisches Druckmittel gegen den US-Präsidenten in der Hand gehabt. Du weißt, wie sehr ich immer dagegen gekämpft habe, dass sich Deutschland an den Kriegen Amerikas beteiligt und sie unterstützt. Deutschland hätte sich mehr und mehr aus der Allianz mit der USA zurückziehen und unsere Soldaten zurückholen können." Rabea stutzte. Etwas, das sie gerade selbst gesagt hatte, hatte einen neuen Gedankengang in ihr ausgelöst. Die Akte als politisches Druckmittel? *Was wäre…*

„Rabea?", sagte Lukas gedehnt. „Was brütest du noch aus?"

Rabea riss sich zusammen, verschob ihre Überlegungen auf später und schenkte Lukas ein Lächeln. Auf dem Tisch lag der London Chronicle. Sie zeigte darauf. „Ich dachte gerade darüber nach, wie viel unabhängiger Journalismus heute noch wert ist."

Lukas weitete etwas seine Augen. Er glaubte ihr nicht. Irgendetwas heckte Rabea schon wieder aus. Wollte er das wissen? Nein. Trotzdem ging er auf ihre Bemerkung ein. „Du meinst das gegenseitige Schmarotzertum zwischen Presse und Regierung und die Frage, wer der Wirt und wer der Parasit ist? Nicht zu vergessen, eine tendenziöse Berichterstattung, die entweder das Empörungsbedürfnis der Masse oder deren Spekulationslust bedient?" Er hatte dies weit heftiger gesagt als beabsichtigt. Er hatte die sensationslüsterne Berichterstattung nach dem Mord an seinem Onkel nie vergessen.

Lukas war schon lange der Meinung, dass die Doktrin des unabhängigen Journalismus viel von ihrem früheren Glanz verloren hatte und sich kommerziellen Zwängen unterwerfen musste. Heute gehörten fast alle Zeitungen und Fernsehsender weltweit agierenden Medienkonzernen. Den Chefredakteuren blieb nichts anderes übrig, als um das goldene Kalb Umsatz und Gewinn zu tanzen. Tatsächlich galt: Je mehr Wirbel eine Information verursachte, umso eher fand sie ihren Weg auf die Titelseite.

Rabea sah Lukas schief an. Lukas sprach einen inneren Konflikt an, den sie selbst gut kannte. Nicht selten hatte der ethisch denkende Mensch Rabea gegen die Journalistin Rabea gekämpft. Wie oft waren ihre ursprünglichen Berichte von ihrer Redaktion nach kommerziell tauglichen Parametern zensiert worden, waren Zusammenhänge aus dem Kontext gerissen und der Öffentlichkeit schlagzeilenträchtig präsentiert worden.

Trotzdem machte Rabea das Gespräch Spaß. Lukas und sie knüpften damit an ihre früheren Diskussionen an. „Ich verstehe. Du findest, die Presse ist zu geschmeidig geworden. Massentaugliche Berichterstattung ist aber wichtig, um die Massen überhaupt zu erreichen. Ich denke, die Leser und Zuhörer sind mündig genug, um sich selbst eine Meinung bilden zu können. Vielleicht braucht es nur eine neue Definition von Pressefreiheit? Nicht nur wir sind frei, sondern besonders auch der Konsument, der sich selbst seine freie Meinung bilden kann. Das ist gelebte Demokratie."

„Ich weiß selbst, dass Pressefreiheit eine der Säulen ist, die unsere Demokratie trägt. Aber sie hat keine Lizenz zur Verleumdung. Vor allem trägt sie damit auch eine große Verantwortung." Lukas stockte. Plötzlich fragte er sich, ob er diese Diskussion wirklich führen wollte.

„Nur zu", forderte Rabea ihn auf.

„Ich finde, die Presse ist sehr kritisch, nur nicht gegenüber sich selbst. Du wetterst doch so gerne gegen die amerikanische Regierung, dabei hatte die sogenannte freie Presse einen großen Anteil an der zweiten Amtszeit des Bush-Präsidenten."

„Nur weiter, ich höre dir zu."

„Auf seinen Wink hin hat die Presse bereitwillig vor der Wahl eine Kampagne gestartet, die der amerikanischen Bevölkerung nochmals die akute Bedrohung durch den Terrorismus vor Augen führen sollte. Vorher war monatelang nichts davon zu lesen. Und warum? Weil Regierung und Presse ein Stillschweigeabkommen vereinbart hatten. Dann rückten die Wahlen näher und Bush brauchte die akute Bedrohung erneut. Sie, Presse und Regierung, haben den Leuten aus Kalkül und mit Vorsatz Angst gemacht, damit sie Bush wählen und nicht Kerry."

Rabea setzte an, um aus alter Gewohnheit dagegen zu argumentieren. Doch sie wusste, dass Lukas Recht hatte. Es entsprach den Tatsachen. Fast das Gleiche hatte sie bei ihrem Live-Interview in Bagdad behauptet, nur viel drastischer formuliert. Und war prompt verhaftet worden. Sie lachte plötzlich hell auf.

Lukas hielt irritiert inne. „Warum lachst du?"

„Weil wir schon wieder diskutieren. Wie in alten Zeiten. Ist das nicht wunderbar?"

Ihr Lachen war ansteckend. Trotz der angespannten Situation stimmte Lukas mit ein. „Wir sind schon ein Paar, was?", meinte er dann.

„Ja, aber ich glaube, wir haben endlich einen Punkt erreicht, um damit umzugehen."

„Wie meinst du das?"

„Früher habe ich gedacht, dass ich nicht ohne dich leben kann, Lukas. Fern von dir habe ich eigentlich nur überlebt. Weil ich es musste. Heute weiß ich, dass ich ohne dich leben kann. Jetzt sieh mich nicht so an, als hätte ich Suaheli mit dir gesprochen, Lukas. Ich weiß genau, dass du mich verstanden hast. Lass uns die Dinge offen ansprechen. Wir kennen einander besser, als die meisten Menschen sich selbst kennen. Wir haben immer geglaubt, dass wir füreinander geschaffen sind. Sicher war das auch eine Weile so, aber nie zum selben Zeitpunkt, oder? Wir haben aneinander vorbeigeliebt, aus Stolz, aus Trotz und aus Dummheit."

Lukas saß mit hochgezogenen Augenbrauen da, aber er sagte nichts.

Rabea lächelte. „Na ja, gut. Du vielleicht ein wenig dümmer als ich."

Lukas knuffte sie dafür und Rabea ergänzte dann: „Und ich dafür ein wenig stolzer."

Und dann lag Rabea erneut in seinen Armen. Sie küssten sich, fühlten und schmeckten sich ein letztes Mal. Beide wussten, dass dies ein Abschied war.

KAPITEL 31

Jules hatte Lucie schon einmal vorsichtig auf die Bombe `Rabea lebt´ vorbereitet und für sie die ersten verbalen Splitter abgefangen („Sei friedlich, Lucie, es war ausnahmsweise meine Idee“), bevor er den Hörer an Rabea weitergereicht und sich dann diskret aus der Suite zurückgezogen hatte.

„Unglaublich! Als Freundin bist du eine echte Zumutung, ehrlich“, waren die ersten Worte, die Rabea entgegenschallten. Dann war erstmal Stille im Apparat. Nur Lucies trockene Schluchzer waren zu hören, weil sie ihren Freudentränen zunächst freien Lauf ließ.

Rabeas Gewissen machte sofort wieder Überstunden. „Ist ja gut, Lucie“, setzte sie zaghaft an.

„Nix ist gut“, schniefte Lucie. „Wegen dir habe ich mir die Augen ausgeheult. Das wirst du mir büßen, Freundin! Ich weiß auch schon wie. Ab ins Flugzeug mit dir, die nächsten Tage gehörst du mir. Ich werde dir Vorwürfe machen und dich gründlich durch die Mangel drehen und das alles, während wir Wellness machen. Strafe muss sein.“

„Oh nein, Gnade Lucie“, stöhnte Rabea. Innerlich schüttelte sie den Kopf. *Typisch Lucie!* Auf eine solch schräge Idee konnte auch nur ihre Freundin kommen. Lucie hatte sie schon einmal vor Jahren dazu überredet. Rabea hatte dabei schnell festgestellt, dass sie sich nach der Wellness nicht sehr ´well` gefühlt hatte. Im Gegenteil, sie hatte es gehasst, dass ständig jemand an ihr herumgezupft und ihr irgendetwas ins Gesicht geschmiert hatte. Vor allen Dingen aber bewahrte sie keine gute Erinnerung an den Programmpunkt `Körperenthaarung Bikinizone´. Natürlich wusste Lucie das. Es war wirklich eine Strafe für sie.

„Oh ja, Maniküre, Pediküre, das ganze Programm. Inklusive brasilianisches Waxing!" Das Grinsen in Lucies Stimme war jetzt unüberhörbar. „Wer weiß, wo du dich rumgetrieben hast und wie das Kraut gesprossen ist", ergänzte sie frech.

Lucie, du Biest!, dachte Rabea. Aber sie wusste, dass sie ihrer Freundin diesmal nicht entkommen würde. Außerdem gab es wirklich Wichtigeres, über das sie sich derzeit Gedanken machte. Hauptsache, sie und Lucie waren zusammen. „Also gut, das bin ich dir wohl schuldig", ergab sie sich in ihr Schicksal.

„Auf jeden Fall. Wann kommst du, Bea? Ich kann es kaum erwarten, dich zu sehen."

„Übermorgen. Ich habe hier noch etwas zu erledigen."

„Gib mir unbedingt deine Flugdaten durch. Ich hol dich ab. Unglaublich, ich kann es immer noch nicht so richtig fassen. Erst hieß es, dass es Jules erwischt hat, was ich sowieso keine Sekunde geglaubt habe, und jetzt habe ich dich wieder! Schon der zweite Lichtblick in diesem ganzen furchtbaren Entführungsschlamassel. Aber mein armer Bruder, die Angst um Matti und die ständige Anspannung machen ihn völlig fertig. Ich kann es spüren. Ehrlich, ich weiß nicht, wie Lukas das alles durchhält. Ich bin selbst völlig durch den Wind. Außerdem haben wir uns vor dem Abflug auch noch bös wegen Jules gestritten. Lukas kann vor lauter Sorgen nicht mehr klar denken, fürchte ich."

„Ja, Jules hat es mir schon erzählt. Halb so wild, Lucie. Die beiden haben das Missverständnis längst geklärt. Dein Vertrauen in Jules war absolut richtig."

„Uff, noch ein Stein vom Herzen geplumpst. Wenn ich gewusst hätte, dass Lukas mit Jules nach London fliegt, wäre ich mitgeflogen. Und jetzt erzähl! Wie war dein Wiedersehen mit Lukas?", schwenkte Lucie urplötzlich im Thema um 180 Grad. Wie immer wollte sie gleich alles auf einmal wissen.

Rabea ahnte bereits, worauf ihre Freundin hinauswollte. „Du meinst, jetzt, da er verheiratet ist?"

„Auch…", kam es gedehnt zurück.

„Zumindest ist es dadurch für mich ein ganzes Stück leichter geworden, ihn loszulassen. Durch Jules wusste ich ja schon länger von Lukas' Heirat mit Magali."

„Aber du liebst ihn noch immer?" Es klang weniger wie eine Frage, sondern vielmehr wie eine Feststellung.

„Natürlich“, erwiderte Rabea ehrlich. Sie hatte nichts dagegen, dass Lucie so schnell auf diesen Punkt zu sprechen gekommen war. Es war aufgrund der tiefen Verbindung der Zwillinge nur logisch. „Keine Sorge, Lucie. Ich kann dich beruhigen, Lukas ist künftig vor mir sicher“, sagte Rabea mit Nachdruck. „Glaub mir, ich habe nicht vor, sein Leben erneut durcheinanderzuwirbeln. Die letzten beiden Jahre hatte ich viel Zeit zum Nachdenken. Auch über mich selbst. Die Wahrheit ist, ich habe vor acht Jahren aus Eifersucht absolut niederträchtig gehandelt, indem ich Magalis Brief an Lukas unterschlagen habe. Wie emotionsarm muss man sein, wenn man einem Sohn den Vater vorenthält? Mein Unterbewusstsein hat es immer gewusst, aber ich habe das lange verdrängt. Ich war feige. Der Verzicht auf Lukas ist meine persönliche Konsequenz daraus. Sieh es so, ich strafe mich quasi damit selbst, weil Lukas es nicht tut. Denn er hat mir verziehen, wie du weißt. Noch ein Beweis, dass er viel zu gut für mich ist. Darum werde ich mich künftig aus Lukas‘ Leben heraushalten, versprochen. Schon allein, weil immer schreckliche Dinge passieren, sobald sich unsere Wege kreuzen. Das letzte Mal ist sein bester Freund Simone gestorben. Auch das trage ich mit mir herum. Ende der Ansprache.“

Es dauerte einige Sekunden, bis Lucie darauf regierte. „Weiß Lukas das denn auch? Ich meine, wird er deinen Verzicht verstehen und sich damit abfinden? Eure Liebe ist ja keine einseitige Sache und sie ist tief verwurzelt. Hoffnung ist der Katalysator der Liebe. Du hättest ihn damals erleben sollen, Rabea. Die Nachricht von deinem Tod hat ihn völlig niedergeschmettert. Auch für mich war es furchtbar, aber ich habe nie daran gezweifelt, dass das Leben weitergehen muss. Aber Lukas hatte einige sehr dunkle Momente. Die ersten Tage hatte ich sogar Angst, dass er sich vielleicht etwas antun könnte. Ich will ehrlich sein. Er ist seit einiger Zeit in der Ehe mit Magali angekommen. Sie tut ihm gut. Ich mag sie sehr und sie liebt Lukas vielleicht genauso stark, wie du ihn liebst. Und sie ist wieder schwanger.“

Natürlich wusste Rabea, dass Lucie damit ihren Bruder schützen wollte. Mit Recht. Sie dachte an Lukas‘ Reaktion bei ihrem Wiedersehen. Die gegenseitige Anziehung, die nichts von ihrer Wirkung verloren hatte, die Verwirrung ihrer Sinne, ihren Kuss…vor allem, wie nahe sie selbst schon wieder gewesen war, ihren festen Vorsatz über Bord zu werfen. Nein, sie musste sich von Lukas fernhalten, durfte ihn nicht mehr sehen. Das war sie ihm schuldig. Sie waren nur noch Freunde. Dass Lukas zum zweiten Mal Vater wurde, war ein weiterer Stein in der Mauer, die sie erbaut hatte, um Lukas aus ihrem Herzen auszusperren. Rabea atmete einmal tief durch, bevor sie antwortete. „Lukas und ich hatten heute ein gutes Gespräch, Lucie. Er hat mir alles erzählt, von Magali und seinen Zweifeln ihr gegenüber. Auch, dass er glaubt, dass seine Frau mit der van Kampen unter einer Decke steckt. Ehrlich, ich glaube das nicht, und das will was heißen, wenn man mein ausgeprägtes Misstrauen kennt. Noch einmal, Lucie: Ganz egal, wie die Sache in Barcelona ausgehen wird, ich werde mich künftig von deinem Bruder fernhalten und mich mit der Schwester begnügen. Versprochen!"

KAPITEL 32

BARCELONA, SPANIEN

Jules und Lukas landeten gegen 12:00 Uhr von London aus kommend in El Prat. Sie waren in aller Frühe, bei Nebel und Sprühregen, aufgebrochen. Barcelona empfing sie mit strahlend blauem Himmel und glühender Mittagshitze.

Fonton und zwei seiner Männer begleiteten sie. Lukas hatte noch spät in der Nacht mit seinem Vater telefoniert. Er wollte nichts mehr dem Zufall überlassen.

Heinrich von Stetten hatte seine Leute mit seiner Beechcraft nach London geschickt. Fonton hatte sie am Morgen in Biggin Hill erwartet, wo Jules und Lukas zugestiegen waren. Kaschinskis kleine Cessna ließen sie am dortigen Flughafen stehen. Dieses Mal hatten sie Carlotta van Kampen ihren Besuch offiziell angekündigt.

Lukas, Jules und Fonton hatten auf dem Flug nur wenige Worte gewechselt. Fonton sprach in der Regel sowieso nur das Nötigste und Jules wirkte ungewöhnlich nachdenklich.

Lukas kam das sehr gelegen. Er hing seiner Begegnung mit Rabea nach. Sie war so anders als sonst gewesen und doch wieder nicht. Die Liebe und die Vertrautheit zwischen ihnen war vom ersten Moment wie früher spürbar da gewesen. Starke, leidenschaftliche Gefühle trieben sie einander in die Arme, nur damit sie anschließend umso leidenschaftlicher miteinander stritten - denn sie hatten noch sehr viel gestritten in dieser Nacht. Über Rabeas Unvernunft, ihre Sturheit, ihren Leichtsinn. *Wann waren sie sich je einmal einig gewesen?*

Gestern, gestand sich Lukas ein. Oder eigentlich heute Morgen. Sie waren die ganze Nacht aufgeblieben und hatten mit nie geahnter Offenheit über sich, ihre Gefühle und ihr Leben gesprochen. Und am Ende hatten sie sich ehrlich eingestanden, dass sich ihre Ziele und Wünsche, aber vor allem ihr Anspruch an das Leben verschoben hatten.

„Freunde?“, hatte Rabea am Ende beinahe zaghaft gefragt.

Ja, sie waren Freunde! Sie hatten endlich ihren Frieden miteinander gemacht. Nun konnte er sich ganz darauf konzentrieren, seinen Sohn nach Hause zu holen und das Rätsel um Magalis Rolle in dieser Angelegenheit zu ergründen.

Vor Ort erwartete sie eine Überraschung. Eine Limousine stand auf dem Vorfeld bereit. Der Chauffeur begrüßte sie überschwänglich mit „Bienvenido en Barcelona en nombre de la Señora van Kampen“. Sie hatten nur umsteigen müssen, die Ankunftsformalitäten waren bereits erledigt.

„Netter Service“, meinte Jules und musterte den bulligen Chauffeur, dessen Anzugstoff sich um ausgeprägte Muskeln spannte. Das Schulterhalfter darunter war nicht zu übersehen. Er sollte sich einen besseren Schneider zulegen, dachte Jules und vergewisserte sich, dass seine eigene Waffe griffbereit im Hosenbund steckte. Er warf Fonton einen vielsagenden Blick zu. Dieser nickte. Er hatte die Waffe des Gorillas ebenfalls registriert.

„Sie trainieren wohl viel, oder?“, meinte Jules, während er sich vorn neben ihn setzte. Fonton und Lukas stiegen hinten ein. Fontons Männer würden mit einem Taxi folgen.

„No comprendo“, brummte der Mann. Jules gab nach einer weiteren Frage zum Wetter („no comprendo“) seinen Versuch auf, eine Konversation mit dem Mann führen zu wollen. Stattdessen sah er aus dem Fenster. Das Fahrzeug war soeben auf die B-22 in Richtung Ronda de Dalt/Tarragona abgebogen. Typisches graues Straßeneinerlei und Industriekomplexe zogen an ihm vorbei.

Auch er war gespannt über die Auflösung des Rätsels um Magali. Er hatte versucht, mehr über sie herauszufinden und Recherchen angestellt. Jeder Mensch hinterließ Spuren, im Leben und im Internet. Es war ungewöhnlich, aber er hatte trotz seiner Routine und Möglichkeiten nichts über sie in Erfahrung bringen können. Magali schien tatsächlich ein vollkommen unbeschriebenes Blatt zu sein. Von Lukas wusste er, wann sie sich in Mallorca begegnet waren, aber er hatte sie auf keiner Passagierliste, soweit überhaupt noch vorhanden, ausmachen können. Nach Mallorca war Magali erneut spurlos von der Bildfläche verschwunden und erst Jahre später in Urnäsch wieder aufgetaucht. Sie hatte dort drei Jahre unter dem Namen Magali Frank gelebt. Wo hatte sie sich in der Zwischenzeit und wo vor Mallorca aufgehalten? Magali hatte stets so getan, als hätte sie ständig in der Schweiz gelebt. Daraufhin hatte er sich auf Matti konzentriert. Es war ihm gelungen, sich eine Geburtsurkunde von Matti zu beschaffen.

Merkwürdigerweise war Matti in Rio de Janeiro geboren worden, als Edoardo da Silva. Brasilien, oder dass sie dort mit Matti gelebt hatte, hatte Magali ihm gegenüber auch kein einziges Mal erwähnt. Magalis Existenz war ein einziges Rätsel. Jules kannte nur zwei Personengattungen, auf die eine solche Vita zutreffen könnte: Entweder auf einen schlafenden Agenten oder eine Person, die in einem Zeugenschutzprogramm untergebracht war. Letzteres ergab allerdings schon deshalb keinen Sinn, weil Magali durch die Einheirat in die Von-Stetten-Familie in die Öffentlichkeit getreten war. Außer, alle Beteiligten, vor denen Magali hatte geschützt werden müssen, waren inzwischen tot und konnten ihr nichts mehr anhaben. Aber dass Magali eine schlafende Agentin sein sollte, erschien ihm genauso absurd. Magali eine ausländische Spionin, die die Hawk-Serie im Visier hatte? Nein, diesem Gedanken gestattete er nicht, Blüten zu treiben.

Selten hatten sich seine Überlegungen derart im Kreis gedreht, ohne einen Zipfel Logik zu erhaschen. Er hoffte nur, dass die Auflösung für seinen Freund nicht zu hart werden würde. Lukas hatte wirklich ruhigere Gewässer verdient und sollte seinen Sohn in Frieden großziehen können.

Sie hatten den Passeig de la Bonanova erreicht. Das Tor zur Van-Kampen-Villa öffnete sich lautlos vor ihnen. Die Schranke ebenso. Der Wagen fuhr knirschend über den Kiesweg und kam am Rondell mit dem Brunnen zum Stehen. Das Taxi mit Fontons Männern folgte ihnen nach.

Niemand erwartete sie vor der Tür und auch sonst war weit und breit keine menschliche Seele zu sehen. Die Villa lag wie ausgestorben in der gleißenden Mittagssonne.

Ihr Fahrer stieg aus, um ihnen die Türen zu öffnen, aber die drei Männer waren schneller. Fonton befahl seinen beiden Männern, sich auf dem Grundstück umzusehen. Lukas strebte bereits ungeduldig zur Eingangstür. Er fand keine Glocke, nur einen bronzenen Türklopfer. Energisch hämmerte er damit gegen die Tür. Hinter ihm fuhr der Chauffeur vom Hof.

Eine Weile tat sich gar nichts. Dann schwang unendlich langsam das Portal zur Seite und Lukas fand sich einer hageren, vollkommen in Schwarz gekleideten

Dame gegenüber. Ihr dunkles Haar, in das sich nur wenige graue Strähnen verirrt hatten, war streng aus dem Gesicht gekämmt und zu einem festen Knoten im Nacken gesteckt. Sie überragte Lukas um einige Zentimeter und sah ihn an, als käme ihm nicht mehr Bedeutung zu als einem Käfer, den man mit dem Fuß zerquetschen konnte.

„Buenos díaz, Señora. Wir möchten zu Señora van Kampen", sagte er jetzt.

„Ich weiß", erwiderte sie auf Deutsch, drehte sich um und ließ ihn vor der Tür stehen.

„Puh, die hat Haare auf den Zähnen. Ein Blick wie Eissplitter. Bei der Señora versagen deine blauen Augen, mein Lieber." Jules war neben ihn getreten und sah der Frau nach, wie sie die weitläufige Halle durchquerte, ohne sich weiter um die drei Ankömmlinge zu kümmern.

„Das heißt dann ja wohl, wir sollen ihr folgen", meinte Jules und setzte sich in Bewegung. Ihr Weg führte sie quer durchs Haus auf eine kleine Terrasse.

Dort erwarteten sie ein leerer Tisch, sechs Stühle und glühende Hitze. Weder Schirm noch Markise, die Schatten spendeten. Die Señora deutete mit einer unwirschen Handbewegung auf die Stühle, dann verschwand sie wortlos im Haus.

„Na, die spanische Gastfreundlichkeit lässt neuerdings sehr zu wünschen übrig. Jetzt fühle ich mich irgendwie, als hätte uns die schwarze Madonna in der Wüste ausgesetzt. Ich habe da drinnen eine Bar erspäht. Wer hat noch Durst?", meinte Jules und sprang schon wieder auf.

Lukas hatte sich gar nicht erst gesetzt. „Was soll das?", meinte er aufgebracht. „Ist das ein Geisterhaus? Wo sind Magali und Matti? Und wo ist die van Kampen?"

„Sie ist hier."

Lukas fuhr herum. Da stand sie. Die Holländerin hatte sich wenig verändert, sie wirkte lediglich ein ganzes Stück schlanker als noch vor zwei Jahren. Das Essen im Exil scheint ihr nicht sonderlich geschmeckt zu haben, dachte Lukas gehässig. Der beinahe tödliche Hass, den er beim Anblick dieser Frau verspürte, erschreckte ihn.

„Wo sind mein Sohn und meine Frau?", fuhr er sie an.

„Wo ist das Jesus-Evangelium?", fragte die van Kampen lässig zurück, während sie auf einen Stuhl zuschlenderte und sich setzte.

Lukas starrte sie sprachlos an. „Das ist jetzt nicht Ihr Ernst. Sie wissen genau, dass ich es nicht habe. Weil *Sie* es in Rom gestohlen haben!"

„Schon gut, kommen Sie wieder von Ihrem hohen Ross herunter. Wut und Hitze vertragen sich nicht. Sie sind zu jung für einen Schlaganfall. Buenos díaz, die Herren“, sie nickte Fonton und Jules zu, wobei ihr Blick jeweils eine Sekunde zu lange auf den Männern ruhte. Er glich mehr einer Lageeinschätzung. „Consuela!“, schrie sie plötzlich laut. Die schwarze Señora erschien fast sofort.

„Wo bleibt deine Gastfreundschaft? Erfrischungen für die Herren, rapido.“ Die schwarze Frau schnaubte wie ein Stier und durchbohrte Lukas erneut mit ihrem Blick. Dann ging sie mit langen Schritten davon, um das Befohlene zu holen.

Die Holländerin war aufgestanden und hatte auf einen Knopf neben dem Fenster gedrückt. Eine schattenspendende Markise fuhr aus.

„Wo ist meine Familie, ich will sie sofort sehen“, beharrte Lukas und musterte die Holländerin scharf.

„Oh, sie sind im Moment nicht da. Magali ist mit Matti ans Meer gefahren“, erklärte sie leichthin.

„Was? Ans Meer? Aber Sie wussten doch, dass wir heute kommen.“ Lukas machte einen drohenden Schritt auf sie zu.

„Ich dachte, es wäre schön, wenn wir erst einmal unter uns plaudern könnten.“

Jetzt schnaubte Lukas wie ein Stier. Wut und Enttäuschung übermannten ihn. Das Bedürfnis, der Frau vor ihm an die Gurgel zu gehen, wurde geradezu übermächtig. „Ich glaube Ihnen kein Wort. Wo haben Sie sie hingeschafft? Die Polizei ist informiert, Sie haben keine Chance. Ihre politischen Freunde werden Sie nur bis zu einem gewissen Maß decken. Mir reicht es jetzt mit Ihren Spielchen. Ich rufe jetzt die Polizei.“ Lukas hielt sein Handy bereits in der Hand.

„Meine Güte, warum denn gleich so theatralisch, mein Lieber. Sie stehen doch nicht auf der Kanzel. Da geht wohl der ehemalige Priester mit Ihnen durch. Ich sagte Ihnen doch, die beiden sind am Meer, irgendwo am Icària-Strand. Wir können gerne gleich hinfahren.“

„Nicht nötig. Ich bin da!“, erklang plötzlich Magalis Stimme. Lukas entging nicht die Überraschung, die sich auf dem Gesicht der Holländerin abmalte. Offensichtlich hatte ihr Magali einen Strich durch die Rechnung gemacht. Er erkannte seine Frau kaum wieder, wie sie leicht gebräunt im weißen Sommerkleid in der Tür stand.

„Wo ist Matti?“ Er versuchte, hinter seiner Frau im Halbdunkel der Wohnhalle etwas zu erkennen.“

„Ich habe ihn mit einer Angestellten nach oben geschickt. Wir Erwachsenen sollten zunächst einige Dinge untereinander klären.“ Sie ging auf Lukas zu, um ihn zur Begrüßung zu umarmen. Er wich vor ihr zurück. Magali maß ihn mit traurigen Augen.

„Warum bist du schon wieder da?“, mischte sich die van Kampen ein.

Lukas entging weder das vertraute Du noch der vorwurfsvolle Ton, der in der Stimme der Holländerin mitschwang. Es war eine Vertrautheit zwischen seiner Frau und ihrer *angeblichen* Entführerin, die ihn irritierte und alle seine Befürchtungen bestätigte. Lukas wusste nicht zu sagen, welches Gefühl in ihm überwog. Die Erleichterung darüber, dass ihm Magali gesund gegenüberstand, oder die Enttäuschung über ihren Verrat.

„Ich bin sehr gespannt auf deine *Erklärung*“, sagte er schneidend. „Du hast exakt zwei Minuten, dann will ich meinen Sohn sehen.“

Magali nickte. Sie wandte sich an seine Begleiter: „Jules, Mr Fonton, würden Sie uns drei bitte kurz alleine lassen?“ Fonton sah Lukas fragend an. Dieser nickte.

In diesem Moment erschien Consuela würdevoll wie eine Königin und stellte ein Tablett auf dem Tisch ab. Ihr Blick glitt zu Magali und lächelte ihr mit einer Wärme zu, die Lukas diesem schwarzen Drachen niemals zugetraut hätte. Noch ein Indiz dafür, dass Magali an diesem Ort alles andere als eine Gefangene war!

Jules warf derweil einen sehnsuchtsvollen Blick auf die einladend mit Zitronenscheiben dekorierte Karaffe mit Eiswasser. Widerstrebend folgte er Fonton, der Magalis Bitte bereits nachgekommen war und in Richtung Park davonschlenderte. Jules hatte sich mit Fonton bereits mit einem Blick darauf verständigt, dass sie von dort aus das Geschehen auf der Terrasse besser im Auge behalten konnten, als wenn sie ins Haus zurückgekehrt wären.

„Ich höre!“ Lukas weigerte sich weiter, sich zu setzen. Er hatte sich mit verschränkten Armen vor Magali aufgebaut und sah sie an wie ein Inquisitor, der ein Geständnis erwartete.

Consuela breitete ein Tischtuch aus und füllte die Wassergläser. Bevor sie sie herumreichen konnte, winkte sie die van Kampen herrisch hinaus. Lukas bemerkte dabei den hasserfüllten Blick, mit dem Consuela ihre Herrin bedachte, und wunderte sich. Die Spanierin gab ihm Rätsel auf. Unterdessen sah ihn Magali flehentlich an und sagte: „Die Erklärung ist einfach, Lukas, sie…“

„Um Gottes Willen, was tun Sie denn da?“, unterbrach Lukas sie und starrte ungläubig auf einen Punkt hinter Magalis Schulter. Magali fuhr herum und ihre Augen weiteten sich vor Entsetzen. Die Spanierin war zurückgekehrt. Mit zitternden Händen hielt sie eine Pistole umklammert und zielte aus kaum drei Metern Entfernung auf Lukas.

„Nein, Consuela! Bist du verrückt geworden? Nimm sofort die Waffe herunter“, rief Magali schreckensbleich.

„Du wirst mein Lämmchen nicht weiter unglücklich machen!“, schrie sie.

Lukas konnte hören, wie Jules und Fonton hinter ihm heransprinteten. Im Bruchteil einer Sekunde begriff er, dass er und Magali ihnen im Schussfeld standen. Mit einem Aufschrei warf er sich auf seine Frau und stürzte mit ihr zu Boden. Consuela schoss im gleichen Augenblick. Schon waren Jules und Fonton heran und entwanden Consuela die Waffe.

Die großgewachsene Frau stand mit aufgerissenen Augen reglos da und lautlose Tränen rannen über ihre bleichen Wangen. „Dios mío, was habe ich getan, was habe ich getan?“, flüsterte sie und sank zwischen den Männern auf die Knie.

Lukas und Magali lagen noch am Boden. „Bist du verletzt?“, fragte Lukas sie. Magali schüttelte fassungslos den Kopf.

Jules sicherte bereits Consuelas Waffe und Fonton packte die Frau am Arm, um sie auf die Beine zu ziehen. Ein lautes Stöhnen ließ alle herumfahren.

Niemand hatte in der Aufregung auf Carlotta van Kampen geachtet und erst jetzt bemerkten sie, dass Consuelas Kugel ein Ziel getroffen hatte: Die Frau, die Lukas mehr hasste als den Teufel, lag halb ausgestreckt im Stuhl, während sich ein roter Fleck auf ihrer Brust rasch vergrößerte. Ihr Atem ging stoßweise, während ihre Hände die Lehne des Stuhles umklammerten.

„Mutter!“, entfuhr es Magali entsetzt und stürzte auf sie zu. Sie riss das Tischtuch herunter und presste es auf die Wunde. „Schnell, tut doch was! Lukas, Jules, sie verblutet!“, schrie sie mit sich überschlagender Stimme.

Fonton hing bereits am Telefon, während Jules einem hinzugeeilten Bediensteten Befehle erteilte. Dann schob er Magali sanft zur Seite und kniete sich neben die Holländerin. Dabei konnte er sehen, dass alle Bemühungen vergebens sein würden. Das Gesicht der van Kampen nahm bereits einen wächsernen Ton an.

Lukas starrte auf die unwirkliche Szenerie. Hatte er eben richtig gehört? *Mutter?* Magali war Carlotta van Kampens Tochter? Seine Beine verwandelten sich in Wasser. Kraftlos sank er auf einen Stuhl. Jules‘ und Rabeas Stimmen hallten in seinem Kopf wider. *Es gibt für alles eine Erklärung.* Ja, die gab es. Aber mit dieser Erklärung hatte er zuletzt gerechnet. Sein Gefühl hatte ihn also von Anfang an nicht getrogen. Magali hatte tatsächlich die ganze Zeit über mit der van Kampen unter einer Decke gesteckt. Mutter und Tochter! Es war so unfassbar absurd, er konnte es nicht begreifen. Die Enttäuschung über Magalis Verrat schlug wie eine Welle über ihm zusammen.

Aber warum hatte Consuela versucht, ihn zu töten? Was hatte sie unmittelbar vor dem Schuss gesagt? Er würde ihr Lämmchen nicht weiter unglücklich machen?

Jäh fiel ihm Matti ein. Adrenalin flutete sein Blut. Er sprang auf, sprintete los, durch das Wohnzimmer und durch die Eingangshalle die Treppe hinauf und während er lief, rief Lukas laut seinen Namen: „Mattiii!“

Hundegebell antwortete ihm, dann wurde eine Tür aufgerissen und sein Sohn stürmte heraus, gefolgt von einer jungen Frau, die vergeblich versuchte, ihn festzuhalten.

„Papa, Papa!“, rief Matti und sprang seinem Vater förmlich in die Arme. „Endlich. Wo warst du denn so lange? Guck mal, das ist Pepe. Darf ich ihn behalten?“ Er zeigte auf den kleinen Retriever, der sie fiepend umsprang. Lukas lachte und herzte seinen Sohn und drehte sich mehrmals mit ihm im Kreis. Die Erleichterung, dass es Matti gut ging, löschte alles andere aus. Er bemerkte die Tränen nicht, die ihm die Wangen nässten und erst als er Mattis Hand in seinem Gesicht spürte, nahm er Mattis Worte wahr:

„*Schon gut*, Papa, du kannst mich jetzt wieder herunterlassen, ehrlich.“

„Nein“, sagte Lukas, „ich lass dich nie wieder los!“

KAPITEL 33

Jemand betrat hinter Lukas das Zimmer, das Matti bewohnt hatte. Der Raum ähnelte einem Spielwarenlager. Es war der einzige Raum, in dem er etwas Ruhe gefunden hatte.

Fast gleichzeitig mit der Polizei war überraschend die spanische Steuerfahndung in der Villa aufgetaucht und hatte einen Durchsuchungsbeschluss präsentiert. Zu ihrer nicht geringen Überraschung wurden sie darüber in Kenntnis gesetzt, dass ihre Zielperson soeben einem Mordanschlag zum Opfer gefallen war. Nichtsdestotrotz wollten sie ihren Auftrag ausführen. Beschluss war Beschluss. Beide Behörden befanden sich noch immer im Kompetenzgerangel. Die hitzig geführte Diskussion verfolgte ihn bis hierauf.

„Was willst du?“, sagte Lukas abweisend. Er wusste genau, dass es sich um Magali handelte. Entsprechend barsch fiel sein Empfang aus. Er wollte nicht mit ihr reden.

Seine Frau war mit ihrer Mutter ins Krankenhaus gefahren und eben erst zurückgekehrt. Lukas war mit Fonton in der Villa geblieben, um sich den Fragen der Polizei zu stellen. Noch vor dem Eintreffen von Krankenwagen und Polizei hatte Lukas Jules gebeten, irgendetwas mit Matti zu unternehmen, egal was, Hauptsache, sein Sohn verschwand aus der Villa und bekam nicht mit, was mit seiner Großmutter geschehen war.

Allein der Gedanke, dass die verhasste Holländerin Mattis Großmutter war, verursachte Lukas beinahe physische Schmerzen. Er konnte es immer noch nicht fassen.

„Sie ist gestorben.“ Magali zögerte kurz, dann trat sie näher. „Wir sollten miteinander sprechen, Lukas“, sagte sie leise. „Je früher desto besser. Um Mattis Willen.“

Lukas wusste, dass er ihr in irgendeiner Form sein Mitgefühl hätte ausdrücken sollen - immerhin war sie Magalis Mutter gewesen, aber er brachte die Worte nicht über die Lippen. Wut und Enttäuschung hielten ihn gefangen. Er wandte sich nicht vom Fenster ab, sondern drehte seiner Frau weiter den Rücken zu. Brüsk erwiderte er jetzt: „Was gibt es da noch groß zu bereden? Du bist eine Betrügerin und hast mein Vertrauen jahrelang missbraucht, Magali. Herrgott, wenn ich daran denke, dass du die Tochter dieser Mörderin bist!" Er spuckte die Worte förmlich aus. „Geh, geh um sie trauern. Ich habe kein Gebet für sie übrig."

Magali starrte auf Lukas' Rücken. Seine Weigerung, sie anzusehen, verletzte sie mehr als seine Worte. Sie machte eine Bewegung, als wollte sie gehen, doch sie überlegte es sich anders. Nein, sie würde sich nicht auf diese Weise von ihm abweisen lassen. Sie musste das jetzt und hier mit ihm klären, sonst würden sie sich immer weiter voneinander entfernen. Sie straffte sich: „Du hast jedes Recht, auf mich wütend zu sein, Lukas", begann sie. „Aber du musst mir glauben, dass ich dich niemals vorsätzlich belogen habe. Meinst du denn, es ist für mich all die Jahre einfach gewesen? Hast du überhaupt eine Vorstellung davon, wie es ist, *ihre* Tochter zu sein? Du solltest dir meine Geschichte wenigstens anhören. Wir waren immerhin zwei Jahre verheiratet und wir haben einen Sohn. Bitte hör mich an. Um seinetwillen."

„Ach ja? Plötzlich geht es dir um ihn? Vielleicht hättest du früher an ihn denken sollen, bevor du ihn in deine schmutzigen Machenschaften hineingezogen hast. Und jetzt benutzt du unseren Sohn als Vorwand, damit ich mir noch mehr von deinen Lügen anhöre?" Lukas merkte selbst, wie bitter sich seine Worte anhörten. Die Enttäuschung über Magalis Verrat fraß sich wie ein böses Geschwür durch seinen Körper. Ihm war auch bewusst, dass er sich kindisch benahm und er sich besser beruhigen sollte. Weil Magali Recht hatte. Sie mussten reden. Besser, sie klärten diese Angelegenheit rasch und brachten es hinter sich. Umso früher konnte er seinen Sohn nehmen, diesen Ort hinter sich lassen und nach Hause fliegen. Magali konnte gerne gleich in der Villa bleiben. Schien ihr jetzt ja sowieso zu gehören.

Er wandte sich ihr endlich zu. Zum ersten Mal, seit er sie auf der Terrasse wiedergetroffen hatte, sah er sie richtig an: „Also gut. Sag, was du zu sagen hast, aber danach werden sich unsere Wege trennen. Ich werde mich scheiden lassen. Ohne Vertrauen sehe ich keine Basis für ein weiteres Zusammenleben. Matti bleibt selbstverständlich bei mir. Bei deinem Vorleben und dem, was du getan hast, wird kein Richter dir das Sorgerecht übertragen", ergänzte er hart. Mit dem letzten Satz hatte er Magali absichtlich treffen wollen. Und er hatte Erfolg damit. Allerdings anders, als er gedacht hatte.

Magali schoss das Blut ins Gesicht. „Soweit bist du also schon? Du verdammter selbstgerechter Priester! Was weißt du schon über mein Leben?", schrie sie ihn an.

„Ich weiß, dass du mich von Anfang an nach Strich und Faden belogen und benutzt hast. Du bist die Komplizin deiner Mutter! Du hast meinen Sohn in Gefahr gebracht und dieser Mörderin geholfen, ihn zu entführen! Du bist genauso wie sie, skrupellos und berechnend", schrie er zurück.

Beide hielten inne und starrten sich verstört an, von der Heftigkeit ihrer Reaktionen selbst überrascht.

Magali kehrte ihm kurz den Rücken zu, um die Tränen zurückzudrängen, die ihr in die Augen gestiegen waren. Sie holte tief Luft und wandte sich wieder um:

„Okay", meinte sie. „So führt das zu nichts. Vielleicht sollten wir uns beide beruhigen. Ich werde dir alles erzählen. Danach kannst du über mich urteilen, wie du es für richtig hältst. Und wenn du die Scheidung willst, gut. Aber eines sage ich dir, Lukas. Ich werde um meinen Sohn kämpfen. Er braucht uns beide. Ich werde auf keinen Fall aus seinem Leben verschwinden oder ihn dir alleine überlassen, dass das gleich klar ist." Magali blitzte ihren Mann entschlossen an.

So hatte Lukas seine Frau erst einmal erlebt, damals in Urnäsch bei ihrer Wiederbegegnung nach sechs Jahren. Sie erinnerte ihn in diesem Augenblick stark an Rabea. „Also gut, ich höre dir zu. Wir setzen uns am besten." Mangels einer anderen Gelegenheit nahmen sie auf Mattis Bett Platz. Magali schob die Plüschtiere zusammen.

Jetzt, wo Lukas bereit war, ihr zuzuhören, fiel es ihr schwer, die richtigen Worte zu finden. „Es stimmt", setzte sie an. „Ich bin Carlottas Tochter, aber ich habe es mir nicht ausgesucht, Lukas. Kein Kind kann das. Meinen Vater habe ich nie kennengelernt. Alles, was ich über ihn weiß, ist, dass er ein pädophiler alter Priester war, der meine Mutter und auch deren Mutter missbraucht hat, als sie noch ganz junge Mädchen waren. Meine Großmutter war eine Waise, die mit sechzehn zu diesem Priester kam, um ihm den Haushalt zu führen. Sie war körperlich leicht behindert und froh über die Anstellung. Sie wurde von dem Priester schwanger, das Kind war meine Mutter. Sie wuchs dort auf, und später verging sich der Priester auch an ihr. Meine Großmutter hatte bis dahin ihr Schicksal still ertragen, aber nun setzte sie alles daran, ihr Kind, Carlotta, zu retten. Noch bevor sie mit ihrer Tochter fliehen konnte, hat der Priester sie getötet, vergiftet. Es kam nie heraus, meine Mutter blieb bei ihm. Mit fünfzehn wurde auch sie von ihm schwanger. Ihr Baby, mich, hat er ihr sofort nach ihrer Geburt weggenommen. Bald darauf war er selbst tot. Ich vermute, Mutter hat ihn getötet, so wie er ihre Mutter getötet hat. Als Mutter meinen Stiefvater Jaap geheiratet hat, hat sie mich mit seiner Hilfe aufgespürt und zu sich geholt. Damals war ich sechs. Vom ersten Tag an hat sie mich indoktriniert, sie lehrte mich, die Kirche und ihre Priester zu hassen. Als Kind habe ich Mutters Fanatismus nie begriffen, für mich war es völlig normal, zu hassen, was sie hasste. Ich war jung, ich liebte und bewunderte meine Mutter. Als sie mich damals vor gut neun Jahren gebeten hat, nach Mallorca zu fliegen und zu versuchen, dein Vertrauen zu gewinnen, war ich sofort dazu bereit."

„Das verstehe ich nicht", Lukas schüttelte den Kopf. „Was sollte das bringen? Das war doch lange, bevor ich in die Angelegenheiten meines Pater General Bentivoglio verwickelt worden bin? Es kann deiner Mutter zu diesem Zeitpunkt unmöglich bereits um die Schriftrollen gegangen sein."

„Doch, es ging ihr immer nur darum, auch damals schon. Sie war davon besessen. Heute weiß ich das, aber damals war ich zu verblendet. Mutter hat recherchiert, dass es sich bei deiner Familie um die Nachfahren der italienischen Grafen di Stefano handelt. Du hast mir doch von dem Tagebuch deines Vorfahren Alexander erzählt. Mutter hat alles selbst herausgefunden: Dass ein Emanuele di Stefano 1773 dem letzten Jesuitengeneral Ricci als Sekretär gedient hat. Sie fand auch einen Hinweis, dass Ricci seinem Sekretär wichtige Geheimdokumente übergeben hat, damit er sie für den Orden in Sicherheit bringen kann. Mutter glaubte fest, dass sich eine Schatzkarte der Inkas darunter befunden hat. Die Spur deines Vorfahren Emanuele hat sich in der Geschichte verloren. Sie fand nur eine Zwillingsschwester namens Emilia, die nach Amerika ausgewandert ist. Dafür hat sie einen anderen deiner Vorfahren aufgestöbert: Piero di Stefano, Emanueles älteren Bruder alias Alexander von Stetten. Dieser tauchte nach dem Verbot sagenhaft reich in Nürnberg auf. Mutter war davon überzeugt, dass er die Schatzkarte aus dem Jesuiten-Besitz seinem Bruder Emanuele gestohlen hat. Dafür spricht auch die Schatz-Legende deiner Familie. Sie glaubte, dass ihr die

Karte immer noch besitzt. So wie sie glaubte, dass da, wo die Schatzkarte ist, sich auch das Vermächtnis des Jesus befinden musste."

„Ich verstehe. Deine Mutter hat dich damals schon auf mich angesetzt, um mich auszuspionieren."

Magali senkte den Kopf. „Ja, aber wie du gemerkt hast, konnte ich das nicht. Denn der Abend und die Nacht mit dir haben alles verändert. Schon als mir Mutter vor meinem Abflug die Bilder von dir zeigte, habe ich mich, glaube ich, in dich verliebt. Du hattest so gute Augen." Magali sah Lukas nun direkt an. Er erwiderte ihren Blick. Nicht nur ihre Worte, auch ihre Augen bestätigen Lukas ihr Geständnis. Aber er war noch weit entfernt davon, ihr Glauben zu schenken. Die Ereignisse der letzten Tage hatten ihn viel zu sehr erschüttert und er konnte seine Gefühle nicht einfach wie eine Lampe aus- und anknipsen.

Magali fuhr in ihrer Erklärung fort. „Ich kehrte nach Rom zurück, wo Mutter einen Palazzo erworben hatte. Ich behauptete, dass ich bei dir keinen Erfolg gehabt hätte, aber sie wusste, dass ich log. Mutter hat nie etwas dem Zufall überlassen und sich immer doppelt abgesichert: Sie hat uns beide auf Mallorca beobachten lassen. Ich habe mich fürchterlich mit ihr gestritten. Das erste Mal überhaupt. Sie wollte, dass ich sofort nach Nürnberg fahre und an dir dranbleibe. Aber ich wollte das nicht mehr. Sie hat mich wochenlang bearbeitet und dann hat sie gar nicht mehr mit mir gesprochen. Sie warf mich aus dem Haus und entzog mir jegliche Unterstützung. Sie verbot auch Consuela, die wie eine Mutter für mich war, den Kontakt. Consuela hat mich trotzdem heimlich besucht. Und dann habe ich entdeckt, dass ich von dir schwanger geworden war. Ein paar Tage lang war ich verzweifelt, wusste nicht, wie es weitergehen sollte. Aber dann wachte ich eines Morgens auf und wusste, dass ich dieses Kind, unser Kind, haben wollte. Aber wie? Eine Studentin hatte mich kurzfristig bei sich aufgenommen, wir hausten zu zweit auf zwanzig Quadratmetern. Keine Bleibe für eine werdende Mutter.

Zwei Tage später tauchte Mutter plötzlich bei mir auf. Mir war sofort klar, dass sie keinesfalls von der Schwangerschaft erfahren durfte. Ich war mir sicher, dass sie das Kind als Druckmittel einsetzen würde, um Zugang zu deiner Familie zu erhalten. Doch wie konnte ich meiner Mutter entkommen? In meiner Verzweiflung vertraute ich mich Consuela an. Sie kannte meine Mutter lange genug und verstand mein Dilemma. Sie und ihr Mann Eduardo haben mir vorgeschlagen, Italien heimlich zu verlassen. Die beiden haben sich dann um alles gekümmert. Sie stammten aus Brasilien und haben schon für meinen Stiefvater, Jaap Leysieffer, gearbeitet. Eduardo war Mutters Sicherheitschef. Die Ironie war, dass er den Auftrag von Mutter erhielt, nach mir zu suchen. Stattdessen hat er mir falsche Papiere besorgt, mir geholfen, nach Brasilien zu entkommen und meine Spuren verwischt.

Eigentlich hatte ich Kunstgeschichte studieren wollen, doch das ging jetzt nicht mehr. Mutter unterhielt gute Kontakte zu allen Universitäten Europas und auch in den Staaten. Darum habe ich in Rio eine Ausbildung als Kindergärtnerin gemacht. Später wollte ich gerne nach Europa zurück. Wo, war mir eigentlich egal. Ich habe mich für die Schweiz entschieden, weil ich relativ gut deutsch sprach. Eduardo besorgte mir auch die Schweizer Papiere. Erneut wechselte ich meinen Namen und wurde zu Magali Frank. Kurz nach Mattis Geburt habe ich es riskiert, dir zu schreiben. Consuelas Adresse und die Daten eines von Eduardo eingerichteten Kontos lagen bei. Du weißt, was dann geschehen ist."

„Ja, meine Jugendfreundin Rabea hat den Brief bei mir zuhause abgefangen. Aus Eifersucht hat sie den Brief unterschlagen. Also gut, Magali. Ich kann nachvollziehen, dass du unter deiner Mutter gelitten haben musst. Das erklärt aber noch lange nicht die Entführung meines Sohnes nach Barcelona."

„Verstehst du denn nicht? Die Lösung ist ganz einfach. Als ich dich vor knapp zwei Jahren geheiratet habe, Lukas, kam ich damit aus meiner Deckung. Bis dahin hatte ich ein vollkommen anonymes Leben geführt, verborgen vor meiner Mutter. Aber Mutter hat dich und deine Familie nie aus den Augen gelassen und sich über alles auf dem Laufenden gehalten. Sie war sehr überrascht zu erfahren, dass ich jetzt mit dir verheiratet war und wir einen gemeinsamen Sohn hatten, ihren Enkel!

Kurz nach der Hochzeit hat sie heimlich mit mir Kontakt aufgenommen. Ich hatte bereits damit gerechnet und lebte in ständiger Angst davor. Aber es ging ihr nicht um mich, ihre Tochter. Mutter hatte lediglich eine neuerliche Chance gewittert, an die Jesus-Schriftrolle zu kommen."

„Was?" unterbrach sie Lukas völlig verdattert. „Warum sollte sie das tun, wenn sie sie doch längst hatte?" Misstrauisch beäugte er seine Frau.

Magali sah, dass Lukas ihr nicht glaubte. Es gab ihr einen neuerlichen Stich. „Irrtum, Lukas. Sie hatte sie wirklich nicht, glaub mir. Sie selbst war von der fixen Idee besessen, dass du sie an dich genommen hattest, Lukas. Sie hat mich damit unter Druck gesetzt. Sie drohte mir, *unser kleines Familienglück*, wie sie es nannte, auffliegen zu lassen. Um Zeit zu gewinnen, habe ich ihr gesagt, was sie hören wollte. Und hier mache ich mir selbst die schlimmsten Vorwürfe, Lukas. Damals hätte ich es dir sagen müssen, aber ich hatte Angst davor, dich gleich wieder zu verlieren. Wir waren ja eigentlich nur durch Matti zusammengekommen. Mir war bewusst, dass du mich aus der Pflicht heraus geheiratet hattest." Magali hielt inne. Sie starrte auf den kleinen blauen Plüschelefanten in ihren Händen, den sie seit geraumer Zeit knetete. Dann hob sie den Kopf und suchte Lukas' Augen. „Ich war schwach, weil ich dich liebte, Lukas, und ich wollte dich nicht verlieren." Sie hielt weiter seinen Blick gefangen. „Du machtest nie einen Hehl daraus, wie sehr du meine Mutter hasst. Ich fürchtete mich davor, dass sich dieser Hass auf mich übertragen könnte. Lügen stehen auf schwachen Beinen. Mir war klar, dass ich meine Mutter nicht mehr lange hinhalten konnte. Spätestens nach dem Einbruch in eure Villa und dem tragischen Tod von Frau Gabler wusste ich, dass meine Zeit ablief. Jeden Tag kam ich mir mehr wie ein Zug vor, der auf einen Abgrund zurast. Doch irgendwie konnte ich nicht mehr zurück. Das ist die Wahrheit und die kannst du mir gerne zum Vorwurf machen. Du weißt selbst, wie viele dumme, verrückte und unverzeihliche Dinge man tut, nur um der Liebe willen."

Lukas sah sie nur an. Er wusste, dass sie auf Rabea anspielte. Weil sie damals den Brief unterschlagen hatte, hatte er erst von Matti erfahren, als dieser fast schon sechs Jahre alt gewesen war. Und doch hatte er ihr auch das verziehen, wie so vieles zuvor. Magali hatte Rabeas Tat nie erwähnt, oder ihm einen Vorwurf daraus gemacht - obwohl sie sich die letzten zwei Jahre wie seine zweite Wahl vorgekommen sein musste. Ehrlicherweise war es ja auch so gewesen, wie er sich eingestand. Verlegen senkte er seinen Blick.

Magali fuhr in ihrer Erklärung fort: „Fast zwei Jahre ist es mir gelungen, mir meine Mutter vom Leib zu halten. Aber jetzt, da sie wieder in das Licht der Öffentlichkeit zurückkehren konnte, hat sie nicht länger warten wollen. Sie drohte mir damit, die Dinge selbst in die Hand zu nehmen, aber nie im Traum habe ich dabei an eine Entführung gedacht. Letzten Donnerstag, drei Tage vor dem Picknick im Park, tauchte sie plötzlich persönlich bei mir vor dem Kindergarten auf. Bisher hatten wir nur Botschaften durch einen Mittelsmann ausgetauscht. Der Haftbefehl, der sie am freien Reisen gehindert hatte, war aufgehoben worden. Sie machte mir nochmals massiv Druck. Sie wollte ihren Enkel kennenlernen, den sie nur von Aufnahmen her kannte. Um sie auf Abstand zu halten, habe ich ihr gesagt, dass wir am Sonntag bei schönem Wetter ein Picknick im Park planen würden und ihr angeboten, dass sie Matti von weitem beobachten könnte, wenn sie wollte. Sie hat sofort eingewilligt, fast zu schnell. Anfangs war ich erleichtert, dass ich nochmals Zeit gewonnen hatte. Dann überkam mich ein merkwürdiges Gefühl, wie eine stille Warnung, dass ich mein Glück zu lange herausgefordert habe. Ich wusste, dass ich mit dir reden musste, Lukas. Zuvor aber wollte ich mich meiner Mutter stellen und sagte ihr zu, ich würde am Montag mit ihr nach Barcelona reisen. Aus diesem Grund habe ich noch in der Nacht zum Freitag den Brief für dich geschrieben. Am nächsten Morgen habe ich Lucie angerufen und ihr gesagt, wo ich ihn versteckt habe. Leider hatte ich Recht, ich hatte zu lange gewartet und Mutter hatte längst unsere Entführung geplant. Um Mattis willen habe ich zunächst kooperiert.

Mutter hat uns am Flughafen München erwartet. Sie hat sich Matti sofort als seine Großmutter vorgestellt und schenkte ihm einen Hundewelpen. Matti war begeistert! Vor Matti konnte ich Mutter keine Szene machen, aber als ich mich weigerte, in das Flugzeug zu steigen, hat sie mir gedroht. Sie sagte, dass jemand dich im Auge hätte und ich dich sicher unversehrt zurückhaben wolle. Das war der Augenblick, in dem ich endgültig begriff, warum du sie immer als Monster bezeichnet hast, Lukas. Meine Mutter ist kein Stück besser gewesen als das Monster, das sie gezeugt hat. Jetzt weißt du alles. Egal, wie du über mich urteilst, vergiss dabei nicht, dass ich unseren Sohn liebe. Niemals hätte ich zugelassen, dass er irgendeinen Schaden nimmt." Magali versuchte Lukas' Blick einzufangen, doch er sah stumm auf den Boden.

„Eines verstehe ich nicht", setzte er schließlich an und hob den Kopf: „Warum hat Consuela versucht, mich zu töten?"

Magalis Blick verschleierte sich. Tiefe Traurigkeit stand jetzt darin zu lesen. „Consuela hat nicht versucht, dich zu töten, Lukas. Erinnerst du dich noch an ihre letzten Worte? *Du wirst meinem Lämmchen nicht weiter wehtun.* Sie meinte nicht dich, sondern Mutter damit."

Lukas sah Magali ungläubig an: „Soll das heißen, sie hat deine Mutter erschossen, um dich vor ihr zu schützen?"

„Ja, sie sah sich wohl beinahe selbst als meine Mutter an, da sie mich quasi aufgezogen hatte. Und sie hat es auch aus Rache für ihren Mann Eduardo getan. Irgendwie muss Mutter vor zwei Jahren herausgefunden haben, dass sie und Eduardo mir damals geholfen haben, abzutauchen. Eduardo ist seitdem spurlos verschwunden. Consuela war davon überzeugt, dass Mutter ihn hat töten lassen. Die Ungewissheit, was aus ihrem Mann geworden ist, ist Mutters Rache an Consuela gewesen. Aber Consuela ist Brasilianerin durch und durch. Sie glaubt an Blutrache. Mit ihrer Tat hat sie gleichzeitig Rache genommen und mir die Freiheit geschenkt."

„Aber warum erst jetzt?"

„Ich denke, sie hat heute Morgen meinen Streit mit Mutter belauscht. Ich habe ihr den Mord an Eduardo auf den Kopf zugesagt. Sie hat es einfach so zugegeben. Consuela hatte wohl bis zuletzt gehofft, dass Eduardo noch lebt."

„Unfassbar", Lukas schüttelte den Kopf. „Sie hat sich selbst geopfert, damit du endlich frei bist? Aber sie wird ihr restliches Leben dafür im Gefängnis verbringen müssen."

„So etwas tun Mütter, Lukas", erwiderte Magali leise. „Ich hätte mich für Matti ebenso geopfert. Meine Mutter hat verlangt, dass ich dich verlasse und wieder bei ihr lebe. Nur dann wollte sie dich und Matti künftig in Ruhe lassen. Ich habe zugestimmt. Das war der Deal, den ich mit ihr ausgehandelt hatte." Sie zögerte kurz und fügte mit brüchiger Stimme hinzu: „Es tut mir leid."

„Was tut dir leid?"

„Alles. Dass ich ihre Tochter bin, dass ich nach einer Nacht schwanger geworden bin, dass ich nicht stark genug war, dir die Wahrheit zu sagen und dass ich dich so sehr liebe…" Die letzten Worte gingen in einem Schluchzen unter. Zu lange hatte Magali unter einer schier unmenschlichen Anspannung gelebt. Die letzten Tage hatte sie nur funktioniert, weil sie für Matti die Fassade hatte aufrechterhalten müssen. Jetzt waren ihre Kräfte erschöpft. Sie brach zusammen.

Lukas sah sie hilflos an. Er hatte Frauentränen noch nie etwas entgegenzusetzen gehabt. Plötzlich hatte er ein Déjà-vu und glaubte sich nach Mallorca zurückversetzt. Blitzartig spulte sich der Abend vor neun Jahren in seinem Kopf ab. Es war wie damals!

Er hatte am nächtlichen Strand gesessen, als er das Schluchzen einer jungen Frau gehört hatte. Er war dem Laut gefolgt und auf Magali getroffen. Plötzlich wurde er von Mitleid für seine Frau überwältigt; er begriff, dass sie nur ein weiteres Opfer der Holländerin gewesen war. Die eigene Mutter hatte sie für ihre Zwecke missbraucht und ihre Seele zu vergiften versucht, seit sie ein kleines Mädchen war. Magali hatte Recht. Anstatt ihren Mut und ihre Standhaftigkeit zu bewundern, führte er sich tatsächlich wie ein verdammter, selbstgerechter Bastard auf! *War Verzeihen nicht der christlichste Grundwert überhaupt?*

Er legte den Arm um seine Frau und zog sie fest an sich. „Schhhh, es ist ja gut. Alles wird gut. Lass uns nach Hause fliegen, Magali. Zusammen."

KAPITEL 34

London, England

Ryan kehrte aus der Lobby in die Suite zurück, wo er sich die neuesten Zeitungen besorgt hatte. Es war bereits früher Nachmittag, sie hatten lange geschlafen, im Zimmer ausgiebig gefrühstückt und dank Clayton hatten sie drei freie Tage vor sich.

Logan fläzte auf dem Sofa und trank seine dritte Tasse Kaffee. „Willst du auch eine?"

„Nein, danke. Wo ist Rabea?" Ryan setzte sich neben ihn und faltete eine Zeitung auseinander.

„Sie ist gerade im Bad verschwunden."

„Interessant", meinte Ryan mit der Nase im London Chronicle. „Senator Whitewolf kommt morgen nach London."

„Was treibt unser Lieblingssenator in London?" Es klang sarkastisch.

„Er hält morgen Abend eine Rede vor der Londoner Handelskammer."

„Na, da können sich die Briten aber freuen."

„Ich werde vielleicht hingehen."

„Warum willst du dir Amerikas größten Umweltaktivisten anhören, der nebenbei Amerika entwaffnen will? Sollen wir die bösen Jungs künftig mit Pfeil und Bogen jagen oder was?"

„Das sagt ausgerechnet der Mann, dessen Vorfahren mit Pfeil und Bogen ganz gut gefahren sind."

„Genau, bis der weiße Mann mit seinen Feuerwaffen kam." Logan stand auf und streckte sich genüsslich. „Was stellen wir heute noch an?", wechselte er das Thema.

„Ich finde, dass Whitewolfs Ideen ganz vernünftig klingen", ließ sich Ryan nicht vom Thema abbringen. „Außerdem will er nicht die Polizeikräfte entwaffnen, sondern den Normalbürger, der immerhin meint, sogar schon seine kleinen Kinder bewaffnen zu müssen. 50% der amerikanischen Haushalte sind bewaffnet. Die Dunkelziffer liegt weit darüber. Und das Argument dafür lautet, dass man Heim und Herd verteidigen muss. Dabei werden…"

„Ja, ja, deine alte Leier", fiel ihm Logan ins Wort. „Du und deine Statistiken: 280 Millionen registrierte Waffen für 300 Millionen Amerikaner. Amerika ist überbewaffnet, bla bla bla."

„Immerhin hast du dir die Zahlen gemerkt. Die Gewalt richtet sich hauptsächlich gegen die eigene Familie, in 35% aller Tötungsdelikte ist die Ehefrau das Opfer. Von den Amokläufen ganz zu schweigen. Denk an Newtown. 20 kleine Kinder tot, erschossen mit einem halbautomatischen Sturmgewehr, einer Waffe, die Clinton verboten und Bush 2004 wieder erlaubt hat. Ich wette, nur weil dieses verdammte Gewehr Bushmaster hieß. Ich meine…"

„Schon gut", fiel ihm Logan abermals ins Wort. „Reg dich ab und entspann dich, Ryan. Und trink das." Er hielt ihm ein Glas Whisky entgegen, als wäre es eine Friedenspfeife. „Wenn du unbedingt deinen Senator hören willst, dann komme ich halt mit. Was tut man nicht alles für seine Freunde." Logan seufzte ergeben.

„Alles klar mit euch, Jungs?" Rabea war, nur mit einem Handtuch bekleidet, in der Tür erschienen. Ihre gelösten Haare lockten sich feucht auf ihren Schultern.

„Alles klar. Wir überlegen nur, was wir mit dem angebrochenen Tag machen sollen." Logan musterte ungeniert Rabeas nackte Beine.

„Ich hätte eine Idee. Wir sollten feiern. Wir könnten später in eine Bar gehen. Mir ist heute nach Champagner zumute. Was sagt ihr dazu? Vorher muss ich allerdings noch ein wenig einkaufen. Ich brauche dringend was zum Anziehen."

Logan grinste Rabea breit an. „Ryan?", wandte er sich an seinen Partner. „Deine Carte blanche ist gefragt. Du hast selbst gehört, was Direktor Clayton gesagt hat: Wir sollen es krachen lassen. Immerhin haben wir gerade so etwas wie den dritten Weltkrieg verhindert, oder? Wenn die Dame Champagner wünscht, dann soll sie ihn auch bekommen."

Rabea warf Logan eine Kusshand zu und verschwand wieder im Bad. Zwanzig Minuten später war sie ausgehbereit. „Bis nachher. Um acht bin ich zurück!“

KAPITEL 35

Pünktlich um acht war Rabea bereit. Sie trug ein schlichtes, schwarzes Neckholderkleid, dazu goldene Schnürsandaletten. Ihre ersten Lustkäufe seit Jahren. Sie war auch beim Friseur gewesen und hatte sich dezent geschminkt.

Ryan entdeckte Rabea als Erster in der Tür. „Wow", entschlüpfte es ihm anerkennend. „Du siehst hinreißend aus. Du solltest öfters Kleider tragen, Rabea."

„Ja, besonders auf der Flucht." Sie lachte Ryan an. Sie fühlte sich heute einfach nur glücklich. Der Albtraum war überstanden und endlich, endlich hatte sie ihren Frieden mit Lukas gemacht. Morgen schon würde sie nach Nürnberg fliegen und ihren Großvater wiedersehen. Und Lucie!

Es wurde ein sehr fröhlicher Abend. Sicherlich trugen etliche Cocktails und der Konsum von zwei Flaschen Champagner erheblich dazu bei. Doch Rabea war vor allem davon berauscht, noch am Leben zu sein - am Leben und endlich wieder frei.

In der Bar gab es eine kleine Tanzfläche. Eine farbige Sängerin hauchte stimmungsvolle Lieder ins Mikrofon. Rabea tanzte abwechselnd mit Ryan und mit Logan. Je betrunkener sie wurden, umso enger tanzten sie. Irgendwann küsste Logan sie und Rabea küsste Ryan beim nächsten Tanz.

Arm in Arm, Rabea in ihrer Mitte, kehrten sie am frühen Morgen in ihr Hotelzimmer zurück. Rabea kicherte, löste sich von Logan, der sie festhalten wollte und schleuderte ihre Sandaletten von den Füßen. Dann verschwand sie im Bad.

„Schade, der Abend scheint zu Ende zu sein", meinte Logan bedauernd. Er steuerte die kleine Bar an und genehmigte sich noch einen Drink.

„Hast du noch immer nicht genug?" Ryan war ihm gefolgt.

Logan hatte ein weiteres Glas gefüllt und schob es ihm zu. Ryan nippte daran und verzog das Gesicht.

Logan starrte die Badezimmertür an. Sie stand einen Spalt breit offen. Sie konnten das Wasser deutlich rauschen hören. „Ich wette, die Frau ist eine Granate im Bett. Hat dir dein Bruder nichts erzählt?"

Ryans Gesicht verschloss sich augenblicklich. „Nein."

„Entschuldige. Das war dumm von mir." Logan fing an zu kichern. „Ich muss wohl betrunken sein." Und schenkte sich nach.

„Ryan, Logan, kommt ihr nicht mit ins Bad?", hörten sie Rabea nach ihnen rufen.

„Was?" Ryan und Logan tauschten einen verwirrten Blick. Logan begriff als Erster. Mit langen Schritten erreichte er das Bad und stieß die Tür auf. Rabea rekelte sich nackt im Whirlpool. Jedenfalls hoffte Logan, dass sie nackt war, er sah nur ihre Schultern bis zum Brustansatz aus dem Wasser ragen. Im Bad herrschte nur spärliches Licht, Rabea hatte den Dimmer auf die kleinste Stufe herabgedreht. Irgendwo hatte sie auch eine Kerze aufgetrieben und auf den Boden gestellt.

Ryan erschien nun neben ihm. Er riss die Augen bei Rabeas Anblick auf. Seine Trunkenheit war wie weggeblasen.

„Na los!", forderte sie Rabea mit einem frechen Grinsen auf. „Worauf wartet ihr noch? Springt rein. Hier ist Platz für drei!"

Logan spürte das Zögern seines Freundes.

„Komm schon! Vergiss einmal deine amerikanische Prüderie! Das ist Swinging London!" Logan knüpfte bereits sein Hemd auf. So schnell hatte er sich noch nie ausgezogen. Nackt stieg er zu Rabea in die Wanne und winkte Ryan, es ihm gleichzutun.

„Ach, was soll´s." Ryan grinste breit und riss sich ebenfalls die Kleider vom Leib.

„Dann macht mal Platz, ihr zwei…"

KAPITEL 36

Vier Stunden und zwei Amerikaner später rekelte sich Rabea im Bett. Das heißt, sie hätte sich gerne gerekelt - leider fand sie sich zwischen Ryan und Logan eingeklemmt: Ryan hatte den Arm um sie geschlungen und Logan ein Bein. *Ganz schön verrückte Sache, die sie sich da geleistet hatte...*Rabea staunte immer noch über sich selbst. Sie hätte niemals von sich geglaubt, dass sie einmal bei einem flotten Dreier mitmachen würde. Bereute sie es? Nein. Es war eine Ausnahmesituation gewesen. Sie hatte als gesunde junge Frau viel zu lange isoliert gelebt und außerdem war sie auch ziemlich beschwipst gewesen. Vor allem aber hatte es Spaß gemacht und, gestand sie sich ehrlich ein, es hatte sie von Lukas abgelenkt. Je mehr Abstand sie zu ihm fand, umso besser. Therapie à la Rabea. Sie freute sich jedenfalls schon darauf, Lucie von diesem Erlebnis zu erzählen.

Vermutlich würde ihre Freundin ihr erst den Kopf waschen, dann sagen, bei ihr hätte es mindestens drei „Verdrängungs-Männer“ gebraucht, und dann würde sie verlangen, dass Rabea ihr brühwarm alle Einzelheiten berichtete. Rabea lächelte. Nein, sie bereute diese Nacht nicht. Warum sollte ehrlich genossener Sex nicht ein guter Start in ihr neues Leben sein? Sie grinste wie eine zufriedene Katze und gönnte sich dann einen ausgiebigen Blick auf ihre beiden Liebhaber.

Logans Narben am gesamten Oberkörper, die ihr gestern schon aufgefallen waren, sahen merkwürdig aus. Sie folgten einer ganz eigenen Symmetrie. Schusswunden waren es keine. Rabea hatte selbst eine vorzuweisen.

Sie hatte noch in der Wanne eine von Logans Narben angetippt und ihn lachend gefragt, ob er Opfer eines betrunkenen Zirkus-Messerwerfers geworden wäre. Sie erinnerte sich daran, dass Logan irgendwie seltsam darauf reagiert hatte, fast so, als wären ihm seine Narben unangenehm. Rabea wunderte das, vor allem, wenn man Logans indianische Wurzeln berücksichtigte. Narben zeugten von einem siegreichen Krieger und verliehen ihm den Nimbus eines Helden. Jedenfalls war das früher mal so gewesen, hatte sie gelesen.

Keiner der beiden Männer rührte sich. Logan schnarchte. Rabea überlegte, wie viel sie getrunken hatten. Gegen fünf Uhr waren in die Suite zurückgekehrt. Logan fand, dass Zimmerservice eine feine Sache war: Man bekam auch um fünf Uhr morgens so viel Champagner, wie man wollte! Also hatte er für ihre Whirlpoolparty noch zwei Flaschen bestellt. Aber das meiste davon hatten sie, soweit sie sich erinnern konnte, sowieso im Wasser verschüttet. Trotzdem wünschte sie sich nicht Ryans und Logans Kopfschmerzen, wenn die beiden aufwachen würden. Apropos Zimmerservice: Rabea verspürte plötzlich Lust auf einen heißen starken Kaffee.

Sie schlängelte sich aus der doppelten Umklammerung. Beide Männer rührten sich kurz, brummten wie Bären, wachten aber nicht auf. Logan seufzte kurz auf und schlang sein Bein jetzt um Ryan. Auch recht, dachte Rabea und unterdrückte ein Kichern. So nüchtern war sie scheinbar doch noch nicht.

Sie tappte nackt nach nebenan und bestellte Frühstück für drei. Bis es geliefert wurde, ging sie ins Bad. Nach der Whirlpool-Orgie, gefolgt von einer Bett-Orgie und diversen Champagnerduschen, hatte sie dringend eine richtige Dusche nötig.

Im Bademantel und mit noch feuchten Haaren kehrte sie in den Wohnraum zurück. Es klopfte. Rabea öffnete und der Etagenkellner rollte den Wagen herein. Er hatte auch zwei Zeitungen für sie dabei. Die Times und ein Boulevardblatt. Auf beiden prangte auf der Titelseite das Bild desselben Mannes. Rabea blätterte zunächst das Boulevardblatt durch. Im Inneren war zusätzlich ein halbseitiges Jugendfoto des Mannes abgebildet. Es zeigte ihn in bester Putin-Propaganda-Manier beim Angeln mit nacktem Oberkörper an einem Fluss.

Sekundenlang starrte Rabea wie elektrisiert auf das Jugendfoto. Dann sprang sie auf. Die Zeitung segelte zu Boden.

Das Bild hatte eine Kettenreaktion in ihr ausgelöst. Wie blind sie die ganze Zeit über gewesen war! Sie hatte die unbekannten Faktoren X und Y immer getrennt voneinander betrachtet. Nun griffen ihre Schlussfolgerungen wie Zahnräder ineinander und rasteten ein, die Begebenheiten sprangen plötzlich an den richtigen Platz. Sie hatte den großen Zusammenhang erkannt. Nichts, was geschehen war, war Zufall gewesen. Hinter allem steckte ein Masterplan.

Dabei hatte die Lösung die ganze Zeit direkt vor ihr gelegen. Um der Wahrheit Genüge zu tun, sie hatte heute Nacht sogar neben ihr gelegen…

Es war noch nicht zu Ende. Ausgerechnet ihr als Journalistin musste das passieren! Rabea war stinksauer, sie ärgerte sich über sich selbst. Sie hatte die wichtigste Frage überhaupt außer Acht gelassen: *Wer profitiert?*

KAPITEL 37

Als Ryan eine Stunde später aufwachte, weckte er kurz darauf auch Logan: „Rabea ist weg!“

„Nicht so laut!“, stöhnte dieser und rieb sich mit beiden Händen über das Gesicht. „Mein Gott, sie wird kurz nach unten gegangen sein. Frühstücken oder irgendeinen Mädchenkram einkaufen.“ Mit rot umränderten Augen sah er zu seinem Freund auf. Logan hatte Ryan und Rabea gestern mit Abstand in Grund und Boden getrunken. Das rächte sich jetzt. „Hast du ein Aspirin?“, blinzelte er seinen Freund an.

„Nein, aber dafür ein merkwürdiges Gefühl. Sie hat Frühstück bestellt, aber nichts davon angerührt. Und die Zeitung lag auf dem Boden, neben dem Bademantel. Sie muss sehr in Eile gewesen sein.“ Ryan hielt das Boulevardblatt in der Hand und raschelte damit.

„Vielleicht ist sie einfach nur schlampig?“ Logan gähnte ausgiebig und warf dann einen Blick auf die Titelseite. Schlagartig war er hellwach. „Shit“, entfuhr es ihm.

„Was ist? Ist dir schlecht?“ Ryan war die jähe Blässe seines Freundes nicht entgangen.

„Nichts, Scheiße, mein Schädel brummt. Ich geh duschen.“ Unbemerkt nahm er sein Telefon mit ins Bad und tippte eine Nummer ein.

„Ihr bekommt wahrscheinlich Besuch.“

„Guten Morgen. Der Besuch ist längst da.“ Der Teilnehmer legte auf.

Logan Crow sah auf sein Handy. „Shit, shit, shit.“ Er war so wütend, dass er am liebsten etwas zerstört hätte, aber das hätte Ryan auf den Plan gerufen.

Stattdessen ballte er die Fäuste und hämmerte sich selbst damit gegen die Schläfen.

Er hatte gepatzt. Er war so gut wie tot.

KAPITEL 38

„Senator Whitewolf, Sir, hier ist eine Dame, die Sie sprechen möchte."
„Hatte ich Ihnen nicht ausdrücklich gesagt, dass ich keine Störungen wünsche? Die Frau soll einen Termin mit meinem Büro vereinbaren." Ungehalten sah der Angesprochene von seinem Redemanuskript auf.

Der Referent knetete seine Hände. Whitewolf hasste diese Angewohnheit. Trotzdem, es sah dem Mann nicht ähnlich, ihn mit irgendwelchen Besuchern zu belästigen.

„Ihre Mutter sagte, dass Sie sie erwarten würden, Sir."

„Und wer soll das sein?", fragte Whitewolf plötzlich wachsam.

„Ihr Name ist Rabea Rosenthal."

Whitewolf erhob sich langsam. Seine Augen hatten sich verengt wie bei einem Panther, der kurz davor war, seine Beute anzuspringen. Der Referent kannte diesen Blick. Es lief ihm kalt den Rücken hinunter. Die Frau tat ihm jetzt schon leid.

„Schicken Sie sie herein. Ich werde sie auf der Terrasse empfangen. Sorgen Sie dafür, dass wir ungestört bleiben."

Whitewolf nahm eine Flasche Wasser aus der Bar und zwei Gläser, dann ging er auf die Terrasse des Penthouse des Savoy. Von hier oben hatte man einen eindrucksvollen Blick über London. Doch die Aussicht ließ ihn kalt. Stattdessen schloss er die Augen. *Mutter,* dachte er intensiv und spürte ihre Präsenz. Warum hatte sie ihm die Journalistin angekündigt? Was genau erwartete sie, dass er tat?

Hinter sich hörte er leichte Schritte und drehte sich um. Da stand sie. Klein und rothaarig - eine zarte Frau - und doch hatte sie sich als eine mächtige Waffe erwiesen.

Whitewolf schenkte sich die üblichen Begrüßungsfloskeln: „Setzen Sie sich, Litonya Meoquanee. Ich nehme nicht an, dass Sie wegen eines Interviews hier sind." Er reichte ihr ein Glas Wasser.

Rabea nahm es entgegen. „Warum nennen Sie mich so: Litonya Meoquanee?"

„Weil es zu Ihnen passt. Es bedeutet so viel wie *Losstürzender Kolibri, der rot trägt*. Und, was führt Sie zu mir?" Whitewolf nahm ihr gegenüber Platz und schlug die Beine übereinander. Er wirkte vollkommen entspannt.

„Crows Narben. Ich habe heute Ihr Jugendfoto in einer Zeitung entdeckt. Es zeigt Sie mit nacktem Oberkörper beim Fischen in den Rocky Mountains. Sie haben die gleichen Narben. Crow ist indianischer Abstammung, ein Irokese. Wie Sie."

„Ich bevorzuge Mohawk. Sie kennen also unsere Rituale, kleine Frau?"

„Ja. Der Sonnentanz ist seit 1910 offiziell verboten, weil es dabei zu Selbstzerfleischungen kam. Die jungen Krieger beweisen mit selbst zugefügten Verletzungen ihre Tapferkeit. Mit Riemen, in denen spitze Holzstifte stecken, lassen sie sich an den Marterpfahl binden. Die einzelnen Stifte werden dann in die Brust getrieben. Stundenlang harren die Männer so aus, bevor sie sich die Stifte schließlich selbst herausziehen. Es sind unvorstellbare Qualen, nicht wenige sind gestorben. Der höchste Preis der Tapferkeit ist der Tod. Heißt es nicht so?"

„Und wissen Sie auch, warum diese Männer das taten?"

„Ja, weil sie glaubten, dass ihre Qualen die Geister gnädig stimmen und ihrem Volk im Folgejahr große Büffelherden schicken würden."

„Sehen Sie, kleine Frau Litonya, und das ist der Punkt. Menschen nehmen mitunter grausame Qualen auf sich für die Dinge, an die sie glauben. In anderen Kulturen nennt man sie Märtyrer."

„Ja, aber der Sonnentanz dürfte heute an Bedeutung verloren haben. Ich nehme nicht an, dass Sie Ausschau nach Büffelherden halten, Mr Whitewolf?" In Rabeas Augen glomm ein Funke.

Whitewolfs undurchdringliche Maske hielt stand. Doch er musste zugeben, dass die Unverfrorenheit der kleinen Frau ihm imponierte. Natürlich wusste er, warum sie heute zu ihm gekommen war. Sie hatte verloren. Sie hasste es, zu verlieren. Doch selbst in der Niederlage musste sie dem Gegner noch die Stirn bieten. An ihrer Stelle hätte er nicht anders gehandelt. Er würde sie testen. Nur wenige außerhalb seines Volkes kannten noch die wahre

Bedeutung des Sonnentanzes. Das ursprüngliche Ritual war den Weißen zu barbarisch gewesen. *Sein Volk war den Weißen zu barbarisch!* wiederholte er in Gedanken. Sein Volk auszurotten, war für die Weißen offenbar nicht barbarisch gewesen. Seit Columbus waren innerhalb eines Jahrhunderts an die 100 Millionen Ureinwohner den Morden und den Seuchen der „zivilisierten" Welt zum Opfer gefallen. Opferten sich jedoch Männer, um eine Vision zu erlangen, um ihrem Volk das Überleben zu sichern, dann nannten sie es *barbarisch!* Whitewolf hasste es, wenn er sich, wie jetzt, in innere Monologe verstrickte. Er trug die Verbitterung seines Volkes in sich - aber er würde niemals zulassen, dass sie die Oberhand errang, sondern nutzte sie, um Kraft aus ihr zu schöpfen. „Was wissen Sie noch über mein Volk?", fragte er mit wachsamem Interesse.

„Zum Beispiel, dass die Mohawk ihre Feinde in tagelangen Marterungen gern zu Hackfleisch verarbeitet haben."

„Ja, und bevorzugt Priester. Am zähesten erwiesen sich die Jesuiten. Sie waren bei meinem Volk als Gefangene hochbegehrt. Man riss sich geradezu um sie, um sie zu zerreißen." Er grinste wie der Wolf, der er war. Natürlich kannte er Rabeas Biographie.

„Ich weiß", erwiderte Rabea ungerührt. „Ich hege viel Sympathie für Ihr Volk, Mr Whitewolf."

„Vermutlich, weil Ihr Volk seit Moses' Auszug aus Ägypten ebenso sein Land verlor, verfolgt, bekämpft und vergast wurde? Kommt jetzt die Litanei, *mein Leid ist euer Leid*?"

„Nein. Ich habe mich aus einem anderen Grund mit den Irokesen beschäftigt. Erstaunlich Ihr Volk, ich bewundere es wahrhaftig. Es fasziniert mich, dass die Frauen als Verkörperung des *lebensspendenden Prinzips* den Mittelpunkt ihrer Gemeinschaft bilden. Ein Prinzip, das in der westlichen, „aufgeklärten" Welt und vor allem bei den drei monotheistischen Weltreligionen ziemlich verpönt ist."

„Ja, mein Volk war seiner Zeit voraus und das war unser Verhängnis. Dann wissen Sie auch, dass die europäischen Einwanderer nicht nur unser Land gestohlen haben, sondern auch unsere politischen Errungenschaften übernommen haben? Unter anderem haben sich die Amerikaner bei der Formulierung ihrer Verfassung und Unabhängigkeitserklärung an uns Irokesen orientiert."

„Ich kenne die Fakten und habe über das Treffen 1744 in Pennsylvania gelesen. Die Vertreter der britischen Kolonialherren und die Häuptlinge der sechs Nationen der Irokesen kamen dort zusammen."

Whitewolf nickte. „Die Mohawk, Onondaga, Oneida, Cayuga, Seneca und Tuscarora. Es ging um die Abtretung von noch mehr Land. Canasatego, ein Onondaga, hielt damals eine mitreißende Rede und empfahl den Kolonialherren eine Union nach dem Vorbild seines eigenen Volkes, eine Konföderation, die ihm zu politischer Kraft verholfen hat. Wissen Sie, wer sich damals auch unter den Gesandten der Kolonialherren befand?"

„Ja. Benjamin Franklin. Er hat sich von der Rede Canasategos Notizen gemacht, die man heute einsehen kann."

Whitewolf nickte erneut und zitierte: „*Sechs Nationen unwissender Wilder waren offenbar fähig, die richtige Staatsform zu finden und sie zudem in einer solchen Weise zu praktizieren, dass sie Jahrhunderte überdauert und absolut unzerstörbar erscheint. Da wäre es doch seltsam, wenn eine solche Union nicht auch für zehn oder zwölf englische Kolonien anwendbar wäre, für die es außerdem weit notwendiger ist.*"

„Benjamin Franklin ist später gemeinsam mit Thomas Jefferson als Hauptverfasser der amerikanischen Verfassung in die Geschichte eingegangen", ergänzte Rabea.

„Benjamin Franklin hat sich für etwas feiern lassen, das er, wie er selbst schreibt, bei *unwissenden Wilden* kopiert hat. Ein Widerspruch in sich, finden Sie nicht?" Verächtlich fügte er hinzu: „Die Gründerväter der USA haben sich noch mehr bei uns abgeschaut: Der Weißkopf-Seeadler, der das Staatswappen der USA ziert, ist eine Legende der Irokesen."

„Mir ist auch diese Legende bekannt."

Whitewolf nahm einen Schluck Wasser und forderte sie dann mit einer Geste auf, weiterzusprechen.

Rabea griff ebenfalls nach ihrem Glas und knüpfte an Whitewolfs Vortrag an: „Am Ende eines vor Gründung des Völkerbundes stattfindenden Krieges zwischen den Irokesen wurden unter einer Kiefer die Kriegswaffen feierlich begraben. In diesem Moment erschien der Prophet Deganawidah und sprach: Dies ist der Baum des Friedens. Über diesem Baum wird zu allen Zeiten der Adler schweben und über das Wohl der Konföderation wachen."

Whitewolf verschränkte die Arme vor der Brust. „Gut, ich erkenne an, dass sie sich eingehend mit meinem Volk beschäftigt haben. Dann wissen Sie sicherlich auch, dass George Washington, unser erster Präsident, schon 1794 die Souveränität der Sechs Nationen der Irokesen anerkannt hat? Als sich 1920 der Völkerbund formierte, sandten die Irokesen sogar einen Vertreter, Desgaheh, nach Genf. Er sollte seinen Sitz im Gremium beanspruchen." Er bannte Rabea mit seinem Blick.

Rabea war zuvor schon aufgefallen, dass seine Augen unterschiedliche Farben aufwiesen. Das eine war blau, das andere sienafarben, fast golden, wie bei einem Wolf. *Sein Wappentier ist ein Wolf! Nein, er ist ein Wolf,* korrigierte sie sich selbst. „Es hat ihrem Volk nichts genützt. Wieder wurden sie um ihr Recht auf Freiheit und Mitbestimmung betrogen – wie all die Jahrhunderte zuvor", fasste Rabea den Ausgang dieser Geschichte zusammen. „Wieder hatten die Weißen nicht Wort gehalten."

„Doch trotz aller Bemühungen des weißen Mannes, die indianischen Völker auszulöschen, besteht der Irokesenstaat bis heute", nahm Whitewolf den Faden wieder auf. „Das Land der Onondaga liegt südlich der Stadt Syracuse, New York. Die Souveränität wird von sämtlichen US-Behörden respektiert."

„Ich weiß." Rabea lächelte so unschuldig wie ein Lamm, während sie mit leiser Stimme sagte: „Aber das genügt Ihnen nicht, Mr Whitewolf, nicht wahr? Sie wollen das ganze Land zurück. Nach dem ersten afroamerikanischen Präsidenten streben Sie an, der erste indianische Präsident zu werden, ein Mann aus dem Urvolk Amerikas." Sie sah ihn herausfordernd an, aber Whitewolfs Miene blieb gleichmütig. Nichts deutete darauf hin, dass sie einen Nerv getroffen hatte. Ärger wallte in ihr auf. Schärfer als beabsichtigt sagte sie deshalb: „Ich habe einmal einen Iraker zitiert, der behauptete: *Die einzige Massenvernichtungswaffe im Irak ist der Amerikaner*. Er hatte Recht! Es hat eine Weile gedauert, bis ich mir die richtige Frage gestellt habe: Wer profitiert? Sie, Mr Whitewolf!" *Konnte dieses eiskalte Arschloch nicht wenigstens einmal mit der Wimper zucken,* fragte sie sich wütend und attackierte ihn weiter. „*Sie* waren der Stratege der Sieben und haben die Operation *Zwei Flüsse* bereits 1999 eingefädelt! Das Ziel: Amerika einen Grund zu liefern, in den Irak einzumarschieren. Sie wollten das Erdöl. Aber davor wollten Sie Saddam Hussein abzocken. Es war ein genialer Plan. Phase 1: Sie bauen dem irakischen Diktator seine Anlage zur Produktion von angereichertem, spaltfähigem Uran – der Klassiker. Niemand weiß, was dann mit dem Material weiter geschieht. Harmloses Atomkraftwerk oder Produktionsstätte von Massenvernichtungswaffen? Dafür haben Sie und Ihre Freunde mehrere Milliarden Diktatoren-Dollar abkassiert. Phase 2: Genau diese Anlage wird

Saddam zum Verhängnis, denn sie lieferte Amerika den Grund für die Invasion in den Irak. Darum haben Sie von Anfang an die CIA an Bord geholt. Krieg ist der Nährboden aller Geheimdienste.

Und Ihr Plan ging auf. Allein das Gespenst, Saddam habe Massenvernichtungswaffen, hat der Bush-Regierung nach dem 11. September gereicht, die amerikanischen Bürger davon zu überzeugen, dass ein Einmarsch unumgänglich ist. Andernfalls drohe mehr oder weniger der dritte Weltkrieg. Sie haben ein Klima der Angst geschaffen. Sie, Mr Whitewolf, haben die USA in einen weiteren sinnlosen Krieg getrieben, der auch die Sicherheit Israels gefährdet.“ Rabea fixierte Whitewolf. Ihre grünen Augen brannten sich förmlich in seine seltsam zweifarbigen.

Doch die perfekte Maske des Mohawk hielt. „Als Nächstes werden Sie mir noch vorwerfen, dass ich es war, der die Piloten, die die Flugzeuge in das World Trade Center und auf das Pentagon gesteuert haben, angeheuert hat“, sagte Whitewolf. Er lehnte sich zurück und lächelte dabei amüsiert.

„Das haben jetzt Sie gesagt. Kommen wir zu Phase 3 Ihres Masterplans: Präsident der USA zu werden. Dafür haben Sie nichts dem Zufall überlassen. Da war zunächst der angebliche Informant, der Linda Farraday 2012 brisante Unterlagen über geheime Konten Saddam Husseins zugespielt hat. *Sie wollten*, dass Linda der Spur des Geldes folgte und herausfand, dass Saddams Geld dazu gedient hat, es in die Nasdaq zu investieren. Plötzlich gab es Hunderte von Startups, deren Aktien in die Höhe schossen. Linda fand hier ihren ersten Hinweis auf ein geheimes, politisch höchst einflussreiches Wirtschaftskonsortium. Insider nannten sie *die Sieben*. Linda und ich nannten sie die Hedgefond-Mafia. Doch Ihr Name tauchte nirgends auf. Sie haben kein Geld von Saddam genommen. Finanzielle Bereicherung war nicht Ihr primäres Ziel. 2000 streuten Sie dann ein paar Gerüchte und die künstliche Nasdaq-Blase platzte.

Zu diesem Zeitpunkt hatten *die Sieben* längst alle Anteile verkauft. Sie köderten sie mit Insidergeschäften, um sie anschließend damit zu erpressen. Ich nehme an, Sie haben nicht nur die Unterlagen sondern auch die Treffen und die Gespräche mit dem Konsortium gut dokumentiert.“ Rabea hielt inne, um ihm die Gelegenheit zu geben, etwas dazu zu sagen, doch Whitewolf zog es vor, zu schweigen. *Scheiß Polarwolf*, dachte Rabea und fuhr fort:

„Ziemlich nachlässig von den *Sieben*, sich nicht mit den Motiven des Mannes auseinanderzusetzen, der sich so nachhaltig für ihre Zwecke einsetzte.

Typischer Fall von Hedgefond-Gier. Als Ihre Biographie erschien, war es zu spät." *Da!* Der Anflug eines Lächelns - hab ich dich, du selbstgefälliger Hund! „In ihrer Biographie propagieren Sie republikanisch unpopuläre Themen wie die Verschärfung der Waffengesetze und den Umweltschutz. Die erwartungsgemäß empörte Reaktion Ihrer „Verbündeten" parierten Sie damit, Patrick McKenzie ins Spiel zu bringen. Genau wie bei Linda Farraday ließen *Sie* ihm 2012 eine Akte über eine geheime Anlage in der Wüste zukommen, zusammen mit dem Beweis, dass diese bereits 1999 existiert hat. Die Akte enthielt Bilder, Ortsangaben, detaillierte Frachtpapiere, sogar die Analyse einer Bodenprobe, die eine erhöhte Radioaktivität nachwies.

Sie inszenierten McKenzie als neue Bedrohung dafür, dass der Regierungsbetrug von 2003 auffliegen könnte. Die Existenz der Akte machte Ihre Leute handzahm, sie brauchten *Sie*. Und um zu demonstrieren, dass Sie alles im Griff haben, ließen Sie McKenzie ermorden." Sie fixierte ihn, während sie die nächste Frage abschoss: „Warum haben Sie mich nicht auch gleich aus dem Weg geräumt?"

„Das war eine Option. Ihre Entdeckung in der Wüste war Zufall. Auch, dass McKenzie und Sie zusammentreffen. Aber nichts geschieht ohne Grund. Darum habe ich gewartet."

„Ich verstehe…die Wege des großen Geistes sind unergründlich? Kommt mir bekannt vor. Sie dachten, ich könnte Ihnen noch von Nutzen sein?"

„Vielleicht. Aber wenige Tage später hieß es, Sie wären in Rom getötet worden."

„Aber dann haben Sie erfahren, dass ich noch lebe. Woher? Waren es meine Nachforschungen in Tanger?"

„Auch. Ich hatte allerdings schon früher meine Zweifel, ob Sie tatsächlich tot sind."

„Dann waren Sie es, der CIA *und* der DIA den Wink gegeben hat, wo ich mich aufhalte?"

Whitewolf antwortete nicht, sondern sah sie nur an.

„Ich verstehe. In Kürze werden die Republikaner Ihre Nominierung als Präsidentschaftskandidat bekanntgeben. Darum haben Sie mich wieder ins Spiel gebracht. Sie erneuerten die Bedrohung. Wieder gab es einen Mitwisser, eine weitere, gefährliche Akte. Und ein weiteres Mal produzierten Sie sich als der große Retter, indem Sie auch mich aus dem Verkehr ziehen ließen. Und weil ich

Ihr letztes Ass im Ärmel bin, lebe ich überhaupt noch. Ich diene Ihnen weiter als Drohkulisse, mit der Sie *die Sieben* auf Linie halten können“, ereiferte sich Rabea. „Darum haben Sie mich den Geheimdiensten zum Fraß vorgeworfen und unwissentlich zu Ihren Komplizen gemacht. *Sie* haben der DIA den anonymen Tanger-Tipp zugespielt, weil Sie *wollten*, dass die DIA einen Teil der Drecksarbeit für die CIA erledigt. Warum? Damit die DIA auch mit drinhängt! Im Falle eines Falles könnten sich die Geheimdienste dann gegenseitig die Schuld zuweisen, und zum Schluss ist es dann wieder keiner gewesen. Die üblichen Unschuldslämmer in Aktion.

Zurück zu Ihrem Plan. Ich weiß nicht, ob die Bush-Regierung 2003 etwas geahnt hat, aber aus irgendeinem Grund blieben der damalige Außenminister Powell und Bush in ihren Erklärungen ziemlich vage. Sie präsentierten lediglich einen windigen arabischen Physiker, der behauptete, er habe in Saddam Husseins geheimer Anlage für Massenvernichtungswaffen gearbeitet. Damals dachten alle, der Mann wäre gekauft und hätte gelogen. Dabei existierte diese Anlage tatsächlich! Saublöd war nur, dass man sie der Öffentlichkeit nicht präsentieren konnte. Denn nachdem Sie McKenzie mit allen Informationen zu dieser Anlage versorgt hatten, war nicht auszuschließen, dass die Wahrheit ans Licht käme: Dass die Amerikaner sie 1999 selbst gebaut hatten, um sich an Saddams Öl-Milliarden zu bereichern. Wenn das publik geworden wäre, Scheiße, den Aufschrei der Welt hätte man bis zum Mond gehört. Und die Alliierten der USA wären sich zu Recht verarscht vorgekommen. Ich vermute, Bush und Co. haben geahnt, dass die Sache nicht ganz koscher ist. Aber Bush Jr. hätte sowieso jedes Märchen geglaubt. Hauptsache Krieg. Sein Vater hat seinen Krieg gehabt, er wollte auch einen. Vor allem aber wollten die Männer im Dunstkreis des Präsidenten einen Krieg - denn sie alle standen mit einem Fuß in der Regierung und mit dem anderen in den Aufsichtsräten jener Konzerne, die sich am Krieg eine goldene Nase verdient haben! Sie haben alle manipuliert: Die Regierung, das amerikanische Volk, Ihr geheimes Wirtschaftskonsortium und mich. Zug um Zug sind wir Ihnen ins Netz gegangen.“

Whitewolf nickte beinahe anerkennend: „Kluge kleine Frau. Sie haben mit allem Recht, jedoch hätte ich nie eine echte Bedrohung für die amerikanische Bevölkerung herbeigeführt. Ich bin Patriot.“

„Patriotismus ist die letzte Zuflucht des Schurken.“

„Ah, Sie zitieren den von mir geschätzten Samuel Johnson, einen Engländer.“

„Ich weiß, dass Sie ihn mögen. Ich habe Ihre Biographie gelesen."

„Ich schätze gute Vorbereitung. Dann wissen Sie auch, dass ich vorhabe, die Kompetenzen der CIA stark zu beschneiden."

„Das hat Kennedy auch vorgehabt. Dann war er tot."

„Die Zeiten haben sich geändert." Er bedachte Rabea mit einem wölfischen Grinsen. „Die CIA wird mir keine Schwierigkeiten bereiten."

Rabea glaubte ihm aufs Wort. Dieser Mann bluffte nicht.

„Ich werde ein guter Präsident sein, kleine Frau. Ich habe vor, ein friedliches Amerika zu schaffen und ein friedliches Amerika benötigt keine Waffen."

Auch das glaubte ihm Rabea aufs Wort. Gegen ihren Willen war sie beeindruckt. Der Mann hatte eine Vision, sie umgab ihn wie eine Aura. Aber für sie war es eine dunkle Aura.

„Tatsächlich bin ich die Letzte, die etwas gegen einen Mann im Weißen Haus einzuwenden hätte, der das Waffenrecht einschränken will", erwiderte sie und sah ihm fest in die Augen. „Mir passt nur der Weg nicht, den Sie dafür eingeschlagen haben. Sie haben eine Grenze überschritten, als Sie Patrick McKenzie haben töten lassen."

„Ich räume ein, kleine Litonya, dass ich seinen Tod tatsächlich bedauert habe. Patrick McKenzie war ein vernünftiger Mann."

Rabea bedachte ihn mit einem giftigen Blick: „Ich weiß, dass Sie Uriah Lightfood mit den Morden beauftragt haben."

Whitewolf machte eine wegwerfende Geste. „Lightfood hatte nichts damit zu tun. Er war allerdings, genau wie Hunter, schlau genug, rechtzeitig zu verschwinden. Ich hatte ihn auf Linda Farraday angesetzt, um mich über ihre Recherchen zu den Sieben auf dem Laufenden zu halten. Lightfood wusste, dass Sie nicht Farraday waren. Er hat übrigens Ihre Aufnahmen heimlich kopiert, kleine Frau. Ich wusste also von Anfang an über Ihre Aktivitäten Bescheid. Darum waren Sie nie eine Bedrohung für mich." Er hielt inne, schien auf eine Reaktion ihrerseits zu warten, doch Rabea sah ihn nur fragend an. Sie wollte Antworten.

Er deutete ihr Schweigen richtig und fuhr fort: „Kehren wir zurück zu Ihrer kleinen Rede. Sie haben Recht, ich habe tatsächlich dafür gesorgt, dass sich Saddam Hussein in seinem Größenwahn kurz in den Möglichkeiten einer atomaren Bedrohung sonnen konnte."

„Ich nehme an, es war nicht sonderlich schwer, ihn zu täuschen?"

„Kaum. Und sein Sohn war ein Idiot. Er hat ja auch den Geheimdienst geleitet.“ Whitewolfs undurchdringliche Maske verzog sich gerade so weit, dass es fast als Lächeln durchging. „Ich habe ihm eine Kernspaltungsanlage hingestellt. Sie hatte allerdings einen kleinen Makel: Sie war nicht funktionsfähig. Ein bisschen angereichertes Uran und ein Geigerzähler haben ausgereicht. Im Irak gab es nicht einen fähigen Kernphysiker, zumindest keinen, der bereit gewesen wäre, für das Regime zu arbeiten. Es war beinahe grotesk, wie leicht sich alle täuschen ließen.“

„Und einige Jahre später hatten Sie, die CIA und Ihre verbündete Hedgefond-Mafia ihren Irak-Krieg. Für die Einen das große Sterben, für Sie und Ihresgleichen das große Geld! Ihre Doppelmoral widert mich an“, stieß Rabea voller Abscheu hervor. „Und bis heute halten Sie alle Fäden in der Hand.“

„Korrekt. Das Dilemma für die ehemalige Bush-Regierung war nach 2003, dass sie nicht beweisen konnte, von allem nichts gewusst zu haben“, ergänzte er ungerührt. Er fixierte nun seinerseits Rabea. Sein Blick hatte etwas Hypnotisches. Rabea entzog sich ihm nur mit Mühe.

„Damit können Sie die Republikaner, falls Sie wirklich Präsident werden sollten, erpressen. Die Mehrheit der Stimmen im Repräsentantenhaus und im Senat dürfte Ihnen bei Abstimmungen sicher sein. Das ist der einzig positive Aspekt. Damit sind die Republikaner so gut wie im Arsch“, konstatierte sie grob.

Sie ärgerte sich über sich selbst. Sie wollte Whitewolf hassen für das, was er getan hatte, doch der Teil in ihr, der sie stets in Schwierigkeiten brachte, war auf widerwillige Art von ihm fasziniert. Er hatte die Menschen manipuliert, ihre Gier nach Macht und Reichtum kanalisiert und seinem Willen unterworfen, damit sie unbewusst den Weg für ihn ebneten. Sie alle waren dem Leitwolf blind gefolgt. Auch sie.

Whitewolf hatte sie beobachtet. Er schien ihren inneren Zwiespalt zu spüren. Rabea ballte die Fäuste und rief sich das Bild ihres Freundes Patrick McKenzie vor Augen, den Whitewolf so kaltblütig geopfert hatte, als handelte es sich um einen Bauern auf dem Schachbrett. Ihr Zorn gewann schnell die Oberhand.

Ihre widerstreitenden Gefühle entlockten ihrem Gegenüber ein sardonisches Lächeln: „Wie ich sehe, verfügen Sie über ein gewisses politisches Gespür, kleine Frau. Sie haben Recht. Mit einer verlässlichen Mehrheit kann ich innenpolitisch all das vorantreiben, woran Clinton und Co. all die Jahre immer gescheitert sind.“

Er stand auf und trat an die Brüstung. Fast beiläufig sagte er: „Was soll ich nun mit Ihnen machen, Litonya Meoquanee?"

Rabea erhob sich ebenfalls und stellte sich neben ihn. Äußerlich ruhig, obwohl ihr Puls sich jäh beschleunigt hatte, sagte sie: „Ich vermute, Sie überlegen jetzt, ob Sie mich töten sollen?"

„Das wäre eine Option. Allerdings gehe ich davon aus, dass Sie sich abgesichert haben, bevor Sie hierherkamen?"

„Natürlich."

„Sie bluffen. Es gibt keine Absicherung. Denn Sie, kleine Frau, haben nicht den geringsten Beweis, der zu mir führt. Nur Ihren klugen kleinen Kopf." Er tippte Rabea an die Stirn. „Außerdem wissen Sie, dass ich nicht zögern würde, Ihre Freunde, die Zwillinge zu töten." Er machte eine kleine Pause, bevor er hinzufügte: „Und da wäre auch noch Ihr Großvater, der alte Rabbi. Mit dem eigenen Tod kann man leben, kleine Frau, aber nicht mit dem Tod derer, die man liebt."

Rabea hielt seiner Herausforderung stand. Nichts anderes hatte sie von ihm erwartet. „Und genau das ist meine Absicherung. Sie und ich wissen, dass ich weder den Tod meines Großvaters noch den meiner Freunde riskieren würde. Daher wissen wir beide, dass ich den Mund halten werde."

Sein Raubtierlächeln hatte etwas Anziehendes und Rabea bekam eine Ahnung davon, wie es sein musste, sich diesem Mann auf dem politischen Parkett zu stellen.

„Sie gefallen mir", sagte Whitewolf. „Als Journalistin sind Sie zwar so lästig wie eine Analfistel, aber Sie haben Mut. Unsere Völker sind sich in ihrer Geschichte ähnlich - unsere Seelen und die unserer Vorfahren sind mit Leid getränkt. Ich mache Ihnen ein Angebot, kleine Frau: Kommen Sie mit an Bord. Ich hätte in meinem Team Verwendung für einen klugen Kopf wie Sie."

„Ach, Sie meinen die weiblichen und die jüdischen Wählerstimmen?"

Whitewolfs rechte Augenbraue kletterte eine Nuance nach oben: „Eine strategische Bemerkung. Sehr gut, aber nein. Das ist nicht meine Intention. Ich mag Ihren Biss und Ihren Idealismus, Litonya Meoquanee. Warum unterstützen Sie mich nicht dabei, aus dieser Welt eine bessere zu machen? An meiner Seite könnten Sie etwas bewirken. Wenn Sie meine Biographie kennen, dann kennen Sie auch meine Meinung zur amerikanischen Außenpolitik. Sie fördert den

Terrorismus und nicht die Demokratie. Sie schürt den Hass gegen Amerika und isoliert Israel. Ich kann viel für die Juden und ihr Land tun. Die Lage im Mittleren Osten muss entschärft werden."

„Eine passende Metapher, finden Sie nicht? Erst setzen sie die Welt in Flammen, um sie dann im richtigen Augenblick zu löschen – und Ihre Mitverschwörer mit ihrer eigenen Dummheit zu erpressen. Aber ich denke, Sie haben noch ein weiteres Ass im Ärmel, nicht wahr?"

„Eine weitere Theorie? Ich bin ganz Ohr." Er betrachtete sie aufmerksam. „Doch ich warne Sie, kleine Frau. Überlegen Sie es sich gut, was Sie mir jetzt sagen wollen. Überschreiten Sie nicht selbst die Grenze."

Rabea neigte den Kopf, zum Zeichen, dass sie verstanden hatte. Whitewolf hatte ihr soeben eine goldene Brücke gebaut. Doch sie konnte nicht anders. Das Selbstzerstörerische in ihr, das sie ihr Leben lang angetrieben hatte, blieb stärker. Sie hatte sich noch nie Gedanken über das Danach gemacht. Sie musste jetzt Gewissheit haben, ihr Mut lebte für den Augenblick.

Sie hielt seinen Blick fest, als sie sagte: „Seit Wochen warnen Sie vor einer neuen Immobilienblase, wobei Sie behaupten, dass ein Börsenchrash unvermeidlich sei. Ihre Rede heute Abend vor der Londoner Handelskammer hat genau das zum Thema. Sie und ich wissen, dass es Ihnen mithilfe Ihres geheimen Konsortiums möglich ist, einen weiteren „schwarzen Freitag" künstlich herbeizuführen. Ich kann es Ihnen nicht beweisen, aber mein Instinkt sagt mir, dass ich Recht habe. Weil Sie es schon einmal getan haben, 2000, als der neue Markt zusammenbrach. Am Ende werden Sie als der große Prophet dastehen, der alle gewarnt hat. Amerika hat seinen neuen Helden."

Wieder zuckte Whitewolf nicht mit der Wimper. „Ich zolle Ihrem Scharfsinn Beifall, kleine Frau, aber was soll ich jetzt mit Ihnen machen? Sie bringen mich wirklich in einen Konflikt, denn ich mag Sie. Dass Sie und McKenzie mit der Akte manipuliert worden sind, können Sie nicht nachweisen. Die Börsensache ist ein anderes Kaliber. Hier könnte der eine oder andere, der sein Vermögen verloren hat, geneigt sein, Ihnen zuzuhören." Er hob bedauernd die Hände. „Sie werden verstehen, dass ich Sie schlecht laufen lassen kann, damit Sie der Welt Dinge erzählen, die diese – die ich – nicht hören möchte."

„Du wirst sie nicht anrühren", erklang unvermittelt eine Stimme hinter ihnen. Rabea fuhr herum. Eine sehr alte Frau war in der Tür zur Terrasse aufgetaucht.

„Mutter." Whitewolf neigte ehrerbietig den Kopf und ging ihr mit langen Schritten entgegen. Er zog einen Stuhl für sie heran und ließ sie darauf Platz nehmen.

Es schien ihn nicht zu wundern, sie hier zu sehen. Er hatte seiner Mutter ein eigenes Flugzeug zur Verfügung gestellt und sie kam und ging, wie es ihr beliebte. Und manchmal überbrückte sie eben einen Ozean.

Rabea fragte sich, wie lange sie ihnen bereits zugehört haben mochte. Sie starrte die alte Frau fasziniert an. Sie hatte schon von Whitewolfs weit über achtzigjährigen Mutter gehört: Die graue Eminenz hinter dem politischen Raubtier. *Die Leitwölfin!* Trotz ihres Alters wirkte sie keineswegs zerbrechlich. Ihr Schritt war fest und ihr Rücken gerade. Das faltige Gesicht strahlte eine stille Würde aus und ihre Züge waren von beinahe zeitloser Schönheit. Ihr weißes und noch immer dichtes Haar fiel ihr bis auf die Schultern herab, während ihren Hals eine Kette mit einem herrlichen, türkisfarbenen Stein schmückte.

Die alte Frau versenkte ihren Blick in Rabeas. Sie besaß die zweifarbigen Augen ihres Sohnes. Eines blau, eines sienafarben. Die junge Frau fühlte eine jähe Wärme in sich aufsteigen.

„Die kleine Frau wird nichts unternehmen. Nicht wahr, Rabea?" Sie hatte eine angenehme, tiefe Stimme. Und sie sprach Rabeas Namen in perfektem Jiddisch aus.

Rabea empfand sofort etwas für die Frau, das über eine spontane Sympathie hinausging. Es war das Gefühl, das ganz ohne ihr Zutun eine Verbindung zwischen ihnen entstanden war. Von dieser Frau ging eine ganz besondere Kraft aus. Eine gute Kraft.

„Es gibt kein Gut oder Böse, Rabea", sagte Whitewolfs Mutter sanft, als hätte sie Rabeas Gedanken gelesen. „Nur Leben und Tod. Einst hast du den Tod dem Leben vorgezogen, aber jetzt wählst du das Leben. Ich kenne deine Qual. Du fühlst dich der Wahrheit verpflichtet. Aber du kannst spüren, dass mein Sohn auf dem richtigen Weg ist. Amerika ist krank, es hat seine Seele verkauft. Wir brauchen Erneuerung. Amerika muss sich aus den alten Werten neu erschaffen, die Menschen müssen auf den ursprünglichen Weg zurückkehren. Die Amerikaner bedauern, dass ihre Kultur nicht älter ist als ihre Verfassung. Aber das stimmt nicht. Wir haben Kultur. *Wir sind ihre Kultur. Wir sind Mohawk* - die Ureinwohner Amerikas. Es ist noch immer unser Land. Denn obwohl sich die Europäer alle Mühe gegeben haben, uns auszurotten, gibt es uns noch. So wie dein Volk, die Israeliten, noch existieren, Rabea. Doch die Mohawk verfügen nicht über mächtige Verbündete, so wie das Volk der Juden. Unser Volk wurde mit falschen Versprechungen und ungültigen Verträgen betrogen, man hat unser Land gestohlen und die Menschen in Reservate gepfercht, die kaum Nahrung boten. Damit wir uns überhaupt ernähren konnten, haben die Weißen uns das Glücksspiel erlaubt."

Rabea nickte. „Ich weiß. Die Casinos Ihres Sohnes bilden den Grundstock für sein Vermögen."

„Ja, wir haben uns arrangiert und die Weißen beobachtet. Wir kennen ihre Schwächen. Noch immer treibt sie die Gier an: Nach Land, Geld und Macht."

„Was treibt Ihren Sohn anderes an? Greift nicht auch er nach der Macht?", konterte Rabea.

„Mein Sohn, wie auch sein Vater und alle seine Vorfahren, waren Häuptlinge ihres Volkes. Es muss immer einen Anführer geben, um die Geschicke eines Volkes zu leiten. Mein Sohn wird seine Aufgabe gut erfüllen und unser Land führen."

„Ich habe gelesen, dass die Menschen gerne ihren Herrn wechseln in der Hoffnung, einen besseren zu bekommen. Die Geschichte zeigt, dass sich bisher alle darin getäuscht haben."

Zum ersten Mal lächelte die alte Frau. „Mein Sohn wird führen und ich werde meinen Sohn führen. Ich bin eine alte Frau, aber mein Tod liegt noch in weiter Ferne."

Auch Rabea lächelte jetzt. Sie fragte sich, inwieweit hier Übereinkunft zwischen Mutter und Sohn herrschte. Sie streifte Whitewolf mit einem Blick. Er verzog keine Miene.

„Mein Sohn weiß das. Es ist unsere Tradition, dass die Clanmütter regieren", sagte die alte Frau mit Nachdruck. Wieder schien es, als hätte sie Rabeas Gedanken gelesen: „Wir wollen zurückkehren auf den alten Weg. Wir wollen unsere kulturelle Identität zurück. Sieh hin, Rabea, wie viele der Einwanderer sind aus ihrer alten Heimat geflohen, weil sie dort wegen ihrer Religion verfolgt worden sind. Und was taten diese Verfolgten nun? Sie brachten in die Neue Welt die Zwistigkeiten ihrer alten Welt mit. Statt Toleranz zu üben, versuchten sie mein Volk mit allen Mitteln zu missionieren, wendeten nun selbst Gewalt und Zwang an. Sie zerstörten unsere jahrhundertealten heiligen Stätten und verboten unsere Rituale.

War es nicht genauso bei den ersten Christen? Wurden sie nicht auch erbarmungslos verfolgt? Die Weißen lernen nicht aus ihrer Vergangenheit. Wirkt nicht die Zeit der Kreuzritter bis heute nach? Als Journalistin weißt du, dass viele muslimische Hassprediger sich bis heute auf die Taten der Kreuzritter berufen. Wir vermeiden diesen Fehler. Wir setzen auf Aussöhnung und Vereinigung unserer Völker, nicht auf Vertreibung, Ausrottung oder Missionierung. Wir setzen auf die Zukunft und hängen nicht vergangenen Taten nach, weder guten noch schlechten. Man darf nicht stehenbleiben, sonst dreht man sich irgendwann im Kreis. Amerika tritt auf der Stelle, aber es ist noch nicht zu spät, den richtigen Weg einzuschlagen." Erneut kam sie Rabeas Einwand zuvor. „Ich sehe deinen Zorn und ich verstehe ihn, Rabea. Du grollst uns wegen der Opfer, die der Irakkrieg gefordert hat und noch fordern wird. Doch der Kampf für eine gute Sache erfordert immer Opfer. Wie viele Menschen sind in Abraham Lincolns Bürgerkrieg gefallen?"

„Lincoln hat im Gegensatz zu Ihrem Sohn diesen Krieg nicht aus Eigennutz provoziert!"

Die alte Frau lächelte traurig. „Vielleicht hast du Recht. Nicht immer rechtfertigt das Ziel den Weg. Doch rechtfertigt ein *falscher* Schritt, stehen zu bleiben? Das Ziel aus den Augen zu verlieren? Das ist meine Botschaft an dich: Wenn du meinem Sohn nicht vertraust, dann vertraue mir." Sie bannte Rabea mit ihrem Blick. Mehrere Sekunden verstrichen, die Whitewolf völlig ausklammerten, während Rabea und seine Mutter in einem stummen Dialog verharrten.

Endlich nickte Whitewolfs Mutter Rabea zu, strich ihr mit dem Daumen über die Stirn, als wollte sie sie segnen und verließ die Terrasse ohne ein weiteres Wort.

Kurz kam sich Rabea merkwürdig verlassen vor, beinahe, als hätte die alte Frau ihre Existenz vervollständigt.

Whitewolfs Stimme holte sie in die Gegenwart zurück. „Kleine Frau, bevor Sie gehen. Zwei Dinge: Zum einen weiß ich von Ihrem kleinen Intermezzo mit der ehrenwerten Dr. Grant. Machen Sie sich keine Illusionen. Ich habe den Chronicle heute Morgen gekauft.

Der zweite Punkt betrifft die Unterlagen, die Sie vor knapp zwei Jahren aus dem Schließfach des Jesuitengenerals geholt haben, das Vermächtnis ihres Messias Jesus. Die Zeit ist noch nicht reif für eine Veröffentlichung. Die Vereinigten Staaten sind auf eine stabile Kirche angewiesen. Sie ist das Fundament des konservativen Amerika, das unser Land zu dem gemacht hat, was es heute ist. Das bedeutet, die Gesellschaft braucht eine stabile Kirche und dies umfasst auch den Vatikan. Die Stärke der christlichen Kirche ist ein Garant für die USA. Ist sie geschwächt und verliert ihre Basis an Gläubigen, sind die Muslime bald in der Überzahl. Inzwischen leben in den Vereinigten Staaten mehr Muslime als Juden. Aber die christlichen Grundwerte sind nach wie vor die Grundwerte der Mehrheit der Amerikaner. Egal, ob sie sich Baptisten, Evangelisten oder Wiedererweckte nennen. Mit anderen Worten, mir, Amerika, liegt sehr daran, dass die Dokumente aus dem Schließfach nicht an die Öffentlichkeit gelangen. Wir leben in einer instabilen Welt, die noch lange nicht ihr Gleichgewicht gefunden hat. Die Welt ist nicht bereit. Noch nicht."

Rabea sah Whitewolf nachdenklich an, dann nickte sie. Sie hatte tatsächlich verstanden. Whitewolf hatte ihr soeben mitgeteilt, dass er wusste, wo sich die Original-Schriftrolle des Evangeliums des Jesus befand. Und dass er zu allem bereit wäre, um eine Veröffentlichung zu verhindern.

KAPITEL 39

Rabea verließ das Hotel. Das Gespräch mit Whitewolf und vor allem mit seiner Mutter wirkte in ihr nach.

Whitewolfs Mutter hatte ihr zu verstehen gegeben, dass es ein Handeln gab, das jenseits von Gut und Böse existierte. War das nicht angeblich auch Gottes Philosophie? Das Schicksal von Einzelnen auszuklammern und nur auf das Gemeinwohl abzuzielen? Aber wer bestimmte das Gemeinwohl?

Nein, sie verweigerte sich dieser Philosophie. Wie konnten sich Menschen anmaßen, sich selbst über das Schicksal anderer zu erheben und dieses zu besiegeln, im Namen und „zum Wohl der Allgemeinheit?" Diese Art der Moral entsprach nicht ihrer Ethik. Mord war Mord.

Whitewolf und seine Mutter waren nicht Gott, doch sie hatten Gott gespielt! Sie hatten Patrick McKenzie ermordet. Ebenso wie Linda Farraday und die Männer des Suchtrupps. Punkt. Und sie würde einen Weg finden, dass Whitewolf dafür zur Rechenschaft gezogen wurde. Er würde für seine Taten bezahlen.

Rabeas Kampf- und Lebensgeist reckte sich wieder zu voller Größe. Sie folgte einem Impuls, drehte sich nochmals um und blickte die Fassade des Savoy empor.

Sie war beinahe sicher, dass Whitewolf auf der Terrasse stand und auf sie hinuntersah. Er war tatsächlich ein Wolf im Maßanzug. Sozial im Rudel und gleichzeitig ein gnadenloser Killer. Sie fröstelte und fragte sich unwillkürlich, ob er wohl nachts den Mond anheulte. Noch nie war sie einem derart eiskalt kalkulierenden und agierenden Mann begegnet. Wirtschaft und Militär waren ihm ins Netz gegangen, weil er ihre primitiven Bedürfnisse für sich genutzt hatte: Die Gier nach Geld und Macht.

Doch das weit größere Rätsel für sie war Whitewolfs Mutter – *die Leitwölfin*. Von ihr ging eine ungewöhnliche, geradezu archaische Kraft aus. Wenn sie einen Raum betrat, wurde sie sofort zu seinem Zentrum. Rabea wollte mehr über diese ungewöhnliche Frau erfahren. Sie lächelte. Sie würde über die Clanmutter recherchieren.

Sie wandte sich der Straße zu. Bis zum Halston Hotel war es nur ein kurzer Spaziergang. Am Bürgersteig geriet eine schwarze Limousine mit verdunkelten Scheiben in ihr Blickfeld. *Ein Déjà-vu? Das war doch…*? Die hintere Tür wurde von innen aufgestoßen.

„So trifft man sich wieder", ertönte eine bekannte Stimme aus dem Innenraum.

Rabea trat näher und beugte den Kopf in den Fond: „Director Clayton? Was machen Sie hier? Ich dachte, Sie befänden sich längst auf dem Weg zurück nach Washington?"

„Tja, das hätten Sie wohl gerne. So leicht lasse ich Sie nicht von der Leine, Rotfuchs. Und ich hatte Recht. Steigen Sie ein, es gibt einiges, worüber ich mit Ihnen reden möchte."

Rabea warf einen beunruhigten Blick über ihre Schulter, wo sie Whitewolfs Blicke wähnte. Für ihn musste es aussehen, als würde sie abgeholt werden. Nun war es ohnehin zu spät. Nach ihrem Gespräch mit Whitewolf war ihr sowieso klar, dass sie für lange Zeit keinen Schritt mehr tun würde, den er nicht überwachte.

„Kommen Sie schon", drängte Director Clayton sie einzusteigen.

Rabea kletterte in den Wagen und fragte sich, was der Director des DIA vor dem Hotel Whitewolfs zu suchen hatte. War er ihr gefolgt? Oder dem weißen Wolf?

Im Inneren roch es wieder stark nach Zigarre. Der Wagen fuhr langsam an und fädelte sich in den dichten Londoner Verkehr ein. Sie fuhren Richtung St. James Park.

Clayton nahm seine Brille ab und fing an, sie umständlich mit einem Stofftaschentuch zu reinigen.

„Wie viele Leben hat eine Katze?", fragte er scheinbar zusammenhanglos, während er die Brille hochhielt, ein Glas anhauchte und mit Hingabe polierte.

Rabea blinzelte ihn irritiert von der Seite an: „Soweit ich weiß, sind es sieben."

„Und? Sind Sie eine Katze?"

„Wer weiß…?"

„Sind dann noch genug Leben übrig, damit Sie Ihres schon wieder riskieren können? Eben erst habe ich Sie aus dem Schlamassel herausgeholt und dann marschiert Rotkäppchen - Verzeihung, *Rotkätzchen* - geradewegs in die Höhle des bösen weißen Wolfes." Er setzte seine Brille umständlich wieder auf und fixierte sie durch die dicken Gläser hindurch. „Nur so aus Neugierde…woher wussten Sie es?"

„Woher wissen Sie es?", fragte Rabea frech zurück.

Clayton stöhnte theatralisch. „Journalisten! Was sind hundert Journalisten auf dem Meeresboden?", fragte er und beantwortete seine Frage gleich selbst: „Ein guter Anfang!" Er lachte schallend über seinen Witz, wurde aber umgehend wieder ernst: „Übertreiben Sie es nicht, Miss Kennedy. Wenn Sie Ihr Leben noch etwas genießen wollen, sollten Sie nicht länger in dieser Politkloake herumstochern, sondern die Sache besser mir überlassen. Whitewolf und die Leute in seinem Dunstkreis sind eine Nummer zu groß für Sie. Also, noch einmal. Woher wussten Sie es?" Alles Joviale war von ihm abgefallen. Jetzt sprach der Director des DIA.

Rabea bot ihm trotzig die Stirn: „Um im Märchenjargon zu bleiben: Ich bin den Brotkrumen gefolgt, wie bei Hänsel und Gretel. Mit anderen Worten, Linda Farraday und ich sind der Spur des Geldes gefolgt. Vom Irak bis in die USA."

Clayton nickte. „Genauso wie ich. Über die sogenannten Krumen sprechen wir noch. Ich gebe zu, Whitewolf hat auch mich eine Weile an der Nase herumgeführt."

„Was werden Sie gegen ihn unternehmen?"

„Was soll ich denn Ihrer Meinung nach unternehmen? Sie haben am eigenen Leib erfahren, wie teuflisch geschickt Whitewolf jeden Schritt geplant und jede Transaktion eingefädelt hat – ohne sich dabei selbst die Hände schmutzig zu machen. Wie ein Schachgroßmeister hat er jeden Zug im Voraus geplant und nichts dem Zufall überlassen. Wir können dem Mann nichts nachweisen. Nicht, ohne uns selbst an den Pranger zu stellen."

Clayton atmete tief ein. Er spürte, wie sich sein verdammter Blutdruck wieder gefährlichen Werten näherte. Diese ganze Angelegenheit brachte ihn in Rage, Whitewolf ebenso wie diese Schmeißfliege Robertson und seine Kumpane von der CIA, die ihm die ganze Suppe eingebrockt hatten - weil sie der Meinung waren, sich in die Politik einmischen zu müssen. Natürlich waren sie geradewegs in Whitewolfs Falle getappt. Durch ihre Dummheit waren ihm jetzt die Hände gebunden. Und bei der ganzen Sache hatte diese kleine Journalistin neben ihm mehr Mumm in den Knochen als die meisten Männer, die er kannte. Ein Jammer, wenn ihr etwas passieren sollte.

Clayton fasste einen spontanen Entschluss.

„Ich verrate Ihnen was, Rotfuchs. Aber nur, weil wir beide die Wahrheit kennen und sie nicht beweisen können. Sie sollen wissen, warum Sie sich künftig von Whitewolf fernhalten sollten. Aber ich verrate Ihnen das nur unter zwei Bedingungen: Erstens, Sie legen alle Ihre Karten auf den Tisch - denn wir beide wissen, dass Sie noch etwas zurückhalten -, und zweitens auch nur, wenn Sie mir jetzt und hier in die Hand versprechen, nichts weiter in der Sache Whitewolf zu unternehmen, sondern mir die Angelegenheit zu überlassen. Haben wir einen Deal?"

Rabea konnte nicht anders. Sie lächelte Clayton zu. Sie fand den Mann unwiderstehlich. Er hielt ihr seine Rechte entgegen. Rabea schlug ein. „Sie haben Ihren Deal. Wer zuerst?"

Jetzt lächelte auch der Director. „Sie, natürlich."

„Gut. Was wissen Sie über das Konsortium *die Sieben*?"

„Dass es diese Geheimorganisation gibt und auch, wer ihre Mitglieder sind. Sie und die ermordete Journalistin Farraday haben diesbezüglich recherchiert."

„Ja, aber ich habe einen Hinweis gefunden, dass es inoffiziell acht sind."

„Whitewolf", nickte Clayton.

„Dann wissen Sie, dass er *die Sieben* genauso manipuliert hat wie uns alle, Sie, mich, die CIA. Er hat die *Operation Zwei Flüsse* bereits 1999 geplant. Er hält im Hintergrund alle Fäden in der Hand."

„Wo ist dieser Hinweis? Kann ich ihn sehen?"

„Er ist noch in Tanger in seinem Versteck, hoffe ich zumindest."

„Was sind das für Papiere?"

„Unter anderem Schiffsfrachtpapiere und medizinische Unterlagen zweier Besatzungsmitglieder."

„Wie sind Sie daran gekommen?"

„Berufsgeheimnis."

Clayton verzog das Gesicht, als hätte er sich auf die Zunge gebissen. „Und was macht Sie so sicher, dass die Papiere echt sind?"

„Weil große Schiffe Spuren hinterlassen. Erstens hat sich das Schiff nachweislich zu diesem Zeitpunkt am anderen Ende der Welt befunden. Man hat also ein identisches Schiff genommen, Namen und Registrierung kopiert und mit einer verbotenen Ladung losgeschickt. Ich besitze die Frachtpapiere beider Schiffe."

„Und was sind das für medizinische Unterlagen?", hakte Clayton nach.

„Sie beweisen, dass zwei Mitglieder der Besatzung an der Strahlenkrankheit litten."

Clayton saß plötzlich sehr aufrecht: „Sie meinen…?"

„Ja, sie sind definitiv im Jahr 2000 mit radioaktivem Material in Berührung gekommen."

„Wie? Auf dem Schiff?"

„Ja. Von meinem Informanten weiß ich, dass sie damals versucht haben, das Material zu stehlen."

„Wo sind die Männer jetzt?"

„Tot."

„Das beantwortet nicht meine Frage."

„Ich weiß nicht, wo sie begraben sind. Aber ganz sicher nicht in Tanger, falls Sie vorhaben, eine Hundertschaft mit einem Geigerzähler loszuschicken."

„Wäre auch zu schön gewesen, um wahr zu sein", seufzte Clayton. „Wer ist Ihr Informant?"

„Das fällt auch unter das Berufsgeheimnis." Rabea lächelte verbindlich. Sie hatte Jules vor seiner Abreise nach Barcelona ins Vertrauen gezogen. Sie hatte heimlich ein Foto ihres Informanten geschossen. Er hatte den Mann sofort als Malik identifiziert und ihr mitgeteilt, dass er kürzlich ermordet worden war. Malik habe für den libanesischen Geheimdienst und auch die Syrer gearbeitet. Doch sie konnte weder den Mann noch Jules als Quelle preisgeben.

Clayton musterte sie über seine dicken Brillengläser hinweg. „Wie Sie wissen, Miss Kennedy, bin ich über Lafitte und seine diversen Aktivitäten durchaus im Bilde. Ein richtiger Tausendsassa, der Mann. Also ist *er* der Meinung, dass die Papiere echt sind. Warum?"

Rabea seufzte: „Weil der Mann, von dem ich sie habe, kurz darauf ermordet worden ist. Laut Jules hieß er Malik."

„Aha, Lafitte hat ihn also gekannt. Was ich jedoch nicht verstehe, ist das Motiv des Mannes. Warum sollte er ausgerechnet Ihnen diese Beweise übergeben?

Warum ist er damit nicht zu seinen eigenen Leuten gegangen?", gab Clayton zu bedenken. Seine Augen hinter der altmodischen Brille hatten sich verengt.

„Er behauptete, seine Leute wären nicht daran interessiert gewesen, die Beweise zu veröffentlichen. Stattdessen wollten sie sie nutzen, um die Amerikaner damit zu erpressen. Sie wollten Geld. Maliks Motive hingegen waren persönlicher Natur: Er wollte Rache."

„Rache? Wofür?"

„Einer der toten Matrosen war sein Bruder. Von ihm hatte Malik die gestohlenen Unterlagen, er hatte sie ihm kurz vor seinem Tod übergeben. Darum wollte er, dass ich sie veröffentliche."

Der Director runzelte nachdenklich die Stirn. Offenbar behagte ihm diese Version der Geschichte nicht. „Ist das nicht ein Zufall zu viel? Lafitte identifiziert Malik als Doppelagenten, dieser hat zufällig einen Bruder, der 2000 ausgerechnet auf einem Schiff Dienst tut, auf dem er radioaktiv verseucht wird. Und kurz vor seinem bedauerlichen Tod zaubert er Beweise hervor, die er seinem Bruder überlässt, der damit schnurstracks zu Ihnen marschiert, um mit Ihrer Hilfe einen Sturm gegen den Westen loszutreten? Das riecht!"

Er schwieg kurz, um Rabea die Gelegenheit zu geben, ihre eigenen Schlüsse zu ziehen und fuhr dann fort: „Haben Sie einmal in Erwägung gezogen, dass Malik Sie über seine Motive belogen haben könnte? Dass eine weitere Mannschaft im Spiel ist, die uns Amerikanern an den Kragen will? Dass der politische Islam sie womöglich instrumentalisieren wollte? Wer würde sich besser dazu eignen, als die jüdische Journalistin Rabea Rosenthal, die es als offensive Bush-Kritikerin immerhin bis ins amerikanische Militärgefängnis geschafft hatte?" Erneut machte er eine Pause.

Rabea hatte sich bei seinen Worten unwillkürlich versteift. Sie konnte nicht umhin, sich einzugestehen, dass sie die Dinge bisher nie aus dieser Perspektive betrachtet hatte. *Warum hatte sie nie Maliks Motive in Frage gestellt?* Ein unverzeihlicher Fehler!

Clayton nickte grimmig. „Was lag also näher als *Sie* zu benutzen, um der Welt zu beweisen, was die Welt sowieso immer argwöhnte: Dass Amerika im Bezug auf den Irak Dreck am Stecken hat. Ich habe ihn bereits vor Augen, den brüllenden Mob, wie er die Fäuste reckt und unsere Fahnen verbrennt."

Er sah Rabea jetzt eindringlich an. „In der derzeitigen Lage können Sie das nicht wollen. Damit verschärfen Sie auch Israels Lage. Sie fischen in dunklen

Gewässern, Rotfuchs. Das sind gefährliche und kluge Leute, mit denen Sie sich da anlegen. Agitatoren gegen den Westen. Geben Sie es zu, man hat Sie hereingelegt. Sie waren derart von Ihrem eigenen journalistischen Spürsinn gefangen, dass es ihre Klugheit benebelt hat."

Rabea sah ihn kleinlaut an. „Sie meinen also, dass die Beweise gefälscht sind?"

„Nein, im Gegenteil. Ich glaube sogar, dass sie sehr echt sind. Sonst hätte man sie Ihnen nicht zugespielt. Darum sind Sie überhaupt noch am Leben, Miss Kennedy. Sie waren für beide Seiten von großem Nutzen."

„Ja. Vor allem bin ich dem Senator nützlich gewesen." Rabea ärgerte sich maßlos über sich selbst. Wie hatte sie nur so blind sein können?

„Nicht ärgern." Die Art, wie Clayton sie nun anlächelte ließ vermuten, dass er ihr längst nicht alles gesagt hatte. „Sehen Sie es so: Die ganze Sache hat etwas Gutes und entbehrt vor allem nicht einer gewissen Ironie. Aufgrund des Umstandes, dass Sie von beiden Parteien benutzt wurden, kann auch keine Seite für sich beanspruchen, erfolgreich gewesen zu sein - sie haben sich im Prinzip gegenseitig manipuliert. Indem Whitewolf *Sie* an die DIA verraten hat, hat er verhindert, dass Sie Malik in die Falle gehen und die Papiere an die Öffentlichkeit gelangen konnten. Damit hat unser Senator im gleichen Zug die gegnerische Seite ausgespielt: Maliks Leute waren ihre Beweise los, die Whitewolf zum Verhängnis hätten werden können."

Jetzt lächelte auch Rabea. „Und wieder beißt sich die Schlange selbst in den Schwanz. Auch das Böse hat ein Eigenleben und folgt nicht immer dem Willen seines Schöpfers. Es frisst sich selbst."

„Sie sagen es. Aber mehr auch nicht." Claytons Lächeln war versickert. Er sah sie streng an. „Ich werde niemals zulassen, dass auch nur ein Wort über unsere gemeinsamen Aktivitäten nach außen dringt. Hiermit verpasse ich Ihnen offiziell einen Maulkorb, Miss Kennedy. Wir kennen uns nicht, haben uns nie gesehen und in London sind Sie, um sich den Tower anzusehen. Und wenn ich auch nur irgendwo den Hauch eines Gerüchtes vernehme oder Sie irgendwo eine falsche Taste drücken, dann ziehe ich Sie höchstpersönlich aus dem Verkehr und sperre Sie in den Tower. In Ketten. Das schließt Recherchen zu Patrick McKenzies Tod mit ein. Whitewolf ist für Sie ab sofort tabu. Finger weg von ihm. Er frisst Sie sonst mit Haut und Haaren. Haben wir uns verstanden?"

Rabea war selten beeindruckt. Doch jetzt war sie es. Er meinte es ernst. „Also gut“, lenkte sie ein. „Sie haben gewonnen.“

„Dann sind wir uns also einig. Und jetzt will ich Maliks Papiere haben. Wo sind sie?“

Rabea holte tief Luft. Zwei Jahre ihres Lebens hatte sie für die Unterlagen geopfert und Patrick McKenzie hatte dafür sein Leben verloren. War es das alles wert?

„Wir haben einen Deal, Rotfuchs“, fasste Director Clayton hart nach.

Rabea gab sich einen Ruck: „Ich habe die Papiere, das heißt den eingeschweissten Micro-Chip, im Katzenklo versteckt. Es steht in Tanger in der Wohnung meiner Nachbarin.“

Director Claytons buschige Augenbrauen fuhren steil nach oben: „Im... was?“ Er starrte sie verständnislos an.

„Das ist ein Kasten, den man hinstellt, damit eine Katze hineinscheißt“, half ihm Rabea auf die Sprünge.

„Das ist mir klar.“ Seine Frau hatte selbst eine Katze. *Das verdammte Vieh schlief sogar in ihrem Bett!* „Na, Sie sind mir ja ein Herzchen. Lassen Ihre Katze auf Ihren wichtigsten Beweis scheißen.“ Aber er hatte in seinem Agentenleben schon zu viel erlebt, um sich noch groß über irgendetwas zu wundern. „Gut, ich lasse dieses Katzenklo gleich sicherstellen.“ Er griff zum Telefon und hoffte, dass Mullers Leute ihm nicht zuvorgekommen waren und das Katzenklo ausgekippt hatten. Wenn ja, wusste er zumindest, dass Muller in der Sache mit drinhing. Erwähnt hatte er nichts. Dann war er fällig, dachte er grimmig.

„Director Clayton, ich hätte da noch einen Vorschlag.“ Rabea hatte ihm die Hand auf den Arm gelegt.

„Was denn, Rotfuchs?“

„Meine Nachbarin würde sich sicher wundern, wenn Sie nur das Katzenklo abholten und die Katze nicht mitnähmen. Besser wäre es, Sie würden mit dem Katzenklo auch die Katze ausfliegen.“

Claytons Kopf, bereits ganz auf sein Smartphone konzentriert, ruckte hoch. Er blinzelte Rabea entgeistert an. „Was? Wie bitte?“ Hatte er sich da gerade verhört?

Rabea blinzelte zum Steinerweichen zurück.

„Wie bitte?“, wiederholte Clayton, diesmal lauter. Nein, er hatte sich nicht verhört. Seine Augen verengten sich, so dass seine Augenbrauen sich über der

Nasenwurzel vereinigten: „Ich soll also meine Agents bitten, ihre Katze aus Nordafrika zu überführen?“ Eine Sekunde verging, dann noch eine. Plötzlich lachte Clayton laut heraus. „Ach, was soll es, ist mal was anderes. Wir evakuieren eine Katze samt Klo, haha, köstlich.“ Er telefonierte und gab seine Anweisungen durch.

„Ich habe geliefert, jetzt sind Sie dran“, sagte Rabea, sobald er aufgelegt hatte. „Quid pro quo.“

„Stimmt. Whitewolfs Manipulationen, die zweite. Seit 9/11 sind eine Menge Verschwörungstheorien aufgekommen. Eine davon verdächtigt die CIA, an dem Terroranschlag auf das World Trade Center beteiligt gewesen zu sein. Ich bin einem Hinweis nachgegangen und habe eine mögliche Verbindung von einem der Attentäter zu Whitewolf entdeckt. Die Vita des Mannes war von Anfang bis Ende konstruiert. Man hatte eine Legende um ihn aufgebaut. Und diese Legende trug eindeutig die Handschrift der CIA. Der Attentäter stammte weder aus Saudi-Arabien noch war er Muslim.“

„Mohawk?“, fragte Rabea leise nach.

„Mohawk.“

„Aber das ist noch kein Beweis für eine Verbindung zu Whitewolf“, wandte Rabea ein.

„Nein. Aber es gab eine Aufnahme des Mannes, die recht aufschlussreich war: Er trägt genau die Art von Narben, die charakteristisch sind für die Rituale, von denen wir wissen, dass sie mit Whitewolf wieder auflebten. Allerdings ist Whitewolf schlau. Von ihm existiert nicht eine einzige Aufnahme. Nur dieses Foto. Und das belegt höchstens eine Jugendsünde. Ich habe im Laufe meiner Ermittlungen sämtliche Archive durchkämmt und irgendwann hatte ich meinen Attentäter gefunden. Auf einer Aufnahme beim Sonnentanz.“

„Dann haben Sie ja einen Beweis!“ Rabea war elektrisiert.

„Falsch, ich hatte den Beweis.“

„Was soll das heißen?“

„Das soll heißen, dass die Fotos, die ich auf meinen Rechner gezogen hatte, am nächsten Morgen verschwunden waren. Jemand hat die Daten gelöscht. Auch die Archive waren über Nacht vernichtet worden.“

„Verdammt! Jemand von Ihren eigenen Leuten?“

„Vermutlich.“ Clayton hatte seinen eigenen Stellvertreter, Muller, im Verdacht, aber das ging den Rotfuchs nichts an.

„Werden Sie Whitewolf das Handwerk legen? Sprich, ihn daran hindern, für die Präsidentschaft zu kandidieren?"

„Nein. Politiker sind alle gleich. Und sie vermehren sich wie die Schmeißfliegen."

„Aber Sie können doch unmöglich wollen, dass dieser Mann Ihr nächster Präsident wird?", ereiferte sich Rabea.

„Mir ist ein Schurke, den ich kenne, lieber als ein Schurke, den ich nicht kenne. Politik ist manchmal die Entscheidung für das kleinere Übel, Rotfuchs."

„Sie sehen Whitewolf als das kleinere Übel an?" Davon wurde Rabea übel. Clayton büßte herb an Sympathiepunkten bei ihr ein.

„Ja und Nein. Ich habe bereits eine Reihe von Maßnahmen eingeleitet. Eine davon sieht vor, dass Ihre elitären *Sieben* aufgrund anonym zugespielter Dateien gleich morgen Besuch von der Steuerbehörde ihres jeweiligen Landes erhalten. Es ist wie bei Al Capone damals. Er kam mit Mord und Totschlag davon, die Staatsanwaltschaft konnte ihm nichts nachweisen. Erst die Finanzbehörden haben ihn drangekriegt. Bei seinen Steuern kennt kein Land Gnade. Das dürfte diese geldgeilen Heuschrecken auf Jahre hinaus beschäftigen. Bei Whitewolf sind wir leider nicht fündig geworden. Zu meinem Verdruss zahlt er pünktlich seine Steuern. Aber seine Börsensuppe werde ich ihm gründlich versalzen. Der hat sein letztes Insidergeschäft verbrochen. Darum bin ich hier. Ich werde ihm gleich einen Freundschaftsbesuch abstatten. Ich hoffe, er hat einen Plan B für seine Rede heute."

„Sie wissen von dem geplanten Börsencrash?", reagierte Rabea verblüfft. Die Karte hatte sie sich eigentlich für das Finale mit Clayton aufgespart gehabt.

„So schlau wie Sie bin ich allemal, Rotfuchs." Clayton zwinkerte ihr zu. „Allerdings muss ich gestehen, dass mir ein glücklicher Zufall zu Hilfe kam. Der vermisste Private First Class William Hunter hat sich der DIA gestern gestellt. Er hatte sich versteckt, nachdem die anderen Mitglieder seines Suchtrupps systematisch liquidiert wurden. Linda Farraday hatte ihm ihre Recherchen zu *den Sieben* anvertraut, nachdem er sie gewarnt hatte – in dem Glauben, Sie vor sich zu haben!"

„Dennoch ist sie tot", sagte Rabea finster.

„Ja, leider. Die Sorge um ihr Kind wurde ihr zum Verhängnis. Um es zu holen, fuhr sie nochmals zu ihrem Haus, wo die Täter sie bereits erwarteten. Ihr Babysitter wurde ebenfalls ermordet."

„Was ist mit dem zweiten Mann, Uriah Lightfood? Ebenfalls Mohawk, nehme ich an. Haben Sie ihn?"

„Noch nicht, und selbst wenn, er würde nicht reden. Vermutlich würde er sich selbst töten, bevor er uns in die Hände fällt."

„Sie sagten vorhin, Whitewolf sei politisch das kleinere *Übel*. Dennoch jagen Sie ihn. Warum?"

„Man könnte sagen, ich habe noch eine persönliche Rechnung mit Mr Whitewolf offen."

Rabea sah ihn gespannt an.

„Er hat nicht nur *Ihre* Freunde umgebracht. Ein Freund von mir ´verunglückte` am 16. Juli 1999. Aber ich weiß, dass es kein Unglück war. Es war Mord. Mein Freund war einigen einflussreichen Leute auf der politischen Bühne offenbar im Weg. Whitewolf war einer davon."

„Moment!" Rabea war bei der Nennung des Datums blass geworden. „Sie sprechen von dem Flugzeugabsturz von J.F.Ks Sohn, John Jr. Kennedy?"

Clayton lächelte bitter. „Ja, zusammen mit seiner Frau Caroline und deren Schwester Lauren. Wunderbare Mädchen. Sie waren auf dem Weg zur Hochzeit von Johns Cousine Rory auf Martha's Vineyard. Das Datum stand lange fest. Jeder wusste, dass John dort teilnehmen würde. Die Attentäter hatten genug Zeit, einen Sprengsatz an seinem Flugzeug anzubringen. Ich wusste es, die amerikanische Luftfahrtbehörde wusste es, und Präsident Clinton hat es auch gewusst. Das Wrack wurde ziemlich schnell gefunden, aber trotzdem verging ein Tag, bis man die Angehörigen informiert hatte. Clinton rechtfertigte das später damit, dass er den Angehörigen nicht die Hoffnung hatte rauben wollen. In Wahrheit hatte man die Spuren des Attentats beseitigt. Ein weiterer Kennedy war ermordet worden! Doch diese Wahrheit sollte die Öffentlichkeit nicht erfahren. Stattdessen hat man das Unglück mit einem Pilotenfehler begründet. Alles Lügen." Clayton atmete schwer. Allein darüber zu sprechen, riss alte Wunden auf.

„Ich habe gelesen, dass John Jr. seiner Mutter hatte versprechen müssen, nie in die Politik zu gehen."

„Aus gutem Grund. Jackie fürchtete um sein Leben. Mit Recht. Berühmt wurde 1968 ihr Ausspruch *Sie bringen alle Kennedys um,* nachdem man ihren Schwager Bobbie Kennedy ebenfalls ermordet hatte. Darum hatte sie Onassis geheiratet und war mit ihren Kindern auf eine griechische Insel geflohen. Onassis bedeutete für Jackie Schutz. Nach ihrem Tod, 1994, hatte John Jr. ein politisches Magazin gegründet. Es war klar, dass er ab da politische Ambitionen hatte."

„Und warum glauben Sie, dass er ermordet worden ist?"

„Weil er zu viel wusste. Jackie hat ihre Memoiren verfasst und verfügt, dass sie erst fünfzig Jahre nach ihrem Tod veröffentlicht werden sollten – wenn alle im Buch erwähnten Personen nicht mehr leben würden. Seine Mörder fürchteten wohl, dass John die Memoiren als politisches Mittel einsetzen und sie früher veröffentlichen würde. Wie gesagt, er hatte politische Ambitionen seit Jackies Tod. Es gab und gibt genug politische Kräfte in diesem Land, die keinen zweiten Kennedy als Präsidenten haben wollten. Womöglich wäre dann auch die Wahrheit über die Ermordung von Johns Vater, JFK, an die Öffentlichkeit gelangt."

„Ich nehme an, mit *politischen Kräften* spielen Sie auf den militärisch-industriellen Komplex an, den Eisenhower schon in seiner Abschiedsrede von 1961 angeprangert hat? Dass sich Militär, Wirtschaft und politische Eliten verbündet haben und als verlängerter Arm der Rüstungsindustrie fungieren?"

„Kluges Kind. Ja, es gibt diesen Staat im Staat. Und die *Sieben* sind darin verstrickt. Whitewolf hat eben erst bewiesen, dass dieses Prinzip funktioniert. Wirtschaft, Militär und Geheimdienst haben sich verbündet, um an das Öl im Irak zu gelangen. Spätestens seit Vietnam sind Demokratie und Freiheit im Treibsand von Interessen, Lobbyismus und Profiteuren versunken. Das Militär ist daraus gestärkt hervorgegangen. Demokratie und Freiheit sind zu leeren Phrasen verkommen", sagte Clayton hart.

„Und wie kommt Whitewolf hier ins Spiel? Was hat er mit dem Tod von John Jr. zu tun?"

„Whitewolf ist ein Teil dieser Eliten. Er hatte Johns politisches Potential früh erkannt. Ein *Kennedy* war der einzige, der eine echte Bedrohung auf seinem Weg zum ersten Präsidenten aus dem Urvolk Amerikas gewesen wäre. Der Mythos Kennedy hätte alles überstrahlt. Vor allem hätte Bush Junior niemals neben einem Kennedy bestehen können. Whitewolf hatte beide Bush-Kandidaturen mit viel Geld unterstützt, weil beide Bush-Präsidenten der New World Order anhängen.

Whitewolf wusste, dass Bush Jr. ihm in die Hand spielen und so viel Porzellan zerschlagen würde wie nur möglich. Er stand bereit, die Scherben aufzusammeln. John Jr. hätte seine Pläne gefährden können. Darum musste er sterben. So, wie sein Vater vor ihm und später sein Onkel Robert Kennedy.

Bobby war ein hartnäckiger Kämpfer gegen das organisierte Verbrechen. Und er wollte die Rechte der CIA beschneiden, so wie sein Bruder JFK es vorhatte. Für den Mord an John Jr. werde ich Whitewolf jagen, bis ich ihn zur Strecke gebracht habe. Ich werde seinen verdammten Pelz an meine Wand nageln. Und wenn er dann Präsident ist, umso besser.“ Director Clayton hatte sein Taschentuch gezückt und fuhr sich damit über Augen und Stirn.

„Sie meinen, dass die CIA Robert Kennedy hat töten lassen?“ Rabea musste einfach nachfragen. Eine solche Gelegenheit für Informationen aus erster Hand würde sie nie wieder bekommen.

„Ja, und diesmal mit Unterstützung des FBI. Hoover hasste die beiden Kennedys wie die Pest und er wollte keinen, wie er sagte, ´verdammten zweiten Kennedy als Präsidenten, der ihm auf der Nase herumtanzt`. Es gibt die Zeugenaussage einer Kanadierin namens Nina Rhodes-Hughes, die sich 2012 nochmals an die Medien gewandt hat. Sie war 1968 vor Ort im Ambassador Hotel. Unmittelbar nach dem Attentat hat sie dem FBI gegenüber ausgesagt, dass sie deutlich mehr als acht Schüsse gezählt hat. Aber die Tatwaffe, ein Iver-Johnson-Revolver, konnte nicht mehr als acht Schüsse abfeuern. Rhodes-Hughes behauptet, dass ihre Aussage später im FBI-Bericht verfälscht wurde. Noch interessanter ist, dass Sirhan, der verurteilte Attentäter, nachweislich vor Kennedy stand, aber alle drei Kugeln laut Autopsiebericht dessen Rücken getroffen haben. Die anderen fünf Kugeln trafen unbeteiligte Personen. Eines ist sicher: Es war nicht diese arme Kreatur Sirhan, die dafür seit über vierzig Jahren im Gefängnis schmort. All das verrate ich Ihnen auch, weil Sie durch Ihren Vater um einige Ecken herum mit den irischen Kennedys verwandt sind. Außerdem habe ich läuten hören, dass Sie an einem Buch über JFK schreiben. Es gibt zwar schon genug Verschwörungstheorien zu seinem Tod, aber auf Ihre bin ich ehrlich gespannt. So, da wären wir, Rotfuchs. Raus mit Ihnen. Kann ich mich darauf verlassen, dass Sie keine Dummheiten mehr anstellen?“

Rabea hatte es nicht bemerkt, aber der Wagen hatte inzwischen vor dem Halston Hotel angehalten. Sie öffnete die Tür. „Ich werde mir Mühe geben.“

Sie war schon fast ausgestiegen, als sie sich noch einmal zu ihm umdrehte: „Sie denken an…“

„Ja, ja“, unterbrach sie Clayton. „Ihre Katze.“ Er verdrehte die Augen. „Ich lasse Ihnen das verdammte Vieh ins Hotel bringen. Ach, noch etwas. Ich habe

Crow vorhin abholen lassen. Ryan ist aber noch da." Mit diesen Worten schloss er die Tür.

Rabea klopfte gegen die Scheibe. Er fuhr sie herunter. „Was haben Sie nun noch auf dem Herzen?", fragte er beinahe gequält.

„Eine einzige Frage noch. Nur aus Neugierde: Könnte es sein, dass Sie eine Kopie der Memoiren von Jackie Kennedy besitzen?"

Claytons Miene war unergründlich, als er die Scheibe wortlos hochfahren ließ. Er winkte ihr zum Abschied und gab dem Fahrer ein Zeichen. Rabea sah dem Wagen nach, bis er aus ihrem Blickfeld verschwunden war.

Sie mochte den Mann. Er hatte sie Rotfuchs genannt, dabei war er der Fuchs! Das Gespräch mit Clayton hatte ihr gutgetan. Sie fühlte sich irgendwie erleichtert. Es war, als hätte er eine Last von ihren Schultern genommen. Mit beschwingtem Schritt ging sie zu ihrem Hotel. Wann hatte sie sich zuletzt so unbeschwert gefühlt? Es war derart lange her, dass sie sich nicht mehr daran erinnern konnte. Wenn, dann musste das vor neun Jahren gewesen sein, in Malcesine am Gardasee. Ihrem ersten und einzigen Urlaub mit Lukas.

Rabea lächelte und betrat das Hotel.

Als es zwei Tage später an der Tür zur Suite klopfte, drückte der Page einem verdutzten Ryan eine Transportbox in den Arm. „Eine Lieferung für Miss Kennedy, Sir." Der Page hielt ihm die Box entgegen. Ryan starrte sie an. Er vernahm ein klägliches Miauen. Eine Katze?

„Das ist für mich!" Rabea war neben ihn getreten. Sie nahm die Box, quittierte dem Pagen den Empfang und trug die Kiste zum Tisch.

„Na, meine Süße, wie geht es dir?" Rabea hob die Katze aus ihrer Box. Das kleine Etwas zitterte und schmiegte sich sofort an ihre Brust. Rabea tastete vorsichtig nach dem Halsband. Der Chip war weg. Im Grunde hatte sie nichts anderes erwartet.

„Ist ja schon gut", beruhigte sie das verschreckte Tier. „Offenbar wirkt ein Flug mit der United States Airforce verstörend auf Katzen", sagte sie und lächelte Ryan zu.

Er hatte ihr Treiben bislang verwirrt verfolgt. Der DIA-Agent hatte zwei harte Tage hinter sich. Die Erkenntnis, dass ihn sein Freund und Partner Logan jahrelang belogen und sein Vertrauen missbraucht hatte, hatte ihn schwer getroffen.

Jetzt bat sie ihn: „Lies mir doch bitte den Brief vor."

„Welchen Brief?"

„Da, er liegt in der Box."

Ryan zog ihn heraus, öffnete den Umschlag und las laut vor:

„Danke für den Chip, Rotfuchs. Ich denke, die Katze braucht ihn nicht mehr. Das Katzenklo war übrigens leer. Zwei Verstecke? Sehr schlau. C."

Rabea lächelte in sich hinein. Es gab noch ein drittes Versteck…

Vor einigen Tagen hatte sie ein kleines Päckchen an ihre ehemalige Redaktionsassistentin in Berlin gesandt. Ohne Absender, denn schließlich galt sie offiziell immer noch als tot. Die gute Frau sammelte mit Leidenschaft kleine Enten aller Art. In der Redaktion hatte es sich eingebürgert, dass Kollegen ihr aus allen Teilen der Welt neue Exemplare zukommen ließen. Entlang der Kante ihres Schreibtischs stand ihre Enten-Phalanx wie die chinesische Mauer.

Nur Rabea wusste, welche der kleinen Enten eine ganz besondere Ente war.

KAPITEL 40

Nürnberg, Deutschland

Lukas' Telefon klingelte. Es war kurz nach Unterrichtsende und er war gerade auf dem Weg zu seinem Wagen auf dem Schulparkplatz. Er erkannte die Nummer sofort: Rabea!

Seit London hatte er nicht mehr mit ihr gesprochen. Inzwischen waren zwei Wochen vergangen.

Rabea war zwar nach Nürnberg gekommen, um ihren Großvater und Lucie zu sehen, aber genau am Tag ihrer Ankunft war er mit Magali nach Südtirol aufgebrochen.

Er und seine Frau hatten ein paar Tage nur für sich allein gebraucht, um ihre Beziehung zueinander zu klären. Vor allem wollten sie ergründen, wie es mit ihrer Ehe weitergehen sollte. Es war einfach zu viel auf einmal passiert, Missverständnisse und falsche Anschuldigungen hatten bei ihnen beiden tiefe Wunden hinterlassen. Auch die neuerliche Begegnung mit Rabea hatte Lukas schwer auf der Seele gebrannt. So sehr er sich bemühte, er konnte seine Gefühle nicht richtig einordnen. Sein schlechtes Gewissen gegenüber Magali hatte auch eine Beichte nicht erleichtern können. Sie war vor Gott seine Frau und viel hatte nicht gefehlt und er hätte sie in London beinahe betrogen.

Tief im Inneren wusste er aber, dass Rabea Recht hatte: Sie beide mussten einen Weg in die Freundschaft finden. Er hatte einen Sohn und war in erster Linie seiner Familie verpflichtet.

Matti hingegen hatte die Entführung ohne das geringste Anzeichen eines Traumas überstanden. Ein Kinderpsychologe hatte sich um Matti gekümmert und war zu dem Schluss gekommen, dass für ihren Sohn die mit der Entführung verbundenen Ereignisse ein einziges großes Abenteuer gewesen waren. Tagelang hatte Matti seinen Schulkameraden von seiner Begegnung mit Spiderman und dem Torero vorgeschwärmt. Sie hatten ihm nicht geglaubt, aber das hatte Matti nicht gestört. *Er wusste*, dass es stimmte, hatte er zu seinem Vater gesagt, sollten die anderen denken, was sie wollten.

Vielleicht sollte er sich ein wenig von der Leichtigkeit zu eigen machen, mit der sein Sohn durchs Leben ging, dachte Lukas, als er über die Fehler grübelte, die er begangen hatte. Jede Begegnung mit Rabea stürzte ihn in einen neuen Zwiespalt. Dann fiel ihm ein, was Rabea in London zu ihm gesagt hatte: „*Du kaust eine Angelegenheit so lange breit, Lukas, bis sie erst zum Problem wird, über das du dich dann aufregen kannst.*“ Vermutlich hatte Rabea auch damit Recht. Er war so: Er ´verkomplizierte` lieber die Dinge, als dass er nach Lösungen suchte, meist, weil er niemanden verletzen oder benachteiligen wollte. Und blieb dabei selbst auf der Strecke.

Um Abstand zu gewinnen und sich in Ruhe mit Magali aussprechen zu können, hatte er deshalb seiner Frau vorgeschlagen, gemeinsam für einige Tage, ohne Matti, wegzufahren.

Matti und seine Menagerie (ihr Haushalt war auf drei Hunde angewachsen, denn der kleine Golden Retriever hatte, natürlich, Einzug gehalten), zogen für einige Tage bei den entzückten Großeltern ein und waren somit bestens versorgt. Seine Schwester Lucie war inzwischen wieder zu ihren Ausgrabungsarbeiten in die Türkei zurückgekehrt. Sie hatte sich gestern erst bei ihm gemeldet. Angeblich war sie jetzt dem Grab Alexanders des Großen auf der Spur. Verrücktes Huhn.

Womit Lukas aber dann so gar nicht gerechnet hatte, war, dass Magali, kaum, dass sie im Hotelzimmer angekommen waren, sich auf ihn gestürzt und den Kurzurlaub mit leidenschaftlichem Sex eingeleitet hatte. Und danach hatten sie gestritten. Heftig. Und danach hatten sie Versöhnungssex. Und wieder gestritten. Und…genau.

Am Ende der vier Tage, in denen sie kaum aus dem Bett gekommen waren, hatte Magali ihn liebevoll geküsst und zu ihm gesagt: „Ich hoffe, ich habe dir den Priester nun endgültig ausgetrieben, Lukas.“ Sie hatte dabei neben ihm im Bett gelegen, nackt und bezaubernd, und absolut anbetungswürdig ausgesehen.

Genau da hatte sein Herz einen jähen Satz gemacht. Der schützende Panzer, den er sich vor Jahren selbst angelegt hatte, war zersprungen. Mit leisem Staunen hatte er erkannt, dass er sich in den letzten Monaten tatsächlich in seine eigene Frau verliebt hatte! Das Schicksal hatte ihm längst eine zweite Chance gewährt und er war die ganze Zeit über zu verbohrt gewesen, um es zu erkennen. Er war weiter einem vergangenen Traum nachgejagt. Dabei hatte ihm Magali genau das geschenkt, wonach er sich nach Rabeas vermeintlichem Tod gesehnt hatte: Ein friedvolles Zuhause, um seinen Sohn großzuziehen, das ganz normale und geregelte Leben mit seiner Familie. Das stille Glück. Er hatte es bekommen. Ob aus seiner Verliebtheit Liebe werden würde, das würde die Zeit bringen. Er war jedenfalls fest dazu entschlossen, seine Chance mit Magali zu nutzen.

Die Erinnerung an Magalis Anblick im Hotelbett, schamlos und frei, entlockte ihm ein Lächeln. Er drückte auf den grünen Hörer: „Hallo Rabea!", meldete er sich nun.

„Hey, du klingst glücklich. So froh, von mir zu hören?" Auch Rabea lächelte.

„Natürlich. Wo bist du?"

„In Washington." Was Lukas nicht sah, war, dass sich Rabea, wie Magali gerade noch in seinen Gedanken, ebenso nackt und bezaubernd im Bett rekelte, während Ryan ausgiebig an ihrer Schulter knabberte.

„Ich habe eine gute und eine schlechte Nachricht für dich", sagte sie. „Wie ich dich kenne, willst du zuerst die schlechte hören?"

„Schieß los." Lukas spannte unwillkürlich die Muskeln an.

„Matti wird für einige Zeit auf seinen Patenonkel verzichten müssen."

„Was soll das heißen? Was ist mit Jules?"

„Er muss für eine Weile untertauchen und einige Dinge klären."

Lukas hatte sofort begriffen. „Ich nehme an, das hat mit seiner früheren Tätigkeit zu tun?"

„Ja, er hat Ärger mit einem Yussuf. Mehr wollte er mir nicht verraten. Er sagte, es könnte durchaus einige Monate dauern, bis er sich wieder meldet. Wir sollen uns aber keine Sorgen um ihn machen."

„Unser Freund hat mal wieder leicht reden. Machst du dir denn Sorgen um ihn, Rabea?"

„Ich bin unschlüssig, aber eigentlich ist Jules unverwüstlich, oder? Der zieht sich aus jeder Tinte raus. Vermutlich sollte sich eher dieser `Yussuf` Gedanken machen. Aber jetzt zur guten Nachricht, Lukas. Das heißt, es handelt sich hier weniger um eine Nachricht, als um ein Geschenk."

„Geschenk? Oje, ich hoffe doch nicht, dass du mir wieder eines von deinen explosiven Päckchen zusenden wirst?“ Lukas war zu Recht misstrauisch.

„Na ja, wie man‘s nimmt. Es kommt darauf an, wem du es zeigst oder was du damit machst.“

„Rabea…bitte…“ Lukas schwante schon wieder Übles. Eine Wolke schob sich in seine Gedanken.

„Calma, halb so wild. Es ist ein Brief, den ich übersetzt habe. Mein Großvater hat mir geholfen und mir eben erst den Rest geschickt. Bisher hatte ich immer nur die halbe Übersetzung. Pater Simone hat sie damals in Rom angefertigt.“

Lukas versteifte sich unwillkürlich. „Wovon sprichst du?“

„Vom Evangelium des Jeshua, oder besser, dem Evangelium der Liebe.“

„Was, du hast es?“, schrie Lukas. Zwei seiner Kollegen, die eben den Parkplatz betraten, sahen sich befremdet nach ihm um. Lukas winkte ihnen zu. Alles in Ordnung. Hastig öffnete er seinen Wagen und setzte sich hinein. „Bist du verrückt? Wie kommst du dazu?“

„Halt den Rand, du Schmock. Es ist nur eine Kopie. Ich habe die Dokumente Bentivoglios ganz sicher nicht stibitzt. Aber ich habe damals in der Wohnung von Pater Simones Bruder alles mit meinem Handy fotografiert und auf meinen Laptop geladen. Leider wurde der ja dann auch, wie alles andere, aus der Wohnung gestohlen. Aber mir war das Handy damals aus der Tasche gerutscht. Jules hat es gefunden, als er dort nach uns gesucht hat. Es lag auf dem Boden zwischen den verstreuten Dokumenten. Ein Glück, sonst hätte es mir dieser verrückte Killer Gabriel auf Nimmerwiedersehen in van Kampens Katakomben abgenommen. Jules hat mir nie erzählt, dass er es hatte. Ich dachte bisher immer, es wäre ebenfalls gestohlen worden.

Du kannst dir vorstellen, wie ich mich gefreut habe, als er es mir kürzlich bei meinem Besuch in Nürnberg zurückgegeben hat. Und es war noch alles auf dem Chip drauf! Die Schriftrolle und das ganze Tagebuch Bentivoglios! Der Originaltext des Evangeliums war schon etwas arg verschwurbelt, ewig lange Schachtelsätze, ich kann dir sagen. Ein Graus für jede Journalistin. Du hättest das Gesicht von meinem Großvater sehen sollen, als ich seine Eins-zu-Eins-Übersetzung gelesen und erwähnt habe, dass kein normaler Mensch damit etwas anfangen, geschweige denn es verstehen kann. Wie komme ich bitte schön dazu, den Schreibstil von Jesus zu kritisieren? Er hat mit mir geschimpft. Aber ich bin und bleibe nun einmal eine respektlose Person. Ich habe dir den Text in ein etwas verdaulicheres Deutsch übersetzt, Lukas. Aber ich schicke dir natürlich beide Versionen. Meine und die von meinem Großvater. Er ist sehr stolz darauf. Du sollst ja auch deinen Spaß haben.

Und die zehn Gebote habe ich auch gleich noch angepasst. Moses ist nicht mehr ganz zeitgemäß, fürchte ich. Hänge ich dir auch dran. Bist du bereit, Lukas? Dann sende ich dir in dieser Minute mein Geschenk auf dein Handy: *Das Evangelium der Liebe.* Viel Spaß beim Lesen, Lukas. Arrivederci!“

Rabea legte auf und drehte sich lächelnd um.

Ryan wollte jetzt auch endlich sein Geschenk haben…

Sie war sehr froh, dass sie seiner Einladung nach Washington gefolgt war. Lucie hatte sie dazu überredet. Und Recht behalten. Ryan war wirklich die beste ´Lukas-Ablenkung`, die sie sich vorstellen konnte. Sie war auf einem guten Weg. Vor allem aber lagen knapp 7.000 Kilometer zwischen Lukas und ihr…

Das Evangelium

der Liebe

An meine geliebte Mutter Maria, meine geliebte Frau Maria, meine geliebten Kinder Josef und Rachel

Meine Mission in dieser irdischen Welt ist fast vollendet und mein himmlischer Vater wird mich bald zu sich rufen. Darum schreibe ich diesen Brief. Er soll mein Vermächtnis an euch und an die Welt sein.

Weint nicht um mich, meine Lieben, denn ich habe durch euch die Erfüllung durch die Liebe erfahren.

Grämt euch nicht über das, was noch kommen wird, denn ich werde Lügen, Verrat und Leid auf meinem letzten Weg finden. Doch ich werde ihn mit Liebe gehen, denn in der Liebe liegt die Erlösung der Welt. In der Liebe liegt das Verzeihen und die Verheißung auf Frieden.

Verzeiht darum jenen, die mich quälen mögen. Verzeiht jenen, die das Wort Gottes nicht verstehen wollen. Verzeiht jenen, die mich verraten und verleugnen. Verzeiht jenen, die mich töten werden. Denn sie wissen nicht, was sie tun. Lehrt es sie, wie ich versucht habe, es euch zu lehren. Das ist mein Vermächtnis. Lehrt sie die Liebe, denn in der Liebe liegt der Frieden. Ein Mensch, der liebt, tötet nicht. Ein Mensch, der liebt, achtet das Leben. Ein Mensch, der liebt, will Frieden für die, die er liebt. Ein Mensch, der liebt, lehrt andere die Liebe. Die Liebe kommt von Gott. Er allein schickt sie uns, sie ist sein Geschenk an die Menschen.

Keine Liebe ist größer als die einer Mutter zu ihrem Kind. Darum hat mein Vater der Frau die Fähigkeit, neues Leben zu gebären, geschenkt. Sie empfängt das Kind mit dem Samen des Mannes, es wächst in ihr heran, so wie die Liebe zu ihm immer weiterwächst und nie endet. Sie gebiert es unter Schmerzen und die Liebe zu ihm wächst weiter. Keine Liebe ist größer als die Liebe einer Mutter zu ihrem Kind. Die Frau trägt das Leben in sich, die Frau trägt die Liebe in sich. Liebste Mutter Maria, liebste Maria, meine Frau, dies ist mein Vermächtnis, dies ist mein Auftrag:

Mein himmlischer Vater hat euch erwählt, der Welt die Liebe zu verkünden. Darum muss ich gehen. Denn ich bin die Erlösung, aber ihr seid die Liebe. Ohne Liebe kann es keine Erlösung geben. Ihr seid auserwählt, meine Jünger anzuführen. Sie alle kennen mein Vermächtnis. Jeder Einzelne hat es von mir als Schrift erhalten. Meine beiden geliebten Marias, verkündet der Welt mein Vermächtnis der Liebe. Denn die Welt kann nur mit Liebe erlöst werden. Erstickt den Krieg mit Liebe, schmelzt die Waffen mit Liebe, überwindet die Grenzen dieser Welt mit Liebe, überzeugt die Könige und Anführer mit Liebe. Schafft Frieden durch eure Liebe.

Gott will es. Euer Vater will es. Er liebt euch.

Erschüttert starrte Lukas auf das Display. Sein Herz hämmerte schmerzhaft in seiner Brust. Auf dem Display erschien nun eine weitere Meldung: „Sie haben eine neue Nachricht." Er klickte darauf und wollte eben das Evangelium in der Übersetzung durch Rabbi Rosenthal lesen, als sein Handy erneut klingelte. Diesmal war Magali dran.

„Hallo Liebes", meldete er sich.

„Lukas?" Die Stimme seiner Frau klang zaghaft, irgendwie verängstigt.

„Was ist passiert?" Lukas' Pulsschlag beschleunigte sich erneut. „Geht es dir und dem Baby gut?" Seit Magali ihm noch in Südtirol von ihrer Schwangerschaft erzählt hatte, durchlebte Lukas alle Höhen und Tiefen des werdenden Vaters.

„Nein, keine Sorge, alles bestens. Aber ich habe eben ein Einschreiben von einem Notariat aus der Schweiz erhalten."

„Ja, und? Was war in dem Umschlag?"

„Nur ein Zettel mit dem Namen einer Züricher Bank und ein Schließfachschlüssel."

„Nicht schon wieder ein Schließfachschlüssel", stöhnte Lukas auf. Die schienen geradezu ein Patent auf ihn zu haben.

„Da stand etwas auf dem Zettel." Magali flüsterte die Worte, als bereitete es ihr Schwierigkeiten, sie laut aussprechen.

Bei Lukas stellten sich nun endgültig alle Nackenhaare auf. „Was steht da?", hauchte er tonlos. Er hörte, wie am anderen Ende Papier raschelte und Magali las ihm vor:

„Ich überlasse dir den Schlüssel zur Büchse der Pandora, Lucia. Denn du bist das Licht, in der die Kirche verbrennen wird. Führe unseren Kampf fort!" Seine Frau verstummte, aber Lukas konnte sie am anderen Ende atmen hören.

Er wusste, wer Lucia war. Es war der richtige Name seiner Frau. Zu Magali war sie erst in der Schweiz geworden.

Magali bestätigte es ihm nun. „Er stammt von Mutter. Ich erkenne ihre Schrift. Vermutlich befinden sich in dem Bankschließfach Mutters Manuskript, das ich bisher nicht in ihrem Nachlass gefunden habe und die Kirchendokumente, die sie für ihren Rachefeldzug gesammelt hat. Was soll ich tun, Lukas?"

Lukas musste nicht lange überlegen: „Ganz einfach. Wir werfen den Schlüssel in den Feuerschlund des Schicksalbergs."

Magali stieß ein leises Lachen aus. Auch sie kannte den Herrn der Ringe. Niemand aus Lucies Umfeld entkam ihrer fantastischen Bibel. „Wie Frodo Saurons Ring?"

„Wie Frodo Saurons Ring." Lukas startete den Wagen. „Ich bin in zwanzig Minuten zuhause, Magali. Alles wird gut."

Auf der anderen Straßenseite startete ebenfalls ein Fahrzeug seinen Motor. Es folgte seinem Passat.

Fortsetzung folgt…

EPILOG

ROM: Der Privatsekretär seiner Heiligkeit betrat das geheime Papstarchiv. Im gesamten Vatikan gab es keinen friedvolleren Ort als diesen. Die ruhige Atmosphäre des Raumes umfing ihn sofort. Auch der Heilige Vater wusste diese zu schätzen. Er besuchte diesen Ort, so oft es ihm möglich war, und schöpfte Kraft aus seiner Präsenz.

Zwölf halbhohe Marmorsäulen wuchsen vor ihm in der Mitte des Raums kreisförmig aus dem Boden. Wie stumme Wächter umrahmten sie eine dreizehnte Säule in ihrer Mitte. Jede war durch einen quadratischen Glaskasten gekrönt. In den einzelnen Marmorsäulen verbarg sich hochsensible Computertechnik, um das Klima im Inneren der Glaskästen zu regulieren. Die hinter den Glaskästen aufbewahrten Schriftrollen aus Pergament wurden bei konstanter Temperatur und Luftfeuchtigkeit konserviert.

Sieben beinahe gleichlautende Briefe an die Apostel Jesus ruhten in ihren Behältern: An Simon Petrus, Andreas, Philippus, Matthäus, an die beiden Jakobusse und Simon Zelotes.

Fünf fehlten: Die Apostelbriefe des Johannes und Bartholomäus waren verbrannt, dies ging aus einer Schrift des Simon Petrus hervor. Da sich Judas Iskariot nach dem Verrat an Jesus aus Scham selbst getötet hatte, ging man davon aus, dass er seinen Brief vorher vernichtet haben musste.

Das Schicksal der Apostelbriefe des Thomas und Thaddäus war unbekannt, doch die Suche nach ihnen lief auf der ganzen Welt weiter. Die Apostelbriefe waren von unvorstellbarem Wert und ihr Inhalt hochbrisant.

In diesem Raum befanden sich insgesamt acht der dreizehn bekannten Handschriften, die sein Herr, Jesus Christus, der Nachwelt hinterlassen hatte.

Seit fast zwei Jahren vergewisserte sich der Sekretär jeden Tag, dass sich der besondere Inhalt aus dem Schließfach des ermordeten Jesuitengenerals Ignazio Bentivoglio an Ort und Stelle befand.

Er näherte sich nun dem Objekt seiner Begierde.

Wie jeden Tag kam er hierher, um das Original des Evangelium seines Herrn, Jesus Christus, zu bewundern, das seit knapp zwei Jahren in der mittigen Säule in seinem Glasbehälter ruhte, konserviert bis in alle Ewigkeit.

Nachbemerkung

Stirbt ein Papst, werden sein Arbeitszimmer und seine privaten Räume durch den Camerlengo versiegelt und ein mögliches Testament dem Testamentsvollstrecker übergeben. Die Räume werden erst wieder geöffnet, wenn der neu gewählte Papst sie betritt.

Der neue Papst findet auf dem Schreibtisch einen von seinem Vorgänger versiegelten Umschlag vor. Er ist nur für seine Augen bestimmt. Der Inhalt verleitet natürlich zu allen möglichen Spekulationen. Was enthält er neben den besten Wünschen und Ratschlägen für seinen Amtsnachfolger? Geheime Kircheninterna, die die Gemeinschaft der katholischen Gläubigen nicht erfahren soll? Das Vatikanische Geheimarchiv beflügelt zusätzlich unsere Fantasien.

Die angeblich letzten, überlieferten Worte Jesu lauten: „*Vater, vergib ihnen, denn sie wissen nicht, was sie tun.*“ (Lk 23, 34)

Doch die katholische Kirche weiß genau, was sie tut: Sie bewahrt sich ihre tiefwurzelnden Traditionen und ihren Konservatismus. Sie ist eine Konstante in der heutigen schnelllebigen Zeit, weil sie davon überzeugt ist, zu wissen, was für ihre Gläubigen am besten ist. So sind alle monotheistischen Weltreligionen aufgebaut und so funktionieren sie auch - bis heute.

Die katholischen Gläubigen, die sich einen Wandel wünschen, wie die Zulassung weiblicher Priester, die Priesterehe oder die Benutzung eines Kondoms, werden sich weiter in Geduld üben müssen.

Warum? Weil die Kirche glaubt, dass sie nur, wenn sie an ihren Traditionen festhält, auch weiterhin bestehen und in der heutigen Zeit überleben kann. Die Geschichte gibt ihr bis dato damit Recht. Geduldig trotzt die Kirche allen Stürmen der Zeit. Mit ihrer zwei Jahrtausende währenden Existenz ist die katholische Kirche die älteste etablierte Institution der Menschheit. Die Kirche kann nicht umkehren.

Doch auf Dauer kann sie sich dem Wandel nicht verschließen. Er nagt bereits an ihren Mauern.

Machen wir es wie die Kirche: Haben wir ein wenig Geduld und geben ihr Zeit. Alles wird gut.

IN EIGENER SACHE,

AUCH BEKANNT ALS DANKSAGUNG

Dieses Buch ist eine fiktive Geschichte, keine politische Aufarbeitung. Es möchte niemanden verunglimpfen, beleidigen oder verdächtigen. Vielleicht regt es aber ein bisschen zum Nachdenken an?

Und die Geschichte geht weiter, das heißt, sie ist noch nicht zu Ende – weil ich mal wieder kein Ende beim Schreiben finden konnte. Darum habe ich mich entschlossen, sie in zwei Teilen zu veröffentlichen. Teil 2 folgt dann 2014. So viel kann ich euch aber schon verraten: Wir werden zusammen wieder mehr Zeit in Italien verbringen…

Achtung! Es folgt eine Lobhudelei, die wieder meinen Mann als Ersten nennen muss, sonst lässt er sich doch noch von mir scheiden. Er meint sowieso schon, ich wäre mit irgendeinem Seelenfischer verheiratet. Kürzlich hat er mir neue Visitenkarten geschenkt:

Hanni Seelenfischer
- Autorin der Münzer-Tetralogie -
ist:
Unbekannt verreist
Selten ansprechbar
Rufen Sie bloß nicht zwischen 00:00 und 23.59 Uhr an!!!

Scherzkeks! Da sehen Sie mal, wen ich versehentlich geheiratet habe. Trotzdem ist er das geduldigste Goldstück dieser Welt. Lieber Tilo, ich würde dich jederzeit wieder versehentlich heiraten!

Dann muss ich mich natürlich bei meinen Kampfleserinnen und -lesern, den „Seelenfischer-Jüngern“, bedanken: Meiner Mami, Christine, Ro, Ludwig, Ramona, Geli, Tina, Eva, Anika (Graphik!), Schneeflöckchen, Juliane und

Stephie. Vor allem die drei Letzten haben mich unterstützt, ermuntert, kritisiert, gelobt, verflucht…

Besonderes erwähnen muss ich Myriam und Heike. Myriam hat mir jeden Dialekt ausgetrieben und mich auf den Pfad der Duden-Vorlieben geführt. Der schreibt Phantasie jetzt lieber mit F, was das Wort, finde ich, irgendwie entzaubert. Tolkien würde das sicher auch nicht gefallen. Und Heike? Oje. Sie ist ein Hardcore-Thriller-Fan, der sich versehentlich in die „Seelenfischer-Gewässer“ verirrt hat und mir manches „Gnarhhhh“ um die Ohren gehauen hat, wenn sich meine Helden mal wieder „verplaudertaschten“. Unvergesslich werden mir auch unsere „Katzenklo“-Diskussionen bleiben. Heike, du bist genial!

Auch mein grundanständiger Freund Johannes Zum Winkel von Xtme stand mir wieder treu zur Seite. Ohne seinen beständigen Rat, sei es kreativ, marketingtechnisch oder beim Übersetzen des E-Book-Chinesischen, wäre auch dieses Buch nicht möglich gewesen. Danke Johannes!

Und natürlich DANKE ich ganz besonders all meinen Lesern, die mich bisher durch die Tetralogie begleitet haben. Ihr seid zauberhaft!

H.M. im August 2013

P.S. Ihr vermisst *Rabeas zehn Gebote*?

Ihr findet sie hier: www.hannimünzer.de

DEUTSCHE ÜBERSETZUNG DER ABSCHIEDSREDE VON DWIGHT D. EISENHOWER

- 34. PRÄSIDENT DER VEREINIGTEN STAATEN VON AMERIKA VOM 17. JANUAR 1961

Washington, D.C.:
White House Office of Communications

Meine amerikanischen Mitbürger und Mitbürgerinnen, in drei Tagen, nach einem halben Jahrhundert im Dienste unseres Landes, werde ich mein Amt niederlegen. In einer traditionellen und feierlichen Zeremonie wird die Präsidentschaft auf meinen Nachfolger übergehen.

In meiner Abschiedsrede heute Abend möchte ich mit Ihnen allen, liebe Mitbürger und Mitbürgerinnen, ein paar letzte Überlegungen teilen.

Wie jeder andere Bürger dieses Landes wünsche ich dem neuen Präsidenten und all seinen Mitarbeitern viel Glück. Ich bete dafür, dass die nächsten Jahre uns Frieden und Wohlstand bringen.

Unser Volk erwartet vom Präsidenten und dem Kongress, dass sie in wesentlichen Belangen zu einer Einigung finden. Ihre vernünftigen Entschlüsse werden somit für eine bessere Zukunft des Landes sorgen.

Meine Beziehungen zum Kongress begannen zaghaft aus der Ferne, als mich vor langer Zeit ein Mitglied des Senats nach West Point berief. Während des Kriegs und in der anschließenden Nachkriegszeit wurden sie enger und haben schließlich, in den vergangenen acht Jahren, zu einer wechselseitigen Abhängigkeit geführt.

Zuletzt haben Kongress und Regierung in den wichtigsten Bereichen gut zusammengearbeitet; sie haben dem nationalen Wohl gedient und nicht schierer Parteilichkeit und so die nationale Wirtschaft vorangebracht. Mein Amtsverhältnis zum Kongress endet somit meinerseits in einem Gefühl der Dankbarkeit, dass wir so viel zusammen erreichen konnten.

II

Wir befinden uns in der zweiten Hälfte eines Jahrhunderts, das vier große Kriege zwischen bedeutenden Nationen erlebt hat. In drei dieser Kriege war auch unser Land involviert. Trotz dieser Holocausts ist Amerika heute die stärkste, einflussreichste und produktivste Nation der Welt. Auch wenn wir stolz auf diese Vormachtstellung sein können, so sind wir uns dessen bewusst, dass Amerikas Führungsrolle und Ansehen nicht nur von unserem einzigartigen materiellen Fortschritt, unserem Reichtum und unserer militärischen Stärke abhängig ist, sondern auch davon, wie wir unsere Macht und Kraft im Interesse des Weltfriedens und einer besseren Zukunft für die Menschen einsetzen.

III

Amerika hat sich auf das Abenteuer einer freien Regierung eingelassen und dabei seine grundsätzlichen Ziele nicht aus den Augen verloren: Die Sicherung des Friedens, die Förderung menschlicher Errungenschaften und die Stärkung von Freiheit, Würde und Integrität unter den Menschen und zwischen den Nationen. Nach weniger zu streben wäre eines freien und gläubigen Volkes unwürdig. Ein auf Arroganz zurückzuführendes Scheitern oder ein Mangel an Verständnis oder Opferbereitschaft würde uns schwerwiegenden Schaden zufügen, im In- und Ausland.

Die Fortschritte auf dem Weg zu diesen hehren Zielen werden ständig von Konflikten in der ganzen Welt gefährdet. Sie bedürfen unserer ganzen Aufmerksamkeit, nehmen uns voll und ganz in Anspruch. Wir stehen einer feindlichen Ideologie gegenüber - global in seinem Umfang, atheistisch in seinem Wesen, rücksichtslos in seinen Zielen und heimtückisch in seiner Methode. Unglücklicherweise könnte die Gefahr, die sie darstellt, von Dauer sein. Um sie erfolgreich abzuwehren, sind nicht so sehr die krisenbedingten emotionalen und vorübergehenden Opfer gefordert, sondern eher jene, die uns erlauben, stetig und bestimmt und ohne zu klagen die Last eines längeren und komplexen Kampfes auf uns zu nehmen – denn die Freiheit steht auf dem Spiel. Nur so können wir, trotz Provokationen, auf unserem bereits eingeschlagenen Weg zu dauerhaftem Frieden und menschlicher Weiterentwicklung bleiben.

Krisen wird es immer wieder geben und man wird sich ihnen stellen, ob sie nun national oder international, groß oder klein sind. Dabei könnte man der Versuchung erliegen zu glauben, dass spektakuläre und kostspielige Maßnahmen das Wundermittel zur Lösung aller gegenwärtigen Schwierigkeiten sind. Eine massive Zunahme neuer Verteidigungselemente, die Entwicklung unrealistischer Programme, mit denen man jede Plage der Landwirtschaft ausmerzen will, ein dramatischer Ausbau der Grundlagenforschung und der angewandten Forschung – diese und viele andere Möglichkeiten, die jede an sich möglicherweise Erfolg versprechend sind, könnten uns als unser einziger Weg hin zu unseren Zielen nahegelegt werden.

Doch jeder Vorschlag muss Teil einer umfassenderen Betrachtung sein: Der Notwendigkeit des Gleichgewichts innerhalb und zwischen nationalen Programmen, zwischen privater und öffentlicher Wirtschaft, zwischen Kosten und erhofften Vorteilen, zwischen dem Notwendigen und dem Erwünschten, zwischen unseren grundlegenden Bedürfnissen als Nation und den Verpflichtungen, welche die Nation dem Individuum auferlegt, zwischen spontanen Maßnahmen und dem zukünftigen Gemeinwohl. Ein gutes Urteilsvermögen bemüht sich um Gleichgewicht und Fortschritt, fehlt dies, sind Ungleichgewicht und Frust die Folge.

Die letzten Jahrzehnte haben bewiesen, dass unser Volk und seine Regierung dies im Großen und Ganzen verstanden und entsprechend darauf reagiert haben, unter Stress und bei Bedrohung. Und Bedrohungen entstehen immer wieder aufs Neue. Ich erwähne hier nur zwei.

IV.

Ein wichtiges Element zur Erhaltung des Friedens ist unser Militärapparat. Wir brauchen mächtige, jederzeit einsatzbereite Waffen, damit kein potentieller Angreifer das Risiko seiner eigenen Zerstörung einzugehen wagt.

Unsere militärische Organisation ähnelt kaum noch der, wie sie meine Vorgänger aus Friedenszeiten oder die kämpfenden Männer im Zweiten Weltkrieg oder im Koreakrieg kannten.

Bis zum jüngsten der bewaffneten Konflikte hatten die Vereinigten Staaten keine Rüstungsindustrie. Wer in Amerika Pflüge herstellen konnte, konnte mit der Zeit und wenn erforderlich auch Schwerter herstellen. Aber es ist ein zu großes Risiko geworden, die nationale Verteidigung der Improvisation zu überlassen. Wir wurden dazu gezwungen, eine großangelegte Rüstungsindustrie aufzubauen. Hinzukommt, dass dreieinhalb Millionen Männer und Frauen unmittelbar mit dem Verteidigungsapparat zu tun haben. Wir geben jährlich für die militärische Sicherheit mehr aus als das Nettoeinkommen aller Unternehmen der USA.

Die Kombination eines riesigen Militärapparats und einer großen Rüstungsindustrie ist etwas Neues für Amerika. Es hat wirtschaftliche, politische, sogar spirituelle Auswirkungen auf jede Stadt, jedes Parlament, jedes Regierungsamt. Wir sind uns der Notwendigkeit dieser Entwicklung bewusst, doch wir dürfen ihre schwerwiegenden Auswirkungen nicht ignorieren. Denn sie betreffen nicht nur unsere Arbeit, Ressourcen und Lebensgrundlage, sondern auch die Struktur unserer Gesellschaft.

Innerhalb der Regierung müssen wir dafür sorgen, dass der militärisch-wirtschaftliche Komplex nicht zu sehr – gewollt oder ungewollt - an ungerechtfertigtem Einfluss gewinnt. Die Möglichkeit eines verheerenden Anwachsens unbefugter Macht besteht und wird auch weiter bestehen.

Wir dürfen nicht zulassen, dass das Gewicht dieser Kombination unsere Freiheiten und demokratischen Prozesse gefährdet. Wir sollten nichts als selbstverständlich hinnehmen. Nur wachsame und informierte Bürger können eine angemessene Verbindung der gewaltigen

Verteidigungsmaschinerie mit unseren friedlichen Methoden und Zielen gewährleisten, sodass Sicherheit und Freiheit zusammen wachsen und gedeihen können.

Ähnliches gilt für die technologische Revolution der letzten Jahrzehnte, die zum Großteil für die tiefgreifenden Veränderungen in unserem militärisch-industriellen Dispositiv verantwortlich war.

In dieser Revolution hat die Forschung eine zentrale Stellung eingenommen; sie wird zudem formalisierter, komplexer, teurer. Forschung wird immer mehr für, von oder auf Verlangen der Regierung durchgeführt.

Der einzelgängerische Erfinder, der in seiner Werkstatt herumbastelt, wurde längst von wissenschaftlichen Projektgruppen in Labors und Testfeldern verdrängt. Gleichermaßen hat die freie Universität, historisch betrachtet die Quelle unabhängiger Ideen und wissenschaftlicher Entdeckungen, eine Revolution der Forschungsarbeit erlebt. Zum Teil wegen der damit verbundenen enormen Kosten werden Regierungsaufträge praktisch zum Ersatz für intellektuelle Neugierde. Für jede alte Schiefertafel gibt es nun Hunderte von elektronischen Rechnern.

Die Möglichkeit, dass die Gelehrten der Nation durch öffentliche Stellen, Projektzuwendungen und die Macht des Geldes beherrscht werden könnten, ist allgegenwärtig – und als besorgniserregend zu betrachten.

Auch wenn wir der wissenschaftlichen Forschung den gebührenden Respekt zollen, so müssen wir uns der Gefahr bewusst sein, dass die öffentliche Politik von einer wissenschaftlich-technologischen Elite übernommen werden könnte.

Es gehört zur Staatsführung, diese und andere, neue und alte Kräfte zu formen und sie mit den Prinzipien unseres demokratischen Systems zu vereinbaren und dabei stets die obersten Ziele unserer freien Gesellschaft im Auge zu behalten.

V.

Ein weiterer Faktor, der für den Erhalt des Gleichgewichts sorgt, ist die Zeit. Im Hinblick auf die Zukunft unserer Gesellschaft müssen wir – Sie, ich und unsere Regierung –, dem Impuls widerstehen, nur im Hier und Jetzt zu leben und aus Bequemlichkeit die wertvollen natürlichen Ressourcen der Zukunft zu plündern. Wir können das, was unseren Enkeln zusteht, nicht verpfänden und so den Verlust ihres politischen und geistigen Erbes riskieren. Die Demokratie soll den kommenden Generationen erhalten bleiben, und nicht zum insolventen Phantom der Zukunft werden.

VI.

Amerika ist sich bewusst, dass diese unsere Welt, die immer kleiner wird, in Zukunft nicht zu einer Gemeinschaft der Angst und des Hasses werden darf; sie soll sich zu einem stolzen Bündnis gegenseitigen Vertrauens und Respekts entwickeln.

Ein solches Bündnis besteht aus Gleichgestellten. Die Schwächsten müssen sich mit der gleichen Zuversicht an den Verhandlungstisch setzen können wie wir, die wir durch unsere moralische, wirtschaftliche und militärische Stärke geschützt sind. Dieser Verhandlungstisch trägt wohl die Narben vergangener Enttäuschungen, doch man sollte ihn nicht verlassen und gegen das sichere Leid des Schlachtfeldes eintauschen.

Abrüstung, in gegenseitigem Respekt und Vertrauen, ist eine absolute Notwendigkeit. Gemeinsam müssen wir lernen, Meinungsverschiedenheiten beizulegen, nicht mit Waffen, sondern mit Verstand und ehrbaren Absichten. Diese Notwendigkeit ist derart offensichtlich, dass ich zugeben muss, meine offiziellen Verantwortlichkeiten in diesem Bereich mit einem Gefühl der Enttäuschung niederzulegen. Ich habe das Grauen und die Verzweiflung des Kriegs erlebt, ich weiß, dass ein weiterer Krieg diese Zivilisation, die sich erst langsam und mühevoll über Jahrtausende entwickeln musste, vollends vernichten könnte, und ich wünschte, ich könnte heute verkünden, dass ein dauerhafter Friede in Sicht sei.

Glücklicherweise kann ich sagen, dass Krieg vermieden werden konnte. Wir bewegen uns kontinuierlich auf unser endgültiges Ziel zu. Aber es bleibt noch viel zu tun. Als normaler Bürger werde ich nie aufhören, meinen Beitrag, und wenn er noch so klein ist, zu leisten, um den Frieden in dieser Welt voranzubringen.

VII.

Und so, in meiner letzten Rede zu Ihnen als Präsident, bedanke ich mich für die vielen Gelegenheiten, die Sie mir gegeben haben, dem Land in Krieg und

Frieden zu dienen. Ich hoffe, dass Sie einiges davon lobenswert fanden; für den Rest, so denke ich, werden Sie Wege finden, um es in Zukunft besser zu machen.

Sie und ich, liebe Landsleute, wir müssen stark sein in unserem Glauben, dass alle Nationen, unter Gott, Frieden mit Gerechtigkeit finden werden. Lasst uns unerschütterlich an unseren Prinzipien festhalten, zuversichtlich doch demütig mit Macht umgehen und die großen nationalen Ziele gewissenhaft verfolgen.

Allen Völkern der Erde möchte ich erneut Amerikas inständiges, kontinuierliches Bestreben zum Ausdruck bringen:

Wir beten dafür, dass die grundlegenden Bedürfnisse der Völker aller Glaubensrichtungen, aller Rassen, aller Nationen befriedigt werden, dass all denen, denen jetzt noch Chancen versagt sind, diese bald in vollen Zügen genießen können; dass alle, die sich nach Frieden sehnen, bald seinen spirituellen Segen erfahren; dass jene, die in Freiheit leben, auch ihre große Verantwortung erkennen; dass alle, die der Not der andern gefühllos gegenüberstehen, Wohltätigkeit lernen; dass die Geißeln der Armut, Krankheit und Ignoranz von der Erde verschwinden und irgendwann alle Völker in Frieden zusammenleben können, einem Frieden, der durch gegenseitige Achtung und Liebe sichergestellt wird.

Nun, Freitagmittag werde ich ein einfacher Bürger werden. Ich bin stolz darauf und sehe dem entgegen.

Vielen Dank und gute Nacht.

Original der Abschiedsrede von Dwight D. Eisenhower

- 34. Präsident der Vereinigten Staaten von Amerika vom 17. Januar 1961

Washington, D.C.:
White House Office of Communications

My fellow Americans:

Three days from now, after half a century in the service of our country, I shall lay down the responsibilities of office as, in traditional and solemn ceremony, the authority of the Presidency is vested in my successor.

This evening I come to you with a message of leave-taking and farewell, and to share a few final thoughts with you, my countrymen.

Like every other citizen, I wish the new President, and all who will labor with him, Godspeed. I pray that the coming years will be blessed with peace and prosperity for all.

Our people expect their President and the Congress to find essential agreement on issues of great moment, the wise resolution of which will better shape the future of the Nation.

My own relations with the Congress, which began on a remote and tenuous basis when, long ago, a member of the Senate appointed me to West Point, have since ranged to the intimate during the war and immediate post-war period, and, finally, to the mutually interdependent during these past eight years.

In this final relationship, the Congress and the Administration have, on most vital issues, cooperated well, to serve the Nation good rather than mere partisanship, and so have assured that the business of the Nation should go forward. So, my official relationship with the Congress ends in a feeling, on my part, of gratitude that we have been able to do so much together.

We now stand ten years past the midpoint of a century that has witnessed four major wars among great nations. Three of these involved our own country. Despite these holocausts America is today the strongest, the most influential and most productive nation in the world. Understandably proud of this pre-eminence, we yet realize that America's leadership and prestige depend, not merely upon our unmatched material progress, riches and military strength, but on how we use our power in the interests of world peace and human betterment.

Throughout America's adventure in free government, our basic purposes have been to keep the peace; to foster progress in human achievement, and to enhance liberty, dignity and integrity among peoples and among nations. To strive for less would be unworthy of a free and religious people. Any failure traceable to arrogance, or our lack of comprehension or readiness to sacrifice would inflict upon us grievous hurt both at home and abroad.

Progress toward these noble goals is persistently threatened by the conflict now engulfing the world. It commands our whole attention, absorbs our very beings. We face a hostile ideology—global in scope, atheistic in character, ruthless in purpose, and insidious in method. Unhappily the danger it poses promises to be of indefinite duration. To meet it successfully, there is called for, not so much the emotional and transitory sacrifices of crisis, but rather those which enable us to carry forward steadily, surely, and without complaint the burdens of a prolonged and complex struggle—with liberty the stake. Only thus shall we remain, despite every provocation, on our charted course toward permanent peace and human betterment.

Crises there will continue to be. In meeting them, whether foreign or domestic, great or small, there is a recurring temptation to feel that some spectacular and costly action could become the miraculous solution to all current difficulties. A huge increase in newer elements of our defenses; development of unrealistic programs to cure every ill in agriculture; a dramatic expansion in basic and applied research—these and many other possibilities, each possibly promising in itself, may be suggested as the only way to the road we wish to travel.

But each proposal must be weighed in the light of a broader consideration: The need to maintain balance in and among national programs—balance between the private and the public economy, balance between the cost and hoped for advantage—balance between the clearly necessary and the comfortably desirable; balance between our essential requirements as a nation and the duties imposed by the nation upon the individual; balance between actions of the moment and the national welfare of the future. Good judgment seeks balance and progress; lack of it eventually finds imbalance and frustration.

The record of many long years stands as proof that our people and their government have, in the main, understood these truths and have responded to them well, in the face of threat and stress. But threats, new in kind or degree, constantly arise. Of these, I mention two only.

A vital element in keeping the peace is our military establishment. Our arms must be mighty, ready for instant action, so that no potential aggressor may be tempted to risk his own destruction.

Our military organization today bears little resemblance to that known by any of my predecessors in peacetime, or indeed by the fighting men of World War II or Korea.

Until the latest of our world conflicts, the United States had no armaments industry. American makers of plowshares could, with time and as required, make swords as well. But now we can no longer risk emergency improvisation of national defense; we have been compelled to create a permanent armaments industry of vast proportions. Added to this, three and a half million men and women are directly engaged in the defense establishment. We annually spend on military security alone more than the net income of all United States corporations.

Now, this conjunction of an immense military establishment and a large arms industry is new in the American experience. The total influence—economic, political, even spiritual—is felt in every city, every State house, every office of the Federal government. We recognize the imperative need for this development. Yet we must not fail to comprehend its grave implications. Our toil, resources and livelihood are all involved; so is the very structure of our society.

In the councils of government, we must guard against the acquisition of unwarranted influence, whether sought or unsought, by the military-industrial complex. The potential for the disastrous rise of misplaced power exists and will persist.

We must never let the weight of this combination endanger our liberties or democratic processes. We should take nothing for granted. Only an alert and knowledgeable citizenry can compel the proper meshing of the huge industrial and military machinery of defense with our peaceful methods and goals, so that security and liberty may prosper together.

Akin to, and largely responsible for the sweeping changes in our industrial-military posture, has been the technological revolution during recent decades.

In this revolution, research has become central; it also becomes more formalized, complex, and costly. A steadily increasing share is conducted for, by, or at the direction of, the Federal government.

Today, the solitary inventor, tinkering in his shop, has been overshadowed by task forces of scientists in laboratories and testing fields. In the same fashion, the free university, historically the fountainhead of free ideas and scientific discovery, has experienced a revolution in the conduct of research. Partly because of the huge costs involved, a government contract becomes virtually a substitute for intellectual curiosity. For every old blackboard there are now hundreds of new electronic computers.

The prospect of domination of the nation's scholars by Federal employment, project allocations, and the power of money is ever present—and is gravely to be regarded. Yet, in holding scientific research and discovery in respect, as we should, we must also be alert to the equal and opposite danger that public policy could itself become the captive of a scientific-technological elite.

It is the task of statesmanship to mold, to balance, and to integrate these and other forces, new and old, within the principles of our democratic system—ever aiming toward the supreme goals of our free society.

Another factor in maintaining balance involves the element of time. As we peer into society's future, we—you and I, and our government—must avoid the impulse to live only for today, plundering, for our own ease and convenience, the precious resources of tomorrow. We cannot mortgage the material assets of our grandchildren without risking the loss also of their political and spiritual heritage. We want democracy to survive for all generations to come, not to become the insolvent phantom of tomorrow.

During the long lane of the history yet to be written America knows that this world of ours, ever growing smaller, must avoid becoming a community of dreadful fear and hate, and be, instead, a proud confederation of mutual trust and respect.

Such a confederation must be one of equals. The weakest must come to the conference table with the same confidence as do we, protected as we are by our moral, economic, and military strength. That table, though scarred by many past frustrations, cannot be abandoned for the certain agony of the battlefield.

Disarmament, with mutual honor and confidence, is a continuing imperative. Together we must learn how to compose differences, not with arms, but with intellect and decent purpose. Because this need is so sharp and apparent I confess that I lay down my official responsibilities in this field with a definite sense of disappointment. As one who has witnessed the horror and the lingering sadness of war—as one who knows that another war could utterly destroy this civilization which has been so slowly and painfully built over thousands of years—I wish I could say tonight that a lasting peace is in sight.

Happily, I can say that war has been avoided. Steady progress toward our ultimate goal has been made. But, so much remains to be done. As a private citizen, I shall never cease to do what little I can to help the world advance along that road.

So - in this my last good night to you as your President - I thank you for the many opportunities you have given me for public service in war and peace. I trust that in that service you find some things worthy; as for the rest of it, I know you will find ways to improve performance in the future.

You and I - my fellow citizens - need to be strong in our faith that all nations, under God, will reach the goal of peace with justice. May we be ever unswerving in devotion to principle, confident but humble with power, diligent in pursuit of the Nation's great goals.

To all the peoples of the world, I once more give expression to America's prayerful and continuing aspiration:

We pray that peoples of all faiths, all races, all nations, may have their great human needs satisfied; that those now denied opportunity shall come to enjoy it to the full; that all who yearn for freedom may experience its spiritual blessings; that those who have freedom will understand, also, its heavy responsibilities; that all who are insensitive to the needs of others will learn charity; that the scourges of poverty, disease and ignorance will be made to disappear from the earth, and that, in the goodness of time, all peoples will come to live together in a peace guaranteed by the binding force of mutual respect and love.

Now, on Friday noon I am to become a private citizen. I am proud to do so. I look forward to it.

Thank you, and good night.

Über das Buch

DIE AKTE ROSENTHAL – TEIL 1

TANGER:
Mitten in der Nacht wird eine junge Frau aus ihrer Wohnung verschleppt. Die Täter nehmen auch ihre persönliche Habe mit. Zurück bleiben einige schäbige Möbel und ihre Katze.

NÜRNBERG:
Lukas und Lucie von Stetten wie auch dem Ex-Agenten Jules Lafitte ist nach den folgenschweren Ereignissen in Rom nur eine kurze Atempause vergönnt. Schon geraten sie in das nächste Abenteuer. Und noch jemand, mit dem so gar niemand gerechnet hat, taucht plötzlich wieder auf und greift in das Geschehen ein.

Sehr bald muss Lukas erkennen, dass nichts so ist, wie es scheint…

„FINALE! - Die Akte Rosenthal - Teil 2“ erscheint im November 2014

LESEPROBE „DIE AKTE ROSENTHAL – TEIL 2“

FINALE!

SEELENFISCHER-TETRALOGIE

BAND 4

„Ein wenig Aufrichtigkeit ist eine gefährliche Sache, und viel davon ist tödlich.“
Oscar Wilde

„Geld ist der Mist des Teufels.“
Papst Franziskus

PROLOG

BESTIMMUNG...

„Jetzt komm schon mit, Clemente. Diese Schamanin ist unglaublich. Du musst die Frage nur denken, und sie gibt dir darauf eine Antwort. Wenn ich es nicht selbst erlebt hätte, ich würde es nicht glauben."

Der Angesprochene schüttelte unwillig den Kopf. „Du weißt, Tommaso, ich habe mit solchem Humbug nichts zu schaffen!"

„Papperlapapp", erwiderte sein Freund unbeeindruckt und stellte seine Kaffeetasse ab. Die beiden jungen Priester saßen im Frühstücksraum des Hilton Hotel Bonaventure in Montreal. Der Bischof von Chicago, dessen Delegation sie während seiner zehntägigen Kanada-Rundreise angehörten, hatte ihnen heute freigegeben. Der Bischof litt an einer Magenverstimmung.

Tommaso hatte dies respektlos mit *der Gute hat sich schlichtweg überfressen* kommentiert und sich über den freien Tag gefreut. „Humbug ist so oder so Ansichtssache", fuhr er nun fort. „Sind wir nicht vom selben Fach? Wir wollen Leuten unseren Glauben nahebringen, ohne dafür einen direkten Beweis zu liefern. Jetzt gib dir einen Ruck, Clemente. Von hier nach Hogansburg ist es ein Katzensprung, kaum achtzig Meilen. Und die Gegend ist sehr schön. Außerdem heißt unser Hotel hier nicht von ungefähr *Bonaventure*, gutes Abenteuer! Das ist ein Zeichen. Also ich", Tommaso fuhr sich mit der Serviette über den Mund und erhob sich, „werde auf alle Fälle fahren. Der Wagen ist schon bestellt."

Clemente musterte seinen Freund und Kollegen scharf. „Dir geht es doch gar nicht um diese Wahrsagerin. Du willst nur im dortigen Casino spielen."

Tommaso fasste sich theatralisch ans Herz. „Getroffen! Ein Grund mehr, dass du mitkommst, Clemente. Oder willst du mich ganz allein dem Spielteufel überlassen?“ Er lächelte entwaffnend.

Clemente warf seine Serviette mit einer resignierten Geste auf den Teller und stand nun auch auf. „Ehrlich, Tommaso, manchmal frage ich mich, warum du Priester geworden bist.“

„Wieso denn? Gott hat uns erschaffen, wie er alles erschaffen hat, also auch das Vergnügen. Warum sollte ein Priester nicht das Leben genießen? Ich finde sogar, es gehört zu seinen Pflichten, seiner Gemeinde ein lebenswertes Leben vorzuleben.“

„Dazu gehört aber sicher nicht, seinen Klingelbeutel im Casino zu verspielen.“

„Ich bin froh, dass du nicht Kollekte gesagt hast. Kommst du nun mit?“, wiederholte er seine Frage und sah seinen Freund auf eine Weise an, die selten ihre Wirkung verfehlte. Er und Clemente stammten aus demselben apulischen Dorf und waren als Nachbarskinder aufgewachsen. Von klein auf waren sie unzertrennlich gewesen, hatten alles gemeinsam unternommen. Am Tag, als Clemente verkündet hatte, dass er Priester werden wolle, war es für Tommaso selbstverständlich gewesen, seinem Freund auf dessen Lebensweg zu folgen.

Nach seiner Weihe wurde Tommaso eine Gemeinde in den Abruzzen zugeteilt, Clemente ging nach Rom. Und so hatten sich die beiden Freunde für eine Weile aus den Augen verloren.

Tommaso legte keinen übermäßigen Ehrgeiz an den Tag, ganz im Gegensatz zu seinem Jugendfreund. Clemente Finzi-Contini hatte bereits begonnen, sich in der Kirchenhierarchie nach oben zu arbeiten und fungierte seit einem Jahr als Privatsekretär des Bischofs von Chicago, der reichsten Diözese der USA. Vor drei Monaten hatte er seine Beziehungen genutzt und Tommaso aus Santo Stefano di Sessanio zu sich nach Chicago geholt. Auch wenn Tommaso nicht den gängigen Konventionen eines Priesters entsprach, so war er doch seinem Freund gegenüber hundertprozentig loyal. Das war es, was für Clemente zählte. Wenn er sein hochgestecktes Ziel erreichen wollte, dann musste er sich von Beginn an mit loyalen Mitstreitern umgeben.

„Du machst schon wieder dein Karrieregesicht“, feixte Tommaso, der das Mienenspiel seines Freundes beobachtet hatte. „Vielleicht möchtest du der Schamanin eine ganz bestimmte Frage stellen, hm?“

Clemente sah Tommaso grimmig an. „Vergiss es."

„Ach komm schon. Ich weiß, du bist immer noch mit mir verschnupft, weil ich letzte Woche ausgebüxt bin."

„Ja. Weil ich wegen dir den Bischof anlügen musste. Ich habe dich nicht zu mir geholt, Tommaso, damit du mir Schwierigkeiten machst."

„Du hast doch gar nicht richtig gelogen, das war nur eine kleine Ausflucht zu aller Zufriedenheit."

Clemente seufzte. „Du bist so glatt wie die zugefrorene Hölle. Vielleicht solltest du lieber auf Politik umsatteln."

„Merkwürdig, und ich dachte, da wäre ich längst gelandet", scholl es unbekümmert zurück. „Sieh es so, Clemente. Hätte ich nicht diese kleine Fahrt unternommen, wäre ich niemals dieser unglaublichen Frau begegnet. Das war Fügung. Und wenn wir Priester nicht an Schicksal glauben, wer sonst?"

Zwei Stunden später parkte der Mietwagen der beiden Priester vor dem Akwesasne Mohawk Casino, und wiederum eine Stunde später hatte Pater Tommaso eine Audienz, wie er es nannte, bei der Schamanin erwirkt. Sie würde sie am frühen Nachmittag empfangen.

„Ich lasse dir den Vortritt", sagte Pater Tommaso, als es so weit war, und schob seinen weiterhin widerstrebenden Freund über die Schwelle des Blockhauses, das am Rande des Casino-Parks lag.

Unvermittelt fand sich Clemente in einem einzigen großen Raum mit bodentiefen Fenstern wieder, der so gar nicht seinen Vorstellungen der Örtlichkeit einer Wahrsagerin entsprach. Er musterte die Umgebung, als hoffte er doch noch Flitterkram, Räucherstäbchen und Kristallkugel zu entdecken. Stattdessen präsentierte sich der lichtdurchflutete Raum beinahe klinisch nüchtern. Eine weiße Ledercouch und zwei Sessel dominierten ihn, es roch angenehm nach Holz und frisch gebrühtem Kaffee. Einzig der eindrucksvolle Webteppich, der indianische Jagdszenen zeigte und die gesamte gegenüberliegende Rückwand einnahm, zeugte von der Herkunft seiner Gastgeberin.

Auch die Schamanin überraschte ihn. Ihre alterslose Erscheinung strahlte eine stille Würde aus, aber da war noch mehr. Clemente ertappte sich dabei, wie er sie anstarrte. *Hypnotisierte sie ihn etwa?* Tatsächlich waren ihre Augen ungewöhnlich, eines blau, das andere sienafarben. Er wandte den Blick ab, konzentrierte sich auf den türkisfarbenen Stein an ihrem Hals. Doch ihr Blick zog ihn erneut in seinen Bann. Er traf Clemente wie ein Schlag, der seltsam dumpf in seinem

Magen widerhallte. Es fühlte sich an, als würde sie in sein Innerstes schauen, seine Seele nach außen kehren. *Er sollte hier verschwinden!* Doch wie sähe das aus? Er, der gottesfürchtige Priester, floh vor dieser Cassandra? Er kämpfte den Drang geradeso nieder, indem er sich auf seine eigene Würde besann, rückte seinen Kragen zurecht, der ihm plötzlich zu eng erschien, und folgte ihrer eleganten Handbewegung, Platz zu nehmen. Ohne zu fragen, schenkte sie ihm Kaffee ein, reichte ihm die Tasse und setzte sich ihm gegenüber.

„Ich habe auf Sie gewartet", eröffnete ihm die Frau in einem seltsam melodischen Englisch mit französischem Akzent. Dabei fixierte sie ihn weiter mit ihren markanten Augen. „Ich kenne Ihre Frage und die Antwort darauf, junger Priester. Darum frage ich Sie: Ist es Ihr freier Wille, sie zu hören? Hier und heute? Das Schicksal ist ein launisches Element, es ist weder männlich noch weiblich, *es ist*, und doch ist uns Seelen vom Moment der Zeugung an alles vorherbestimmt. Sein Schicksal zu kennen bedeutet nicht, es zu lenken. Der Stern folgt stets seinem eigenen Weg. Manchmal ist es besser, nicht zu wissen, wohin er uns führt."

Nicht nur ihre Augen waren ungewöhnlich, stellte Clemente fest, sondern auch ihre Stimme. Sie war wie geschaffen, um die Sinne zu streicheln. *Oder um die Hölle zu verheißen*, dachte er weiter. Sein Unbehagen in Gegenwart dieser Frau wuchs. *Er hätte sich nicht von Tommaso überreden lassen sollen!* Eigentlich war er nur hierhergekommen, um seinem Freund zu beweisen, dass seine Begeisterung für die angeblichen Fähigkeiten dieser Cassandra Nonsens war, sein Freund schlichtweg Hokuspokus aufgesessen war. Er hatte das Weib entlarven wollen und sich vorgestellt, seine Kräfte mit den ihren zu messen, überzeugt davon, dass sein Wille stark genug sei.

Aber seit er die Türschwelle überschritten hatte, wusste er, dass er die brennende Frage seines Lebens – die eine Frage, die ihn umtrieb, seit er zum ersten Mal das Priesterseminar betreten hatte –, nicht vor ihr verbergen konnte. Er nickte ihr wie unter Zwang zu.

Und die Schamanin antwortete. Ihre Worte fügten sich wie zu einer kleinen Melodie zusammen, jene Harmonie, die sich Clemente erhofft hatte zu hören. Eine Antwort, die ihm sein großes Schicksal verhieß – das Lied von Macht und Einfluss.

Erstes Buch

Die Büchse der Pandora

„Schicksal ist nur ein anderes Wort dafür, dass Gott nichts erklären muss.“

Rabea Rosenthal

KAPITEL 1

I-00120 Vatikanstadt

„Carlotta van Kampen ist tot."
„Halleluja! Was für eine wunderbare Nachricht." Unmittelbar darauf nahm das freudige Gesicht des Mannes einen salbungsvollen Ausdruck an, als hätte ein Regisseur ihm eine neue Rolle zugeteilt. Er bekreuzigte sich, faltete die Hände und sprach ein kurzes Gebet. Dann streifte er auch diese Rolle ab. Lauernd fragte er: „Wie?"

„Sie wurde vor ungefähr einer Stunde in Barcelona erschossen."

„Erschossen?" Der Mann fuhr von seinem Schreibtisch hoch. „Herrgott nochmal, was für ein Aufsehen! So geht das nicht. Was fällt unseren Leuten ein?", blaffte er sein Gegenüber an.

„Nein, nein, Eminenz", stieß der Mann hastig hervor, „ich versichere Euch, niemand von uns war in die Sache verwickelt. Es scheint eine ihrer eigenen Angestellten gewesen zu sein. Eine Brasilianerin. Mehr hat unser Kontakt in Spanien bisher noch nicht in Erfahrung bringen können."

„Wunderbar!" Der Kardinal rieb sich die Hände. Glück musste man haben. Da hatte ihm doch glatt jemand anderes die Arbeit abgenommen. „Das dürfte uns die Sache künftig erleichtern." Er hielt kurz inne, dann sagte er: „Unser Mann im Van-Kampen-Aufsichtsrat soll auf den Nachlassverwalter einwirken. Ich will endlich das Geschäft abschließen, und vor allem will ich die Dokumente zurück, die uns dieses Weib gestohlen hat", sagte er hart. Bis heute war es ihm ein Rätsel, wie die Holländerin es geschafft hatte, dem Kirchenstaat so viele Jahre erfolgreich die Stirn zu bieten. Die sorgfältig vorbereiteten Klagen, die er in den letzten Jahren gegen die van Kampen eingereicht hatte, waren bisher stets von den Gerichten abgewiesen worden. Niemals hätte er gedacht, dass die Frau über derart einflussreiche Verbündete verfügte. Sie reichten bis in die höchsten Regierungskreise. Leider saßen dort nicht wenige Kirchenhasser.

„Eminenz, ich fürchte, es ist ein zusätzliches Problem aufgetreten."

Der Kardinal sah seinen Sekretär scharf an. Für ihn gab es keine Probleme. Nur Aufgaben, die es zu lösen galt.

Der Sekretär bemerkte seinen Lapsus und berichtigte sich, wobei er ins Stottern geriet: „Ich meine, also…da ist…"

„Herrgott, Enzo! Was soll denn das? Ich habe nicht ewig Zeit. Ich muss gleich zu einem Konsistorium mit dem Heiligen Vater."

Pater Enzo gab sich einen Ruck. Diesmal sprudelten die Worte nur so aus ihm heraus. „Es gibt eine Erbin. Die Tochter der van Kampen. Sie ist verheiratet und hat einen Sohn."

„Was? Lucia van Kampen ist wieder aufgetaucht? Aber sie galt seit neun Jahren als verschollen. Pater Filiberto hat mir schon vor Jahren glaubhaft versichert, dass sie tot sei."

„Leider nein. Und da ist noch etwas. Sie ist mit Lukas von Stetten verheiratet. Er ist der Vater ihres Sohnes."

„Der Schützling dieses Verräters Bentivoglio? Der Ex-Jesuit?" Der Kardinal griff nach dem Kreuz auf seiner Brust. Die scharfen Kanten schnitten in sein Fleisch und halfen ihm, seine Gedanken zu ordnen. Er selbst hatte Pater von Stetten vor knapp zwei Jahren, nach dem Verschwinden von Carlotta van Kampen, als unwichtig eingestuft und angeordnet, ihn nicht weiter zu überwachen. Ein kapitaler Fehler – und nicht sein einziger in dieser Sache. Er hätte nicht auf Pater Filiberto hören sollen, als dieser vorschlug, keine weitere Zeit auf die Suche nach der Van-Kampen-Tochter zu verschwenden. Er ärgerte sich. Ab sofort würde er die Dinge wieder selbst in die Hand nehmen. Dabei hatte er schon genug andere Sorgen. Der neugewählte Papst sprühte geradezu vor utopischen Ideen. Ein lästiger und gefährlicher Mann. Erst kürzlich hatte er in einem Interview, das in sechzehn Jesuiten-Zeitungen erschienen war, behauptet, dass der Hof die Lepra des Papsttums sei! Natürlich hatten das weltweit alle Zeitungen nachgedruckt. Der Kardinal empfand die Aussage als empörend, ja, geradezu blasphemisch. Ebenso peinlich fand er den Ausspruch, dass Geld der Mist des Teufels sei.

Wer hatte denn all die Jahrhunderte die mühevolle Arbeit getan, die Gelder eingetrieben und dem Papst den Hof erhalten, damit er überhaupt Hof halten konnte? *Männer wie er!* Und jetzt bezeichnete er ihn und seine Vorgänger als Lepra? Wo wäre das Papsttum heute, ohne die Kurie und die verantwortungsvollen Entscheidungen, die diese über die Jahrhunderte hatten treffen müssen? Nirgendwo – weil es nämlich kein Papsttum mehr gäbe! *Was bildet sich dieser Mann ein,* ereiferte er sich innerlich weiter. *Fast zweitausend Jahre Papsttum einfach so vom Tisch wischen zu wollen wie lästige Krümel?* Nein, er würde sich sein Lebenswerk von diesem Mann nicht zerstören lassen! Der Kirchenstaat, der Erhalt seiner Institutionen und Traditionen waren sein Leben. Er wusste genau, woher der Wind wehte: Der Papst war treuer Jesuit und nahm der Kurie noch immer das Verbot seines Ordens von 1773 übel!

„Ja, von Stetten war vor Ort in Barcelona, als die van Kampen erschossen wurde. Mit seiner Frau“, holte Enzo den Kardinal aus seinem inneren Monolog zurück. „Und da ist noch etwas.“ Enzo stockte und knetete seine Hände.

Der Kardinal sah seinen Sekretär auffordernd an, eine Zornesfalte wie ein großes V in die Stirn gegraben.

„Saul Kaschinski wurde in Nürnberg verhaftet.“

Der Kardinal explodierte endgültig und schlug mit der flachen Hand auf den Schreibtisch: „Ja, bin ich denn nur noch von unfähigen Idioten umgeben! Wie konnte das passieren? Es hieß doch, er sei der Beste in seinem Fach.“

„Kaschinski wird nicht reden, außerdem hat er alle Anweisungen anonym erhalten. Nichts in der Kommunikation weist auf eine Verbindung zu Rom hin“, beeilte sich Enzo zu antworten. „Aber wir müssen eine Entscheidung treffen“, ergänzte der Sekretär vorsichtig. Er mied Augenkontakt und schielte stattdessen auf die Statue einer betenden Madonna, die hinter seinem Dienstherrn auf einem Sockel stand.

Der Kardinal hatte verstanden. „Ihr meint wohl, *ich* muss eine Entscheidung treffen.“ Er lehnte sich in seinem Sessel zurück und überschlug seine Optionen wie ein Schachspieler. Entweder Kaschinski wurde so schnell wie möglich eliminiert, oder er sorgte dafür, dass der Mann Unterstützung erhielt. Rasch schob er die verschiedenen Konstellationen in seinem Kopf hin und her, erwog, auf welche Figuren er verzichten konnte, und fällte seine Entscheidung.

„Gut, sorgt dafür, dass Kaschinski heil aus der Sache herauskommt. Es zeigt ihm unsere Macht. Dann hol mir unseren Paulus hierher. Es wird Zeit, dass er wieder zum Saulus wird. Und ich will die Akte Lukas von Stetten auf meinen Tisch.“

„Ich habe sie bereits hier, Eminenz." Enzo reichte ihm beflissen den Aktendeckel, den er unter den Arm geklemmt trug.

„Wenigstens habt Ihr einmal mitgedacht", sagte der Kardinal gönnerhaft. Er schlug die Akte auf, überflog sie kurz und zeigte dann mit einem sorgfältig manikürten Finger auf einen Namen:

„Das ist die Schwachstelle. Hier sollten wir ansetzen. Zeit für Plan B."

* * * * * * * * * * * * * * *

Zwei Stunden später pfefferte der Kardinal eine rote Projektmappe, auf der das Siegel des Papstes prangte, auf den Schreibtisch. Er fluchte, was das Zeug hielt, wobei sich die Worte „Dilettant", „Humbug" und „hirnverbrannt" noch als geradezu höflich ausnahmen. Sein Sekretär Enzo machte sich inzwischen so klein wie möglich und wartete, bis der Sturm vorübergezogen war.

„Enzooooo…!"

„Ich bin hier, Eminenz." Enzo trat mit einem goldglänzenden Tablett näher und stellte ein Gläschen Grappa nebst zugehöriger Flasche vor seinem Superior ab. Dann wappnete er sich für seine Rolle als Blitzableiter.

Der Kardinal stürzte das erste Glas im Stehen hinunter. „Unfassbar, jetzt will er eine Untersuchungskommission einberufen, die die Vatikanbank prüfen soll! Schon wieder! Kaum bin ich den einen losgeworden, fängt der nächste damit an. Wie soll man denn da noch in Ruhe arbeiten können?"

Enzo war klar, wer gemeint war: Es ging um den amtierenden Papst und dessen Amtsvorgänger, den emeritierten Papst. Natürlich wusste Enzo auch, dass die Spekulationen um den Rücktritt des Papstes, die jüngst durch die Presse gegeistert waren und hier und da immer wieder aufflackerten, lediglich die Spitze des Eisbergs waren.

Das zurückgetretene Kirchenoberhaupt hatte inzwischen die traditionelle päpstliche Sommerresidenz in Castel Gandolfo verlassen und war in das ehemalige Nonnenkloster Mater Ecclesiae in den Vatikanischen Gärten gezogen. Die ihm verbliebene Erdenzeit konnte er dort nur deshalb in Kontemplation verbringen, weil er zugestimmt hatte, auch da zu bleiben. Der ehemals mächtigste Mann des Kirchenstaates, zumindest nach Einschätzung der Öffentlichkeit, würde seine alte Heimat niemals wiedersehen. Er saß in seinem italienischen Käfig fest. Nur der Tod würde ihn von Rom scheiden.

Enzo verharrte stumm und reglos. Er wartete auf die weiteren Anweisungen seiner Eminenz. Sein Superior hatte sich inzwischen sichtlich beruhigt. Enzo sandte nicht zum ersten Mal ein Stoßgebet gen Himmel, um dem Erfinder des göttlichen Grappa zu danken.

„Also gut", sagte der Kardinal und ließ sich in seinen Louis-XVI.-Sessel hinter dem Schreibtisch fallen. Er faltete seine Hände mit großer Geste, als hätte er vor, zu beten, aber Enzo kannte seinen Brotherrn und wusste, dass er über seine nächsten Maßnahmen nachdachte. Er diente dem Kardinalstaatssekretär Finzi-Contini seit acht Jahren und bewunderte ihn sehr, denn der hatte, selbst wenn die Widrigkeiten sich noch so hoch auftürmten, stets eine Lösung gefunden. Das Leben eines Kurien-Kardinals war in der Tat beschwerlich, und Enzo war stolz darauf, ihn bei seinem harten Tagwerk unterstützen zu dürfen.

„Passt auf, Enzo. Zunächst holt Ihr mir Erzbischof von Elsterich an den Apparat." Enzo nickte. Ihm leuchtete ein, dass seine Eminenz mit dem Erzbischof über die Stiftung *Kind und Brot* konferieren musste.

„Dann möchte ich mich mit unserem deutschen Adeligen besprechen. Aber nicht telefonisch. Er soll hierherkommen, am besten noch heute Abend. Ja, das ist gut, laden wir ihn zum Essen ein. Sagt der Küche Bescheid, dass ich heute um 21:00 Uhr ein Menü mit Rinderfilet wünsche. Blutig. Der Deutsche liebt blutiges Fleisch."

Enzo nickte, er wusste das natürlich, es zu wissen gehörte zu seinen Aufgaben. Mit dem *Deutschen* war Kardinal Dieter von Unterberg gemeint, kommissarischer Leiter des Istituto per le Opere di Religione, kurz IOR. Enzo beschäftigte sich gedanklich viel mit dem IOR. Die Institution war dem Heiligen Stuhl 1887 von der italienischen Monarchie für den Verlust des Staatsterritoriums des Kirchenstaates zugestanden worden. Bis 1942 war die Existenz dieser Verwaltung nur wenigen Eingeweihten bekannt gewesen. Unter anderem erfolgte bis ins Jahr 1929, vor der Unterzeichnung der Lateranverträge, die Auszahlung der Papst-Apanage durch das IOR. Böse Zungen behaupteten, dass sich Mussolini mit den Lateranverträgen, die dem Vatikan politische und territoriale Souveränität zusicherten, die Zustimmung des Papstes für ein faschistisches Italien erkauft hatte. Angeblich versüßt mit einer Zahlung im heutigen Gegenwert von 1,5 Milliarden Euro – ein äußerst lukrativer Ablasshandel für das IOR.

Heute war die Institution der Allgemeinheit als Vatikanbank bekannt und allein dem Heiligen Vater unterstellt. Er war ihr einziger Aktionär, und sie war nicht der Kontrolle italienischer Aufsichtsbehörden unterworfen. Wohl deshalb war sie als solche ständiger Gegenstand der wüstesten Spekulationen und Behauptungen. So wurde behauptet, dass die Vatikanbank in Geldwäschegeschäfte mit der Mafia verstrickt sei, Korruption und Steuerhinterziehung fördere, Morde in Auftrag gäbe und terroristische Akte finanziere. Der Vatikan, in einem Atemzug genannt mit Terrorismus! *Ungeheuerlich!* Jedes Mal, wenn Enzo darüber nachdachte, überkam ihn Gottes Zorn, dem er aber selbstverständlich nicht nachgab.

Währenddessen war der Kardinal in seinen Instruktionen fortgefahren. Jetzt wirkte er listig. „Ich habe dem Heiligen Vater den Vorschlag gemacht, noch eine weitere Kommission ins Leben zu rufen: eine unabhängige Ethik-Kommission, die sich der Untersuchung von Missbrauchsfällen und Verschwendungssucht innerhalb des Klerus annehmen soll. Erstaunlich, wie sich alle gleich – sobald auch nur das Wort Ethik fällt –, in dessen Glanz sonnen. Seine Heiligkeit hat mir stante pede den Auftrag erteilt, eine Liste geeigneter Kandidaten zu erstellen. Es sollten mindestens sechs bis acht sein, der Heilige Vater hat zugestimmt. Mach dich gleich daran, Enzo. Hier“, der Kardinal kritzelte einige Namen auf einen Notizblock, „diese drei hier müssen unbedingt dabei sein, beim Rest ist Euer Kopf gefragt. Ach ja, es sollen ausschließlich weltliche Kandidaten herangezogen werden, kein Kardinal und kein Kurienangehöriger“, fügte er wie beiläufig hinzu. Dabei war das der Clou daran – *sein* Meisterstück. Den Einwand des Papstes hatte er mit einem einzigen Argument widerlegt: dass die Ethik-Kommission dadurch hundertprozentig unabhängig sein würde. Vor allem schloss dieser Schachzug aus, dass ihm jemand aus dem Klerus dreinreden könnte.

Enzo starrte indes verwirrt auf die Namen. Zwei davon waren ihm bekannt. Doch der dritte Name war es, der ihm völlig unverständlich erschien, ihn beinahe entsetzte. Einmal mehr konnte er dem Gedankengang des Kardinals nicht folgen. „Eine Frau, Eminenz?“, rutschte es schneller aus ihm heraus, als ihm lieb war.

„Aber natürlich, das ist ja der Sinn einer unabhängigen Kommission, Enzo. Gemischte Ansichten. Eine Kandidatin reicht auch nicht, ich stelle mir mindestens noch eine weitere vor.“ Der Kardinal lächelte und wirkte mit einem Mal sehr zufrieden. Er war wieder in seinem Element: dem Ränkeschmieden. Sein Vorschlag zur Ethik-Kommission war ein Schnellschuss gewesen, ein Befreiungsschlag als Gegengewicht zu der vom neuen Papst angeordneten Untersuchung der Geschäfte der Vatikanbank. Inzwischen aber trieben seine

Gedanken immer mehr Blüten, als er die Möglichkeiten erfasste, die ihm *seine* Kommission bot.

Er würde bei der Kandidatenliste genauso vorgehen, wie amerikanische Anwälte bei der Geschworenenauswahl in einem Gerichtssaal. Er würde Enzos Kandidaten noch ein paar Namen hinzufügen, alle eher untragbar, damit der Papst sie ablehnen konnte. Und dann würde er dafür Sorge tragen, dass allein seine Kandidaten zum Zuge kamen. Die Kommission würde nach seiner Pfeife tanzen, sie würde nur die Informationen erhalten, die er vorab abgesegnet hatte. Die Krönung aber war, wen er als Leiter für die Ethik-Kommission auserkoren hatte. Jemanden, den der Papst auf keinen Fall ablehnen konnte. Durch seine Wahl konnte er zwei Fliegen mit einer Klappe schlagen. Er war ein Genie! Er drehte sich zu dem an der Wand angebrachten Kreuz um, sprach ein kurzes Gebet und dankte Gott für seine Geistesgaben.

Sein Coup entschädigte ihn ein wenig dafür, dass er erneut nicht zum Papst gewählt worden war und das, obwohl seine Verbündeten Wort gehalten und ihm alle Stimmen der amerikanischen Kardinäle gesichert hatten.

Trotzdem wusste er, dass es ihm vorherbestimmt war, eines Tages den Fischerring zu tragen. Sogar diese absonderliche Schamanin hatte es ihm damals bestätigt – nicht dass er viel auf ihr Wort geben würde. Doch sein Tag würde kommen, etwas würde geschehen.

Mit Spannung wartete er daher darauf, was die Vorsehung für Lorenzo, den neuen, spanischen Papst bereithielt.

****

Am übernächsten Morgen verkündete Enzo mit kaum verhohlenem Triumph in der Stimme, dass Saul Kaschinski auf freiem Fuß und bereits mit einem sicheren Mobiltelefon ausgestattet sei. Er übergab dem Kardinal die Nummer.

Sobald der Sekretär sein Büro verlassen hatte, nahm der Kardinal einen Schlüssel von der Kette um seinen Hals und sperrte seine Schreibtischschublade auf. Darin lag sein geheimes, abhörsicheres Handy. Selbst Enzo musste nicht alles wissen. Er wählte die Nummer: „Ich bin es. Nein, danken Sie mir nicht, ich habe einen Auftrag. Es ist Ihre letzte Chance, sich zu bewähren. Finden Sie Massimo Trapano. Er ist das technische Genie hinter der Holländerin. Er ist genauso fanatisch wie dieses gottverdammte Weib und noch irgendwo da draußen. Ich übermittele Ihnen gleich die Daten, die ich bisher über ihn gesammelt habe. Wenn Sie ihn gefunden haben, holen Sie alles aus ihm heraus, was er über meine Dokumente weiß. Sichern Sie seine Unterlagen und PC-Daten. Ich will sie haben. Anschließend liquidieren Sie Trapano und stecken sein Labor in Brand. Es soll nichts von ihm übrigbleiben als graue Asche. Verstanden?“ Er sandte die vorbereiteten Daten ab, dachte kurz nach und tätigte noch einen Anruf. Zeit, sich wieder um Lukas von Stetten zu kümmern. Er gab seine Instruktionen durch, legte auf und lehnte sich zurück. Gleich hatte er noch einen Termin, aber danach würde er sich ein gutes Essen in seiner Lieblingstrattoria auf der Piazza del Popolo gönnen. Er hatte einen Bärenhunger. Intrigen machten ihn immer hungrig.

KAPITEL 2

NÜRNBERG/DEUTSCHLAND – ZWEI MONATE SPÄTER

„Unfassbar, dieser Sumpf." Lukas raschelte mit der Nürnberger Zeitung, hinter der er sich seit einer Viertelstunde verschanzt hatte.

Magali seufzte vernehmlich, entwand Matti das offene Glas Nusscreme und schraubte es zu. Auf dem Brot ihres Sohnes türmte sich bereits ein bedenklicher Berg davon, von seinen Fingern und Gesicht ganz zu schweigen. Doch ihr Seufzer galt nicht Matti, sondern ihrem Mann. Sie wusste, worüber er sich aufregte. Genau genommen kannte er seit Tagen kein anderes Thema; sie hoffte, dass wenigstens heute der Kelch an ihr vorübergehen und ihr ein neuerlicher Vortrag erspart bliebe. Vergeblich.

„Ich begreife nicht, wie das derart eskalieren konnte", klang es erbost hinter der Doppelseite hervor. „Das Laimburger Bistum ist doch kein Hasenzuchtverein! Wenn der dortige Bischof Millionen verpulvert, um sich ein Luxusdomizil samt Privatkapelle hinzustellen, das noch dazu jeder Spaziergänger in jeder Bauphase begutachten kann, muss das doch irgendjemandem früher aufgefallen sein! Das ist gelebter Feudalismus. Bischof Titus von Elsterich schadet der Kirche ungemein. Was sage ich, das gesamte Ansehen der Kirche steht durch ihn auf dem Spiel", ereiferte sich Lukas weiter. „Der neue Papst sollte hart durchgreifen und den Mann so schnell wie möglich von seinen Ämtern entbinden. Alles andere wäre nicht glaubhaft. Die Affäre füllt seit Wochen die Zeitungen. Weißt du, was ich glaube? Da steckt mehr dahinter. Der Bischof war das nicht allein. Er wurde gedeckt, wahrscheinlich sogar vom dortigen Kirchenrat."

Magali ergab sich in ihr Schicksal. „Vermutlich hast du damit deine Erklärung. Die müssen sich erst einmal durch den ganzen Sumpf wühlen." Dann fiel ihr noch etwas ein. „Hieß es nicht in den Nachrichten, dass dieser Bischof unlängst nach Rom gereist wäre, um mit dem Papst zu sprechen?"

„Das ist es ja, was ich meine! Bischof von Elsterich sitzt dort seit Tagen fest und wartet auf eine Audienz beim Heiligen Vater. Bei allem Respekt für dessen Amtsgeschäfte, aber das dauert zu lange und schafft der Presse Raum für weitere Spekulationen." Endlich ließ Lukas die Zeitung sinken und nahm einen Schluck aus seiner Tasse. Er verzog das Gesicht. Der Kaffee war längst kalt geworden.

Magali unterdrückte den Impuls, ihm frischen nachzuschenken, obwohl die Thermoskanne direkt neben ihr stand. Schließlich vernachlässigte er das gemeinsame Frühstück seit einer geraumen Weile. Sie verstand zwar, dass es ihm wichtig war, und er sich zu Recht darüber aufregte, wie einfach es diesem Bischof möglich gewesen war, Kirchengelder zu verschwenden. Aber sie fand auch, dass es irgendwann einmal genug sein musste. Schließlich war Lukas kein Jesuit mehr, die katholische Kirche nicht mehr sein Arbeitgeber, und *ihrer* Meinung nach sollte er langsam mehr Abstand zu dem Ganzen bekommen.

„Findest du nicht, dass du dich zu sehr in die Sache hineinsteigerst?", sagte sie nun doch, während sie Matti erneut das Glas Nusscreme wegnahm und es außerhalb seiner Reichweite schob. Der Junge zog eine Schnute und murmelte: „Menno."

„Wieso denn? Das ist ein unfassbarer Skandal und…"

„Ich wünschte", fiel ihm Magali ins Wort, „die Öffentlichkeit hätte sich genauso laut, breit und lange echauffiert, als die Missbrauchsfälle durch den Klerus bekannt wurden. Mir kommt es so vor, als würde sich jeder nur noch für diesen verschwenderischen Bischof interessieren – als wäre Geld wichtiger als die armen Kinder." Magali sagte dies schärfer als beabsichtigt. Sie war zwar erst im vierten Monat, doch die Hitze der letzten Tage hatte ihr zugesetzt. Ihre Beine waren geschwollen und sie fühlte sich erschöpft. Lukas sah sie überrascht an. „Was ist los, Magali? Geht es dir nicht gut? Ist etwas mit dir oder dem Baby?", reagierte er besorgt auf ihren ungewohnt gereizten Ton.

„Alles gut, ich würde nur gerne wieder einmal mit meinem Mann frühstücken und nicht mit einer Zeitung. Ich vermisse unsere Morgengespräche." Magali lächelte schief. Sie konnte sich selbst nicht leiden, wenn sie angespannt war.

„Du hast recht, entschuldige. Ich bin kein guter Ehemann." Lukas zog eine zerknirschte Grimasse. „Ich werde mich künftig im Stillen aufregen und die Zeitung nach dem Frühstück lesen. Bekomme ich jetzt frischen Kaffee?"

Magali lächelte. Ertappt. Sie griff nach der Kanne und schenkte ihm nach.

„Worüber möchtest du reden?", fragte Lukas, nachdem er einen Schluck genommen und sich bequem im Korbstuhl zurückgelehnt hatte. Es war ein herrlicher Mittwochmorgen und sie genossen ihr Frühstück auf der Terrasse. Obwohl es erst kurz nach sieben Uhr war, besaß die Sonne schon viel Kraft.

„Zum Beispiel, wie es mit dem Angebot deines Vaters aussieht? Hast du dich entschieden?"

„Ah, ich verstehe." Lukas rollte mit den Augen. „Hat Mutter dich wieder angerufen und torpediert?" Er war am Abend erst spät von einer Lehrerkonferenz heimgekehrt und Magali hatte bereits geschlafen.

„Ja, gestern Nachmittag. Sie lässt nicht locker und will unbedingt, dass du den Vorsitz der Stiftung übernimmst. Die üblichen Argumente, dein Vater wäre 72 und sollte endlich anfangen, sich zu schonen. Darüber hinaus versteift sie sich in letzter Zeit immer mehr darauf, dass du als Lehrer nicht deine vollen Möglichkeiten ausschöpfst."

„Also die alte Leier."

„Genau."

„Ehrlich", Lukas schüttelte den Kopf, „ich frage mich noch immer, wie sie es überhaupt geschafft hat, Vater so weit zu bringen, tatsächlich abtreten zu wollen und mir auch noch seine Position anzubieten."

„Ich würde sagen, mit steter Hartnäckigkeit? Dieselbe Methode, die sie immer anwendet? Irgendwann wird man so zermürbt davon, dass das Nachgeben das kleinere Übel ist."

Lukas schmunzelte. „Ist wirklich alles mit dir in Ordnung? Plagen dich etwa Schwangerschaftshormone? So spitzzüngig kenne ich dich gar nicht."

„Nur eine Feststellung. Außerdem kennst du ihre Art besser als ich. Sie ist deine Mutter. Und sie ist wirklich unanständig hartnäckig, wenn sie etwas erreichen will. Leider hat sie mich als Verbündete gegen dich auserkoren. Immer wenn das Telefon in letzter Zeit klingelt, ist mit hoher Wahrscheinlichkeit sie am anderen Ende. Du weißt, ich mag sie und wir verstehen uns prima, aber inzwischen graut mir davor, an den Apparat zu gehen." Als hätte sie es damit heraufbeschworen, klingelte das Telefon. Lukas und Magali sahen sich in stillem Einverständnis an. Keiner der beiden bewegte sich. Niemand rief sie um diese Uhrzeit an, außer Evelyn von Stetten…

„Ich gehe schon!", rief Matti eifrig, sprang auf und rannte davon, gefolgt von den drei Hunden des Haushalts, die ihn selten aus den Augen ließen.

„Von Stetten", rief er atemlos in den Hörer. So meldete sich sein Vater immer.

Die Person am anderen Ende stutzte kurz, ob der jungen Stimme. „Äh, mit wem spreche ich, bitte?"

„Na, mit mir! Wissen Sie denn nicht, wen Sie angerufen haben?", wunderte sich Matti.

„Doch, ich…"

„Und wer sind Sieeee?", fragte Matti gedehnt.

„Mein Name ist Pater Anton Gänserich und ich rufe aus Rom an…"

„Ah, Sie sind das. Stimmt, Gänserich. Das haben wir erst in der Schule durchgenommen."

„Ah so?" Der Mann wunderte sich etwas, aber bevor er sein Anliegen anbringen konnte, meinte Matti eifrig: „Sie wollen sicher meinen Papa sprechen. Papaaaa…", brüllte er los, sodass der Mann am anderen Ende des Hörers zusammenzuckte.

„Es ist für dich."

„Wer ist denn dran?", rief Lukas fast genauso laut von der Terrasse zurück.

„Eine männliche Gans!"

Zehn Minuten später legte Lukas den Hörer auf. Er fand Magali in der Küche beim Ausräumen der Geschirrspülmaschine. Er wirkte fassungslos. Magali sah es sofort. „Ist etwas passiert? Wer war das?"

„Das war der Präfekt des Päpstlichen Hauses und gleichzeitig auch Privatsekretär des Papstes, Kurienbischof Gänserich."

„Und was wollte er von dir?"

„Er hat mir angeboten, den Vorsitz einer unabhängigen Ethik-Kommission zu übernehmen, die Vergehen des Klerus untersuchen soll. Ziel ist es, das Ansehen und die Glaubhaftigkeit der Staatskirche in der Öffentlichkeit wiederherzustellen."

Magali fühlte eine leichte Schwäche. Für sie stand sofort fest, was dies bedeutete: Die Kirche streckte erneut ihre gierigen Finger nach Lukas aus! Nach außen hin wirkte sie ruhig, aber innerlich zitterte sie. Vorsichtshalber stellte sie den Stapel Teller auf der Anrichte ab. Sie sah ihren Mann prüfend an, erkannte, wie es in ihm arbeitete, dachte an seine Bemerkungen zur Affäre von Elsterich und verkündete: „Du solltest es deinen Eltern sagen."

„Was meinst du?“

„Dass du dieses Angebot nicht ablehnen wirst, Lukas. Ich sehe es dir an. Einmal Jesuit, immer Jesuit. Deine Kirche ruft dich, sie braucht dich. Damit ist der Vorschlag deines Vaters vom Tisch. Das meine ich.“ Magali wandte sich von ihm ab. Tränen schossen ihr in die Augen. Was war nur heute mit ihr los? So kannte sie sich selbst nicht. Doch wenn sie ehrlich war, hatte sie bereits länger eine dunkle Ahnung, dass sich neuerliches Unheil über ihr zusammenbraute – genau genommen seit dem Tag vor zwei Wochen, als der Bote ihr das Kuvert des Schweizer Notars mit dem Schließfachschlüssel ihrer Mutter überbracht hatte. Sie hatte in einem ersten Impuls sofort Lukas angerufen, bei seinem späteren Eintreffen jedoch behauptet, den kleinen Schlüssel im Affekt die Toilette hinabgespült zu haben.

Sie hatte es auch wirklich vorgehabt, aber im letzten Moment war sie vor dieser endgültigen und vielleicht vorschnellen Entscheidung zurückgeschreckt. Stattdessen hatte sie den Schlüssel im Gartenhaus versteckt. Es war diese Lüge, die sie beschäftigte und zermürbte. Sie stand zwischen ihr und Lukas, und ganz offensichtlich ließ sie ihr schlechtes Gewissen nun an ihm aus. Sie war ungerecht.

Lukas war mit zwei Schritten bei ihr, drehte sie zu sich herum, sah ihre Tränen und zog sie fest in seine Arme. „Mein armer Liebling, was stellst du dir denn vor? Dass ich wieder in den Orden eintrete? Sicher nicht. Ich war Jesuit, ja, aber jetzt bin ich Vater und Ehemann. Wenn du mich so gut kennst, wie du sagst, dann müsstest du wissen, dass meine Familie das Wichtigste für mich ist. Niemals würde ich eine solch weitreichende Entscheidung ohne dein Einverständnis treffen.“ Lukas streichelte ihren Rücken. „Es ist das Baby und die Hitze, oder? Lucie hat mich gewarnt, dass dich Hormone plagen. Gar nichts ist entschieden, hörst du? Außerdem weiß ich selbst viel zu wenig über die Angelegenheit. Bischof Gänserich schickt mir die Projektunterlagen noch heute per Boten. Lass uns am Abend darüber sprechen. In Ordnung?“ Magali nickte. Lukas warf einen Blick auf seine Armbanduhr. „Es wird spät. Ich muss zum Unterricht.“ Er küsste sie und ging.

* * *

Hormone! Magalis irrationale Wut drängte erneut an die Oberfläche. Es waren weder die Hormone noch die Hitze, die ihr einen Streich spielten, doch sie ließ Lukas lieber in diesem Glauben.

Sie fuhr sich sachte über die leichte Wölbung ihres Bauches. Unwillkürlich drängte sich in ihr Gedächtnis wie sie nach Lukas' Heiratsantrag tagelang mit sich gehadert hatte. Obgleich sie ihn liebte, hatte sie gezögert. Ohne Frage war Lukas dabei schonungslos ehrlich zu ihr gewesen, er hatte keinen Hehl daraus gemacht, dass es ihm in erster Linie darum ging, dass sein Sohn Matti in geordneten Verhältnissen aufwuchs – und das bedeutete für ihn und sein konservatives Weltbild mit *beiden* Eltern.

Seine Vatergefühle in Ehren, aber welche Frau wollte nicht wiedergeliebt werden? In den letzten beiden Jahren hatte sich Magali so manches Mal gefragt, ob sie sich nicht selbst belogen, sich nicht alles schöngeredet hatte. Wie viel unerwiderte Liebe ertrug ein Mensch? War es ein Fehler gewesen, *ja* zu sagen, in dem Wissen, dass ihre Gefühle für Lukas eben nicht so abgeklärt waren wie die seinen? Letztendlich hatte Matti den Ausschlag gegeben. Wie jeder Junge hatte er sich nach einem Vater gesehnt und Lukas vom ersten Tag an vergöttert. Es war für sie wunderbar gewesen, ihren kleinen Sohn so glücklich zu sehen. Hatte sie das Recht, ihm ein Leben mit seinem Vater vorzuenthalten, nur um sich selbst zu schützen?

Seitdem hatte sie sich an den Gedanken geklammert, dass sie Lukas noch immer verlassen konnte, bevor sie an ihrer unerwiderten Liebe zerbrach – sobald Matti groß genug wäre, um auf eigenen Füßen zu stehen. Doch stattdessen hatte das launische Schicksal eine Unpässlichkeit ausgenutzt und sie ungewollt zum zweiten Mal schwanger werden lassen! Und Lukas ließ keine Gelegenheit aus, um ihr zu zeigen, wie sehr er sich auf das zweite Kind freute.

Sie hörte Matti auf seine unnachahmliche Art die Treppe herabrumpeln, gleich darauf stürmte er in die Küche. Sein Ungestüm riss sie aus ihren trüben Grübeleien. Sie sammelte sich, wischte sich kurz über die Augen und drehte sich mit einem Lächeln zu ihm um: „Na, du Krawaller? Hast du deinen Rucksack gepackt? Alle Bücher für heute dabei?"

„Klaro, Mami."

„Gut", sie reichte ihm eine blaue Plastikdose, „hier ist dein Pausenbrot, steck es ein. Aber diesmal isst du auch deinen Apfel auf und bringst ihn nicht wieder mit nach Hause, hörst du?"

„Klaro, Mami." Matti grinste quer über das Gesicht.

„Ich kenne dich, junger Mann. Ich sagte aufessen, nicht irgendwo wegwerfen. Woanders…"

„Ja ja, Mami", unterbrach Matti sie altklug, „woanders verhungern die Kinder. Ich weiß. Tschüüüüüß." Er stob davon, gefolgt von der bellenden Dreierbande. Gleich darauf fiel die Haustür ins Schloss. Die Hunde trotteten in die Küche zurück und bauten sich wie Orgelpfeifen vor Magali auf. Eine stumme dreifache Aufforderung.

Magali sah sie an, die beiden Shih-Tzus und den jungen Golden Retriever, den ihre Mutter ihrem Enkelsohn in Barcelona geschenkt und den Matti Pepe getauft hatte. Pepe war schon wieder gewachsen. Magali seufzte. Auch Matti wurde viel zu schnell groß.

„Na, ihr Rabauken? Wir gehen gleich spazieren." Drei Ruten wedelten. „Aber ich muss vorher noch telefonieren."

Wie an jedem Morgen und Abend wählte sie die eingespeicherte Nummer des Untersuchungsgefängnisses in Barcelona. So oft es die spanischen Behörden erlaubten, sprach sie mit Consulea. Heute hatte sie kein Glück. Sie hatte für ihre Ziehmutter die teuerste Anwaltskanzlei Spaniens engagiert und sie inzwischen zweimal im Gefängnis besuchen dürfen. Im September begann der Prozess. Sie würde alles dafür tun, um Consuela so schnell wie möglich aus dem Gefängnis zu holen.

Kurz darauf verließ sie mit den drei Hunden das Haus. Es fiel ihr nicht auf, dass sie dabei beobachtet wurde.

ENDE DER LESEPROBE

Inhaltsverzeichnis

14838879R00200

Printed in Poland
by Amazon Fulfillment
Poland Sp. z o.o., Wrocław